EMILY STONE

Kein Winter ohne dich

Roman

Aus dem Englischen von
Juliane Zaubitzer

 **PENGUIN** VERLAG

Die Originalausgabe erschien 2023
unter dem Titel *The Christmas Letter*
bei Headline Review, London.

Penguin Random House Verlagsgruppe FSC® N001967

1. Auflage 2024
Copyright © 2023 der Originalausgabe by Emily Stone
Copyright © 2024 der deutschsprachigen Ausgabe by Penguin Verlag
in der Penguin Random House Verlagsgruppe GmbH,
Neumarkter Straße 28, 81673 München
Redaktion: Hanne Hammer
Covergestaltung: © Favoritbüro
Covermotive: © Shutterstock / Aleksandra Kossowska, lazyllama,
f11photo, Woskresenskiy, FabrikaSimf, Di Studio, PROSKURIN SERHII,
Alexey Mumlev, Songquan Deng
Satz: GGP Media GmbH, Pößneck
Druck und Bindung: GGP Media GmbH, Pößneck
Printed in Germany 2024
ISBN 978-3-328-11161-0
www.penguin-verlag.de

Serendipität

(Substantiv) glückliche Fügung des Schicksals – das zufällige
Stolpern über etwas Gutes, ohne danach gesucht zu haben.

KAPITEL EINS

Holly hielt den Blick auf die Straße gerichtet, die durch Nord Devon führte, während ihre Schwester den Kopf ans Fenster lehnte, die Augen geschlossen. Dabei sollte Lily sie eigentlich wach halten auf der langen Fahrt von London zu dem kleinen Ferienhaus im Nirgendwo, das ihre Eltern über Weihnachten gemietet hatten. Und gerade war Holly sehr müde. Trotz des kalten, feuchten Wetters war es im kleinen Fiesta ihrer Eltern mollig warm, die Dauerschleife der Weihnachtslieder im Radio lullte sie ein, und ihr traditionelles *Wer bin ich?*-Autospiel hatte sich längst erschöpft.

Und was war das überhaupt für eine Landstraße? Diese ganzen Kurven machten es unmöglich, mehr als vierzig Meilen pro Stunde zu fahren. Alles, was Holly jetzt wollte, war ein Kaffee, aber es war meilenweit keine Tankstelle in Sicht. Zugegeben, es war schön hier. Die Straße war zu beiden Seiten von Hecken gesäumt, die zu dieser Jahreszeit etwas kahl waren, aber im Frühjahr und Sommer zweifellos üppig grün, dahinter lagen unendliche Felder. Unter dem grauen Dezemberhimmel wirkte die Landschaft herrlich düster, fast ätherisch.

Am nächsten Ortsschild bog Holly rechts ab, woraufhin Lily sich aufsetzte und verschlafen blinzelte. »Was tust du?«

»Ich brauche Koffein. Ich halte irgendwo an.«

Lily rümpfte die Nase, aber das war ihr einziger Protest, als sie ins Dorf fuhren. Es war Heiligabend, und wie in London waren auch hier alle auf den Beinen, um ihre letzten Einkäufe zu erledigen. Die Straße, die Holly für die Hauptstraße hielt, war mit Weihnachtsbeleuchtung geschmückt, und ein riesiger Weihnachtsbaum stand auf der Grünfläche gegenüber von einem Uhrenturm. Eine Miniversion des Big Ben, dachte Holly und schnaubte leise.

Als sie kurz hinter dem Turm ein Café entdeckte, setzte sie den Blinker und hielt davor, woraufhin das Auto hinter ihr hupte.

Lily runzelte die Stirn. »Du kannst hier nicht anhalten – hier ist Parkverbot.«

»Ohne Koffein halte ich die restlichen fünfundvierzig Minuten nicht durch«, argumentierte Holly.

»Du wolltest doch die ganze Strecke fahren«, sagte Lily.

»Ich sage nicht, dass ich nicht fahren will, ich sage nur, dass ich Kaffee brauche. Außerdem«, fügte sie hinzu, »kannst du in deinem Zustand nicht fahren.« Sie tätschelte Lilys winzigen Babybauch, der sich gerade erst abzuzeichnen begann.

»Ich bin schwanger, nicht krank«, murmelte Lily.

»Kannst du nicht beides sein?«, fragte Holly zuckersüß, und Lily schlug ihr auf den Arm.

»Sei nett. Ich zahle.«

»Nur bis ich es dir zurückzahle.« Nicht, dass sie eine Ahnung hatte, wie sie das anstellen sollte. Sie hatte ihre Kreditkarte vergessen, als sie in letzter Minute aus dem Haus gestürmt war, weil sie es, laut Lily, *nie* lernen würde, pünktlich zu sein. Aber das tat eigentlich nichts zur Sache. Sie konnte sich diesen Familienausflug nicht leisten. Nachdem sie zwei Jahre lang vergeblich versucht hatte, als Künstlerin ihren Lebensunterhalt zu verdienen, hatte sie kapituliert und ihren Abschluss als Lehrerin gemacht, zur Erleichterung ihrer Eltern und ihrer vernünftigen Schwester. Doch bis sie als Lehrerin einen Job fand, musste sie wieder bei ihren Eltern wohnen und lag ihnen auf der Tasche.

»Du kannst hier nicht parken«, sagte Lily wieder und verkniff sich gerade noch ein leidgeprüftes Seufzen. »Der Vorderreifen steht auf einer doppelten gelben Linie.«

»Ach, das merkt doch keiner.«

»Holly«, sagte Lily mit ihrer verantwortungsbewussten Große-Schwester-Stimme. Aber Holly schaltete den Motor aus.

»Komm schon, es dauert nur zwei Minuten. Und schau mal, wie weihnachtlich es hier ist!«

Und das war es – draußen stand eine Kreidetafel mit einem handgemalten Schneemann und der Tageskarte, unter anderem einem köstlich klingenden Sandwich mit Camembert und Preiselbeeren. Über dem Eingang hingen Mistelzweige, und die Fenster schmückte silbernes Lametta. Um das niedrige Strohdach waren Lichterketten drapiert, die dem Lokal eine rustikale Atmosphäre verliehen: ein Ort, an dem man es sich mit einer heißen Schokolade und einem guten Buch gemütlich machen wollte. Weihnachten war immer Hollys Lieblingszeit im Jahr gewesen, doch es war nicht in erster Linie die weihnachtliche Atmosphäre des Cafés, die einen Sog auf Holly ausübte. Abgesehen davon, dass sie einfach nur einen Kaffee wollte, faszinierte sie der Name des Ladens: Impression Sunrise Café. Eine Anspielung auf Monets berühmtes Gemälde, und ein Café, das nach einem Kunstwerk benannt war, konnte nicht verkehrt sein.

Lily gab nach und folgte Holly, die Hände tief in den Manteltaschen, und Holly wünschte, sie hätte ihren Mantel aus dem Kofferraum geholt. Die beiden sahen sich so ähnlich, dass sie fast als Zwillinge durchgingen, obwohl sie vier Jahre auseinander waren. Das lag vor allem an den roten Haaren, wobei Hollys

Mähne wilder war als Lilys – wahrscheinlich weil Lily ihr Haar gewissenhaft mit allen möglichen teuren Produkten zähmte, während Holly es höchstens mal zu einem Dutt zusammensteckte, wenn es sie nervte. *Ich stehe zu meiner roten Mähne*, hatte sie gesagt, als Lily sie vor der Abfahrt dazu bringen wollte, sie zu bürsten und zu glätten. *Ich bin wie Arielle, die Meerjungfrau.*

Nicht alle Rothaarigen können Arielle sein, hatte Lily geseufzt – obwohl sie beide als Kinder mehr als genug Arielle-Sprüche zu hören bekommen hatten. *Und überhaupt, Arielle bürstet sich sehr wohl die Haare. Sie bürstet sie praktisch ununterbrochen, mit einer Gabel oder so.*

Nun, wie du schon sagtest, nicht alle Rothaarigen können Arielle sein.

Aber es lag nicht nur an den Haaren. Sie hatten die gleichen Wangenknochen, das gleiche spitze Kinn, die gleichen gewölbten Augenbrauen (auch ohne sie zwanghaft zu zupfen, wie Lily es tat). Nur ihre Augen waren unterschiedlich – Lilys waren braun, Hollys dagegen auffallend grün.

Holly stieß die Tür des Cafés auf, ohne bei der Sache zu sein, denn sie wurde von einem wunderschönen Gemälde abgelenkt, das im Eingang hing und ihre ganze Aufmerksamkeit beanspruchte. Es war ein Regenwald, doch auf eine Weise dargestellt, wie sie es noch nie gesehen hatte – kühn und abstrakt, in leuchtenden Farben, die Leben schrien. Sie wollte es haben. Das war ihr erster Gedanke. Sie wollte es gegenüber von ihrem Bett aufhängen, um jeden Morgen mit diesem Bild aufzuwachen und etwas von seiner sprühenden Energie aufzusaugen. Ihr zweiter Gedanke war, dass sie recht gehabt hatte mit dem Café – nicht nur ein künstlerischer Name, sondern es gab auch echte Kunst und das war …

Der Gedanke wurde unterbrochen, als sie gegen eine alarmierend feste Brust prallte. Sie nahm den sauberen Duft eines frisch gewaschenen, gebügelten Hemds wahr sowie einen dunkleren, holzigen Geruch, bevor etwas Heißes ihren Arm hinunterlief. Sie schrie auf und riss ihren Arm zurück.

Sie fluchte laut, während gleichzeitig eine tiefe Stimme »Herrgott nochmal!« sagte. Etwas Schweres polterte zu Boden, zusammen mit zwei Kaffeebechern zum Mitnehmen.

Holly wich vor dem Fremden zurück, was dazu führte, dass sie auf der Flüssigkeit ausrutschte, die nun den Holzboden bedeckte. Sie fuchtelte mit den Armen in der Luft herum, fing sich aber gerade noch rechtzeitig und strich ihr Haar in einer wütenden Bewegung zurück, bevor sie in das Gesicht des Mannes blickte. Und Herr im Himmel, dieses *Gesicht*. Sie wollte dieses Gesicht nachformen. Es mit Ton zum Leben erwecken, die bestechenden Konturen einfangen, die markante Kieferpartie, die dunklen Augen, die Nase, die leicht schief war, was sie noch perfekter machte.

Alles an ihr kribbelte vor Verlegenheit. »Geht's noch?«, rief sie, woraufhin einige Leute zu ihr hinübersahen, darunter auch die Frau hinterm Tresen, die gerade in einer Metallkanne Milch aufschäumte. »Sie hätten mich verbrennen können!« Nur ihr weihnachtlicher schwarzer Pullover mit dem Pailletten-Schriftzug *Let Christmas Be-Gin* auf der Vorderseite hatte ihre Haut vor dem kochend heißen Kaffee geschützt.

»Soll das ein Witz sein?«, rief der Mann aufgebracht. »Sie haben *mich* angerempelt! Passen Sie doch auf!« Er blickte auf den Boden, wo die beiden Kaffees – einer mit Milch, einer schwarz – definitiv nicht mehr zu retten waren. Seine Aktentasche lag ebenfalls dort, einer der Verschlüsse war aufgesprungen. Eine Aktentasche, echt? Wer schleppte an Heiligabend eine Aktentasche mit sich rum? Außerdem trug er einen Anzug – einen Anzug, der perfekt saß, wie sie nicht umhin konnte zu bemerken.

Holly schaute finster drein und öffnete den Mund, um zu widersprechen, ein Automatismus, aber da spürte sie eine Hand auf ihrem Arm. Es war Lily, die ihr einen strengen Blick zuwarf. Ein Blick, den sie nur zu gut kannte.

Holly zwang sich, tief durchzuatmen. Lily hatte recht. »Tut mir leid«, sagte sie unwirsch. »Ich habe nicht aufgepasst.« Ihre Worte klangen steif und unbeholfen.

»Offensichtlich«, murmelte er.

Obwohl ihr Jähzorn aufflammte und ihr schon die Worte *Ich sagte doch, es tut mir leid!* auf der Zunge lagen, spürte sie immer noch Lilys Blick. Also zwang sie sich, aufzublicken und dem Mann in die Augen zu sehen. Was ein Fehler war, denn es war unmöglich, sich von seinen braunen Augen – wie schwarzer Kaffee, dachte sie, obwohl dieser Vergleich vermutlich dem Ort geschuldet war – wieder loszureißen. Anders als ihre, die angeblich jedes ihrer Gefühle verrieten, wirkten seine absolut undurchdringlich.

Sein Kiefer war angespannt, als würde auch er sich die Worte verkneifen, die er ihr entgegenschleudern wollte. Und als er sich mit der Hand durchs Haar fuhr – dunkelbraune Locken, die seine Gesichtszüge betonten –, bemerkte sie die Kaffeeflecken auf seinem weißen Hemd. *Ooops.*

Sie rümpfte die Nase. »Tut mir wirklich leid. Ich war abgelenkt.« Sie deutete auf das Bild, und seine Miene wurde weicher.

»Ich mag das Bild auch. Es erinnert mich an … das Leben.« Er schnitt eine Grimasse, als hätte er etwas Dummes gesagt, und öffnete den Mund, um etwas anderes zu sagen, aber Holly unterbrach ihn.

»Ganz genau. Es ist so lebendig.« Sie zuckte hilflos die Schultern und spürte Lilys Blick, der sich in ihren Rücken brannte. »Ich konnte nicht wegsehen und …« Sie machte eine vage

Geste, die sowohl ihn als auch den verschütteten Kaffee mit einbezog.

»Sie sind übrigens zu verkaufen. Die Bilder.« Er deutete auf die Wände des gut besuchten Cafés, an denen weitere Bilder hingen. Sie bezweifelte, dass sie sich jemals eines davon würde leisten können. Aber ein Café, das gleichzeitig eine Galerie war – das war schon cool.

Neben Holly räusperte sich Lily. »Ich hole uns was zu trinken, ja?«

»Nein«, sagte Holly, »du setzt dich hin. Ich hole die Getränke.«

Lily verzog das Gesicht. »Ich habe dir doch gesagt, ich bin nicht …«

»*Setz dich*«, wiederholte Holly streng, und Lily setzte sich seufzend an den nächsten freien Tisch – von denen es nicht viele gab. Auf jedem der Tische stand ein winziger Weihnachtsbaum mit einem Holzstern auf der Spitze, wie Holly jetzt sah. Niedlich.

»Sie ist nicht was?«, fragte der Mann.

»Nicht krank.«

»Oh. Gut zu wissen.«

»Hören Sie«, sagte Holly zu den Klängen von *Last Christmas*. »Ich kaufe Ihnen einen neuen Kaffee.« Sie warf einen Blick auf die Schweinerei auf dem Boden. »Beziehungsweise zwei. Und was Ihr Hemd angeht …« Sie rümpfte erneut die Nase, als sie es begutachtete. »Ich wünschte, ich hätte irgendein Wundermittel in der Handtasche, aber dem ist leider nicht so, daher denke ich, ehrlich gesagt, dass jede Hoffnung für das Hemd verloren ist.« Sie schnitt eine Grimasse. »Tut mir leid.«

Er lachte, und es klang offen. Seine tiefbraunen Augen wurden wärmer, sodass ihre Tiefen nicht mehr ganz so undurchdringlich wirkten. »Schon gut, ich habe noch eins im Auto.«

»Sie haben ein Ersatzhemd im Auto?«

»War doch schlau, oder?«

Sie konnte sich nicht vorstellen, jemals ein Ersatzirgendwas einzupacken, nur für den Fall – es hätte ein Maß an Organisation erfordert, dessen sie nicht fähig war. Sie war nicht mal sicher, ob sie genug saubere Unterwäsche für den Weihnachtstrip dabeihatte – sie hatte wahllos Sachen in den Koffer geworfen, während Lily sie zur Eile angetrieben hatte.

Sie fragte sich, was so wichtig war, dass er daran gedacht hatte, ein Ersatzhemd mitzunehmen – eine Hochzeit vielleicht? *Seine* Hochzeit? Nein, sicher nicht – wenn es seine Hochzeit wäre, würde er nicht hier mit ihr stehen; er wäre total aufgeregt und würde losrennen, um pünktlich in der Kirche zu sein.

Aber er hatte zwei Kaffee gekauft. War er verabredet? Ihr konnte es egal sein. Sie kannte nicht einmal seinen *Namen*, um Himmels willen, es sollte ihr völlig egal sein, ob er ein Date hatte.

Er hob seine Aktentasche auf, und gemeinsam gingen sie zum Tresen, wo die Bedienung überraschend ruhig und freundlich war, wenn man bedachte, wie viel Betrieb herrschte. War so das Leben auf dem Land? Keine Londoner Barista hatte Holly jemals so angelächelt.

»Was möchtet ihr haben?« Sie schob sich eine honigblonde Strähne hinters Ohr, sodass ein funkelnder Ohrring zum Vorschein kam.

»Ähh …« Holly sah den Mann an.

»Einen Americano und einen Hafermilch-Latte, bitte.«

Die Frau sah Holly erwartungsvoll an. »Und, ähm …«

Sie warf einen Blick auf die Specials. »Einen Zimt-Latte und einen Pfefferminztee.« Sie fand es zwar unsinnig, für Pfefferminztee zu bezahlen, aber Lily trank ihn in letzter Zeit eimerweise und weigerte sich sogar, koffeinfreien Kaffee zu trinken nur für den Fall, dass er schlecht fürs Baby wäre.

Holly betrachtete den Mann. Mit ihren eins achtundsiebzig fand sie sich selbst ziemlich groß, aber neben ihm kam sie sich klein vor. Das lag nicht nur an seiner Größe, sondern auch an der Art, wie er mit breiter Brust in seiner schwarzen Anzugjacke dastand und irgendwie Selbstbewusstsein ausstrahlte.

»Ähm, kann ich Sie noch zu einem Stück Kuchen einladen oder so etwas? Als Wiedergutmachung?«

»Das müssen Sie nicht.«

»Ich möchte aber.«

»Na gut, dann …« Er ließ den Blick über die Auslage schweifen. »Der Schoko-Lebkuchenstern sieht ziemlich gut aus.« Das tat er wirklich, und so schön weihnachtlich. Genau das, wonach ihr auch der Sinn stand – allerdings gab es nur noch einen. Er lachte leise. »Den hätten *Sie* gern, nicht wahr?«

Offensichtlich hatte sie ihn wohl ein wenig sehnsüchtig betrachtet. *Typisch.*

»Nein, nein«, sagte sie schnell. »Er gehört Ihnen.« Dazu bestellte sie noch ein Stück Zitronentarte für Lily, die gerade ständig Heißhunger auf Zitronen hatte.

»Das macht dann £16,80, bitte«, sagte die Frau und lächelte wieder.

Erst da, nach einem kurzen Klaps auf ihre Jeans, fiel es ihr wieder ein. Sie schlug sich an die Stirn. »Oh Gott, ich habe meine Karte nicht dabei. Ich habe sie vergessen, als ich … Warten Sie hier«, sagte sie zu dem Fremden. »Ich frage meine Schwester. Augenblick.«

Sie drehte sich um und spürte, wie ihr Gesicht brannte – *kein schöner Anblick bei einer Rothaarigen* –, weil sie sich schämte, ihre große Schwester um Geld bitten zu müssen, doch er fasste sie am Arm. Nur ganz leicht, mit den Fingern, aber so, dass sie den Druck durch ihren Pullover spürte und sich an jedem Berührungspunkt eine wohlige Wärme ausbreitete.

Vergiss es, Holly.

»Schon gut. Ich zahle«, sagte er, und ihre Blicke trafen sich.

»Aber ich …«

Er gab der Frau seine Karte, bevor Holly protestieren konnte, und ihr Gesicht brannte noch mehr.

»Tut mir leid«, stöhnte sie. »Ich habe meine Karte zu Hause vergessen; ich musste mir von meiner Schwester schon Geld fürs Benzin leihen, und ich …«

»Schon gut. Ehrlich.«

Die Barista reichte ihnen Kaffee und Kuchen und ersparte Holly damit weitere Erklärungen. Sie gingen zum Ende des Tresens, um die Getränke aufzuteilen und der Warteschlange hinter ihnen Platz zu machen. Nachdem er in eine der braunen Papiertüten geschaut hatte, holte der Mann den Schoko-Lebkuchenstern heraus und hielt ihn hoch. »Sieht ziemlich gut aus, nicht wahr? Und riecht *köstlich*.«

Sie versuchte, sich nicht über die Stichelei zu ärgern – schließlich hatte er gerade für ihre Getränke bezahlt.

Dann verzog er den Mund zu einem Lächeln, teilte den Stern in der Mitte und reichte ihr eine Hälfte.

Sie sah ihn an. »Das kann ich nicht …«

»Klar können Sie. Sie bewahren mich vor einer Überdosis Zucker und Koffein.« Er hielt seine beiden Kaffeebecher hoch.

»Die sind beide für Sie?« War das Erleichterung, was sie da verspürte? *Reiß dich zusammen, Holly!*

»Ich fürchte, ja. Ich brauche den Kick heute, also kippe ich erst den Americano runter und genieße dann den Latte.«

»Wow. Das ist eine Menge Kaffee.«

»Genau. Ich brauche also keine weiteren Stimulanzien – sonst drehe ich noch total am Rad.«

Holly schnaubte stumm bei der Vorstellung, dass dieser sehr robuste Mann am Rad drehen könnte, aber sie nahm den offerierten Kuchen an. »Danke.«

Die nächsten Kunden rückten auf, deshalb wich Holly zurück – und stolperte geradewegs über die Aktentasche des Mannes. Der andere Verschluss sprang auf, und ein paar Papiere fielen heraus.

Holly stöhnte innerlich. Niemand war so ungeschickt wie *sie*. »Es tut mir so leid«, sagte sie und bückte sich, um die Papiere einzusammeln.

Er lachte, und es klang warm, ein wenig ansteckend. »Allmählich erkenne ich ein Muster.«

Holly reichte ihm einen Stift, der weggerollt war, hob dann eine Karte vom Boden auf und starrte sie an. Sie war wunderschön, ein Bild vom Meer, wie sie noch nie eins gesehen hatte – eine wirbelnde Masse aus Blau, Grau und Grün, die dem Wasser Leben einhauchte, die jede Welle irgendwie anders aussehen ließ, und gleichzeitig die Weite des Ozeans einfing. Die Kühnheit der Farben, der Formen erinnerte sie an das Regenwaldgemälde im Eingang des Cafés.

»Wie cool«, sagte sie zu ihm. »Ist das handgemalt? Ein Original? Ist es von *Ihnen*?« Er lachte wieder, und sie schüttelte den Kopf. »Zu viele Fragen, tut mir leid.«

»Ja, ja und nein«, sagte er und zählte ihre Fragen an den Fingern ab. Nach kurzem Zögern fügte er hinzu: »Ich habe es geschenkt bekommen, vor langer Zeit … Es stammt von einer hiesigen Künstlerin. Ein paar ihrer Werke hängen sogar hier.« Er zeigte zu den Wänden hin.

»Wie heißt sie? Die Künstlerin?«

»Mirabelle Landor.«

»Mirabelle Landor«, wiederholte Holly und versuchte sich den Namen einzuprägen.

Der Mann legte den Kopf schief. »Sie sind also Kunstliebhaberin?« Holly zuckte unverbindlich die Schultern. Sie traute sich nicht, sich als Künstlerin zu bezeichnen. Stand ihr dieser Titel wirklich zu, wenn sie nie Geld mit ihrer Kunst verdient hatte? Lily sagte, sie könne immer noch ihren Traum verfolgen, könne immer noch eine *echte Künstlerin* werden, was immer das heißen mochte. Aber für Holly fühlte es sich an, als hätte sie ihren Traum bereits aufgegeben, indem sie sich für den Lehrerberuf entschieden hatte. *Nein,* ermahnte sie sich. So durfte sie nicht denken – wer wusste, was das nächste Jahr bringen würde?

Holly betrachtete erneut die Karte und zeichnete eine der Wellen nach. Als sie wieder aufblickte, sah sie, dass der Mann sie beobachtete. Ein Lächeln umspielte seine Lippen, aber in seinen dunklen Augen lag noch etwas anderes, Tieferes. »Tut mir leid«, sagte sie schnell und gab sie ihm zurück.

»Das muss es nicht.« Er zögerte, dann griff er in seine Aktentasche und holte eine weitere Karte heraus. Diesmal war es ein Wald, eher golden und braun als grün, aber im selben Stil. »Hier.« Er drückte sie ihr in die Hand. »Sie ist von derselben Künstlerin. Die hier kann ich Ihnen nicht geben« – er hielt die Wellen hoch – »weil ... Nun, einfach weil ...«

»Sie müssen das nicht rechtfertigen!«, rief Holly beschämt. Und *warum*, um Himmels willen, wurde sie ständig rot? »Ich wollte nicht ...«

»Ich weiß«, sagte er, seine Stimme war, im Gegensatz zu ihrer, vollkommen ruhig. Ruhig und hinreißend. Konnte eine Stimme hinreißend klingen? Sie konnte – so tief und weich und sanft, wie flüssige Schokolade. Aber dunkle Schokolade – köstlich und verlockend. »Aber die hier habe ich aus einer Laune heraus gekauft«, fuhr er fort, »in einem Laden auf dem Weg in die Stadt – und vielleicht habe ich es genau deshalb getan. Damit ich sie Ihnen schenken kann.« Es war eine alberne, romantische Vorstellung, das, was manche als Schicksal bezeichnen würden – woran Holly aber nicht glaubte. Trotzdem konnte sie nicht verhindern, dass ihr Herz ein wenig zu flattern begann.

Es fühlte sich unhöflich an, weiter zu protestieren, also nahm sie die Karte an. »Danke«, murmelte sie. »Ich … bin nicht seltsam. Es ist nur – ich will auch Künstlerin werden, und es ist cool, Leute zu sehen, die nicht superberühmt sind oder so und es trotzdem schaffen, und ich …« Sie unterbrach sich, weil sie das Gefühl hatte, sich endgültig um Kopf und Kragen zu reden.

»Ein Grund mehr, sie Ihnen zu schenken«, sagte er schlicht. Er schob die andere Karte zurück in seine Aktentasche. Sie war abgenutzt, wie sie jetzt bemerkte, die Ränder ausgefranst, und auf der Innenseite stand etwas geschrieben. Sie wollte fragen, von wem, aber sie tat es nicht – schließlich wusste sie immer noch, was sich gehörte.

»Ich bin Holly«, sagte sie stattdessen.

Er lächelte. »Und ich bin Jack.«

KAPITEL ZWEI

So wie Jack sie jetzt ansah, war Holly froh, dass sie Lippenstift und die baumelnden Sternchen-Ohrringe trug. Sie schob sich eine Haarsträhne hinters Ohr. »Ah, und wo willst ... du? ..., Jack, heute hin, mit deinem Anzug und deiner Aktentasche?«

Er verzog das Gesicht. »Oh. Das ist eine ... Familiensache.«

Bevor Holly weiterfragen konnte, ging der Timer auf seinem Handy, und sie zuckten beide zusammen. »Tut mir leid«, sagte er, während er ihn ausschaltete. »Ich muss los – mein Parkschein läuft gleich ab.«

»Dafür hast du einen Timer gestellt?«

Er lächelte ein wenig verlegen. »Nur zur Sicherheit.«

Holly lachte, irgendwie entzückt.

»Tut mir leid«, sagte Jack wieder. »Ich würde vielleicht sogar einen Strafzettel riskieren, um weiter mit dir zu reden, aber ich muss zu dieser ...«

»Familiensache?«

»Genau.« Er zögerte. »Nächstes Mal gibst du den Kaffee aus.«

Holly neigte den Kopf. »Beziehungsweise vier Kaffee und einen halben Lebkuchen.«

Er grinste, und Holly konnte nicht anders, als ebenfalls zu grinsen.

Dann seufzte sie. »Ich schulde dir wirklich etwas, aber ich bin nicht von hier.« Wäre es sehr unpassend, wegen eines einzigen Gesprächs nach Devon zu ziehen?

»Super. Ich auch nicht.«

»Ich wohne momentan in London«, sagte Holly und zog die Augenbrauen hoch.

»Na, das passt ja, ich auch.« Das war kein Schicksal. *Schicksal* gab es nicht.

Jack holte einen Stift aus seiner Aktentasche und schrieb seine Nummer auf ihren Kaffeebecher. »So. Jetzt musst du mich anrufen – so fängt doch jede romantische Komödie an, oder? Als Nächstes stecken wir dann mitten in einer guten Story.«

Holly konnte sich gerade noch ein Schnauben verkneifen – Schnauben war nicht attraktiv. »Ich liebe gute Storys.«

»Ich auch«, sagte Jack, und obwohl er es augenzwinkernd sagte, wurde Holly schon wieder rot. Jack wandte sich zum Gehen, und Holly machte sich auf den Weg zu dem Tisch, an dem Lily saß.

»Nun, das hat länger gedauert als erwartet«, sagte Lily und warf Holly einen wissenden Blick zu.

»Er wollte nur höflich sein«, sagte Holly steif. Obwohl sie sich nicht verkneifen konnte, einen Blick über ihre Schulter zu werfen, um Jack nachzusehen, der das Café gerade verließ. Er hatte einen schönen Rücken, fand sie. Einen Rücken, den sie gern einmal ohne dieses Jackett sehen würde. *Hör auf, Holly!*

»Vielleicht bin ich da komisch«, sagte Lily gelassen, »aber ich gebe nie jemandem meine Nummer, nur um höflich zu sein.«

Holly blickte auf die Nummer, die auf ihren Kaffeebecher gekritzelt war. »Wahrscheinlich wird sowieso nichts daraus. Ich meine, ich kann ihn doch nicht *wirklich* anrufen, oder? Ich fange bald einen neuen Job an, ich muss umziehen und ...«

»Und?«

»Und es ist kompliziert«, schloss Holly achselzuckend.

»Sieh mal«, sagte Lily und trank einen Schluck von ihrem Pfefferminztee, »ich hätte auch nie gedacht, dass ich Steve so kennenlernen würde, aber als ich ihm vor dem Club begegnet bin ...«

»Eure Blicke trafen sich, und du wusstest, dass er der Richtige ist. Ich weiß, Lils, ich war dabei.«

»Ich mein ja nur ... manchmal greift das Schicksal ein und man muss ...«

»Ja, ja.« Holly mochte es nicht, wenn Lily die Schicksalskeule schwang – womit die Leute ihrer Meinung nach nur die schlechten Dinge im Leben rechtfertigen wollten. »Komm schon, lass uns gehen – machst du dir keine Sorgen wegen des Parkverbots?«

Lily verdrehte die Augen, stand aber auf. Holly wusste, dass es albern war – schließlich war Lily erst seit ein paar Monaten schwanger –, aber sie war in ständiger Sorge um sie.

Sie warf einen Blick auf Lilys Bauch. »Wie geht es meiner kleinen Talula? Saugt sie die ganze Weihnachtsatmosphäre in sich auf?«

Lily warf ihr einen Blick zu. »Es wird keine Talula. Das habe ich dir doch gesagt.«

»Tja, ich nenne sie aber so«, sagte Holly, als sie das Café verließen.

»Auch wenn sie ein Junge ist?«

»Ja, auch dann.«

»Damit machst du dich sicher beliebt bei ihr.«

»Pfft!« Holly winkte ab. »Als ob ich mir darüber Gedanken machen müsste – ich werde sowieso die Lieblingstante sein.«

»Weil du die *einzige* Tante bist.«

»Eben.« Sie versuchte es zu überspielen, aber in Wahrheit war Holly sehr aufgeregt, dass sie Tante wurde. Weit davon entfernt, an eigene Kinder zu denken, liebte sie die Vorstellung kleiner Nichten und Neffen, mit denen sie spielen konnte – und denen sie natürlich Unmengen von Malutensilien und Malbüchern kaufen würde. Sie arbeitete sogar schon an einer kleinen Skulptur, die sie ihm oder ihr am Tag der Geburt schenken wollte – eine kleine Giraffe, weil Lily Giraffen liebte, so klein, dass das Baby sie mit seinen kleinen Händen umklammern konnte, und in knalligen, kräftigen Farben, wie Elmer der Elefant.

Holly ließ den Motor an und drehte die Heizung auf, als sie ins Auto stiegen – hier unten war es eindeutig kälter als in London. Es war noch nicht mal vier Uhr nachmittags, wurde aber bereits dunkel, und kleine, trübe Regentropfen klebten an der Windschutzscheibe. Holly rümpfte die Nase – nicht gerade ideale Straßenbedingungen. Aber es waren nur fünfundvierzig Minuten, die schaffte sie auch im Dunkeln bei Regen.

Lily schnallte sich an, und ihr Blick fiel auf den Kaffeebecher, den Holly in den Getränkehalter gestellt hatte. »Ernsthaft, Holly, dieser Typ könnte der Richtige sein – du solltest ihm gleich eine Nachricht schicken.«

Holly verdrehte die Augen. »Ja, weil das gar nicht verzweifelt rüberkommen würde.«

»Diese Spielchen sind albern – wenn man jemanden mag, mag man ihn.«

»Sagt die glücklich verheiratete Frau, die sich darüber keine Gedanken mehr machen muss.«

»Dann speichere wenigstens seine Nummer.«

»Lily!« Holly justierte den Rückspiegel. Erst als sie die Scheinwerfer des Autos hinter sich sah, dachte sie daran, das Licht anzuschalten.

»Ich meine ja nur … Du beschwerst dich immer, dass du nie jemanden kennenlernst. Das ist der Grund – weil du kein Risiko eingehst, selbst wenn dir das Glück auf einem Kaffeebecher serviert wird.«

»Ich gehe sehr wohl Risiken ein«, sagte Holly und versuchte, nicht trotzig zu klingen. Und das tat sie auch – schließlich sagte sie meistens ja, wenn jemand sie um ein Date bat. Okay, sie war nicht auf den ganzen Apps, aber das war Lily auch nicht gewesen – mal ehrlich, welches Risiko war Lily denn schon groß eingegangen? Mit einundzwanzig hatte sie ihren Mann kennengelernt, fünf Jahre später geheiratet, zwei Jahre später war sie schwanger und auf dem besten Weg zur glücklichen Kleinfamilie. Und obwohl sie wusste, dass ihre Schwester aufrichtig versuchte, hilfreich zu sein, fühlte sie sich von Lily manchmal unter Druck gesetzt, möglichst schnell jemanden kennenzulernen und demselben Muster zu folgen. Doch sie schwieg – es würde nur im Streit enden, wenn sie mehr sagte.

Holly fuhr los, als die Straße frei war. Zu spät fiel ihr ein, dass sie keine Ahnung hatte, wohin sie musste. Sie tastete nach ihrem Handy, das sie neben den Kaffeebecher gelegt hatte, rief Google Maps auf und gab die Postleitzahl ein. Während sie fuhr, wurden die Regentropfen immer dicker – obwohl es, wenn sie genauer hinsah, eher so aussah, als ob …

»Es schneit!«, rief Lily. »Es schneit tatsächlich – an Heiligabend!«

Holly schaltete die Scheibenwischer ein. »Ich würde sagen, das ist eher Graupel als Schnee.«

Lily fuchtelte mit der Hand herum. »Hör auf, es kaputtzumachen. Mum und Dad werden es *lieben*.«

»Ich bezweifle, dass sie es auch lieben würden, wenn sie Auto fahren müssten«, murmelte Holly, aber so leise, dass Lily so tun konnte, als hätte sie es nicht gehört. Sie bog am Ende der Straße links ab, und Lily runzelte die Stirn.

»Du fährst in die falsche Richtung.«

»Nein, tue ich nicht. Ich folge der blauen Linie auf Google Maps.«

»Vielleicht hast du die Postleitzahl falsch eingegeben, denn ich habe gerade im Café auf die Karte geschaut, und du fährst in die falsche Richtung.«

»Lily! Um Himmels willen, lass mich einfach fahren, okay?«

»Ich sage dir ja nicht, *wie* du fahren sollst, ich sage nur, dass du in die falsche Richtung fährst. Sieh her, ich zeige es dir.« Sie schnappte sich Hollys Handy vom Armaturenbrett.

»Hey!«

»Ich meine ja nur, dein Orientierungssinn ist nicht gerade brillant, Holly. Besser, ich …«

Holly griff mit einer Hand nach dem Telefon und starrte ihre Schwester an, als sie es wegzog. »Gib es zurück!«

»Ich sehe nur nach, Holly, das ist alles.«

»Da kommt gleich eine Kreuzung. Soll ich links oder rechts abbiegen?«

»Warte kurz, ja?« Lily ließ das Telefon sinken und zoomte etwas heran.

Holly stöhnte. »Warum musst du dich immer einmischen? Warum kannst du mich nicht einmal etwas allein machen lassen?« Von hinten näherte sich ein Auto und drängelte. *Um Himmels willen!* Sie fuhr schon Höchstgeschwindigkeit, trotz Schneeregen. Konnte der nicht ein bisschen langsamer fahren?

»Ich finde, du übertreibst.«

»Nein, tu ich nicht! Du weißt es immer besser!« Holly war sich bewusst, dass sie überreagierte, sie war *genervt*.

Die Kreuzung kam jetzt schnell näher, und sie trat auf die Bremse. Aber da ein Auto hinter ihr war und sie sich auf einer Landstraße befand, konnte sie nicht einfach anhalten.

»Gib es *zurück*«, sagte sie erneut und diesmal schnappte sie sich das Telefon. Sieg!

Und in diesem kurzen Moment, in dem sie sich auf das Handy konzentrierte, kam an der Kreuzung vor ihnen ein Auto viel zu schnell um die Kurve gerast. So schnell, dass es ausscherte und auf die Gegenspur ausweichen musste. Holly ließ das Telefon fallen und umklammerte mit beiden Händen das Lenkrad.

»Scheiße!«, fluchte sie, während Lily »Bremsen!« rief und ihre Hände vor ihren Bauch hielt.

Also bremste Holly.

Aber das Auto hinter ihnen bremste nicht. Nicht rechtzeitig. Und statt dem entgegenkommenden Auto auszuweichen, wurden sie ein paar Meter nach vorne geschleudert ...

Holly spürte ihn – den Moment des Aufpralls. Spürte den Ruck, der durch ihren Körper ging, hörte das markerschütternde Knirschen von Metall. Sie spürte, wie ihr Sicherheitsgurt in ihren Körper schnitt, ihr den Atem raubte. Sah Lilys Gesicht, die aufgerissenen Augen, sah, wie ihr Haar, das sie heute Morgen so sorgfältig frisiert hatte, nach vorn geschleudert wurde.

Und das war's. Das war das Letzte, was sie wahrnahm, bevor etwas Hartes gegen ihren Kopf schlug. Bevor der Schmerz durch ihren Schädel schoss. Bevor ihre ganze Welt dunkel wurde.

3 JAHRE SPÄTER

Dezember

KAPITEL DREI

Liebe/r Unbekannte/r

*dies ist mein drittes Weihnachten allein. Wenn Du diesen
Brief bekommst, ist es drei Jahre, fünf Tage, neun Stunden und
elf Minuten her, seit ich meine Schwester in ein anderes Auto
gefahren habe. Drei Jahre, seit wir beide bewusstlos ins
Krankenhaus gebracht wurden. Drei Jahre, seit meine Schwester
aus meinem Leben verschwunden ist.*

*Jedes Jahr denke ich, dass es leichter wird – aber das wird
es nicht.*

*Heiligabend wird immer der Jahrestag dieses Unfalls
sein. Heiligabend wird immer der Tag sein, an dem ich mich
frage: Was wäre, wenn? Was wäre, wenn ich nicht darauf
bestanden hätte zu fahren? Was wäre, wenn ich durchgefahren
wäre und nicht in diesem Café angehalten hätte? Was wäre,
wenn wir unsere Getränke dort getrunken hätten, statt sie
mitzunehmen?*

*Ich mache bei diesem Club der Unbekannten mit, um mich
weniger allein zu fühlen. Wenn ich ganz ehrlich bin, habe ich
damit angefangen, weil meine Freundin Abi mich dazu überredet
hat, nachdem sie in einer Radiosendung davon gehört hatte, und
ich habe weitergemacht, weil ich hoffte, mich dadurch weniger
einsam zu fühlen. Und da ist was dran. Zu wissen, dass du, wo
auch immer du bist, wer auch immer du bist, irgendwo da
draußen existierst, zu wissen, dass du lesen wirst, was ich*

schreibe, dass du verstehen wirst, was ich schreibe, ist ein Trost. Dafür vielen Dank.

Aber eigentlich ist Weihnachten ja eine Zeit für Familie und Freunde. Und in gewisser Weise ist es das für mich auch immer noch. Ich ertappe mich immer noch dabei, wie ich mir Dinge in einem Schaufenster ansehe und denke, das wäre ein gutes Geschenk für Mama oder Papa. Für meine Schwester. Auch wenn ich Weihnachten nie wieder mit Lily verbringen werde, gelingt es mir doch jedes Jahr, das perfekte Geschenk für sie zu finden.

Es tut mir leid: Dieser Brief ist morbider, als meine Briefe das sonst sind. Es ist nicht alles schlecht, ehrlich. Und bald sind die Feiertage vorbei, und ich freue mich auf den Beginn des Schuljahres und die damit verbundene Ablenkung. Ich hoffe, du hast auch etwas, worauf du dich freust.

Jedenfalls bin ich froh, dass es dich gibt, Fremde/r, und ich hoffe, es tröstet dich, zu wissen, dass du nicht die/der Einzige bist, die/der allein ist, die/der sich einsam fühlt. Wir beide werden dieses Weihnachten überstehen, versprochen, und es wartet ein strahlendes, funkelndes neues Jahr auf uns. Zumindest sage ich mir das. Und dir sage ich es auch und hoffe, dass du mir vielleicht glaubst.

Ich sende Liebe und positive Gedanken in die Welt hinaus, während ich dies schreibe. Ich habe nie an Schicksal geglaubt – im Gegensatz zu meiner Schwester –, aber positive Gedanken können nicht schaden, oder?

Alles Liebe,
Holly

»Was machst du gerade? Gammelst du auf dem Sofa rum?« Holly hielt das Telefon vom Ohr weg, weil Abi praktisch schrie – wozu sie neigte. Holly war überzeugt, das war die

Theaterlehrerin in ihr – sie war so damit beschäftigt, ihren Schülern beizubringen, *alles rauszulassen*, dass sie verlernt hatte, in normaler Lautstärke zu sprechen. »Sag, dass das nicht wahr ist!«, schrie Abi. »Du hast mir versprochen, das nicht zu tun.«

»Ich gammle nicht rum«, sagte Holly brav, obwohl sie gerade auf ihrem gebrauchten grünen Sofa saß und ins Leere starrte, weil es ihr zu anstrengend war, den Fernseher einzuschalten.

»Du lügst«, sagte Abi, die sie durchschaute. »Aber wir sehen uns morgen, oder? Heiligabend-Drinks? Ich habe James nach London zu seinem Bruder geschickt, also sind wir nur zu zweit.«

Holly ließ sich noch tiefer ins Sofa sinken. Heiligabend. In diesem Jahr war ihre kleine Wohnung nicht geschmückt – darum hatte Abi sich immer gekümmert, bevor sie ausgezogen war –, also gab es keinerlei Hinweise auf das bevorstehende Weihnachtsfest. Die Wohnung selbst war okay – sie war zwar klein, aber schlicht und modern und vor Hollys Einzug frisch renoviert worden, auch wenn die Küchenschranktüren dazu neigten, aus den Angeln zu kippen. Doch heute verlieh das graue Winterlicht dem Wohnzimmer eine nasskalte Tristesse. Holly fragte sich, ob es richtig gewesen war, den Mietvertrag zu verlängern, nachdem Abi mit James, ihrem fantastischen irischen Verlobten, zusammengezogen war – aber wo hätte sie sonst bleiben sollen?

Sie hatte Abi kurz nach dem Unfall kennengelernt, als sie nach Windsor gezogen war, auf der Flucht vor London und ihrem Leben dort, unfähig, sich der Trauer und den Schuldgefühlen zu stellen. Es war ihr gelungen, eine Stelle als Lehrerin zu ergattern, und seitdem war sie jeden Tag dankbar, dass Abi eine ihrer Kolleginnen dort gewesen war – denn obwohl es sich angefühlt hatte, als wäre ihre ganze Welt eingestürzt, war Abi immer für sie da gewesen. Und als Abi als stellvertretende

Direktorin an die Kunsthochschule wechselte, war Holly mitgegangen. Abi hatte Holly sogar bei sich einziehen lassen, was sich als Segen erwies, denn Holly hatte nicht bedacht, wie teuer die Mieten in Windsor waren, und sich anfangs in einer chaotischen WG durchgeschlagen.

Vor zwei Monaten hatte Abi schließlich dem Druck nachgegeben, mit James zusammenzuziehen, und Holly allein zurückgelassen. Eigentlich hatte sie vorgehabt, sich eine neue Mitbewohnerin zu suchen, aber sie war nicht dazu gekommen. Außerdem überlegte sie, Daniel zu fragen, ob er bei ihr einziehen wollte – denn tat man das nicht mit Ende zwanzig, wenn man schon eine Weile zusammen war?

»Willst du essen gehen oder nur was trinken?«, fragte Abi und riss Holly aus ihren Gedanken.

»Hm, essen gehen? Wahrscheinlich besser, oder? Aber kriegen wir so kurzfristig noch einen Tisch?«

»Ich regle das«, sagte Abi schlicht. Und das würde sie auch tun – Abi *regelte* immer alles irgendwie.

Hollys Telefon klingelte, und sie sah aufs Display. »Ich muss auflegen, Abs, Daniel ruft an.«

»Gut. Unternimm was mit ihm, statt rumzugammeln. Amüsier dich ein bisschen!«

Diesmal machte Holly sich nicht die Mühe, es nicht zu erwähnen. »Geht nicht. Er ist auf dem Weg nach Prag, schon vergessen?«

»Ach ja, wie konnte ich.« In Abis Stimme schwang Missbilligung mit.

»Er darf ein Leben haben, Abs.«

»Ja, das darf er. Ich finde nur, dass er dich vielleicht ab und zu mitnehmen könnte.«

»Wir haben eine gesunde Beziehung«, sagte Holly, die zwar

merkte, dass sie in die Defensive ging, sich aber nicht zurückhalten konnte. »Wir respektieren den Freiraum des anderen.« Das war eines der Dinge, die sie an der Beziehung zu Daniel mochte – er belagerte sie nicht ständig, vermittelte ihr kein Gefühl der Klaustrophobie.

Abi legte auf, und Holly sammelte sich kurz, damit ihre Stimme aufgekratzt klang, als sie Daniels Anruf entgegennahm.

»Hey!«

»Hey, hör mal, können wir reden?« Er klang gestresst. Er neigte zwar dazu – einige Schüler hatten ihm sogar den Spitznamen Stresskopf verpasst, und mindestens einmal pro Woche konnte man ihn während des Musikunterrichts die Fassung verlieren hören –, aber normalerweise war das aufs Unterrichten beschränkt, deshalb wurde sie hellhörig.

»Klar«, sagte Holly. »Was ist es denn?«

Ein Radfahrer auf der falschen Straßenseite? Darüber konnte er sich wirklich aufregen. Oder fand er vielleicht irgendetwas nicht, das er für Prag einpacken musste?

»Bist du zu Hause?«, fragte Daniel und seine Worte überschlugen sich.

»Ähm, ja …«

»Okay … Hör zu, ich bin nur fünf Minuten entfernt. Kann ich vorbeikommen?«

»Musst du nicht packen?« Das war der Grund, warum er vorhin keine Zeit gehabt hatte, sie vor seiner Abreise nach Prag noch einmal zu treffen. Sein Flug ging morgen früh – Heiligabend waren die Flüge anscheinend billiger.

»Ich weiß, ich wollte nur … Hör zu, Holly, ich muss wirklich mit dir reden.«

»Okay, dann komm vorbei!« Sein Ton gefiel ihr nicht, doch sie blieb positiv. Kein Grund zur Panik.

Ein paar Minuten später schloss Daniel die Wohnungstür auf. Sie hatte ihm vor etwa sechs Monaten einen Schlüssel und den Code für das Gebäude gegeben – ein weiterer Schritt, den sie glaubte, tun zu müssen. Sie stand auf, als er die Tür hinter sich schloss, und bemerkte die Briefe, die im Briefschlitz steckten. Einige davon mussten für Abi sein – sie hatte ihre Adresse immer noch nicht geändert, aber nicht, weil sie unorganisiert war, sondern, wie Holly wusste, aus Sorge, dass es nicht funktionierte – dass sie, so sehr sie James auch liebte, im Zusammenleben irgendeine Unvereinbarkeit feststellen würde, die ihr vorher nie aufgefallen war.

Holly zauberte ein Lächeln für Daniel hervor, der den übergroßen, teuren schwarzen Mantel trug, den er vor zwei Jahren gekauft hatte. Er stand ihm nicht besonders, das Schwarz machte ihn blass, besonders im Winter, aber sie hatte nie etwas gesagt.

»Willst du eine Tasse Tee?«, fragte Holly. »Ich habe diesen Zitrone-Ingwer-Tee, den du so magst.« Sie ging in die Küche – eher eine Kochnische –, die ans Wohnzimmer grenzte. Aber er folgte ihr nicht.

Sie drehte sich wieder um. Er spielte an seinem blonden Haar herum, wie immer, wenn er nervös war, sodass es noch platter anlag. Es wurde oben schon schütter – was ihm peinlich war, wie sie wusste, aber sie hatte ihm wiederholt gesagt, dass es sie nicht störte.

»Daniel? Was gibt's?«

Er holte so tief Luft, dass sein Brustkorb sich weitete. »Holly.« Seine Stimme klang gepresst. »Das hier funktioniert nicht.«

Holly runzelte die Stirn. »Was funktioniert nicht? Der Tee?«

Er trat von einem Fuß auf den anderen. Er hatte seine Schuhe nicht ausgezogen, fiel Holly auf – die klobigen Wanderstiefel, die er im Winter immer trug. »Wir.«

Sie sah ihn ausdruckslos an, ehrlich verblüfft. »Was meinst du mit *wir*?«

Er schloss kurz die blassblauen Augen. »Tut mir leid.« Wieder spielte er an seinem Haar herum. »Gott, tut mir leid, ich wollte nicht so damit herausplatzen.«

»Womit herausplatzen?«

»Ich glaube nicht ... Ich meine, dass du und ich ...«

Sie starrte ihn an – das schüttere Haar, die Augen, die ihrem Blick auswichen, die schiefe Nase, die er sich als Kind gebrochen hatte –, und ihr dämmerte etwas. »Moment, Moment, Moment ... Heißt das ... Machst du Schluss mit mir?«

Sein Gesicht sagte alles.

»Was soll das, Daniel?« Sie holte tief Luft und versuchte, nicht hysterisch zu klingen. »Wo kommt das plötzlich her?«

»Es ist ...« Er schluckte. »Ich denke schon seit einer Weile darüber nach.«

»Seit einer *Weile*?« Und sie hatte die Suche nach einer Mitbewohnerin schleifen lassen in der Annahme, dass sie früher oder später zusammenziehen würden. »Danke, dass ich das auch mal erfahre.« Sie fuhr sich mit beiden Händen durchs Haar und bemerkte erst jetzt, dass sie es heute nicht gebürstet hatte. »Warum?«

»Ich ...« Sein Blick fiel auf den beigen Teppich. »Ich glaube, du bist nicht mit ganzem Herzen dabei.«

»Ist das dein Ernst?« Sie spürte, wie sie die Beherrschung verlor. »Du tauchst hier auf, einen Tag vor Heiligabend, um mit mir Schluss zu machen, und gibst *mir* die Schuld?«

»Ich wollte nicht damit warten, es dir zu sagen«, sagte Daniel, und seine Worte überschlugen sich. »Ich meine, eigentlich wollte ich bis Neujahr warten, aber ich habe mit einem Kumpel geredet und der meinte, es sei nicht richtig, das ganze Weihnachtsding mit Geschenken und allem durchzuziehen, wenn ich wüsste ...«

Sie konnte ihn nur anstarren. Wieso hatte sie das nicht kommen sehen? Wie konnte sie nicht die *leiseste Ahnung* gehabt haben?

»Und so«, fuhr er fort, »haben wir wenigstens ein paar Wochen Zeit, bevor wir uns bei der Arbeit wiedersehen.«

»Oh ja«, sagte Holly bitter. »Sehr rücksichtsvoll von dir.« Sie wandte sich von ihm ab, um sich ein Glas Wasser aus der Küche zu holen. Sie wusste nicht, was sie tun sollte. Was *tat* man in so einer Situation? Sie hatte noch nie erlebt, dass jemand mit ihr Schluss machte – all ihre Beziehungen vor Daniel waren nur von kurzer Dauer gewesen und irgendwie ... im Sande verlaufen.

»Es tut mir leid!«, rief Daniel hinter ihr und folgte ihr jetzt. »Ich weiß nicht, was ich tun soll – es fühlt sich an, als könnte ich nichts richtig machen, als gäbe es keinen richtigen Zeitpunkt, es zu sagen.«

Holly holte ein Glas aus dem Küchenschrank, fluchte vor sich hin, als sich eines der Scharniere löste, füllte Wasser ins Glas, spielte auf Zeit, während sie versuchte, ihre Gedanken zu ordnen. Dann drehte sie sich zu ihm um, zwischen ihnen die Arbeitsplatte, die die Küche vom Wohnzimmer trennte. »Ich verstehe es nur nicht, Daniel. Was hat sich geändert?«

Daniel machte einen Schritt auf sie zu. »Sieh mal, als wir zusammenkamen, warst du ... Naja, du hattest einiges durchgemacht.«

Holly zuckte zusammen. Als sie Daniel kennenlernte, lag der Unfall schon ein Jahr zurück, aber sie hatte ihn immer noch nicht verkraftet. Und als Daniel mit ihr ausgehen wollte, hatte Abi sie ermutigt. *Du musst nach vorn schauen, Babe. Du kannst nicht in der Vergangenheit leben – das bringt dich um.*

»Und das habe ich verstanden, ehrlich, aber ich dachte, vielleicht ...«

»Du dachtest *was*?«, fragte Holly scharf.

Er schüttelte den Kopf, und es wirkte erschöpft. Ernsthaft? Jetzt besaß er auch noch die Dreistigkeit, erschöpft zu wirken? »Keine Ahnung.«

»Du dachtest, es wird irgendwann lustiger mit mir. Ist es das?«

»Nein! Es *ist* lustig mit dir.« Aber es klang beschwichtigend, als meinte er es nicht wirklich. War sie nicht lustig? War das das Problem? »Es ist nur ... Du scheinst nicht wirklich ... engagiert. Ich dachte, du würdest mit der Zeit vielleicht offener, würdest mehr mit mir reden.«

Sie runzelte die Stirn. »Ich rede die ganze verdammte Zeit mit dir.«

Er seufzte. Als wäre sie es, die unvernünftig war. »Ich will jemanden, mit dem ich mir ein Leben aufbauen kann, Holly.«

»Das will ich auch!« Die Worte kamen automatisch – es war das, was man in so einer Situation sagte. Aber es war auch die Wahrheit. Oder etwa nicht?

»Willst du das wirklich?«

»Ja.« Sie reckte ihr Kinn, und die Geste erinnerte sie kurz an die Streitereien mit Lily. *Willst du das wirklich tragen, Holly? Ja. Willst du wirklich die ganze Strecke fahren? Ja.*

»Vielleicht«, räumte Daniel ein. »Aber nicht mit mir. Du hast mich noch nicht einmal deinen Eltern vorgestellt, verdammt noch mal.«

Holly zuckte zusammen, ließ sich aber von ihm kein schlechtes Gewissen einreden. »Sagst du mir jetzt, was ich will? Was ich fühle? Wie kannst du es wagen! Und meine Eltern, meine Familie ... Das ist ...«

»Holly, beruhige dich, ich bin nicht …«

Aber Holly schüttelte den Kopf und fuhr dazwischen. »Weißt du was? Ich will mich damit jetzt nicht befassen. Raus.«

Er rührte sich nicht. »Siehst du, das meine ich – du willst nie reden, nie über deine Gefühle sprechen.«

»Oh, du willst, dass ich über meine Gefühle spreche, ja? Ich soll dir sagen, dass mein Herz gebrochen ist, damit du dein Ego aufpolieren kannst, während du mich tröstest?«

»So hab ich das nicht gemeint.« Er strich sich wieder mit einer Hand durchs Haar. »Scheiße, ich mache das nicht richtig.«

»Nein, das machst du verdammt noch mal nicht.«

»Ich gehe.«

»Ja, bitte.«

»Ich rufe dich später an, wenn du …«

»Wenn ich *was*?«

»Wir müssen in Ruhe darüber reden«, sagte er.

Holly seufzte. »Geh einfach, Daniel.« Ihre Wut verblasste jetzt, und etwas anderes trat an ihre Stelle. Sie wollte lieber allein sein, wenn sich dieses Gefühl in ihr breitmachte.

Er zögerte, wandte sich dann aber zum Gehen. In der offenen Tür hielt er inne und sah sie noch einmal an. »Es tut mir leid, Holly. Ich tue das nicht, um dich zu verletzen.«

Holly stieß ein humorloses Lachen aus. »Tja, für mich fühlt es sich aber so an.«

»Ich rufe dich an«, wiederholte er und schloss die Tür hinter sich. Dadurch lösten sich die Briefe, die in den Briefschlitz gestopft waren. Holly fühlte sich ein wenig betäubt, als sie sich bückte, um sie aufzuheben, ihre Bewegungen waren steif.

Und da, ganz oben auf dem Stapel, lag der diesjährige Brief von einer Unbekannten.

KAPITEL VIER

Liebe/r Unbekannte/r,

ich weiß nicht so recht, wie ich diesen Brief beginnen soll – es ist das erste Mal, dass ich so etwas mache, und es kommt mir ein bisschen albern vor. Aber ich werde es versuchen. Dass ich dich nie treffen werde, macht es, ehrlich gesagt, etwas einfacher. Da hat Pam schon recht.

Weißt du, ich bin allein. Schon seit Jahren. Mein Sohn Richard starb vor achtzehn Jahren bei einem Autounfall. Fast auf den Tag genau vor achtzehn Jahren, während ich dies schreibe. In der Weihnachtszeit sind alle irgendwie in Eile, nicht wahr? Sie haben es eilig, nach Hause zu kommen oder sich mit Freunden zu treffen. Sich zu amüsieren oder zu entspannen, wie auch immer. Wusstest du, dass die Wahrscheinlichkeit, in einen Autounfall verwickelt zu werden, an Weihnachten bis zu viermal höher ist als an jedem anderen Tag des Jahres?

Als Richard starb, war es vorbei. Mein Mann Charles hat es nicht verkraftet, und es hat uns auseinandergerissen. Wir sind zusammengeblieben, und ich habe ihn immer noch geliebt, und ich glaube, dass er mich trotz allem auch immer noch geliebt hat. Aber er war nur noch ein Schatten seiner selbst, und als er vor sieben Jahren starb, war ich fast erleichtert. Es ist furchtbar, so etwas zu sagen. Ich würde es niemals zu jemandem sagen, den ich kenne, aber es fühlt sich nicht so an, als würde ich diesen Brief einer echten Person schreiben. Das war es wohl, was Pam meinte.

Versteh mich nicht falsch, ich wollte nicht, dass Charles stirbt. Es hat mich getroffen, und natürlich wäre es mir lieber, er wäre noch hier. Aber ich kann nicht leugnen, dass ich erleichtert war, mich nicht mehr verstellen zu müssen.

Charles hat mir die Schuld gegeben, glaube ich. Er hat nie etwas gesagt, aber ich weiß, dass er mir die Schuld gegeben hat. Nicht so sehr für Richards Tod, sondern dafür, dass wir mit Richard auch unseren Enkel verloren haben. Seine Mutter hat ihn uns weggenommen und gesagt, dass sie uns nie wieder sehen wollen. Ich habe diesen Jungen so sehr geliebt. Er besaß die Beharrlichkeit seiner Mutter und die Leidenschaft seines Vaters – ich frage mich, ob er beides noch hat, oder ob das eine oder das andere im Laufe der Zeit verloren gegangen ist.

Ich schätze, es hat keinen Sinn, zu beklagen, was wir verloren haben – irgendwann muss man es einfach akzeptieren. Aber während ich dies schreibe, sitze ich in meinem Stammcafé, starre auf das Gemälde eines Regenwaldes und wünschte, ich wäre dort, und ich kann nicht anders, als mich zu fragen, wie mein Leben ausgesehen hätte, wenn Richard an diesem Tag nicht ins Auto gestiegen wäre. Hätte ich jetzt jemanden, an den ich mich anlehnen könnte?

Denn dieses Jahr wünschte ich, ich hätte jemanden. Bei mir wurde gerade Krebs diagnostiziert. Bauchspeicheldrüsenkrebs, um genau zu sein. Und ich nehme an, die Konfrontation mit der eigenen Sterblichkeit bringt einen dazu, Bilanz über sein Leben zu ziehen. Was man bedauert, welche Fehler man gemacht hat. Und im Moment bin ich nicht nur mit der Möglichkeit des Todes konfrontiert – ich bin damit auch allein.

Weißt du was? Ich bin mir nicht sicher, ob ich mich dadurch besser fühle, dass ich dies schreibe. Ich bin mir auch nicht sicher, ob du dich dadurch besser fühlen wirst – offensichtlich mache ich

*also alles falsch. Aber vielleicht ja doch? Denn bist du nicht auch
allein? Geht es nicht gerade darum, zu wissen, dass wir nicht die
Einzigen sind? Vielleicht liegt darin auch eine Art von Trost. Ich
wünschte, ich hätte weise, inspirierende Worte für dich, aber das
ist schwierig, da ich nichts über dich weiß, und gute Ratschläge
sollten auf den Einzelnen zugeschnitten sein, oder? Ich weiß auch
nicht, ob du überhaupt Ratschläge von mir annehmen würdest –
ich bin kaum ein leuchtendes Vorbild, wie man sein Leben leben
sollte.*

*Ich verabschiede mich also mit einem Frohe Weihnachten und
fertig. Frohe Weihnachten – und alles Gute, wer immer du bist.
Ich hoffe, du findest im nächsten Jahr Freude, irgendwo – und sei
es nur, indem du ein Gemälde von einem Regenwald betrachtest
und dir den Geschmack der Luft dort vorstellst.*

*Mit freundlichen Grüßen,
Emma Tooley*

*P.S.: Ich versichere, ich bin nicht pedantisch – ich starre nicht
sehnsüchtig die ganze Zeit Bilder an. Es liegt an dem Café, in
dem ich sitze – dem Impression Sunrise, nach Monet.*

*P.P.S.: Ich habe gelogen. Ich bin ein bisschen pedantisch.
Aber was kümmert es dich? Du wirst mich nie kennenlernen.*

Holly legte sich die Bettdecke um die Schultern und las den
Brief ein drittes Mal. Seit Daniel gegangen war, hatte sie sich im
Bett verkrochen, die obligatorische Schokolade auf dem Nachttisch neben der Lampe, die dazu neigte, hin und wieder zu fla-
ckern. Es war einfacher, immer wieder den Brief zu lesen, den
Kummer und die Einsamkeit dieser fremden Frau – Emma – zu
absorbieren, als über sich selbst nachzudenken. Denn sie wollte
sich nicht damit auseinandersetzen, dass Daniel sie verlassen

hatte, dass sie sich wieder einmal als nicht liebenswert erwiesen hatte. Sie wollte sich nicht damit auseinandersetzen, dass sie an Weihnachten wirklich allein war, umso mehr, als ihre Familie zusammen war – ohne sie.

Sie wollte sich auch nicht damit auseinandersetzen, dass es ihr eigentlich schlechter gehen sollte. Sollte man nicht am Boden zerstört sein, wenn jemand aus heiterem Himmel Schluss mit einem machte – jedenfalls wenn man ihn wirklich liebte?

Ich will jemanden, mit dem ich mir ein Leben aufbauen kann, Holly.
Das will ich auch!
Vielleicht, aber nicht mit mir.

Hatte er recht? Die Frage stieß ihr unangenehm auf, also schob sie sie beiseite und konzentrierte sich lieber auf den Brief. Vielleicht lag es an der Sache mit Daniel, vielleicht lag es daran, dass dieser Brief anders war, offener in seinem Kummer und seiner Einsamkeit, aber er sprach sie mehr an als alle anderen bisher.

Ein Autounfall. Diese Frau, Emma, hatte ihren Sohn bei einem Autounfall verloren. Wenn das jemand nachempfinden konnte, dann Holly.

Dann die Stelle mit dem Stammcafé. Das Impression Sunrise Café. Jedes Mal, wenn sie die Worte las, versetzten sie ihr einen Schock. Denn sie kannte dieses Café. Sie war in diesem Café *gewesen*. Sie hatte es sogar gegoogelt, um sicherzugehen – es schien in ganz England nur ein einziges Café mit diesem Namen zu geben. Das in Devon, wo sie und Lily an jenem schicksalhaften Tag Halt gemacht hatten.

Sie wusste, was Lily sagen würde, wenn sie jetzt hier bei ihr wäre. *Vielleicht war es Schicksal, dass du diesen Brief erhalten hast. Vielleicht war es dir* bestimmt, *ihn zu bekommen.*

Aber Holly las diesen Brief ja nur, weil Lily nicht mehr in ihrem Leben war, und deshalb konnte es kein Schicksal sein. Das wäre zu deprimierend.

Dies war der dritte *Brief an eine/n Unbekannte/n*, den sie bekommen hatte, und sie hatte noch nie einen der Absender getroffen. Das hätte sie auch nicht gekonnt – die Briefe enthielten keine Adressen, keine Kontaktdaten. Aber dieses Mal ... Wenn sie recht hatte und es dasselbe Café war, dann kannte sie das Dorf, in dem die Frau lebte. Und sie kannte den vollen Namen der Frau. Nicht jeder unterschrieb mit Nachnamen, aber diese Frau schon. Sie konnte sie finden, wenn sie ein wenig googelte, da war sie sicher.

Ihr Telefon vibrierte auf dem Nachttisch. Daniel. Stirnrunzelnd drehte sie es nach unten. Und das war die Entscheidung. Sie wollte hier nicht allein sitzen und ihrer gescheiterten Beziehung nachtrauern. Sie wollte die nächsten Tage nicht damit verbringen, alle zu beneiden, die sie mit ihrer Familie verbrachten, und auch nicht mit herzzerreißenden Erinnerungen an vergangene Weihnachtsfeste mit ihrer Schwester und ihren Eltern. An die Jahre vor dem Unfall, als sie mit ihrem Vater in der Küche gekocht und ihrer Mutter zugehört hatte, die nach zu viel Glühwein immer umständlichere Geschichten erzählte. Oder an die Nacht, die alles veränderte.

Nein, stattdessen würde sie etwas Nützliches tun. Unabhängig davon, ob es ihr *bestimmt* war, diesen Brief zu bekommen, beschloss sie zu handeln. Mit einer fließenden Bewegung warf sie die Bettdecke zurück und griff nach ihrem Handy, um ihre Theorie zu überprüfen.

Dann sah sie die Zeit. Irgendwie war es spät geworden, ohne dass sie es bemerkt hatte. Okay, sie würde erst einmal schlafen. Sie würde schlafen und früh aufstehen, und *dann* würde sie diese

Emma Tooley aufspüren – sie finden und ihr klarmachen, dass es da draußen jemanden gab, der sich um sie sorgte. Dass sie nicht so allein war, wie sie glaubte.

»Nimm es mir nicht übel, aber ich schaffe es heute Abend nicht.« Holly setzte den Blinker und bog nach links ab, um Windsor zu verlassen und auf die M4 zu fahren.

»Was? Warum?«, ertönte Abis Stimme über die Lautsprecher ihres Autos. Holly hatte zwei Jahre gebraucht, um den Mut aufzubringen, sich wieder hinters Steuer zu setzen, und sicherheitshalber in ein Navi sowie eine Bluetooth-Verbindung investiert, damit sie nie wieder während der Fahrt nach ihrem Handy greifen musste.

»Und bedenke bei deiner Antwort bitte, dass ich nur eine begrenzte Anzahl von Ausreden akzeptiere, wie z. B. dass die Wohnung abgebrannt ist, du dir etwas Ansteckendes eingefangen hast oder mit Lebensmittelvergiftung darniederliegst.«

»Daniel hat gestern Abend mit mir Schluss gemacht.«

»Oh Scheiße, Babe. Das tut mir so leid.«

»Schon gut«, seufzte Holly. Es herrschte schon viel Verkehr auf der Straße, obwohl es noch nicht mal richtig hell und der graue Morgen so trüb war, dass sie das Licht anmachen musste. Vermutlich kein Wunder an Heiligabend, denn alle waren auf dem Weg zu ihren Familien. Ihr fiel Emmas Statistik über Verkehrsunfälle an Weihnachten ein, und sie fuhr einen Tick langsamer, wobei sie flüchtig in die Seitenspiegel sah.

»Du kannst ruhig sagen, wenn es dir nicht gut geht, weißt du. Also hast du keine Lust, auszugehen?«, fuhr Abi fort. »Vollkommen verständlich. Ich könnte stattdessen vorbeikommen? Etwas bei dem Thailänder holen, den du so magst oder so?«

»Äh, na ja, eigentlich …« Holly erklärte schnell ihren improvisierten Ausflug und machte sich auf Abis unvermeidliche Reaktion gefasst.

»Um Himmels willen, Holly!«

»*Du* hast doch gesagt, ich soll diesem Club beitreten!«, protestierte Holly.

»Ich habe gesagt, dass du Briefe schreiben sollst, weil ich dachte, es könnte dir helfen, mit allem fertig zu werden, deine Schuldgefühle zu lindern oder was auch immer. Ich habe *nicht* gesagt, dass du eine Fremde aufspüren sollst, der du noch nie begegnet bist, um eine lächerliche Mission zu erfüllen!«

»Hör zu«, sagte Holly, »ich muss das tun. Ich muss dieser Frau helfen.«

»Warum?«, fragte Abi – ihre Stimme klang eher rechthaberisch als neugierig.

»Weil …« Wie sollte sie das erklären? Das Gefühl, es tun zu müssen – denn wenn sie schon nichts dagegen tun konnte, dass sie selbst an Weihnachten einsam war, konnte sie vielleicht wenigstens jemand anderen davor bewahren, sich so zu fühlen. Und gut, okay, vielleicht wollte sie auch von den eigenen Problemen ablenken. Aber was war daran so schlimm?

»Holly, ich weiß, du denkst, was Lily zugestoßen ist, wäre deine Schuld, aber …«

»Es war meine Schuld, Abi«, sagte Holly rundheraus. »Ich bin gefahren.«

»Das andere Auto war schuld«, sagte Abi sanft. »Das hat der Prozess bewiesen.« Holly schauderte bei der Erinnerung. Der Fahrer des entgegenkommenden Wagens war zu einem Jahr Gefängnis verurteilt worden. Nur ein Jahr. Und Holly hatte nicht einmal einen Klaps auf die Hand bekommen. Sie war das Opfer der gefährlichen Fahrweise eines anderen, hatten alle gesagt – der Anwalt, der Richter. Auch ihr Vater, als das Urteil verkündet wurde – ihr Vater, nicht ihre Mutter, denn ihre Mutter hatte auf der anderen Seite des Gerichtssaals mit Lily gesessen.

Es gab nichts, was du hättest tun können, Holly. Aber wenn er das wirklich gedacht hatte, warum hatten ihre Eltern dann vorgeschlagen, dass es alles in allem besser wäre, wenn sie das Weihnachtsfest nach dem Unfall nicht mit ihnen verbrachte? Dass es besser wäre, wenn sie Lily etwas Freiraum gäbe?

Holly holte tief Luft. »Hör zu, der Punkt ist, dass ich etwas tun kann. Diese Frau ist allein mit einer Krebsdiagnose, und ich kann ihr helfen.«

»Und wie genau gedenkst du ihr zu helfen? Du *kennst* die Frau nicht einmal, Holly! Vielleicht *will* sie gar nicht, dass du sie findest.«

Holly schwieg. Zugegeben, so weit hatte sie nicht gedacht, aber sie war sich ziemlich sicher, dass ihr eine Antwort einfallen würde, sobald sie erst in Devon war.

»Ich lege jetzt auf«, sagte sie stattdessen. »Ich muss mich aufs Fahren konzentrieren. Tut mir leid, dass ich dich im Stich lasse. Ich verspreche, es wiedergutzumachen.«

»Schon gut«, sagte Abi seufzend. »James versucht seit zwei Tagen, mich zu diesem Umtrunk mit seinem Bruder zu überreden. Er wird begeistert sein, dass ich jetzt mitkommen kann.«

Holly versuchte, sich nicht durch die Tatsache irritieren zu lassen, dass sie so leicht zu ersetzen war – schließlich war sie es, die abgesagt hatte, nicht umgekehrt.

»Aber weißt du, wie du es wiedergutmachen kannst? Indem du im nächsten Schuljahr mit auf diese Theaterfahrt kommst – wenn ich keine zusätzliche Begleitung finde, ist die ganze Sache vom Tisch, und ich habe meinen Schülern lange genug von Barney Norris vorgeschwärmt.«

Holly zögerte. »Kommt Daniel auch mit?« Er unterrichtete Musik, aber alle halfen sich gegenseitig aus.

Abis Pause dauerte einen Takt zu lang. »Neeein.«

Holly seufzte. Aber was für eine Freundin wäre sie, wenn sie sich nur deshalb weigerte? Was für eine Lehrerin? Und ja, Unterrichten war nicht ihr Lebenstraum gewesen, aber das bedeutete nicht, dass ihr die Kinder nicht am Herzen lagen. »Du bist eine furchtbare Lügnerin, aber schon gut, ich mach's.«

»Du bist die Beste«, sagte Abi, und es klang, als hätte sie immer gewusst, dass Holly Ja sagen würde.

»Ja, ja, ich weiß. Bis bald, ja? Viel Spaß mit dem irischen Duo heute Abend.«

»Werde ich haben. Und Holly?«

»Hmm?«

»Sei einfach vorsichtig, okay? Dass du sie finden kannst, heißt noch lange nicht, dass sie gefunden werden will.«

»Sie ist einsam und hat Angst, allein zu sterben – natürlich will sie gefunden werden«, sagte Holly leichthin. »Sie freut sich über Gesellschaft, da bin ich mir sicher.«

»Ja, aber manchmal geht es nicht darum, Gesellschaft zu haben, sondern darum, mit sich selbst klarzukommen.«

Holly verdrehte Augen, auch wenn Abi sie nicht sehen konnte. »Das hast du von einer Grußkarte, oder?«

»Sei einfach vorsichtig, das ist alles, was ich sage. Ich will nicht, dass du verletzt wirst, schon gar nicht an Weihnachten.« Aber Weihnachten tat sowieso weh. Die Zeit des Jahres, die sie früher geliebt hatte, war nun eine Zeit, die sie fürchtete.

Während der Fahrt versuchte sie, alle Gedanken an Weihnachten zu verdrängen, schaltete das Radio aus, um keine Weihnachtsmusik hören zu müssen, und ignorierte die Dekoration an den vorbeiziehenden Häusern. Sie versuchte auch, Abis

Worte aus ihrem Kopf zu verdrängen. *Manchmal geht es darum, mit sich selbst klarzukommen.*

Denn sie war sich sicher, dass Abi nicht von Emma gesprochen hatte. Dass Abi, obwohl Holly so tat, als hätte sie den Unfall hinter sich gelassen und sich ein Leben aufgebaut, wusste, dass sie innerlich noch immer gebrochen war – und dass sie manchmal befürchtete, es würde immer so bleiben.

KAPITEL FÜNF

Liebe Lily,

ich bin im Begriff, etwas Verrücktes zu tun. Du würdest mir bestimmt davon abraten, wenn du es wüsstest. Andererseits warst du immer diejenige, die von Schicksal gesprochen hat, also würdest du vielleicht auch sagen, ich soll es tun. Ich entscheide mich dafür zu glauben, dass du mir zu Letzterem raten würdest. Und ich entscheide mich dafür, optimistisch zu sein. Es ist eine gute Sache; das weiß ich einfach. Ich bin mir sicher, dass die Begegnung mit dieser Frau – Emma – die Dinge zum Besseren wenden wird. Ich tue etwas Nützliches und helfe jemandem, statt rumzusitzen und in Selbstmitleid zu zerfließen. Du hast immer gesagt, ich soll mich nicht in Selbstmitleid suhlen.

In Devon gibt es TAUSENDE von Radfahrern, sogar an Heiligabend. Es muss grauenhaft sein, bei diesem Wetter Rad zu fahren. Ich glaube, uns ist das gar nicht aufgefallen, als wir das letzte Mal hier waren, oder? Ich kann mich nicht erinnern, wann ich das letzte Mal Rad gefahren bin. Aber erinnerst du dich, als Mama und Papa dir zu deinem zehnten Geburtstag ein neues Fahrrad gekauft haben? Es war leuchtend lila mit silbernen Streifen, und es war das schönste Fahrrad, das ich je gesehen hatte. Ich war neidisch, aber das wusstest du. Wir sind zusammen in den Park gefahren, und Papa hat nicht aufgepasst, als wir losgefahren sind. Ich konnte nicht mithalten, weißt du noch? Ich hatte noch mein allererstes Kinderrad, ohne Gangschaltung.

Nicht, dass ich gewusst hätte, wie man eine Gangschaltung benutzt, aber darum ging es nicht.

Ich weiß noch, wie ich aufgab, mein Fahrrad hinwarf und weinte, weil du so schnell gefahren bist. Dann hast du umgedreht und bist zurückgekommen. Du warst so sauer auf mich, weil es dein Geburtstag war und ich nur an mich dachte, aber du bist trotzdem zurückgekommen. Und wie habe ich es dir gedankt? Ich habe dich weggeschubst. Ich weiß noch genau, wie ich aufgestanden bin und dich weggeschubst habe, weil ich deinen missbilligenden Blick hasste. Aber ich hatte nicht erwartet, dass du hinfällst. Ich war so viel kleiner als du, und ich schwöre, ich hätte nie gedacht, dass du tatsächlich hinfällst. Aber du bist hingefallen, und das Fahrrad ist auf dich draufgefallen, und du hast geschrien, und dann kam Papa angerannt.

Ich war so wütend, als ich danach in mein Zimmer geschickt wurde. Ich lag stundenlang da und weinte – nicht, weil Mama und Papa mich angeschrien hatten, sondern weil ich dachte, ich hätte dich vielleicht wirklich verletzt. An deinem Schienbein klebte Blut, und du hast Papa umarmt und wolltest mich nicht ansehen, und ich dachte, dass du vielleicht wirklich sehr, sehr verletzt warst. Und dass du mir vielleicht nie verzeihen würdest.

Aber später bist du in mein Zimmer gekommen, um mir heimlich ein Stück Geburtstagskuchen zu bringen. Ich habe dir gesagt, dass du all meine My Little Ponys haben kannst, und du hast gesagt, dass ich mit deinem Fahrrad fahren kann, wenn ich groß genug bin, und das war's.

Eine Zeit lang, nach dem Unfall, dachte ich, dass es vielleicht wieder so sein würde. Das war dumm, ich weiß. Ich wollte nicht verharmlosen, was passiert war, oder was ich getan hatte. Es war nur eine Hoffnung, und daran habe ich mich geklammert.

Ich habe aufgehört zu hoffen, dass du mir vergibst, aber ich kann immer noch nicht aufhören zu hoffen, dass du eines Tages wieder mit mir sprechen wirst. Denn so oft ich dir in diesen Briefen auch sage, dass es mir leid tut, wäre es doch schön, es dir eines Tages persönlich zu sagen – dazu hatte ich nie wirklich die Gelegenheit.

Denn das tut es, weißt du. Es tut mir leid. Ich hoffe, du weißt das.

In Liebe,
Holly

Holly saß im Auto und starrte auf das Impression Sunrise Café.

Nach einer vierstündigen Fahrt war sie am Ziel. Ihre Handflächen fühlten sich feucht am Lenkrad an, und sie spreizte die Finger, einen nach dem anderen. Sie hatte sich nicht genau überlegt, wie sie Emma finden wollte, aber das Café schien ein guter Ausgangspunkt zu sein. Es sah noch genauso aus wie vor drei Jahren. Lichterketten auf dem Dach, silbernes Lametta an den Fenstern und draußen eine Kreidetafel, die trotz des immer stärker werdenden Regens zu lesen war, diesmal mit einem Rentier drauf. Einem beeindruckenden Rentier – eher eine Zeichnung als eine Zeichentrickfigur, mit einem großen, detailgetreuen Geweih. Am Tag des Unfalls war es ein Schneemann gewesen. Erstaunlich, wie viele Details ihr wieder einfielen, wenn sie sich erlaubte, daran zu denken.

Aber es war auch der letzte Ort, an dem sie und Lily ein richtiges Gespräch geführt hatten. Und hätten sie hier nicht angehalten, wären sie nicht verunglückt.

Meine Schuld, meine Schuld, meine Schuld. Die Worte hallten in ihrem Kopf wider, während sie die Augen zusammenkniff.

Steig aus dem Auto, Holly.

Ihre Beine waren steif, als sie ausstieg und das Auto abschloss. Vor dem Café hielt sie einen Moment inne und starrte auf das »Geöffnet«-Schild.

Ein Mann mit einem Kaffeebecher zum Mitnehmen näherte sich von innen der Tür. Er öffnete die Tür und hielt sie ihr auf. Um nicht wie eine Idiotin dazustehen, trat sie ein, und tauschte ein flüchtiges Lächeln mit dem Mann aus. Unwillkürlich erinnerte sie sich an das letzte Mal, als sie das Impression Sunrise Café betreten hatte, an den letzten Mann, mit dem sie zusammengestoßen war, in den sie hineingerannt war. Jack. Sie erinnerte sich noch an seinen Namen. Sie erinnerte sich an diese tiefen braunen Augen, das dunkle lockige Haar, seine aufgeräumte Ausstrahlung. An den holzigen Duft beim ersten Aufprall. Sie erinnerte sich, wie er sie später angegrinst hatte, als er den Schoko-Lebkuchenstern in zwei Hälften geteilt hatte. Wie er ihr eine Mirabelle-Landor-Karte geschenkt und seine Nummer auf ihren Kaffeebecher gekritzelt hatte. Der Kaffeebecher war bei dem Unfall verloren gegangen, und damit jede Chance, ihn je wiederzusehen.

Aber die Karte hatte sie noch. Sie hatte sie in die Tasche gesteckt, und als sie im Krankenhaus aufwachte, lag sie auf ihrem Nachttisch – sie hatte nie herausgefunden, wer sie aus ihrer Jacke genommen und dort hingelegt hatte. Während der ersten vierundzwanzig Stunden, in denen sie auf ihre Entlassung wartete und die Ärzte ihr sagten, wie viel Glück sie gehabt hatte, dass sie nicht ernsthaft verletzt war, hatte sie sie zum Trost immer wieder in die Hand genommen. Sie nahm die Karte mit, als sie sich davonschlich, um ihre Sachen aus dem Haus ihrer Eltern zu holen, während diese im Krankenhaus noch mit ernster Miene mit den Ärzten sprachen. Und später nach Windsor, in ihr neues Leben, wo sie sie sicher in ihrer Nachttischschublade aufbewahrte.

Ihre Beine fühlten sich steif an, als sie zum Tresen ging und sich hinter einer Frau mit perfekt geföhnten platinblonden Haaren, einem langen roten Mantel und beeindruckend hohen roten Schuhen anstellte. Ihr Mund fühlte sich ein wenig trocken an, als sie darauf wartete, mit der Frau hinterm Tresen zu sprechen. Sie hatte sich unterwegs überlegt, was sie sagen könnte, dann aber beschlossen, einfach zu improvisieren.

»Ja?« Die Bedienung lächelte sie erwartungsvoll an – Holly hatte nicht mitbekommen, dass sie schon an der Reihe war.

»Ich, ähm, ich nehme einen Pfefferminztee, danke«, sagte sie spontan und musste an Lily denken. »Und, ähm, ich habe mich gefragt, ob Sie wissen, wo ich Emma Tooley finden kann?« Die Frau hielt inne und warf ihr einen neugierigen Blick zu.

»Emma Tooley?« Aus irgendeinem Grund schaute die Frau hinterm Tresen zu der Frau mit dem platinblonden Haar, die gerade mit einer Kaffeetasse in der Hand hinter Holly vorbeiging und stehen blieb.

»Sind Sie die Künstlerin?«, fragte die platinblonde Frau und musterte Holly. Sie war schätzungsweise Mitte siebzig und hatte eine braune Handtasche in der Hand, die teuer aussah. Ihre Nägel waren leuchtend rot lackiert, passend zu ihrem Mantel und ihren Schuhen, und Holly sah das Glitzern von mehr als einem Ring an ihrer Hand. Könnte sie das sein? Emma? Sie war ganz anders, als Holly sie sich vorgestellt hatte.

»Ich, äh …«

»Sie hat Sie gestern erwartet«, erklärte die Frau hinterm Tresen und musterte Holly ebenfalls ziemlich skeptisch, sodass sie froh war, sich heute ein bisschen Mühe gegeben zu haben. Sie hatte nicht nur ihre beste Handtasche rausgeholt – eine mit Krokodilmuster aus dem Secondhandladen –, sondern trug auch ihren hellgrünen Mantel und ihre langen braunen Stiefel, die einer ihrer Schüler als *verruckt* bezeichnet hatte. Sie hatte sich bemüht, ihr Haar zu bändigen, und sich leicht geschminkt, um die Schatten unter den Augen abzudecken und von der Winterblässe abzulenken.

»Ich fürchte, heute haben Sie kein Glück, meine Liebe«, fuhr die Frau hinterm Tresen fort. »Sie hat gestern eine Stunde auf Sie gewartet und ist dann gegangen.«

»Hat ihr ganz schön die Laune verhagelt«, sagte die platinblonde Frau. »Das habe ich Ihnen zu verdanken, oder?«

Holly blickte zwischen den beiden Frauen hin und her. »Ich …«

Die platinblonde Frau runzelte die Stirn. »Sie sind doch die Künstlerin, oder?«

Holly dachte an den Brief in ihrer Tasche. Dann folgte sie einem Impuls. »Ja«, sagte sie mit fester Stimme. Denn wer auch immer diese Künstlerin war, sie stand in irgendeiner Beziehung zu Emma. »Können Sie mir helfen, sie zu finden? Emma?«

»Pam kann Sie hinbringen«, sagte die Frau hinterm Tresen. »Nicht wahr, Pam?«

»Sind Sie sicher, dass Sie einfach vor ihrer Tür auftauchen wollen?«, fragte Pam und musterte Holly erneut.

»Ach …« Holly schluckte. »Vielleicht könnten Sie sie anrufen und sie bitten, mich hier zu treffen, wenn Sie das für besser halten?« Denn wenn sie darüber nachdachte, war es vielleicht ein bisschen zu dreist, unangemeldet bei ihr zu Hause aufzutauchen.

»Zwecklos«, sagte Pam sofort. »Sie geht nicht mehr ans Telefon. Sie sagt, die einzigen Leute, die sie anrufen, sind diese verdammten Telefonverkäufer. Außerdem würde sie sowieso nicht kommen, nachdem Sie sie gestern versetzt haben. Nein, Sie müssen schon betteln, wenn Sie eine Audienz bei ihr wollen.«

Und warum sollte die Künstlerin eine Audienz bei ihr wollen, fragte sich Holly?

»Und ich fürchte, ich kann Sie nicht bringen«, sagte Pam, und ein kleines, aufrichtig entschuldigendes Lächeln huschte über ihr Gesicht. »Ich muss noch den Rest meiner Weihnachtseinkäufe erledigen, bevor die Geschäfte in einer Stunde schließen, sonst wird mein Mann nicht begeistert sein.«

»Schon gut – wenn Sie mir die Adresse geben, finde ich den Weg dorthin selbst.« Ist sowieso besser so, dachte Holly – weniger unangenehme Fragen. Nach kurzem Zögern nannte Pam ihr die Adresse, und sie gab sie bei Google-Maps ein.

»Danke«, sagte sie und zwang sich zu einem Lächeln. »Ich danke Ihnen beiden sehr.«

»Vergessen Sie Ihren Pfefferminztee nicht«, sagte die Frau hinterm Tresen. Als Holly bezahlen wollte, schüttelte die Frau den Kopf. »Geht aufs Haus. Sie werden ihn brauchen, glauben Sie mir.«

Sie brauchte zehn Minuten, um den Hügel zu Emmas Haus hinaufzulaufen. Den schneidenden Wind im Gesicht, sog sie die kalte Luft zwischen den Zähnen ein. Der graue Himmel sah nach Regen aus, und ihr Puls schien mit jedem Schritt schneller zu werden.

Als sie Emmas Straße erreichte, machte ihr Herz einen seltsamen Satz. Hier war es. Eine Reihe schöner alter Steinhäuschen. Die Straße war ruhig, obwohl es Mittag und Heiligabend war. Ein paar der Häuschen waren geschmückt, eines mit einem protzigen Lichtermeer einschließlich eines blinkenden Weihnachtsmanns, was nicht so recht zu der gemütlichen englischen Atmosphäre des Ortes passte.

Es war zu kalt, um innezuhalten und darüber nachzudenken, was sie hier eigentlich tat, also steckte sie ihr Handy ein und ging auf Nummer siebenundzwanzig zu. Das Cottage sah von außen etwas heruntergekommener aus als die anderen – weiße Farbe blätterte von den Fensterbänken ab, und der Garten erweckte den Eindruck, als hätte sich seit Jahren niemand mehr darum gekümmert; der Rasen war verwildert, und der Steinplattenweg, der zur Haustür führte, verschwand unter Gras und Moos.

Holly bahnte sich vorsichtig ihren Weg zu der ehemals hellblauen Haustür, die ebenso wie die Fenster seit Jahren nicht gestrichen worden war. Sie holte tief Luft und klopfte.

Es dauerte so lange, bis jemand kam, dass Holly sich schon fragte, ob überhaupt noch jemand kommen würde. Doch dann öffnete sich die Tür.

Die Frau, die vor ihr stand, war schlank, hatte langes, gewelltes graues Haar und Falten um die türkisfarbenen Augen, die zwar müde aussahen, aber dennoch strahlten. Sie trug eine weiße Strickjacke mit Löchern in den Ärmeln und alte Hausschuhe, die schon bessere Tage gesehen hatten. Was Holly jedoch vor allem auffiel, war ihr finsterer Blick. So finster, dass sich die Falten um ihre Lippen zusammenzogen und ihre Augenbrauen fast im Fleisch verschwanden.

»Ja?«, schnauzte sie, ihre Stimme war lauter und schärfer, als Holly erwartet hatte. »Kann ich Ihnen helfen?«

»Ich, ähm …«

»Spucken Sie es aus, Kindchen, ich habe Besseres zu tun, als hier zu stehen und Ihnen beim Stottern zuzusehen.« Die Frau – Emma – verschränkte die Arme, und Holly hatte eine

Hitzewallung. Das war nicht die Begrüßung, die sie erwartet hatte.

»Ich bin Holly«, platzte sie heraus.

»Schön für Sie«, sagte Emma.

»Ich …« Holly kramte in ihrer Tasche nach dem Brief, der in der Mitte gefaltet und von der Reise ein wenig zerknittert war. »Der ist von Ihnen«, begann sie erneut. »Das ist Ihr Brief. Sie haben mir geschrieben, über den Club der Unbekannten.«

Emma erblasste. »Was?« Ihre Stimme klang gepresst. »Das kann nicht sein.« Ihr Blick huschte von dem Brief zu Hollys Gesicht und wieder zurück. »Man hat mir gesagt, es werden keine Kontaktdaten rausgegeben!«

»Das stimmt«, sagte Holly schnell. »Es ist nur … Ich kannte den Namen des Cafés und dachte, Sie könnten vielleicht …« Aber sie unterbrach sich, denn Emmas Gesicht hatte sich verhärtet, ihr Blick war jetzt so finster, dass Holly einen Schritt zurückstolperte, den Brief immer noch in der Hand.

»Sie sollten mich nicht suchen«, sagte Emma scharf, ihre türkisfarbenen Augen kalt. »Sie sollten nicht einmal wirklich existieren – Sie waren eine Erfindung, verstehen Sie? Eine unsichtbare Fremde.« Holly zuckte zusammen. »Genau darum geht es doch. Wie konnten Sie nur denken, dass es in Ordnung ist …?« Sie schloss die Augen und stieß Luft durch die Nase aus. »Ich möchte, dass Sie gehen.«

»Was?« Nein. So war das nicht vorgesehen. Emma sollte sich *freuen*, anfangs vielleicht ein wenig schockiert sein, aber letztendlich *froh* über ihr Kommen. Das war alles falsch. »Aber ich …«

»Sie wollten hierherkommen und eine alte, kranke Frau trösten? Den barmherzigen Samariter spielen? Nun, ich will nicht getröstet werden, und ich brauche keine Fremde, die ihre Nase in Dinge steckt, die sie nichts angehen. Also nehme ich das hier« – sie riss Holly den Brief aus der Hand –, »und Sie können wieder gehen.«

Damit schlug sie Holly die Tür vor der Nase zu, und verfehlte sie nur um Haaresbreite. Und als hätte sich die Welt gegen sie verschworen, begann es in diesem Moment zu regnen.

KAPITEL SECHS

Holly starrte zwei Minuten lang Emmas Haustür an, während ihr der Regen auf den Kopf prasselte. Doch die Tür blieb geschlossen. Auf inzwischen leicht tauben Beinen stolperte sie den Weg zurück, wobei sie sich beeilte, für den Fall, dass Emma aus dem Fenster spähte.

Sie würde nicht weinen. Sie würde *nicht* weinen. Aber warum hatte sie nur beschlossen, zu Fuß zu gehen? Sie würde bis auf die Knochen durchnässt sein, bis sie wieder bei ihrem Auto war. Wahrscheinlich würde sie jetzt auch noch einen Strafzettel bekommen. Das wäre wieder typisch.

Sie spürte, wie ihr das kalte Regenwasser in den Nacken tropfte. Das war alles falsch. Es war nicht vorgesehen, dass sie durch die Kälte lief. Sie hatte sich vorgestellt, dass sie herzlich willkommen geheißen und auf eine heiße Schokolade eingeladen würde, bei der sie und Emma einander das Herz ausschütteten. Sie dachte daran, was Abi sagen würde, wenn sie sie so sähe, triefnass und mit dampfendem Atem, und beschloss zu lügen, falls Abi fragte, wie es gelaufen war.

Sie starrte auf den Bürgersteig, als sie um die Ecke bog, sah auf ihre Füße, statt nach vorn, sodass sie prompt mit jemandem zusammenstieß.

»Hoppla.«

Holly sah auf und erkannte die Bedienung aus dem Café.

»Oh, Sie sind es. Wie ist es …?«

Holly stieß einen Schluchzer aus. Sie hatte gar nicht bemerkt, dass sie angefangen hatte zu weinen – warme, salzige Tränen, die sich mit dem Regen vermischten, sodass sie nun doch bereute, sich geschminkt zu haben.

»Na kommen Sie, meine Liebe. Wir besorgen Ihnen eine Tasse Tee.«

Holly unterdrückte einen Schluckauf. »Ich sollte wirklich …« Sie verstummte. Denn was sollte sie sonst tun? Völlig durchnässt ins Auto steigen und postwendend zurück nach Windsor fahren? Also folgte sie der Frau zurück zum Café und sah zu, wie sie die Tür aufschloss und das Licht einschaltete.

»Oh, Sie haben geschlossen«, sagte sie und biss sich auf die Lippe. »Schon okay, ehrlich, ich kann einfach …«

»Unsinn. Sie gehen nicht, bevor Sie sich nicht aufgewärmt haben. Nicht an Heiligabend. Wie, sagten Sie, heißen Sie?«

»Holly.«

»Holly. Nun, ich bin Mona, und mach dir keine Sorgen um Emma. Eigentlich ist sie harmlos, und wenn ich sie das nächste Mal sehe, werde ich ein Wörtchen mit ihr reden.«

»Oh, nein, das ist …«

»Setz dich, Liebes. Ich hole dir einen Tee.«

Und damit ließ sie Holly, die sich in der Stille des Cafés unbehaglich fühlte, an einem der Tische am Fenster zurück. Sie zog ihren durchnässten Mantel aus und ärgerte sich, dass sie keinen Regenmantel angezogen hatte. Das Ganze war eine dumme Idee gewesen.

Dumm, Holly.

Sie holte ihr Handy heraus, um sich abzulenken. Sie hatte eine Nachricht von Daniel. *Sag Bescheid, wenn du bereit bist zu reden.* Mit finsterer Miene schloss sie den Chat und ging auf

Facebook – was sie allerdings sofort bereute. Ein Freund der Familie hatte etwas gepostet.

Festliche Zusammenkunft mit der unvergleichlichen Helen Griffin!

Dazu gab es ein Foto – ein Foto von Hollys Mutter, braunes kurzes Haar, ein etwas müdes Lächeln, ein vielleicht etwas zu schmales Gesicht, im Arm ihres Vaters – von ihm hatten sie und Lily ihr rotes Haar. Und Lily. Die ein etwas förmliches Lächeln aufgesetzt hatte. Sie waren zu dritt, eine glückliche Familie – ohne Holly.

Entgegen ihrer Hoffnung zeichnete sich unter Lilys schwarzgoldenem Kleid kein Babybauch ab – der Hoffnung, dass Lily ihr verziehe, wenn sie erneut schwanger würde. Holly konnte immer noch Lilys Gesicht sehen, ihre geröteten und geschwollenen Augen am Tag nach dem Unfall im Krankenhausbett. Sie konnte immer noch hören, wie Lily sie anschrie, sie solle verschwinden, mit heiserer Stimme. Gebrochen.

Holly wusste, dass Lily in den ersten Jahren nach dem Unfall nicht in der Lage gewesen war, schwanger zu werden, weil ihre Mutter sie immer auf dem Laufenden gehalten hatte. Aber sie hatte längst aufgehört, danach zu fragen – es schien alles nur noch schlimmer zu machen und sorgte am Telefon für zusätzliche Spannungen.

Sie konnte sich noch an den Tag erinnern, an dem Lily ihr erzählt hatte, dass sie schwanger war. Sie war in Hollys Zimmer im Haus ihrer Eltern am Londoner Stadtrand gekommen – dasselbe Zimmer, in dem Holly als Teenager geschlafen hatte. Holly hatte gelesen, legte das Buch aber beiseite, als Lily die Tür mit einem leisen Klicken hinter sich schloss. Lily setzte sich auf Hollys Bettdecke – den Raupenbezug, den sie sich als Dreizehnjährige ausgesucht hatte –, atmete tief durch und flüsterte dann: »Ich bin schwanger.«

Holly starrte sie an. »Im Ernst?«, auch ihre Stimme nur ein Murmeln. Sie wusste, dass Lily versuchte, schwanger zu werden – dass es länger dauerte, als sie oder Steve erwartet hatten, dass es ein paar Rückschläge gegeben hatte. Und egal, wie oft Lily gesagt hatte, dass sie sich keine Sorgen machte, war ihr die Sorge die ganze Zeit deutlich anzusehen, wann immer das Thema Kinder aufkam.

Ein verlegenes Lächeln schlich sich auf Lilys Gesicht. »Wirklich.«

»Oh mein Gott.« Holly hockte sich auf die Knie und wollte die Arme um Lily schlingen, aber Lily stand auf und wedelte mit den Händen.

»Pssst! Ich habe es Mum und Dad noch nicht erzählt.« Sie warf einen Blick auf Hollys Zimmertür. »Ich kann Mums Enttäuschung nicht noch zusätzlich zu meiner eigenen ertragen, falls etwas passiert, und ich darf es eigentlich erst in der zwölften Woche jemandem sagen, aber, naja, ich wollte, dass du es als Erste erfährst.«

Holly kletterte aus dem Bett und umarmte ihre Schwester. »Ich freue mich so für dich.« Sie vergrub ihr Gesicht in Lilys glattem Haar, um die Tränen zu verbergen, die ihr in die Augen traten – denn sie wusste, wie viel es Lily bedeutete. Solange Holly denken konnte, hatte sie sich gewünscht, Mutter zu werden.

Holly löste sich aus der Umarmung, und Lily ergriff ihre Hände. »Du wirst Tante.«

»Ich werde die *beste* aller Tanten sein.«

Lily schniefte und zog eine Hand weg, um sich eine Träne abzuwischen. Als Holly die Stirn runzelte und den Mund öffnete, um zu fragen, was los sei, schüttelte Lily den Kopf. »Freudentränen, ehrlich.« Sie atmete tief durch. »Sicher die Hormone.«

Holly grinste – über die Tatsache, dass Lily nur darauf gewartet hatte, dies sagen zu können. »Soll das in den nächsten acht Monaten deine Ausrede für alles sein?«

Lily hatte ein dünnes Glucksen von sich gegeben. »Worauf du dich verlassen kannst.«

»Pam?« Aus der Gegenwart drang Monas Stimme zu Holly durch. »Ich bin's, Mona. Bist du zu Hause? Gut, also …«

Aber Holly hatte keine Lust auf das Gerede, dass sie verursachen würde – eine tropfnasse Frau, an Heiligabend allein in einem Café in Devon, weit weg von dort, wo sie hingehörte. Obwohl sie, um ehrlich zu sein, nicht sicher war, *wo* sie hingehörte.

Nach dem Unfall hatte sie mehrfach versucht, mit Lily zu reden, aber Lily hatte klargemacht, dass sie nichts mit ihr zu tun haben wollte. Zu ihren Eltern hatte sie noch Kontakt. Sie hatten gesagt, dass sie ihr nicht die Schuld gaben, dass sie keine Partei ergriffen. Doch es hatte sich so angefühlt. *Lass ihr etwas Freiraum*, hatte ihre Mutter gesagt – und Holly hatte genau das getan und London verlassen, um Lily so viel Freiraum zu geben wie möglich. Und trotz Hollys Bemühungen, ihr die Hand zu reichen, war der Abstand immer größer geworden, bis er sich unüberwindbar anfühlte.

Letztes Jahr hatten ihre Eltern sie eingeladen, Weihnachten bei ihnen zu verbringen.

»Ist Lily da?«, hatte Holly ihre Mutter gefragt.

»Nun, ja, aber ich dachte, vielleicht …«

»Dann ist es wohl besser, wenn ich nicht komme.« Sie wollte ihrer Schwester ihre Anwesenheit nicht aufzwingen – und sie konnte den stillen Vorwurf in ihren Augen nicht ertragen.

Ein Seufzer ging durch die Leitung. »Nun, wenn du das für das Beste hältst.« Und das war's.

Holly verschränkte die Arme vor sich auf dem hohen Tisch und starrte auf den Regen am Fenster. Dann kamen ihr wieder die Tränen. Stumme Tränen. Dumme, sinnlose, hemmungslose Tränen. Tränen, die sie nicht mehr aufhalten konnte, wenn sie einmal zu fließen begonnen hatten. Tränen, weil sie es vermasselt hatte – und weil sie unrecht gehabt hatte und Abi recht, denn Emma hatte nicht gefunden werden wollen. Holly war nicht in der Lage gewesen, zu helfen – weil vielleicht niemand helfen *konnte*. Das hätte sie doch wissen müssen, oder? Denn auch Daniel hatte geglaubt, er könne ihr helfen, und war gegangen, als es ihm nicht gelungen war – und zu was für einem Menschen machte sie das? Zu einem gebrochenen Menschen, genau.

»Bitte sehr, Liebes«, sagte eine sanfte Stimme, und Holly blinzelte Mona an. »Trink das, und ich bringe dir noch ein Stück Kuchen, ja?«

Holly wollte sich bedanken, aber Mona war schon wieder weg. Es war lächerlich, dass die Freundlichkeit einer Fremden sie noch *mehr* zum Weinen brachte. Sie trank einen Schluck Tee zur Beruhigung, und schaute aus dem Fenster, als ein Auto hinter ihrem hielt. Sie beobachtete, wie sich die Beifahrertür öffnete. Eine Frau im Anorak, die Kapuze über das dünne, gewellte graue Haar gezogen, trat in den Regen hinaus. Mit finsterer Miene drehte sie sich um und blickte mit türkisblauen Augen in Richtung des Cafés.

Holly erhaschte nur einen flüchtigen Blick auf das platinblonde Haar auf dem Fahrersitz, bevor der Wagen wegfuhr und Emma steif auf das Café zuging.

Holly spürte, wie ihr Herz klopfte, während sie ihren Tee fest in den Händen hielt und zu Mona hinter dem Tresen sah, die so tat, als würde sie nichts bemerken, und dann zur Eingangstür, durch die nun Emma trat.

Emma bedachte sie mit einem langen Blick, als sich die Tür hinter ihr schloss, und die Stille im Café wurde noch lauter.

»Das Übliche, Emma?«, rief Mona, als wäre sie ein normaler Gast an einem normalen Tag.

Emma schüttelte missbilligend den Kopf, dann kam sie direkt auf Holly zu. Holly zuckte zurück, und Emma kniff die Augen zusammen. »Das ist das Café, in dem ich diesen verdammten Brief geschrieben habe«, sagte sie ohne Vorrede.

Holly zögerte, dann nickte sie. »Ich weiß.«

Emma schniefte. »Sie kennen es also auch?«

»Ich war nur einmal hier«, sagte Holly vorsichtig.

»Und es hat so einen Eindruck hinterlassen?«

Holly war nicht sicher, ob dies der richtige Zeitpunkt war, Emma von dem Unfall zu erzählen. »Ich mag Kunst«, sagte sie stattdessen.

»Na, das ist doch schon mal was«, murmelte Emma. »Also sind Sie wirklich eine Künstlerin oder war das nur eine Lüge, um mich zu ködern?« Holly zuckte wieder zusammen. »Ich bin wirklich Künstlerin«, sagte sie, bevor sie es sich anders überlegen konnte. »Aber nicht die, die Sie suchen.«

»Nein. *Die* ist nie aufgetaucht. Offenbar hat sie kein Interesse daran, ihre Arbeit in einem Café auszustellen.«

Holly betrachtete Emma und sah sie in einem etwas anderen Licht. »Das war der Grund für die Verabredung? Sie entscheiden, was hier ausgestellt wird?«

Emma stieß die Luft aus. »So was in der Art.«

»Apropos«, rief Mona, die nicht mehr so tat, als würde sie nicht zuhören, »wir haben eine weitere Mirabelle Landor verkauft – kannst du fragen, ob sie ...«

»Das bezweifle ich«, sagte Emma scharf. »Sie macht gerade eine Pause.«

Mona zog die Augenbrauen hoch. »Wenn du meinst.«

Mirabelle Landor, dachte Holly, und der Name der Künstlerin hallte in ihrem Kopf nach. Aber als sie Emmas Blick sah, hielt sie es für das Beste, nicht nachzufragen.

»Ich weiß nicht, warum Sie dachten, es wäre eine gute Idee, hierherzukommen ... Woher kommen Sie überhaupt?«

»Aus Windsor«, sagte Holly. Und okay, ja, im Nachhinein schien es lächerlich, aber es hatte sich nicht lächerlich angefühlt.

Ein Seufzer. »Windsor. Nun, es bringt ja nichts, wenn Sie hier sitzen und in Ihren Tee weinen. Sie würden ihn nur versalzen.« Holly wusste nicht, ob das ein Witz sein und sie lachen sollte, aber Emma winkte schon Mona, die aufschaute. Emma hob zwei Finger, Mona nickte, offensichtlich bemüht, ein Lächeln zu verbergen, und drehte sich nach einer Papiertüte um.

»Wir nehmen zwei Stück Kuchen mit – der Karottenkuchen ist der einzige, der schmeckt – und zwei Earl Grey, und Sie können mit zu mir kommen. Aber nur für eine Stunde, hören Sie?«

Holly biss sich auf die Lippe, nicht ganz überzeugt.

Emma schnaubte ungeduldig. »Jetzt kommen Sie schon. Sind Sie nicht deshalb hergekommen? Um mit mir zu reden? Dann kommen Sie, reden wir. Es ist schließlich Heiligabend, und der Laden hat geschlossen – Mona will Weihnachten feiern.«

»Nun, wenn Sie sicher sind«, sagte Holly langsam und erntete einen weiteren Seufzer.

»Sie haben mir keine Wahl gelassen, oder?«, sagte Emma, als Holly aufstand. »Aber jetzt ist es zu spät, also kommen Sie. Bringen wir es zu Ende.«

KAPITEL SIEBEN

Emma fluchte leise vor sich hin, als ihr Schlüssel klemmte. Sie versuchte es erneut und stemmte die Schulter gegen die Tür. Der Regen war noch stärker geworden – dicke Regenschwaden, die den Blick auf die Landschaft verdeckten.

Holly war jetzt völlig durchnässt, ihre Socken schmatzten in den Stiefeln, ihr Mantel war schwer vom Wasser, das er aufgesogen hatte – sogar ihr Unterhemd war feucht. Sie hüpfte auf der Stelle, um sich warm zu halten, aber die Luft war eisig und unbarmherzig. »S ... soll ich ...?«, stammelte sie durch die klappernden Zähne.

»Ich hab's«, rief Emma. »Verdammte Tür, das passiert ständig.« Sie stolperte über die Schwelle, und Holly schlüpfte hinter ihr hinein. Erst im Haus merkte sie, wie laut der Wind draußen war.

Emma zog ihren tropfenden Anorak aus. Sie trug ein langärmeliges graues Kleid mit schwarzen Blumen, dazu eine schwarze Strumpfhose. Das Kleid war geschmackvoll, hatte aber schon bessere Tage gesehen – einige Stellen waren fast durchgescheuert, die Ärmel an den Rändern ausgefranst. Holly musterte Emma unauffällig. Sie fragte sich, wie sich der Krebs bemerkbar machte, ob er ihr Tag für Tag Schmerzen bereitete, ob sie sich einer Behandlung unterzog, die Nebenwirkungen hatte. Sie hatte nicht das Gefühl, sie fragen zu können.

Holly zog ebenfalls ihren Mantel aus und fröstelte – es war nicht besonders warm im Haus. Sie konnte sich nicht entschei-

den, ob es besser oder schlechter war, den feuchten Pullover an-
zubehalten, und entschied sich schließlich dafür, in der Hoffnung, dass er so schneller trocknen würde.

»Sie können ihn da aufhängen«, brummte Emma und deutete
auf den Mantel in Hollys Hand und eine Garderobe links neben
der Eingangstür.

Unter dem Kleiderständer stand ein kleiner Holztisch, und
Holly stutzte, als sie sah, was darauf stand. Eine wunderschöne
Glasskulptur – zwei dünne Wellen, die aus dem Boden aufstie-
gen, eine blaue und eine silberne, ineinander verschlungen. Sie
selbst hatte hauptsächlich mit Ton gearbeitet, doch sie liebte
Glasskulpturen. *Zweisamkeit* stand auf der kleinen Plakette –
aber statt Licht einzufangen, sammelte sich Staub darauf. Sie
streckte den Zeigefinger aus, um die Schmutzschicht abzuwischen, spürte jedoch ein warnendes Kribbeln im Nacken.
Schnell zog sie ihren Finger zurück und sah über ihre Schulter,
dass Emma sie beobachtete.

»Mein Mann hat mir die zu unserem zwanzigsten Hochzeitstag geschenkt«, sagte sie, und obwohl sie denselben forschen Ton
anschlug, deutete ihre Körperhaltung – steif, unbeweglich –
auf die Gefühle unter der Oberfläche hin. Eine Brüchigkeit,
die Holly selbst gut kannte. »Ich habe es nicht übers Herz
gebracht, sie wegzuräumen, nachdem er gestorben ist. Senti-
mentale Kuh«, fügte sie murmelnd hinzu – obwohl sentimental nicht gerade das Wort war, mit dem Holly sie beschrieben
hätte.

Emma schlurfte durchs Haus und gab Holly zu verstehen,
dass sie ihr folgen sollte. Es gab erstaunlich wenig überflüssiges
Zeug – sollte man nicht im Laufe des Lebens immer mehr Dinge
anhäufen? Doch obwohl Emmas Haus mit den üblichen Mö-
beln ausgestattet war, obwohl Teppiche und Vorhänge vorhan-

den waren und obwohl an fast jeder Wand Bilder hingen, wirkte das Haus irgendwie ... leer.

»Was für eine Art Künstlerin sind Sie denn?«, fragte Emma und führte Holly in eine kleine Küche mit einem Ofen, gefliestem Boden und rustikalen Holzschränken.

Holly sah Emma an. »Was?«

»Sind Sie Bildhauerin oder Malerin oder ...?«

Sie räusperte sich. »Ich bin keine, ich meine, schon, sozusagen, aber ich ...« Emma zog die Augenbrauen hoch, und Holly biss sich auf die Lippe. »Ich arbeite eigentlich nicht mehr als Künstlerin.« Sie konnte anderen dabei helfen, konnte beschreiben, wie sich der Ton in den Händen anfühlen sollte, und sie fand eine gewisse Freude daran, wenn eine ihrer Schülerinnen etwas zum Leben erweckte, Zeuge dieses Hochgefühls zu sein, wenn etwas, das nur in der Fantasie existierte, Formen annahm. Aber sie selbst konnte das nicht, nicht mehr.

»Kein Talent?«, fragte Emma unverblümt, warf kurzerhand zwei Teebeutel auf den Küchentisch und griff nach dem Wasserkocher. Sie hatte im Café nur die Teebeutel bestellt und Holly erklärt, dass der Tee nur kalt würde, und Mona hatte sie ihr umsonst gegeben, zusammen mit einem Rabatt auf den Karottenkuchen.

»Nein, ich ...«

»Keine Zeit?«

»Ich ... Na ja, gewissermaßen.« Das Unterrichten nahm schließlich viel Zeit in Anspruch – nicht nur die Stunden im Klassenzimmer, sondern auch die Vorbereitung, die Benotung.

Emma schnaubte. Es klang jedoch nicht unfreundlich, eher ... ungläubig. »Klingt für mich wie eine Ausrede.«

Holly sagte nichts dazu – sie wusste nicht, wie sie es erklären sollte. Wie das, was sie angetrieben hatte, etwas zu schaffen, nach dem Unfall verschwunden war – nach dem, was sie Lily angetan hatte. Sie hatte es in den letzten Jahren ein paar Mal versucht, weil sie das Gefühl hatte, das, was sie lehrte, auch praktizieren zu müssen, war jedoch fast zusammengebrochen, sobald sie den Ton vor sich hatte. Also hatte sie damit abgeschlossen, ebenso wie mit der Hoffnung, je in einer Galerie auszustellen. Nein, sie war damit zufrieden, *anderen* zu helfen, Kunst zu schaffen – das war jetzt ihre Berufung.

Emma fragte nicht weiter nach, während sie darauf wartete, dass das Wasser kochte. Holly fröstelte in ihrem feuchten Pullover und trat instinktiv näher an den Ofen. Sie schaute aus der Hintertür, die in einen großen Garten führte. Sie konnte nicht anders, als die Wildheit des Gartens zu bewundern, die durch den aufziehenden Sturm noch betont wurde: durch den Wind, der an den kahlen Ästen rüttelte, das lange überwuchernde Gras, das im unablässigen Regen bebte. Aber die Wildheit hatte auch etwas Trauriges. Weil sie nicht beabsichtigt schien, denn es gab Anzeichen, dass der Garten einst liebevoll gepflegt worden war.

»Das war mal mein Hobby«, grummelte Emma, die Hollys Blick gefolgt war, und drückte ihr eine Tasse mit dampfendem Tee in die Hand. Holly warf Emma einen fragenden Blick zu, woraufhin diese fortfuhr.

»Zusammen mit meinem Mann – Sonnenhut, Schaufel, dreckige Knie, das volle Programm. Ich habe versucht, meinen Sohn dafür zu begeistern, aber er hatte keinen grünen Daumen. Mein Enkel hingegen schon. Er und ich …« Ihr Gesicht verfinsterte sich. »Nun. Nachdem ich sie beide verloren hatte, habe ich es nicht mehr über mich gebracht.«

Holly blickte erneut in den wilden, verlassenen Garten hinaus und spürte einen Kloß im Hals. Sie blinzelte und sah stattdessen auf ihren Tee. »Ich muss gestehen, ich verstehe nichts von Gartenarbeit«, sagte sie und stellte erleichtert fest, dass ihre Stimme fest klang. »Als ich an der Uni war, habe ich eine Tomatenpflanze gekauft und versucht, sie in meinem Schlafzimmer am Leben zu erhalten, aber es ist mir nicht gelungen.«

»Liebe und Zeit«, sagte Emma schlicht.

»Ich habe ihr Liebe gegeben«, sagte Holly und rümpfte die Nase. Und das hatte sie – sie hatte geweint, als sie sich ihre Niederlage eingestehen und die tote Pflanze wegwerfen musste, obwohl Lily gelacht und sie albern genannt hatte.

Emma brummte und trank einen Schluck Earl Grey. »Und Wissen – jede Pflanze ist anders, braucht etwas anderes. Manche sind stärker als andere und verzeihen Fehler – besorgen Sie sich nächstes Mal so eine. Aloe Vera und Grünlilien sind gute Zimmerpflanzen.«

Vielleicht würde sie sich eine Grünlilie zulegen, dachte Holly. Sie könnte sie Fred nennen, wie ein Haustier. Sie wusste nicht, wie Grünlilien aussahen, aber der Name gefiel ihr.

Emma führte Holly ins Wohnzimmer, das ein wenig muffig roch. In der Ecke stand ein alter Kamin, der kaum benutzt zu werden schien. Außerdem gab es einen gläsernen Couchtisch, auf dem ein Stapel Zeitungen lag, ein verblichenes rotes Sofa mit einer bunten Decke darauf und einen einzelnen Sessel. Wie in Hollys Wohnung gab es auch hier keinerlei Weihnachtsdeko.

Emma setzte sich aufs Sofa und zog die Decke über die Knie, also nahm Holly den Sessel, obwohl sie viel zu tief in das weiche Polster sank.

Es wurde still im Zimmer, das einzige Geräusch kam von dem Heulen des Windes und dem Regen, der gegen die Fenster schlug. Die Vorhänge waren bereits zugezogen, das Licht war gedämpft – unter anderen Umständen wäre es gemütlich gewesen, und Holly räusperte sich, um die unbehagliche Atmosphäre zu vertreiben. »Also, ähm, leben Sie jetzt allein?« Sie bereute die Frage sofort –sie *kannte* die Antwort –, doch sie versuchte verzweifelt Smalltalk zu machen.

Emma warf Holly einen schiefen Blick zu, als ob sie genau wüsste, was sie dachte. »Schauen Sie nicht so verdrossen, Kindchen«, sagte sie und bestätigte damit ihre Fähigkeit, Gedanken zu lesen. »Sie waren diejenige, die beschlossen hat, auf den Brief zu reagieren, und nur der liebe Gott weiß, warum. Aber ja, ich lebe allein. Ich habe darüber nachgedacht, mir einen Hund anzuschaffen, aber es kam mir grausam vor – was, wenn der Hund mich überlebt? Sie warf einen Blick auf den Kaminsims – auf die Fotos dort.«

Holly folgte ihrem Blick. Im ersten Rahmen war ein Foto von Emma und einem Mann, der ihr Ehemann gewesen sein musste. Es hatte einen vergilbten Rand und war offensichtlich vor etwa vierzig Jahren aufgenommen worden. Emma lächelte darauf – das braune Haar nur leicht angegraut und die glanzlosen Wellen noch gesunde Locken, aber dasselbe kantige Kinn, dieselben türkisfarbenen Augen. Ihr Mann sah weicher aus – warme braune Augen mit Lachfalten, eine tiefe Bräune, die ihm ein wettergegerbtes Aussehen verlieh, obwohl er auf dem Foto noch nicht alt war. Das nächste Foto zeigte einen Mann, der Emmas Sohn sein musste. Er stand neben dem Ehemann, beide hatten die gleichen braunen Augen und lächelten etwas unbeholfen in die Kamera. Auf dem letzten Foto war wieder Emma zu sehen – eine ältere Emma, aber trotzdem vor vielen Jahren – mit einem kleinen Jungen auf dem Schoß, etwa sieben oder acht Jahre alt, mit braunen Locken und den gleichen braunen Augen wie die beiden Männer, nur irgendwie tiefgründiger. Er grinste ein breites Grinsen, voll offener, kindlicher Unschuld.

»Drei Generationen.« Diesmal klang ihre Stimme nicht schnippisch. Sie klang brüchig, verletzlich. Und schnürte Holly das Herz ein. »Alle wurden mir genommen.«

Holly sah Emma ins Gesicht, sah den Schmerz, der dort eingebrannt war, die Lach- und Sorgenfalten, die sich im Laufe des Lebens angesammelt hatten. Sie wollte die Hand ausstrecken und Emma trösten, aber sie ahnte, dass das nicht gut ankommen würde.

Emma schüttelte den Kopf. »Nun klinge ich doch verbittert, obwohl ich mir vorgenommen hatte, dass ich die Zeit, die mir noch bleibt, anders nutzen wollte.«

»Haben Sie sich deshalb beim *Club der Unbekannten* angemeldet?«, fragte Holly zaghaft.

»Nein, das habe ich getan, weil meine blöde Nachbarin mich dazu gezwungen hat. Es ist einfacher nachzugeben, damit sie Ruhe gibt.«

Holly zögerte. »Wollen Sie darüber reden?«

»Nein, eigentlich nicht. Es bringt nichts, die Vergangenheit aufzuwärmen.«

Holly holte tief Luft. »Ich hatte vor ein paar Jahren einen Autounfall.« Sie hatte das Bedürfnis, zu erklären, warum sie aus heiterem Himmel aufgetaucht war. »Ich saß am Steuer.« Normalerweise ließ sie den Teil weg, wenn sie gezwungen war, die Geschichte zu erzählen, doch Emmas Unverblümtheit machte es leichter. »Meine Schwester hatte daraufhin eine Fehlgeburt – und kann nicht mehr schwanger werden.«

Emma fragte nicht, wessen Schuld es war, ob jemand in sie hineingefahren war oder andersrum. Sie nickte nur bedächtig, in Anerkennung ihrer gegenseitigen Verbindung.

»Wo ist es passiert?«

»Gleich um die Ecke, auf der A39.«

Ein dunkler Schatten huschte über Emmas Gesicht. »Schreckliche Straße. Zu viele Idioten, die zu schnell fahren. Achtundzwanzig Todesopfer in den letzten drei Jahren.« Es kam wie aus der Pistole geschossen, eine aus der Luft gegriffene Statistik. Vielleicht war dort auch Richard verunglückt.

»Wir hatten Glück, dass Lily nicht ums Leben gekommen ist«, sagte Holly leise. *Aber ihr Baby*, flüsterte eine Stimme in ihrem Kopf. Dieselbe Stimme, die ihr immer wieder sagte, dass es ihre Schuld war. Eine Stimme, die Lilys ähnelte, verheult und gebrochen, wie damals nach dem Unfall im Krankenhaus.

Sie war der Wegbeschreibung der Krankenschwester gefolgt und hatte sich in Lilys Zimmer geschlichen. Ihre Eltern standen neben Lilys Bett.

Sie erinnerte sich, wie sie sich zwischen ihren Eltern zu ihrer Schwester durchgedrängt hatte. »Es geht dir gut«, sagte sie mit wackeliger Stimme. Die blauen Flecken, der Schnitt in ihrem Gesicht, die dunkelviolette Linie an der Stelle, wo der Sicherheitsgurt oberhalb des Schlüsselbeins eingeschnitten hatte, konnten nicht so schlimm sein, denn ihre Schwester war am Leben, war hier, wach und –

»Nein, es geht mir nicht gut«, sagte Lily. Ihre Stimme klang stumpf, und sie sah Holly nicht an. Holly spürte, wie ihr Herzschlag sich beschleunigte, während sie ihre Schwester betrachtete und nach Verletzungen suchte, die nicht auf den ersten Blick erkennbar waren. Sie spürte, wie sie zu zittern begann – als wüsste ihr Körper, was kommen würde.

»Ihr seid beide am Leben.« Ihre Mutter, drückte Hollys Arm und griff dann nach Lilys Hand. Ihr Gesicht war immer noch tränenverschmiert, aber sie bemühte sich sichtlich, ihre Stimme zu kontrollieren und aufmunternd zu klingen. »Konzentrieren wir uns auf die guten Dinge. Das ist im Moment das Wichtigste. Stimmt's, Harry?« Sie warf einen Blick auf Hollys Vater, der sich mit der Hand durch das rote Haar fuhr und stumm nickte, während seine Augen Lily abtasteten, als würde auch er nach weiteren Verletzungen suchen. »Und den anderen Beteiligten geht es auch gut«, fügte ihre Mutter hinzu. Holly spürte, wie die Worte sie durchbohrten, die Erinnerung an das andere Auto, das um die Ecke bog und direkt auf sie zukam. Und an das Auto dahinter – zu dicht dahinter. Doch dann machte sich Erleichterung in ihr breit. Es war niemand gestorben. Es würde alles gut werden.

Hollys Vater warf ihr einen Blick zu und beobachtete sie ein wenig zu genau, dachte Holly. »Ja. Wir sollten dankbar sein, dass alle überlebt haben«, sagte ihr Vater schroff.

»Das ist nicht wahr.« Lilys Stimme – leise und stumpf und verloren. »Nicht alle haben überlebt.« Hollys Magen kribbelte, während sie Lilys Blick suchte. Aber die Augen ihrer Schwester blieben geschlossen, selbst als Tränen über ihr blasses Gesicht liefen. »Ich habe das Baby verloren.«

Es war ein Schluchzen, und Hollys ganzer Körper verkrampfte. *Ich habe das Baby verloren.* Nein. Das konnte nicht wahr sein. Sie schaute zwischen ihren Eltern hin und her, in der Hoffnung, dass einer von ihnen Lily widersprechen würde. Ihre Mutter brach in Tränen aus, und ihr Vater blickte zu Boden.

»Ich habe das Baby verloren«, wiederholte Lily, ihre Stimme war jetzt fester. »Wegen dir.« Sie riss die Augen auf, und es loderte so eine Wut darin, dass Holly einen Schritt zurückwich. »Weil dir dein verdammtes Handy wichtiger war, als dich auf die Straße zu konzentrieren.«

Holly schüttelte den Kopf, unfähig, den Blick von ihrer Schwester abzuwenden. Von der lodernden Wut. Der *Schuld.*

»Nein, ich …« Aber ihr fiel nichts ein, was sie hätte sagen können. Das Auto war auf sie zugerast, aber sie hatte zu langsam reagiert. Sie hatte versucht, das Telefon zurückzubekommen, und nicht aufgepasst, und so hatte sie wertvolle Sekunden verloren. Und jetzt, Lilys Baby …

»Lily, Liebes«, sagte ihre Mutter zögernd, »vielleicht sollten wir …«

»Raus hier«, sagte Lily scharf. Ihr Gesicht verlor etwas von seiner Blässe, als Hitze in ihre Wangen schoss. Sie sah zu ihrer Mutter. »Ich will, dass sie verschwindet!« Ihre Stimme klang kratzig, gequält. Aber es lag eine Gewissheit darin, die Holly wie ein Faustschlag traf.

Ihre Mutter drehte sich zu ihr um, ihr Blick bewusst verhalten. »Holly, vielleicht …«

Aber Holly wich bereits zurück, um aus dem Krankenzimmer zu fliehen, unfähig, den Kummer und die Wut in Lilys Gesicht zu ertragen, unfähig, sich der Realität zu stellen, den Konsequenzen ihres Fehlers.

»Wie geht es Ihrer Schwester heute?« Emmas Frage holte sie in die Gegenwart zurück.

Holly zögerte. »Ich weiß es nicht genau. Sie spricht nicht mit mir.«

Emma nickte, ohne dass eine Wertung darin lag. »Das kommt vor.« Sie sah wieder zu den Fotos auf dem Kaminsims. »Das ist das letzte Foto, das ich von ihm habe.« Sie nickte in Richtung des Fotos mit dem kleinen Jungen. »Von meinem Enkel. Ich habe ihn nicht auf die gleiche Weise verloren, wie ich seinen Vater verloren habe, aber er ist aus meinem Leben verschwunden.«

Es hörte sich an, als würde der Regen draußen noch stärker werden, wenn das überhaupt möglich war. »Warum?«

»Das ist eine Sache zwischen ihm und mir.«

»Haben Sie … Haben Sie jemals versucht, mit ihm zu reden?«

Emma schniefte. »Er hat deutlich gemacht, dass er mich nicht sehen will, und ich habe kein Recht, mich in sein Leben zu drängen. Dafür ist es zu spät. Es würde mehr schaden als nützen, und es wäre egoistisch von mir, ihn wiedersehen zu wollen. Deshalb habe ich den verdammten Brief überhaupt nur geschrieben – um meine Seele zu erleichtern, ohne ihm die Last aufzubürden.«.

Dagegen gab es nichts einzuwenden, also schwieg Holly und lauschte dem heulenden Wind. Sie dachte an die Kinder, die an Heiligabend gemütlich im Bett lagen und aufgeregt auf den Weihnachtsmann warteten, während es draußen regnete und stürmte. Wie würde es dem *Weihnachtsmann* gehen, wenn es ihn wirklich gäbe, und er bei diesem Wetter rausmüsste? Würde Rudolph sich einfach weigern, aus dem Stall zu kommen?

»Und … wie kommen Sie mit dem Krebs zurecht?«

»Sie sind ganz schön neugierig.«

»Das muss an Ihrer warmen und offenen Art liegen«, sagte Holly trocken.

Emma schnaubte, und diesmal klang es fast anerkennend. »Tja, also, der Krebs. Ich komme klar.«

»Sind Sie in Behandlung? Müssen Sie …?« Doch sie beendete den Satz nicht, denn sie merkte selbst, dass Emma über so etwas an Heiligabend nicht reden wollte.

Emma nutzte die Gelegenheit und rieb energisch die Hände aneinander. »Ich denke, das reicht für einen Abend, oder? Vor allem, da ich, wie wir gerade festgestellt haben, eine alte Frau bei schlechter Gesundheit bin. Ich brauche meinen Schlaf.«

»Natürlich«, sagte Holly schnell. »Sie haben recht. Tut mir leid.« Sie stand auf und blickte auf den Spalt in den Vorhängen. Es war nicht nur stürmisch, sondern jetzt auch stockdunkel. Sie zog eine Grimasse, während sie in der Kroko-Handtasche nach ihren Schlüsseln kramte. Es würde kein Vergnügen sein, bei diesem Wetter nach Hause zu fahren.

»Viele Leute würden sich nicht mehr trauen, Auto zu fahren, wenn sie das Gleiche durchgemacht hätten wie Sie.« Emma starrte auf die Schlüssel in Hollys Hand.

Holly zuckte die Schultern und wusste nicht recht, was sie darauf sagen sollte. Sie wollte nicht zugeben, dass sie ganze zwei Jahre gebraucht hatte, um sich wieder hinters Steuer zu setzen. Ganz zu schweigen davon, dass sie bei der ersten Fahrt eine ausgewachsene Panikattacke erlitten hatte.

Emma stieß ungeduldig die Luft aus. »Bei dem Wetter können Sie nicht fahren.«

Holly warf erneut einen Blick durch den Spalt im Vorhang. Wahrscheinlich hatte sie recht – vor allem, weil sie ein Nervenwrack sein würde, wenn sie so nahe an der Stelle vorbeifuhr, an der sie verunglückt war. »Ich werde mir wohl ein Hotel nehmen.«

Emma schnaubte.

»Ein Airbnb?«

Emma verdrehte die Augen. »Sie gehen davon aus, dass Sie an Heiligabend um diese Uhrzeit eine Unterkunft finden? Die einzige Unterkunft, die Sie finden werden, ist der Campingplatz, und die erwarten, dass Sie ihr eigenes Zelt mitbringen.« Sie bedachte Holly mit einem prüfenden Blick, und für einen kurzen Moment dachte sie, Emma hätte tatsächlich vor, sie mit einem Zelt auszustatten. Sie stellte sich vor, Heiligabend und den Weihnachtsmorgen im Auto am Straßenrand zu verbringen – selbst für sie ein neuer Tiefpunkt.

Dann seufzte Emma. »Ich habe ein Gästezimmer. Nichts Besonderes, aber du kannst darin übernachten.«

Holly stand unschlüssig in der Mitte des Wohnzimmers, als Emma aufstand. »Aber es ist Weihnachten«, sagte sie verblüfft. Es war Weihnachten, und Holly konnte sich doch nicht irgendeiner Unbekannten aufdrängen, obwohl sie genau das heute Morgen vorgehabt hatte.

»In der Tat.« Emmas Lächeln ließ ahnen, dass sie nicht immer so kratzbürstig gewesen war, dass sie vielleicht sogar ein Herz hatte. »Es ist Weihnachten.«

KAPITEL ACHT

Liebe Lily,

du wirst es nicht glauben, wenn ich dir sage, wo ich dieses Jahr Weihnachten verbringe, doch ich schreibe dir gerade aus Devon. Es ist eine lange Geschichte, aber ich übernachte bei einer Frau, die möglicherweise netter ist, als sie zugeben will. Obwohl ich mir mein Urteil wohl bis zum Ende des Tages aufsparen sollte.

Es ist schwer, hier zu sein und nicht an den Unfall zu denken. Ich bin an der Stelle vorbeigefahren. Ich weiß noch, wie Mum gesagt hat, es hätte schlimmer kommen können. Direkt hinter uns war ein Auto, nicht das, das uns gerammt hat, sondern noch ein anderes. Der Fahrer hat alles gesehen und einen Krankenwagen gerufen – deshalb sind wir so schnell ins Krankenhaus gekommen. Wusstest du das? Ich bin sicher, Mama und Papa haben es dir irgendwann erzählt, aber wir haben nie darüber gesprochen.

Verbringst du Weihnachten mit Mum und Dad? Wahrscheinlich schon, denn wenn du und Steve woanders wärt, hätte sich Mum sicher mehr Mühe gegeben, mich zum Kommen zu überreden. Ich glaube, ich wäre trotzdem nicht gekommen. Es ist fast einfacher, nicht gefragt zu werden – dann muss ich nichts erklären, muss mir nicht anhören, wie Mum versucht, so zu tun, als wäre es für sie okay, dass du und ich nicht miteinander sprechen. Falls du bei ihnen bist, hoffe ich, ihr habt es schön. Ich hoffe, Dad macht seinen legendären Glühwein und Mum schläft nicht

vor neun Uhr ein. Und obwohl es mir nicht zusteht, hoffe ich
auch, ihr vermisst mich alle, wenigstens ein bisschen.
   Denn ich vermisse dich, Lils. Mehr als du ahnst.
   In Liebe,
   Holly

Als Holly aufwachte, war es draußen noch dunkel. Dunkel –
und still. Sie blinzelte ein paar Mal und lauschte. Das Heulen
des Windes und das Prasseln des Regens waren nicht mehr zu
hören. Sie fröstelte, als sie die Bettdecke wegschob und aus dem
schmalen Bett stieg. Sie griff nach dem Morgenmantel an der
Rückseite der Schlafzimmertür, den Emma ihr geliehen hatte.
Ein Morgenmantel, der zu dem Flanellpyjama passte, den
Emma ihr ebenfalls gegeben hatte und den sie angeblich seit ungefähr fünfzehn Jahren nicht mehr getragen hatte.

   Holly schaute auf ihr Handy und lächelte ein wenig, als sie
eine Nachricht von Abi sah.

Frohen Mittwoch, Babe! Ich schicke diese Nachricht ohne be-
sonderen Grund, denn wie du weißt, ist heute kein besonde-
rer Tag, aber ich dachte, ich lasse dich wissen, dass ich an dich
denke und dich lieb hab und wir uns ganz bald sehen. Xxxx

Und gleich danach noch eine.

P.S. Kannst du mich bitte auf den neuesten Stand bringen, wie
deine Suche verlaufen ist? Ich habe mir ungefähr eine Million
verschiedene Versionen vorgestellt, und wüsste gern, ob eine
davon richtig ist.

Außerdem hatte sie eine Nachricht von ihrer Mutter.

Frohe Weihnachten, Holly. Ich hoffe, du und Abi habt einen schönen Tag. Ich denke an dich, wie immer. Xx

Sie starrte auf die Nachricht und fühlte einen nur allzu vertrauten Kloß im Hals. Sie hatte ihrer Mutter gesagt, sie verbringe Weihnachten mit Abi. Das war einfacher als die Wahrheit – sie wollte nicht, dass ihre Mutter sich schuldig fühlte, weil sie Weihnachten allein verbrachte.

Holly beschloss, dass sie einen Moment brauchte, um die Antwort an ihre Mutter zu formulieren – und dass sie Abi später anrufen würde, um sie auf den neuesten Stand zu bringen. So leise, wie sie konnte, öffnete sie die Tür und ging die Treppe hinunter. Sie stieß einen zischenden Laut aus, als sie sich auf halbem Weg den Zeh am Geländer stieß, unterdrückte aber einen Fluch, weil sie Emma nicht wecken wollte.

Der Weihnachtsmorgen. Als Kind hatte sie immer gedacht, dass sich das Leben am Weihnachtsmorgen *anders* anfühlte. Jedes Jahr schlich sie sich in Lilys Zimmer, dann packten sie zusammen die Geschenke aus und weckten ihre Eltern. An ein Jahr erinnerte sie sich ganz besonders. Da war sie acht gewesen. Lily war zwölf und hatte beschlossen, dass sie zu cool für einige Dinge war, die Holly immer noch tun wollte. Keine von ihnen glaubte noch an den Weihnachtsmann – obwohl Lily und ihre Eltern den Schwindel so lange wie möglich aufrechterhalten hatten, aber das machte es nicht weniger aufregend.

»Lily?«, flüsterte Holly, öffnete knarrend die Tür ihrer Schwester und schlich auf Zehenspitzen hinein. Das Zimmer ihrer Schwester roch damals immer komisch – nach den Parfums, die sie gerade benutzte und die Holly eklig fand.

Lily stöhnte, ohne die Augen zu öffnen. »Echt jetzt, Holly? Das ist zu früh.«

»Aber es ist Weihnachten«, sagte Holly, immer noch flüsternd.

»Und in einer Stunde ist immer noch Weihnachten.«

Holly hatte schweigend dagestanden. Sie hatte gewusst, dass das passieren würde. Sie hatte gewusst, dass der Tag kommen würde, an dem Lily beschloss, dass sie zu *cool* für Weihnachten war, so wie sie schon beschlossen hatte, dass sie zu cool war, um am Samstagmorgen mit ihrer Mutter im Café zu sitzen, was Holly liebte. Und obwohl sie sich bei ihrer Mutter und ihrem Vater ständig beklagt hatte, dass Lily so ein *Diktator* wäre, vermisste sie es, mit ihr zu spielen.

Dann öffnete Lily ein Auge. »Meinst du, der Weihnachtsmann hat mir dieses Jahr ein Handy gebracht?«

Holly kicherte. »Vielleicht.«

»Und dir? Was ist wohl in deinem Strumpf?«

Holly dachte nach. »Vielleicht das Pferdebild. Du weißt schon, aus dem Laden mit dem Tonzeug.«

»Töpferwaren«, korrigierte Lily automatisch.

»Töpferwaren, genau.«

Lily schlug ihre Bettdecke zurück. »Na, dann komm. Sehen wir nach.«

Und Holly hatte gegrinst, als sie hinter Lily die Treppe hinuntergehüpft war, denn sie wusste, dass Lily sich eigentlich noch immer auf Weihnachten freute, auch wenn sie so tat, als wäre dem nicht so, schließlich kannte Holly sie besser als jeder andere. Und das Bild, das sie sich gewünscht hatte, war nicht im Strumpf – es lag unter dem Baum, ein Geschenk von Lily. Denn Lily kannte auch sie besser als jeder andere.

Holly versuchte, die Erinnerung zu verdrängen, während sie über die kalten Fliesen in Emmas Küche schlich. Sie warf einen Blick auf den Wasserkocher, beschloss aber, dass sie sich nicht einfach bedienen konnte. Stattdessen setzte sie sich an den kleinen Holztisch und schlug eine der Zeitungen auf, die dort lagen, jedoch ohne das Licht einzuschalten, um Emma nicht zu wecken. Das fahle Morgenlicht des Winters dämmerte, aber es war noch nicht hell genug, um zu lesen. Also nahm sie eine Anzeigenbeilage aus der Zeitung und ließ ihre Gedanken schweifen, während sie das Papier in ihren Händen faltete.

Das Licht in der Küche ging an, sodass Holly zusammenzuckte und die Zeitung fallen ließ. Sie drehte sich um und sah Emma in der Tür stehen, die einen hellblauen Morgenmantel trug, dasselbe Modell wie Hollys rosa Morgenmantel.

Emma blinzelte mit müden Augen. »Was machst du hier allein im Dunkeln?«

»Ich wollte nicht stören.«

Emma lachte, aber es klang nicht unfreundlich. »Du störst sowieso, Kindchen. Da kannst du es dir auch gemütlich machen.« In dicken, flauschigen Socken stapfte sie in die Küche. »Komm, lass uns was Heißes trinken.«

Holly stand unbeholfen auf. »Ich kann auch gehen, wenn du willst.«

Emma winkte ab, während sie den Wasserkocher füllte. »Du kannst ruhig noch ein bisschen bleiben.« Sie drehte sich um und bedachte Holly mit einem strengen Blick. »Ich werde allerdings kein großes Weihnachtsessen kochen, also mach dir keine Hoffnungen. Kochen war noch nie mein Ding, und ich habe nicht viel im Haus.« Sie rümpfte die Nase. »Mehr als Nudeln bringe ich nicht zustande – und selbst die machst lieber du. Kannst du kochen?«

»Äh, schon. Ich bin kein Meisterkoch, aber ich komme zurecht.« Obwohl man beim Thai-Imbiss ihren Namen kannte, was vielleicht bezeichnend war.

»Ich bin sicher, es wird besser sein als alles, was ich zaubern könnte.«

Emmas Blick fiel auf die Zeitungsbeilage auf dem Küchentisch, mit der Holly gespielt hatte. Sie hatte daraus eine kleine Giraffe gefaltet – es war eine alte Angewohnheit von ihr, kleine Papiertiere zu basteln, wenn sie sich langweilte oder unruhig war. Ihr war gar nicht bewusst gewesen, was sie da tat – sonst hätte sie keine Giraffe gemacht, denn es war Lilys Lieblingstier.

»Entschuldigung«, sagte Holly schnell und griff nach dem Papier. »Gewohnheit.«

Emma schnalzte mit der Zunge. »Eine beeindruckende Gewohnheit.« Dann warf sie einen Blick auf Hollys nackte Füße auf den Küchenfliesen und brummte. »Socken.«

»Hm?«

»Warte mal«, sagte Emma und schlurfte aus der Küche. »Mach uns einen Tee, ja? Für mich einen Earl Grey und für dich, was du findest. Irgendwo habe ich auch noch Pulverkaffee.«

Holly machte sich ans Werk und hatte gerade den Kaffee gefunden, als Emma wieder auftauchte, in der einen Hand ein Paar bunte flauschige Socken, in der anderen eine Karte. Sie drückte Holly beides gleichzeitig in die Hand.

»Was ist das?«

»Nun, üblicherweise zieht man Socken an die Füße, aber das ist ein freies Land.«

Holly hielt die Karte hoch – ein Klippenrand, sowohl majestätisch und mächtig als auch … einsam. Sie erkannte die Pinselführung, die unverwechselbare Kühnheit der Landschaft. Sie hob den Blick.

»Du hast gesagt, du magst Kunst«, sagte Emma schlicht. »Also, bitteschön. Frohe Weihnachten und so weiter. Es ist von einer hiesigen Künstlerin. Die, die ich im Café erwähnt habe. Mirabelle ...«

»Landor«, murmelte Holly kaum hörbar.

»Du hast von ihr gehört?« Emma zog die Augenbrauen hoch.

»Ich ... Ja. Ja, ich habe von ihr gehört.«

Emma sah sie lange an, dann schniefte sie. »Vermutlich würde es sie freuen, das zu hören.« Sie nahm ihren dampfenden Earl Grey in die Hände.

»Danke«, sagte Holly, immer noch mit leiser Stimme, während sie das Bild betrachtete – perfekt, im Miniaturformat. Sie erinnerte sich deutlich an die erste Karte, die sie gesehen hatte – und mit der Erinnerung daran kam auch die Erinnerung an Jacks Gesicht: die dunklen Augen, die schiefe Nase, die markanten Wangenknochen. Es war eine beunruhigend deutliche Erinnerung, wenn man bedachte, dass sie sich vor drei Jahren nur kurz unterhalten hatten. Aber trotzdem – nun hatte sie schon zwei Mirabelle-Landor-Karten geschenkt bekommen, beide am selben Ort. *Schicksal*, flüsterte eine Stimme in ihrem Kopf – eindeutig die ihrer Schwester –, doch sie verschloss die Ohren. Es waren ihre eigenen verdammten Entscheidungen, die sie hierhergebracht hatten.

Sie sah Emma an und schüttelte hilflos den Kopf. »Ich habe nichts, was ich dir geben könnte.«

Emma winkte ab. »Du kannst mir eins von diesen Papiertieren machen. Einen Hund, als Trost dafür, dass ich keinen echten habe. Oder einen Tiger. Ich habe Tiger schon immer gemocht.«

Die beiden saßen noch eine Weile am Küchentisch und nippten in einträchtigem Schweigen an ihren heißen Getränken. Holly hatte recht gehabt – der Sturm von gestern Abend hatte sich verzogen, und die Sonne schien auf den etwas verwahrlosten Garten. Obwohl sie nichts von Gartenarbeit verstand, konnte sie sich vorstellen, wie schön er einmal gewesen sein musste – sie konnte ihn sich in voller Blüte im Sommer vorstellen, mit umherschwirrenden Insekten und duftenden Blumen.

Während sie ihren Kaffee trank, sah sie immer wieder zu Emma, die in der nun zwei Tage alten Zeitung blätterte. Sie sah nicht krank aus. Zumindest nicht auf den *ersten Blick*. Sie war vielleicht ein wenig dünn, ihr Gesicht ein wenig verhärmt. Aber wie sie da saß und an ihrem Tee nippte, sah sie ganz … normal aus. Holly hatte nicht genug Erfahrung mit Krebs, um zu wissen, worauf man achten musste – falls es überhaupt etwas gab, worauf man achten musste. Wahrscheinlich war es bei jedem Menschen anders. Aber es konnte ein gutes Zeichen sein. Vielleicht war der Krebs gar nicht so schlimm?

Holly räusperte sich. »Kann ich dir etwas machen? Einen Toast?« Denn Essen war doch sicher eine gute Sache, wenn man krank war?

»Ich glaube, ich habe kein Brot mehr«, brummte Emma. »Vielleicht habe ich irgendwo noch ein paar Weetabix.«

Aber als Holly aufstand, um besagte Weetabix zu suchen, klopfte es an der Haustür, und dann hörte man, wie sie geöffnet wurde.

»Hallloooooo!«

Holly zuckte beim Klang der etwas schrillen Stimme zusammen.

»Emma? Bist du wach?«

»Verdammte Nervensäge«, murmelte Emma und stand auf. »Ich muss daran denken, die Tür abzuschließen.«

Als Emma in den Flur ging, folgte Holly ihr zögernd.

»Da bist du ja Schätzchen«, fuhr die Stimme fort. »Jim fängt schon mit dem Schnippeln an, deshalb wollte ich vorbeikommen und …« Die Frau unterbrach sich und zog die perfekt gewölbten Augenbrauen hoch, als Holly in ihr Blickfeld kam. Es war dieselbe Frau, die Holly gestern im Café getroffen hatte – die Frau, die ihr Emmas Adresse gegeben hatte. Pam – platinblondes Haar, perfekte Fönfrisur, rotes Kleid, große goldene Kreolen, roter Lippenstift. »Ah, es ist also doch noch gut ausgegangen? Sie sind also Künstlerin? Ich dachte schon, das wäre eine Lüge, obwohl ich mir nicht erklären konnte, warum in aller Welt Sie sich so etwas ausdenken sollten.«

Emma stieß ein geschnaubtes *Ha!* aus, und Pam drehte sich um und sah sie an.

»Holly war die Empfängerin des Briefes, zu dem du mich gezwungen hast.«

Pam schürzte die roten Lippen. »Ich dachte, der sollte anonym sein.«

»War er auch«, brummte Emma. Aber diesmal zuckte Holly nicht zusammen. Wenn Emma gewollt hätte, dass sie geht, hätte sie sie schon längst rausgeschmissen.

Pam warf Holly einen unverhohlen neugierigen Blick zu und zuckte dann die Schultern. »Nun, frohe Weihnachten euch beiden!« Sie hielt eine Flasche Sekt und zwei Gläser hoch. »Du hast doch ein drittes, Emma?«

»Ich sollte lieber nicht«, sagte Holly schnell. »Ich muss noch fahren.«

»Unsinn«, sagte Pam. »Es ist Weihnachten – Sie müssen. Sie kann doch noch eine Nacht bleiben, nicht wahr, Emma?«

Emma zuckte die Schultern, widersprach aber nicht, und als Pam den Sekt einschenkte, nahm Holly das Glas, das man ihr anbot, und folgte den beiden Frauen ins Wohnzimmer, wo sie wieder den Sessel mit Beschlag belegte, während Pam und Emma sich aufs Sofa setzten.

Pam saß ganz vorn auf der Kante, nippte an ihrem Sekt und betrachtete Holly über den Rand des Glases hinweg, was sie verunsicherte. Vielleicht hätte sie etwas Glamouröseres als einen Morgenmantel tragen sollen und sich die Haare bürsten, als sie heute Morgen aufgewacht war. Nicht, dass sie eine Bürste dabeihatte, aber trotzdem.

»Also, Holly. Was ist Ihre Geschichte?«

»Meine Geschichte?«

»Ja, ja, Ihre Geschichte. Was führt Sie hierher?«

»Ich, äh …« Unwillkürlich sah sie zu Emma, aber ob sie damit der Frage ausweichen wollte oder sich die Erlaubnis holen, sie zu beantworten, wusste sie selbst nicht so genau.

»Holly ist Künstlerin, so ist das.«

Vermutlich sagte Emma das, damit Holly nicht über den Unfall reden musste, aber Holly zog trotzdem eine Grimasse – weil sie das nicht war, nicht einmal annähernd. Und trotz allem, was sie sich einredete, tat es immer noch weh, versagt zu haben.

»Wo wir gerade dabei sind, wo ist mein Tiger, hmm?«

Pam sah Emma fragend an, und die hielt die Papiergiraffe hoch, die Holly vorhin gefaltet hatte. Holly hatte nicht einmal bemerkt, dass Emma sie mitgenommen hatte. »Oh, wie genial – können Sie mir auch so was machen? Einen Lemur am liebsten – mein Seelentier.«

Emma reichte ihr bereits eine weitere Zeitung, und da beide Frauen sie erwartungsvoll ansahen, blieb Holly keine Wahl.

»Das ist es also, was Sie machen, ja? Papiertiere?«

Holly konnte sich ein Kichern nicht verkneifen – darüber, dass es aus Pams Mund nach einer absolut vernünftigen Berufswahl klang. »Nein, ich bin Kunstlehrerin.«

Pam lehnte sich zurück, nickte gelassen und trank noch einen

Schluck Sekt. »Ah, junge Menschen begeistern, ein wertvoller Beruf. Aus mir wäre auch eine gute Lehrerin geworden.«

Emma schnaubte. »Das sehe ich anders.«

»Ignorieren Sie sie, Holly«, sagte Pam überheblich. »So ist sie manchmal, aber das muss man einfach ausblenden.«

Holly beschloss, nicht darauf einzugehen und konzentrierte sich stattdessen auf Pam. »Was machen Sie?«

»Was ich gemacht *habe*, Schätzchen. Inzwischen fröne ich dem Müßiggang.«

Holly grinste. »Und was *haben* Sie gemacht?«

»Oh, dies und das«, meinte Pam mit einer lässigen Handbewegung.

»Mir gibt sie auch nie eine klare Antwort«, murmelte Emma.

»Sind Sie gut in Kunst, Holly?«, wollte Pam wissen.

Holly zuckte unbeholfen mit den Schultern. »Ich bin ganz okay.«

»Ganz okay«, schnaubte Emma. »Sei nicht so bescheiden. Entweder du bist gut oder du bist es nicht.«

»Also, ich bin schon gut, glaube ich.« Holly schluckte. »Oder war es. Es ist mir abhanden gekommen, nachdem … Nun, es ist mir einfach abhanden gekommen.«

»Aber Sie machen doch Kunst«, sagte Pam und deutete auf den Tiger, der in Hollys Händen Gestalt annahm. »Ihnen kann nicht alles abhanden gekommen sein.«

Holly war so verblüfft, dass ihr nicht einfiel, was sie darauf erwidern sollte. Denn in gewisser Weise war es wohl wirklich Kunst. Nichts Großartiges, nichts Besonderes, nicht mehr als eine kleine Spielerei – aber dennoch Kunst.

»Entweder es liegt in deiner Seele, oder das tut es nicht«, sagte Emma sachlich, »und ich gehe jede Wette ein, dass es bei dir so ist, Kindchen.«

»Emma ist eine Kunstexpertin«, sagte Pam und nickte nachdrücklich.

»Bin ich nicht.«

»Du kümmerst dich um die Kunst für das Impression Sunrise.«

Emma trank einen kräftigen Schluck Sekt. »Ich wollte das mal beruflich machen«, erzählte sie Holly. »Mit Anfang vierzig, nachdem Richard ausgezogen war und ich Zeit hatte, bin ich zurück an die Uni gegangen. Ich habe Kunstgeschichte studiert und meinen Master gemacht – alles nebenbei. Aber dann … Na ja…« Sie brauchte nicht zu Ende zu reden, denn Holly verstand nur zu gut, dass ein Autounfall Emmas Träume zum Scheitern gebracht hatte, genau wie ihre eigenen.

Pam drückte Emmas Hand. Dann trank sie ihren Sekt aus und stellte das Glas auf den Tisch. »Zeit für einen Sherry, denke ich. Emma – du hast doch Sherry, oder?«

»So ziemlich das Einzige, was ich habe.« Emma stand auf und schlurfte aus dem Zimmer, was Holly ein wenig verblüffte. Sie hatten noch nicht einmal den Sekt ausgetrunken – und jetzt auch noch Sherry?

Pam holte ihr Handy heraus und machte eine Weihnachtsplaylist an. »Hier gibt es leider keine Box«, sagte sie zu Holly. »Aber trotzdem hebt es die Stimmung, finden Sie nicht? Ein Feuer zu machen, ist mir allerdings nicht ganz geheuer, fürchte ich«, fügte sie hinzu und beäugte misstrauisch den Kamin.

Sie faltete die Hände im Schoß und sah Holly in die Augen. »Nun, Holly. Wie steht es mit Ihrem Liebesleben?«

Holly rümpfte die Nase. »Existiert seit vorgestern nicht mehr.« Allerdings hatte sie, seit sie Emmas Haus betreten hatte, überhaupt nicht mehr an Daniel gedacht. Bei dieser Erkenntnis flackerten sofort Schuldgefühle auf. Was lächerlich war. *Er* hatte Schluss gemacht. Nicht *sie* sollte sich schuldig fühlen.

»Hmm. Tja, ich brauchte vier Ehemänner, um den richtigen zu treffen – vielleicht ist es die richtige Entscheidung, Single zu bleiben.«

»Mein Freund hat mit mir Schluss gemacht«, sagte Holly schlicht. »Es ist nicht so, als hätte ich eine Wahl gehabt.«

Pam schürzte ihre Lippen. »Nun, andere Mütter haben auch schöne Söhne – die jungen Leute von heute sind meiner Meinung nach zu wählerisch.« Obwohl Pam sich gerade selbst widersprochen hatte, verspürte Holly ein leichtes Kribbeln im Magen. Denn sie war doch nicht wählerisch gewesen, oder? Sie wäre sehr gern mit Daniel zusammengeblieben – war sogar bereit gewesen, mit ihm zusammenzuziehen, Herr Gott noch mal. Aber er hatte sich gegen sie entschieden.

»Wo ist Ihr Mann jetzt?«, fragte Holly, um das Thema zu wechseln.

»Oh, er ist nebenan und kocht das Weihnachtsessen. Er trinkt gern heimlich ein oder zwei Gläser Wein, wenn ich nicht da bin, und tut dann beim Mittagessen so, als würde er die erste Flasche des Tages öffnen. Und ich tue so, als würde ich es nicht bemerken, damit ich bekocht werde. Apropos«, sagte sie, als Emma mit einer leicht verstaubten Flasche Sherry in der Hand zurückkam, »Emma, was setzt du dem Mädchen denn als Weihnachtsessen vor?«

Emma blickte finster drein, und Holly räusperte sich. »Ich glaube, Nudeln stehen auf dem Speiseplan. Die liebe ich«, fügte sie schnell hinzu, denn Pam sah fast schon komisch schockiert aus.

»Nein, nein, nein«, sagte sie. »Das geht doch nicht.« Sie hob einen Finger, als sie ihr Handy in die Hand nahm, woraufhin die Weihnachtsmusik verstummte und Emma ein *Gott sei Dank* ausstieß. »Jim?«, sagte Pam ins Telefon. »Es kommen noch zwei Gäste zum Mittagessen dazu.« Pause. »Emma und ihre Freundin … Sei nicht albern, wir haben jede Menge Rosenkohl … Keiner von uns mag Rosenkohl, verdammt noch mal. Und eine Bratkartoffel weniger wird dir guttun, und du weißt, dass Emma kaum etwas isst … Ja … Ja, genau … Mach dir keine Sorgen, Liebling, ich habe volles Vertrauen. Bis gleich.« Damit legte sie auf und nickte Emma und Holly strahlend zu.

»Dann ist das geklärt. Ihr kommt zu uns.«

»Oh, das kann ich nicht …«

»Ach, Unsinn. Wir hätten Sie gerne dabei, nicht wahr, Emma?«

»Wer sagt denn, dass ich überhaupt kommen will?«, brummte Emma.

»Ignorieren Sie sie, Holly, sie meint es nicht so.«

Emma seufzte, warf Holly aber einen Blick zu. »Wenn du bleibst, könntest du Pam während des Weihnachtsessens unterhalten, damit ich es nicht tun muss.«

»Gut, dann zieht euch an«, sagte Pam und scheuchte sie mit den Händen. »Ihr dürft nur kommen, wenn ihr euch ein bisschen Mühe gebt.«

Emma trollte sich zuerst und ließ den Sherry auf dem gläsernen Couchtisch stehen. Holly stand ebenfalls auf und warf noch einmal einen Blick auf die drei Fotos auf dem Kaminsims.

»Es ist eine traurige Geschichte«, sagte Pam, und ihre Stimme klang jetzt sanft.

Holly drehte sich um und sah, dass Pam sie beobachtete.

»Wissen Sie, was passiert ist – warum ihr Enkel nicht mehr mit ihr spricht?«

Pam sah Holly einen langen Moment an, bevor sie den Kopf schüttelte. »Es steht mir nicht zu, die Geschichte zu erzählen. Und wir haben uns erst sehr viel später kennengelernt, also weiß ich nicht einmal, ob ich genug Details kenne, um ihr gerecht zu werden.«

»Wo ist er jetzt?«

Pam zögerte. »Das Letzte, was Emma mir erzählt hat, ist, dass er in London bei einer Unternehmensberatung arbeitet.«

Hollys Herz machte einen kleinen Satz. So nah. Windsor und London waren zwei verschiedene Welten – das wusste sie nur zu gut, denn sie war von der einen in die andere Welt geflüchtet –, aber sie waren nur eine kurze Zugfahrt voneinander entfernt. Und im März würde sie sogar in London sein, wegen der Klassenfahrt mit Abi.

Sie wandte sich von den Fotos ab und machte einen Schritt auf die Wohnzimmertür zu. Es ging sie nichts an. Es war an Emma, ihr davon zu erzählen, es war an Emma, sich mit ihrem Enkel in Verbindung zu setzen, wenn sie es wollte.

»Germain & Co.«, sagte Pam hinter ihr, ihr Tonfall war mild, fast beiläufig.

Holly runzelte die Stirn, als sie sich wieder zu Pam umdrehte. »Hm?«

»Ich glaube, das ist der Name der Firma, für die Jack arbeitet. Nur für den Fall, dass es Sie interessiert«, fügte sie mit einem Achselzucken hinzu.

Holly hielt inne, ließ die Worte auf sich wirken und versuchte, zwischen den Zeilen dessen zu lesen, was Pam sagte.

»Jack?«

»So heißt er«, sagte Pam nickend. »Emmas Enkel. Jack.«

Und obwohl Holly sich sagte, dass es lächerlich war, dass es nicht sein konnte, dass *Emmas* Jack unmöglich der Mann aus dem Café vor all den Jahren sein konnte, spürte sie ein Ziehen, tief in ihrem Inneren. *Blödsinn*, sagte sie sich. Doch es ließ sich nicht leugnen. Dieses Ziehen in ihrem Inneren – wie ein Faden, der festgezogen wurde.

März

KAPITEL NEUN

Jack saß mit dem Rücken zum Bürofenster und der Aussicht über die Stadt an seinem Schreibtisch, während die E-Mail auf seinem Computerbildschirm vor seinen Augen verschwamm, obwohl er blinzelte, um den Blick scharf zu stellen. Er griff nach dem Kaffee neben sich, doch die Tasse war leer. Wahrscheinlich auch gut so. Es war gerade Mittag, und er hatte bereits vier Tassen getrunken – was selbst für ihn eine Menge Koffein war. Er war gestern Abend bis nach 22 Uhr im Büro gewesen und hatte heute Morgen um sieben Uhr angefangen, und Koffein war unter diesen Umständen unverzichtbar. Allerdings bekam er jetzt Kopfschmerzen, und es war schwer zu sagen, ob es am Kaffee lag oder an dem ganzen blauen Licht.

Er rollte die Schultern, las die E-Mail noch mal. Im Moment waren sie unterbesetzt, weil Jenny aufgebrochen war, um nach Höherem zu streben, sodass er an noch mehr Projekten arbeitete als sonst, und nächste Woche musste er nach Schottland zu einem neuen Kunden – ein Start-up, das nach erfolgreichen drei Jahren stagnierte –, sodass er versuchte vorzuarbeiten. Wenn man etwas über seinen Job sagen konnte, dann das, dass er nie langweilig wurde, und es war genau diese Vielfalt, die Arbeit an verschiedenen Projekten gleichzeitig, die ihn anfangs fasziniert hatte. Doch nach acht Jahren fühlte er sich langsam etwas ausgelaugt. Andererseits lag es vielleicht nicht nur an der Arbeit, dachte er seufzend – sein ganzes verdammtes Leben war im Moment anstrengend. Sein Tischtelefon klingelte, das rote Licht blinkte. Die Rezeption. Jack starrte das Telefon einen Moment lang an und überlegte, ob er sich die Mühe machen sollte, abzunehmen. Es gab einen Neuen am Empfang, frisch von der Uni, der eine verwirrende Kombination aus T-Shirt und Krawatte trug und den Dreh definitiv noch nicht raushatte. Ständig rief er die falsche Person an oder leitete die E-Mails der Kunden an das falsche Team weiter. Aber es war nicht so, dass er sich nicht bemühte – soweit Jack das beurteilen konnte, hatte er den Namen von jedem, der hier arbeitete, auswendig gelernt, und er versuchte immer, sie mit ein paar persönlichen Worten zu begrüßen, was zweifellos darauf abzielte, eine gewisse Verbundenheit herzustellen.

Jack nahm den Hörer ab – wem wollte er was vormachen? Er hatte noch nie in seinem Leben einen geschäftlichen Anruf ignoriert – und schaltete auf Lautsprecher. »Hallo, Mike.«

»Jack! Freust du dich schon auf Schottland nächste Woche?«

»Kann's kaum erwarten.« Ehrlich gesagt, konnte er sich im Moment nichts Schlimmeres vorstellen, als Mitte März nach Glasgow zu reisen, aber so war es nun mal.

»Schön, schön. Hör mal, ich habe einen George Ham …« Er unterbrach sich mit einem Räuspern. »Er ist von Create Construction und sagt, er hat ein Treffen mit …«

»Das ist für Sophia.« Jack bemühte sich, nicht zu seufzen. »Sie ist die Projektleiterin.«

»Ach ja, entschuldige, ich dachte, du wärst es, weil …«

»Kein Problem.« Es klopfte an Jacks Bürotür, und er gab Ed ein Zeichen, hereinzukommen. »Ich muss auflegen, Mike. Viel Glück.« Er war sich nicht sicher, warum er das gesagt hatte – Glück schien einfach immer angebracht, wenn es um Mike ging.

Jack lehnte sich auf seinem Drehstuhl zurück – er hatte Stunden damit verbracht, ihn aus einem Katalog auszuwählen – und nickte Ed zu, der an der Glastür lehnte. Wie Ed es schaffte, immer so frisch auszusehen, war Jack ein Rätsel – er wusste genau, dass Ed bis spät in die Nacht in Soho unterwegs gewesen war, aber er hatte weder trübe Augen noch fahle Haut, nicht wie Jack, wenn er zu viel getrunken hatte.

»Alles in Ordnung?«, fragte Jack. Er wollte wieder nach seiner Tasse greifen, hielt jedoch auf halbem Weg inne und rümpfte die Nase. Ach ja. Leer.

Ed grinste. »Gutes Timing, wie es aussieht – ich wollte fragen, ob du etwas zu Mittag willst. Oder Kaffee?«

Jack seufzte. »Ich sollte keinen Kaffee mehr trinken.«

»Sagt wer?«

»Ich.«

»Nun, dann sag ich dir, dass das lächerlich ist.«

»Hab ich versucht«, sagte Jack mit gespieltem Ernst. »Ich habe mir nicht geglaubt.«

Ed schnaubte. »Komm schon. Lass uns was essen gehen – deine Schüssel Müsli ist schon eine Ewigkeit her.«

Jack richtete sich auf. »Seltsam, dass du dich an mein bevorzugtes Frühstück erinnerst.«

Ed setzte eine ernste Miene auf. »Genau diese Aufmerksamkeit für Details ist der Grund, warum *mir* die Kunden Champagner schicken.«

»Du bekommst nur Champagner? Ich bekomme Champagner und Blumen und diese kleinen Trüffel-Dinger – ich würde sagen, du musst dir mehr Mühe geben.«

Ed grinste. »Blumen, ja?«

»Pfingstrosen. Pfingstrosen sind meine Lieblingsblumen – ich bin überrascht, dass du das nicht weißt, bei all deiner

Aufmerksamkeit für Details.« In Wahrheit waren nicht Pfingstrosen seine Lieblingsblumen, sondern der Blattlose Widerbart, eine der seltensten Pflanzen Großbritanniens, der im Gegensatz zu den meisten anderen nicht das Sonnenlicht nutzte, um Nahrung zu produzieren, sondern auf eine besondere Art von Pilzen angewiesen war. Was, wie man zugeben musste, ziemlich cool war. Eine rebellische Pflanze. Nicht, dass er so etwas laut sagen würde: Nicht nur, weil Ed ihn, wenn auch liebevoll, für dieses Wissen verspotten würde, sondern auch, weil es ihm jedes Mal einen Stich versetzte, wenn er an seinen Kindheitstraum dachte, draußen zu arbeiten – den er aufgegeben hatte, als er direkt nach dem Studium nach London gezogen war.

Jack drehte sich um, um seinen Wintermantel vom Haken am Fenster zu holen. Er saß absichtlich mit dem Rücken zum Fenster – hauptsächlich, weil er so die Tür im Blick hatte, aber auch, weil die Londoner City etwas Deprimierendes an sich hatte. Trotz der majestätischen Wolkenkratzer von Canary Wharf fühlte er sich beim Anblick von Beton und Glas ohne jedes Grün ein wenig gefangen, als würde er nicht richtig Luft bekommen.

»Sollen wir uns etwas aus der Kantine holen?«, fragte Jack, als er sich wieder zu Ed umdrehte, der die Glastür aufhielt.

»Nee, ich kann das Essen da nicht mehr sehen. Lass uns ins Caravan gehen.« Es war eines der angesagtesten Lokale in der Gegend – mit einer Terrasse, die im Sommer immer gut besucht war. Jack warf einen kurzen Blick aus dem Fenster. Er bezweifelte, dass sie dieses Problem heute haben würden, angesichts des grauen Himmels, der einen schon beim bloßen Anblick frösteln ließ.

»Ob ich vor meinem Kundentermin heute Nachmittag wohl noch ein Bier trinken kann?«, fragte Ed, als die beiden das Büro verließen und zum Aufzug gingen. Sie befanden sich im sechsten Stock, und obwohl Jack sich regelmäßig vornahm, die Treppe zu nehmen, war es noch lange keine Gewohnheit.

»Äh, nein.«

Ed rümpfte die Nase. »Du bist der Falsche für diese Frage.«

Jack zuckte irgendwie hilflos die Schultern. »Tut mir leid.«

Ed drückte den Knopf fürs Erdgeschoss. Dabei bedachte er Jack mit einem Blick aus dem Augenwinkel. Jack kannte diesen nicht gerade subtilen Blick. »Ich habe gehört, dass du gestern Abend noch spät im Büro warst«, sagte Ed. Sein Tonfall war locker, aber Jack ließ sich nicht täuschen.

Er zuckte die Schultern. »So ist das hier leider üblich.«

Ed zögerte. »Hast du in letzter Zeit mal mit Vanessa gesprochen?«

Jack fuhr sich mit einer Hand übers Gesicht, die Müdigkeit war in diesen Tagen sein ständiger Begleiter. »Nein. Sie hat ein paar Mal angerufen, aber ich habe einfach nicht die Kraft dafür.« Er spürte Eds Blick auf sich, als der Aufzug kam und sie beide einstiegen. Er seufzte. »Was?«

»Nichts«, sagte Ed ein wenig zu schnell. »Ich dachte nur, wenn du mit ihr sprichst, könntest du vielleicht …«

»Ed«, sagte Jack, seine Stimme eine Warnung.

»Richtig. Klar, tut mir leid, geht mich nichts an.«

»Nein, tut mir leid, das ist es nicht.« Und wirklich, er wusste es zu schätzen, einen Freund zu haben, der sich um ihn sorgte. In Anbetracht der langen Arbeitszeiten und der Sache mit Vanessa hatte er einige seiner Freundschaften schleifen lassen – und es war ja nicht so, dass seine Familie in der Nähe wohnte. Außerdem sprach er nicht so viel mit ihnen. Deshalb war er dankbar, dass Ed sich um ihn kümmerte, auch wenn er lieber nicht darüber reden wollte, wie beschissen sein Leben im Moment war.

»Also«, sagte Ed aufgeräumt und wollte die Stimmung offensichtlich auflockern, »am dreiundzwanzigsten bist du zurück, richtig?«

Jack sah ihn ausdruckslos an.

»Aus Schottland?«

»Ah, richtig. Ja, am dreiundzwanzigsten.« Er runzelte die Stirn. »Dann ist heute der vierzehnte, stimmt's?«

»Ja. Gut gerechnet. Warum? Was ist am vierzehnten?«

»Nichts. Meine Mutter hat bald Geburtstag, das ist alles.« Er sollte ihr Blumen schicken. Eine Karte und Blumen. Mein Gott, wann hatte er sie zuletzt angerufen? Weihnachten wahrscheinlich. Er hatte sich entschieden, Weihnachten allein zu verbringen – zum ersten Mal seit fast fünf Jahren – und nicht bei seiner Mutter und ihrer Familie. Es hatte sich nie richtig angefühlt, seit sie wieder geheiratet hatte, nachdem er an die Universität gegangen war. Derek schien ein netter Kerl zu sein, und Jack war froh, dass seine Mutter nach der schrecklichen Sache mit seinem Vater endlich wieder jemanden gefunden hatte – aber es fühlte sich immer noch … seltsam an, bei diesen traditionellen Familienfesten. Er hatte auch zwei Halbgeschwister, die ihn immer mit einer Mischung aus Neugier und Skepsis behandelten, als wüssten sie nicht recht, was sie mit ihm anfangen sollten oder ob sie ihm trauen konnten. Vielleicht lag das aber auch nur daran, dass sie Teenager waren.

»Hallo? Erde an Jack?«

Jack blinzelte Ed an, der jetzt aus dem Aufzug stieg. »Hm?«

Ed schüttelte den Kopf. »Wenn ich es nicht besser wüsste, würde ich sagen, du hältst mich für langweilig, Kumpel.«

»Tut mir leid«, sagte Jack, während er Ed ins Erdgeschoss folgte.

»Ich habe nur gefragt, wann du deine Mutter das nächste Mal

siehst. Vielleicht kann ich mitkommen und sie überreden, ihren Mann für mich zu verlassen.« Er fasste sich ans Herz, und Jack schnaubte leise. Seine Mutter hatte ihn vor etwa einem Jahr in London besucht, obwohl sie die Stadt hasste. Er hatte einen Teil der Zeit arbeiten müssen, sodass sie ins Büro gekommen war und Ed kennengelernt hatte, für den sie angeblich die zarteste Versuchung war, seit es Schokolade gab.

Die beiden zogen ihre Schlüsselkarten durch, um durch die elektrische Glasschranke in den Empfangsbereich zu gelangen, der viel eleganter war als die Büros selbst. Sessel standen scheinbar wahllos herum, obwohl Jack genau wusste, dass sie einen Innenarchitekten beauftragt hatten, sie genau so zu platzieren, zusammen mit dem einen oder anderen Sitzsack. Mal im Ernst, wer wollte schon in einem Sitzsack auf ein Meeting warten? Seiner Meinung nach gab man sich viel zu viel Mühe, cool zu sein.

»Ich glaube, du hast harte Konkurrenz, Kumpel. Mit ihrem Mann und den zwei Kindern und so.«

»Tja, ein Mann darf träumen, nicht wahr? Aber was ich eigentlich sagen wollte, ist, dass mein Freund am fünfundzwanzigsten eine Party in Soho veranstaltet, falls du vorbeikommen möchtest.«

»Eine Party in Soho, ja? Was ist der Anlass?«

»Sein Geburtstag.«

»Und du glaubst nicht, dass besagter Freund etwas dagegen hätte, wenn ich uneingeladen auf seiner Party auftauche?«

»Natürlich nicht. Je mehr, desto besser.« Er sagte es im Brustton der Überzeugung, aber Ed überhäufte Jack in letzter Zeit dauernd mit irgendwelchen Einladungen.

Jack lächelte gequält. »Alter, du brauchst dir keine Sorgen um mich zu machen – es geht mir gut.« Er warf einen Blick auf den

Empfangstresen, dem sie sich jetzt näherten. Mike besetzte ihn allein und trug heute eine rot-schwarz gepunktete Krawatte. Er unterhielt sich mit einer Frau, die mit dem Rücken zu Jack stand und deren üppige rote Mähne ihr über die Schultern fiel. Jack wurde bewusst, dass er deshalb hinübergesehen hatte. Die Frau redete wild gestikulierend auf Mike ein, der zustimmend nickte. Zu ihren Füßen stand eine schicke Handtasche, deren Muster aussah, als hätte sie Zähne.

»Wer macht sich denn Sorgen?«, sagte Ed. »Ich sage ja nur, statt jedes Wochenende allein in deiner Wohnung zu hocken oder zu arbeiten, nur um etwas zu tun zu haben, könntest du ...«

Aber Eds Worte verpufften irgendwo im Raum zwischen ihnen. Denn die rothaarige Frau hatte sich umgedreht, und Jack hatte ihr Gesicht gesehen. Das Gesicht, an das er in den Jahren, seit er es gesehen hatte, zu oft gedacht hatte – ein Gesicht, das sich in seine Träume schlich, wo es nichts zu suchen hatte, da er nur ein einziges Mal mit dieser Frau gesprochen hatte. Sie hatte nie angerufen, und er hatte eine peinliche Anzahl von Tagen damit verbracht, sich zu fragen, ob er ihr die richtige Nummer aufgeschrieben hatte.

Es war einer seiner *Was-wäre-wenn*-Momente. Was wäre, wenn sie angerufen hätte? Was wäre, wenn sie zusammen ausgegangen wären? Würde er dann immer noch hier arbeiten, in London? Schließlich war er im Grunde wegen Vanessa immer noch in London, und vielleicht wären sie nur Freunde geblieben, wenn er mit jemand anderem zusammen gewesen wäre. Es war albern, alles auf diese Frau zu schieben, die er nicht einmal kannte. Nur weil sie hier war, dachte er darüber nach. *Hier*, in seinem Büro. Er konnte nicht verhindern, dass ihm ein Schauer über den Rücken lief – wegen der *Serendipität* an der Sache.

Seine Vorstellungskraft war ihrem Gesicht nicht gerecht geworden – der leicht gebogene Mund, die hohen Wangenknochen, die grünen Augen, in denen man sich unweigerlich verlor. Sie erinnerten ihn an die Natur, an das Grün von Wiesen und Wäldern, wo man sich frei bewegen, frei atmen konnte. Er war stehen geblieben. Bemerkte es erst, als Ed ihn fragend ansah. Aber er war wie ein Idiot erstarrt, als ihr Blick ihn traf. Sie war nicht anmutig – daran erinnerte er sich deutlich genug –, aber es lag eine solche Energie in allem, was sie tat. Es war diese Energie, die ihn damals zu ihr hingezogen, die ihn zum Verweilen veranlasst hatte. Bevor er ihr begegnet war, hatte er sich kraftlos gefühlt, doch als er das Café verließ, war er – vielleicht – bereit gewesen, sich dem, was kommen würde, zu stellen.

Jetzt schaute sie ihn an, und da sah er ihn – den Funken des Erkennens in ihren Augen. Sie erinnerte sich an ihn.

Ed redete mit ihm, fragte, was los sei. Aber Jack ließ ihn stehen und ging auf sie zu, als ob seine Füße einen eigenen Willen hätten. Er hatte sich längst von dem Gedanken verabschiedet, dass er ihr eines Tages zufällig über den Weg laufen würde – London war keine Stadt, in der man sich zufällig über den Weg lief. Sie beobachtete, wie er auf sie zukam, ließ ihren Blick über sein Gesicht gleiten, forschend. Ihr Körper war ganz still, angespannt. Und als ihre Blicke sich endlich trafen, spürte er es, denselben Blitz, wie damals bei ihrer ersten Begegnung.

Er konnte nicht anders. Er stieß ein ungläubiges Lachen aus.

»Du bist es.«

KAPITEL ZEHN

Du bist es.

Seine Worte hallten in Hollys Kopf nach.

Er war es. Jack, Emmas Enkel, war tatsächlich der Jack aus dem Café. Sie hatte die Möglichkeit, dass beide Jacks ein und derselbe sein könnten, verworfen. Aber er *war* es. Von allen Jacks in ganz London war Emmas Enkel *dieser* Jack.

Es verschlug ihr glatt die Sprache.

Reiß dich zusammen, Holly!

»Ich …« Aber es kamen keine Worte aus ihrem Mund. Denn was sollte sie sagen? Sie hatte das alles geplant. Sie würde zu Germain & Co. gehen, nach Jack fragen und sich in sein Büro führen lassen. Dann würde sie sich hinsetzen und in aller Ruhe die Ansprache halten, die sie vorbereitet hatte. Über Emma, dass sie Krebs hatte und ihren Enkel nach so langer Zeit nicht damit belasten wollte. Dass Emma traurig war, und einsam, auch wenn sie es nicht zugab, und dass niemand eine Krebsdiagnose ohne seine Familie sollte durchstehen müssen, solange es eine Alternative gäbe. All das würde sie so nüchtern und *sachlich* vorbringen, dass Emmas Enkel es einsehen, sofort zum Telefon greifen und seine Großmutter anrufen würde.

Aber jetzt … Wie war das möglich? Etwas schnürte ihr die Kehle zu – denn Lily hätte das gefallen.

Wenn das nicht Schicksal ist, Holly, dann weiß ich auch nicht.

Holly konnte die Stimme ihrer Schwester förmlich hören,

konnte sich vorstellen, wie sie freudig strahlend in die Hände klatschte. Wie sie Holly genau jetzt anstupste, damit sie *etwas sagte*.

Er sah genauso aus, wie sie ihn in Erinnerung hatte. Dunkle Locken, die zu seinen dunklen Augen passten, aus denen er sie gerade so ansah, dass ihr Gesicht ganz heiß wurde. Seine Kieferpartie, bedeckt von einer zarten Stoppelschicht, war der Traum jedes Künstlers, die leicht schiefe Nase ein perfekter Gegenpol. Er roch auch genauso – dieser holzige Duft, der sie eher an eine ländliche Idylle erinnerte als an ein elegantes Londoner Büro mit Großstadttypen. Aber hier war er, in einem schicken Hochhausbüro, gekleidet in einen langen, vernünftigen schwarzen Mantel – und hatte er nicht letztes Mal einen Anzug getragen und eine Aktentasche bei sich gehabt? Eindeutig ein Stadtmensch.

»Was machst du hier?«, fragte er – seine Worte klangen nicht anklagend, eher verwundert.

»Ich …« Aber wieder brachte sie kein Wort heraus. *Denk nach, Holly.* Sie sollte ihn fragen, ob sie irgendwo reden konnten. Sich hinsetzen, das Gleichgewicht wiederfinden. Sich daran erinnern, dass sie ihn nicht kannte. Vielleicht war er nicht einmal Emmas Enkel – vielleicht gab es mehrere Jacks, die hier arbeiteten, in einem großen Büro wie diesem. Aber selbst während sie das dachte, wusste sie, dass er Emmas Jack war.

»Ah, Hellie?« Der Mitarbeiter am Empfang, der eine schwarz-rot gepunktete Krawatte über einem schwarzen T-Shirt trug – schrullig und interessanter als die meisten Büroangestellten versuchte, ihre Aufmerksamkeit zurückzugewinnen.

»Holly«, korrigierte Jack.

Es war dumm – *dumm* –, dass ihr Herz einen Satz machte, weil er sich ihren Namen gemerkt hatte. Sie hatte sich ja auch an seinen erinnert, oder? Das hatte nichts zu bedeuten.

»Richtig«, sagte der Angestellte. »Wollen Sie immer noch, dass ich …?«

»Nein«, sagte sie schnell. Sie hatte ihn gebeten, nach einem Jack zu suchen, und behauptet, sie sei wegen ihres neuen Schmucklabels hier und wolle sich von ihm beraten lassen. Selbst für sie hatte es wie eine Lüge geklungen, aber der Mitarbeiter am Empfang hatte mitgespielt. »Nein, schon in Ordnung, danke.« Sie trat vom Empfangstresen zurück, stolperte dabei über ihre Handtasche und fuchtelte mit den Armen herum, um sich zu fangen. Denn natürlich war jetzt ein guter Zeitpunkt, um auf die Nase zu fallen.

Jack bückte sich, um die Handtasche aufzuheben.

Holly nahm sie mit so viel Würde, wie sie aufbringen konnte, entgegen. »Danke.«

»Flott«, sagte er und deutete auf die Tasche.

»Ja.« Ihre Krokotasche aus dem Second-Hand-Shop, ihr Glücksbringer. Obwohl sie nicht wusste, ob das jetzt Glück oder Pech war. Sie strich ihr Haar zurück. Sie hätte es kämmen sollen. Dann ließ sie die Arme verlegen herunterhängen.

Ein Mann in einem schmal geschnittenen Anzug, mit akkurat geschnittenem braunem Haar und glatt rasiertem Kinn sah sie über Jacks Schulter hinweg an.

Jack bemerkte, dass sie zu ihm hinsah, und machte eine Geste in Richtung des Mannes, der daraufhin zu ihnen herüberkam. »Das ist Ed.«

Holly unterdrückte einen nervösen Lachanfall. »Okay. Hi.«

»Und das ist Holly.« Jacks Blick tastete erneut ihr Gesicht ab.

Dann brach er ohne Vorwarnung in Gelächter aus. Und das war's – sie gackerte ebenfalls los, ohne sich um die neugierigen Blicke zu scheren, die sie dafür ernteten – denn ehrlich, was für ein *Zufall*.

Ed blickte mit hochgezogenen Augenbrauen zwischen ihnen hin und her. »Ich brüste mich zwar oft mit meinem Sinn für Humor, aber ich muss zugeben, dass ich den Witz nicht verstehe.«

Jack räusperte sich. »Tut mir leid.«

Holly presste die Lippen aufeinander. »Ja, mir auch. Es ist nur ...« Sie unterbrach sich, deutete auf Jack und musste sich beherrschen, nicht wieder in Gelächter auszubrechen. Ernsthaft, was war nur *los* mit ihr?

»Ich weiß«, sagte Jack.

»Wenn ihr mich noch länger auf die Folter spannt, kippe ich aus den Latschen«, sagte Ed.

Jack fuhr sich mit der Hand durch das dunkle Haar und zerzauste es auf eine Weise, die Holly ein bisschen sexy fand. *Hör auf damit, Holly.*

»Holly und ich ...«

Ed machte mit einer Hand kreisende Bewegungen in der Luft, um Jack zu ermutigen, weiterzureden. »Ihr kennt euch?«

»Soweit würde ich nicht gehen«, sagte Holly schnell.

»Wir sind uns einmal begegnet«, ergänzte Jack.

»Richtig, wir sind uns einmal begegnet«, stimmte Holly zu, denn begegnet traf es sehr viel besser, als dass sie sich kannten.

»Einmal«, erklärte Jack.

»Ihr seid euch einmal begegnet«, wiederholte Ed und schaute immer noch zwischen ihnen hin und her, als würde er versuchen, die Puzzleteile zusammenzusetzen.

Jack seufzte. »Das ist eine lange Geschichte.«

Holly legte den Kopf schief. »Ist es das? Denn ich denke, das war auch schon alles.«

»Autsch«, sagte Jack und tat gekränkt. »Was ist damit, dass du mich angerempelt hast?«

»Oder dass du mir den Arm verbrüht hast?«

»Ich glaube, das warst auch du«, sagte Jack milde. »Ebenso wie die Zahlungsunfähigkeit und der Kuchenneid.«

»Auf einen Schoko-Lebkuchenstern.«

»Immer noch sauer deswegen?«

Holly schüttelte ernst den Kopf. »Einen Kuchen vergesse ich nie.«

»Offensichtlich.« Er hielt die ganze Zeit Blickkontakt, so intensiv, dass Hollys Wangen zu glühen begannen und sie schließlich wegsehen musste.

Ed hielt einen Finger hoch. »Also, damit ich das richtig verstehe. Ihr seid euch einmal begegnet, und jetzt bist du hier, um Jack wiederzusehen, Holly? Richtig?« Er drehte sich zu Jack um, und seine Lippen zuckten amüsiert. »Du hast also doch Freunde!«

Sie konnte *spüren*, wie sie errötete – warum tat sie das immer? »Nein, ich ...«

Ein leichtes Stirnrunzeln zeichnete sich auf Jacks Stirn ab. »Ja, was genau *machst* du eigentlich hier?«

Sie zögerte. »Ich suche jemanden.«

Jack lächelte. »Und stattdessen hast du mich gefunden.«

Sie nickte langsam, denn es traf wohl beides zu – sie *hatte* jemanden gesucht, und sie *hatte* ihn gefunden.

Hollys Telefon vibrierte in ihrer Handtasche, und sie zog es heraus, dankbar für die Ablenkung. Eine WhatsApp von Abi.

Wie läuft's denn so? Ich bin immer noch der Meinung, dass es eine furchtbare Idee ist und du zuerst mit Emma darüber reden solltest. Ansonsten hoffe ich, dass alles glatt läuft. Jedenfalls brauche ich dich hier, sofort. Niemand bleibt in seinem zugewiesenen Zimmer und es herrscht totales Chaos und ich überlege, ob ich die Sicherheitsleute hochschicken soll, um sie zu erschrecken.

Oh, mein Gott. Abi würde *ausflippen*, wenn Holly ihr das erzählte. Obwohl jetzt, wo sie so darüber nachdachte, hatte sie Abi nie von dem Mann in dem Café erzählt – denn das hätte bedeutet, dass sie den Unfall ausführlicher hätte schildern müssen. Außerdem schien es nicht wichtig – warum einen Mann erwähnen, mit dem sie fünf Minuten verbracht hatte und den sie nie wiedersehen würde? Im Nachhinein schien es ein Fehler.

»Äh, ich will nicht drängeln«, sagte Ed, »aber willst du immer noch mittagessen gehen, Jack? Oder soll ich dir etwas mitbringen, falls ihr, ähm, etwas nachzuholen habt?«

Jack sah Holly an. »Du könntest mitkommen?«

»Mitkommen wohin?«

»Mittagessen?«

Mittagessen? Lud er sie jetzt zum Mittagessen ein?

»Ich meine, wir haben nur etwa dreißig Minuten Zeit, aber du könntest mitkommen. Es macht dir doch nichts aus, oder, Ed?«

»Ganz und gar nicht«, sagte Ed lässig. »Dann könnt ihr mir von eurer einzigen früheren Begegnung erzählen. Ich liebe Geschichten über Schokokekse – die gehen immer. Und Jacks Freunde sind auch meine Freunde und so weiter.«

Holly lachte, und es klang ein wenig schrill. »Ich kann nicht, ich …«

»Ach ja, du bist hier, um jemanden zu treffen«, sagte Jack. »Wen denn? Vielleicht können wir helfen?«

Was für eine Riesenscheiße. »Nein, ich …« Sie schluckte. »Ehrlich gesagt, ist mir das total peinlich, aber ich glaube, ich bin im falschen Büro. In diesem Teil Londons kenne ich mich nicht aus. Eigentlich war ich auf der Suche nach, ähm …« *Denk nach*. Irgendein Firmenname.

Irgendeiner, Holly.

Sowohl Ed als auch Jack sahen sie erwartungsvoll an. »Cecelia Appleby«, platzte sie heraus. Sie war mit einer Cecelia Appleby zur Schule gegangen, und es war das Erste, was ihr einfiel.

Jack runzelte die Stirn. »Ich glaube nicht, dass ich die kenne, tut mir leid.«

»Nein«, sagte Holly schnell. »Ich glaube, ich habe mich geirrt, damit, wo sie arbeitet.« Und jetzt stand sie wie eine Vollidiotin da. Na toll.

»Also … heißt das, du gehst mit uns essen?«, fragte Ed.

Holly biss sich auf die Lippe. »Tut mir leid, ich kann nicht. Ich bin auf Klassenfahrt und ich …«

»Auf Klassenfahrt?« Jack zog die Augenbrauen hoch.

»Ich bin Lehrerin«, erklärte sie. »Und wir …«

»Lehrerin?«

Ed lachte leise. »Du bist nicht ganz up to date, was?« Er sah wieder zwischen beiden hin und her. »Kam das bei eurer ersten Begegnung nicht zur Sprache?«

»Nein, wir hatten über Wichtigeres zu sprechen«, sagte Holly und setzte eine hochmütige Miene auf.

Ed nickte ernst. »Wie Gebäck?«

»Ja, genau«, sagte Holly und neigte den Kopf leicht zur Seite.

»Ich dachte, du bist Künstlerin?« fragte Jack.

Sie konnte nicht glauben, dass er sich daran erinnerte. Sie wollte sich darüber freuen, doch stattdessen hatte sie einen Kloß im Hals. Sie zwang sich, weiter zu lächeln, und eine alternative Version von Dorys Titelsong aus *Findet Nemo* erklang in ihrem Kopf. *Einfach lächeln, einfach lächeln.* »Nicht mehr. Aber ich unterrichte Kunst.« Sie blickte auf ihr Handy. »Und ich muss zurück, anscheinend zerlegen die Schüler gerade das Hotel. Wir gehen heute Abend mit ihnen ins Theater, aber bis dahin haben sie frei.«

»Und danach?«, fragte Jack.

»Nach was?«

»Nach dem Theater. Was macht ihr *nach* dem Theater?«

»Äh, wir gehen zurück ins Hotel, denke ich.«

»Du hast keine Lehrerpflichten, was auch immer das bedeutet?«

»Nun, die Lehrerpflichten sind sozusagen aufgeteilt, also …«

»Gut – dann treffen wir uns auf einen Drink, wenn du fertig bist.«

Holly starrte ihn an, unfähig, etwas zu sagen. Sie bemerkte, dass auch Ed ihn ungläubig anstarrte, sich jedoch zusammenriss, als Holly ihn ansah. »Äh …«, begann sie.

»Nur ein Drink.« Er setzte eine Unschuldsmiene auf. »Um der alten Zeiten willen.«

Holly musste lachen, hielt aber inne, weil es ein *bisschen* zu hysterisch klang. »Na gut, ja, okay.« Sie musste sowieso mit ihm reden, und vielleicht war es einfacher, die Sache bei einem Drink zu besprechen. Außerdem blieb ihr so noch ein wenig Zeit, sich zu überlegen, wie sie die Information angemessen herüberbringen konnte.

Jacks Gesicht hellte sich auf. »Okay?«

»Tu nicht so überrascht, Kumpel«, soufflierte Ed. »Sonst denkt sie noch, du bist aus der Übung.«

Holly zwang sich, keine Miene zu verziehen. »Ja, okay.«

»Ausgezeichnet. Wo ist deine Schulaufführung?«

Holly stieß ein Lachen aus. »Es ist keine Schulaufführung, sondern ein Theaterstück, in das wir mit den Schülern gehen. Und es ist in Hackney.«

»In Hackney? Seltsam, aber damit können wir arbeiten. Lass uns ins Nightjar gehen. Das ist in Shoreditch, also nicht weit weg.«

»Das finde ich«, versprach Holly. Sie hatte noch nie davon gehört, aber Shoreditch war auch nicht wirklich ihre Ecke gewesen, als sie in London gewohnt hatte.

Er lächelte – kein Lächeln, das sein Gesicht verwandelte, sondern zart und freundlich. »Gut. Also dann, bis später.« Er nickte Ed zu, um anzudeuten, dass sie gehen konnten, doch Ed blieb stehen. »Was?«, fragte Jack.

»Habt ihr nicht etwas vergessen?« Holly und Jack sahen Ed verständnislos an, dessen Mundwinkel zuckten. »Wollt ihr keine Zeit verabreden?«

Jack schlug sich an die Stirn. »Die Zeit!« Er ließ die Hand sinken und sah Holly fragend an. »Wann passt es dir?«

Sie überschlug im Kopf ihren Zeitplan. »Sagen wir um neun?« Es war wirklich beeindruckend, wie lässig sie klang. Als könnte sie nichts aus dem Konzept bringen.

»Neun. Perfekt.« Er schaute zu Ed. »Hab ich sonst noch was vergessen?«

Ed klopfte Jack auf die Schulter. »Nein, ich denke, das war's, Casanova.« Er zwinkerte Holly zu. »Schön, dich kennengelernt zu haben, Holly. Vielleicht sieht man sich ja mal wieder.«

»Ja. Ja, vielleicht.« Holly blieb stehen, als die beiden das Bürogebäude verließen, um nicht wie eine Stalkerin auszusehen. Sie hörte, was Ed zu Jack sagte, als sie durch die Glasdrehtür traten: »Was war *das* denn?«

Aber echt, dachte Holly, während sie durch die Nase ausatmete. In ihrem Kopf drehte sich alles. Ein Drink. War das ein Date? Sie bekam ein flaues Gefühl im Magen. Was albern war, denn es war nur ein Drink mit einem Mann. Einem Mann, der zufällig Emmas Enkel war. Den sie überreden musste, sich nach einer Familienfehde, die sie immer noch nicht im Detail kannte, wieder mit Emma zu versöhnen.

Was okay war. Es würde sich schon alles finden.

Sie machte sich auf den Weg zur Glastür und spürte, wie ihr Telefon erneut in ihrer Hand vibrierte – eine neue Nachricht. Wenn man vom Teufel spricht …

Sieh dir die Maureen Paley Gallery in Bethnal Green an, wenn du Gelegenheit dazu hast. Und wahrscheinlich könnte ich dir auch einen Termin in der Kate MacGarry besorgen. Wie lange bist du noch mal da? Und kommst du noch irgendwann in den Ferien zum Lunch vorbei? Pam fragt mich ständig danach, und sie macht mich wahnsinnig.

Holly spürte ein Kribbeln im Bauch. Emma hatte angekündigt, ihr ein paar Empfehlungen für Kunstgalerien zu schicken – wobei sie geflissentlich ignorierte, dass Holly viele Jahre in London gelebt und dort Kunst *studiert* hatte, denn, wie Emma es ausdrückte: *Du bist schon eine Weile raus, Kindchen, und man muss auf dem Laufenden bleiben.* Sie hielten regelmäßig Kontakt, und Holly wusste nicht, wen von ihnen das mehr überraschte. Bei einem ihrer Gespräche war Holly rausgerutscht, dass sie auf Abis Klassenfahrt nach London für ein paar Tage Anstandsdame spielen würde.

Sie hatte Emma jedoch nichts von der anderen Sache erzählt, die sie während ihres Aufenthalts in London zu erledigen gedachte. Einerseits, weil sie sich nicht sicher war, ob sie Emmas Enkel finden würde – es war nur so eine Idee gewesen, mehr nicht. Aber vor allem nicht, weil sie wusste, dass Emma es missbilligen würde. All das wäre jedoch vergessen, wenn besagter

Enkel zum Hörer griffe und eine tränenreiche Versöhnung folgte. Denn Holly wusste, egal, was Emma sagte, es gab nichts, worüber sie sich mehr freuen würde.

Und es konnte immer noch klappen. Dass Jack der Mann aus dem Café war, änderte nichts daran. Rein gar nichts.

KAPITEL ELF

Sie kam zu spät. Sie hatte die Zeit vorgeschlagen, und nun kam sie zu spät. Was völlig vorhersehbar war, weil sie immer zu spät kam, aber trotzdem.

Was, wenn er wieder gegangen war? Was, wenn er gar nicht erst gekommen war?

Das Handy vor der Nase eilte sie den Bürgersteig hinunter, die Absätze ihrer Leopardenpumps hallten über das frühabendliche betrunkene Gegröle von Shoreditch hinweg. Als sie die Bar erreichte, steckte sie das Telefon zurück in ihre Handtasche und richtete ihre Frisur, bevor sie eintrat und von wohliger Wärme, Stimmengewirr und jazziger Klaviermusik empfangen wurde. Sie atmete langsam aus und versuchte zu ignorieren, dass ihr Magen nicht aufhören wollte zu kribbeln, während sie sich in der Bar umsah. Es war zu dunkel: trendiges Schummerlicht war schön und gut, solange man niemanden suchte. Kerzen flackerten auf den Tischen, deren Flammen gelegentlich in den tief hängenden Glaslampen aufblitzten. Die Leute saßen auf Ledersofas oder kleinen quadratischen roten Stühlen, die cool, aber unbequem aussahen.

Holly ging ein Stück weiter hinein und versuchte, in ihren Lieblingsschuhen nicht zu stolpern. Eine Stunde lang hatte sie sich den Kopf darüber zerbrochen, was sie anziehen sollte, sodass ihr kaum noch Zeit für Haare und Make-up geblieben war. Immerhin hatte sie es geschafft, ihr Haar nach dem Waschen ein wenig zu bändigen, obwohl sie sich geweigert hatte, Abis Glätteisen auszuleihen, und sie fand, dass sie in ihrem dunkelgrünen schulterfreien Top und der engen schwarzen Jeans, was sowohl für das Theater mit den Schülern als auch für eine Bar mit … das lassen wir jetzt lieber … akzeptabel war, ganz okay aussah.

Sie ging an der wunderschönen Holzbar mit den hohen Stühlen vorbei, die im Moment alle besetzt waren, und sah das Klavier in der Ecke, auf dem ein echter Pianist mit geschickten Fingern spielte. Und dort, an einem der Tische dahinter, die die gesamte Länge der Wand einnahmen, saß Jack. Er winkte sie herüber. Gott, er war aber auch attraktiv. Warum musste er nur so verdammt attraktiv sein? Und ja, bei Kerzenschein und Jazzmusik sah wahrscheinlich *jeder* attraktiv aus, aber es ließ sich nicht leugnen, dass dieser Mann sexy war, vom stoppeligen Kinn über den breiten, muskulösen Rücken bis hin zu dem leicht zerzausten Haar, durch das er sich gerade mit der Hand fuhr.

Konzentrier dich, Holly. Sie setzte ein nettes, höfliches, *angemessenes* Lächeln auf, als sie zu ihm hinüberging. Sie dachte an Abis Ratschlag, den sie ihr unter dem Geschnatter der Schüler zugeraunt hatte, während sie auf den Bus warteten, der sie zurück ins Hotel bringen sollte.

Versuch, nicht gleich mit allem rauszuplatzen, ohne nachzudenken, ja? Aber warte auch nicht zu lange, sonst wird es peinlich. Und Holly, hast du wirklich darüber nachgedacht, was du …

Abi! Dafür ist es jetzt zu spät, also bitte Worte der Ermutigung, keine Bedenken.

Tut mir leid. Tut mir leid. Nun, in dem Fall, bleib professionell. Bring es ungefähr in der Mitte des ersten Drinks zur Sprache, nach ein bisschen Smalltalk, und werde vorher nicht zu persönlich. Mach deutlich, dass Emma nichts davon weiß, aber dass du dachtest, es sei einen Versuch wert, und setz ihn auf keinen Fall unter Druck, egal was passiert.

Superspezifisch, danke.

Es ist immer besser, einen genauen Plan zu haben.

Ja, und du weißt ja, ich und Pläne ...

Sie verdrängte das Gespräch mit Abi aus ihrem Kopf, als sie Jack erreichte. Er stand auf, beugte sich über den Tisch und küsste sie auf die Wange. Wie es in der feinen Gesellschaft üblich war. Nicht, dass sie sich da auskannte, aber so stellte sie es sich vor.

»Ich bin früher gekommen – um uns einen Platz zu sichern«, sagte Jack und deutete auf den Tisch. Und tatsächlich, fast jeder zweite Platz an diesem Ort schien besetzt zu sein.

»Tut mir leid, dass ich zu spät bin«, sagte Holly schnell. »Ich wurde im Theater aufgehalten.« Nur zum Teil eine Lüge – und wenn sie ihre Lehrerpflichten als Grund für die Verspätung vorschob, konnte er ihr nicht böse sein.

»Kein Problem.« Er trug immer noch einen Anzug, das Hemd aufgeknöpft, das Jackett lag auf dem roten Hocker. »Soll ich dir etwas zu trinken holen?«

»Ich hole uns was«, sagte Holly und winkte ab, als er darauf bestehen wollte. Sie spürte Jacks Blick auf sich, während sie auf die Bar zuging, und hatte das Gefühl, sie hätte ihre Schuhe lieber nach Bequemlichkeit aussuchen sollen. Warum konnte sie nicht wie Abi sein, die es irgendwie schaffte, *effizient* auf hohen Absätzen zu laufen? Sie bestellte ein Bier für ihn und einen Cocktail für sich – den stärksten, den sie hatten, ohne darauf zu achten, was drin war. Es konnte nicht schaden, ihre Zunge ein bisschen zu lockern und ihre Nerven ein bisschen zu beruhigen, bei dem, was sie vorhatte.

Als sie zurückkam, hatte sich Jack auf den roten Stuhl gesetzt und bedeutete ihr, sich auf das bequemere Sofa zu setzen, zwischen zwei Frauen, die an den Nachbartischen saßen. Holly setzte sich und trank einen Schluck. Jack tat es ihr gleich. Dann stellten beide ihre Getränke ab und sahen sich an.

»So«, sagte Jack.

»So«, wiederholte Holly. Dann kicherte sie leise, weil sie immer noch nicht ganz fassen konnte, wie seltsam es war, ihn wiedergetroffen zu haben.

Er lächelte sie über den Tisch hinweg an. Als hätte er ihre Gedanken gelesen, schüttelte er den Kopf und sagte: »Ich kann immer noch nicht glauben, dass du hier bist. Dass du echt bist.« Dann schnitt er eine Grimasse. »Entschuldige, das klingt dumm. Ich meine …«

»Nein, ich weiß, was du meinst.« Und er wusste nicht mal die Hälfte.

Er lehnte sich zurück. »Und wie war das Stück?«

Holly trank einen Schluck. »Oh, es war toll. Naja, ich fand es toll, aber einige der Schüler waren anderer Meinung. Es gab vielleicht den einen oder anderen Kommentar, dass sie es besser hätten machen können als die Schauspieler auf der Bühne.«

Jack lachte leise. »Und hätten sie?«

»Keine Ahnung, wirklich nicht. Da müsstest du meine Freundin Abi fragen – sie ist ihre Schauspiellehrerin. Aber ich vermute, nein. Vor allem, weil sie alle sechzehn sind …«

»Ah, das Selbstvertrauen Sechzehnjähriger.«

Holly lächelte. »Ich erinnere mich gut daran.« Damals hatte sie das Gefühl gehabt, alles im Griff zu haben. Ja, es gab die Streitereien mit ihren Eltern, die Hormonschwankungen, die Unsicherheit, ob ihr jeweiliger Schwarm ihr zurückschreiben würde, aber eigentlich war sie voller Hoffnung und Zuversicht gewesen, dass sich schon alles finden würde. Sie wusste, dass sie Künstlerin werden wollte, und sie war sich sicher, dass sie es schaffen würde, dass es nur eine Frage der Zeit war.

Jack schüttelte betrübt den Kopf. »Ich nicht. Meine Teenagerjahre waren nicht gut zu mir.«

Holly zog die Augenbrauen hoch. »Das bezweifle ich stark.«

»Es stimmt aber. Ich war der Einzige, der mit sechzehn noch keine Freundin hatte – oder jedenfalls der Einzige, der nicht damit *prahlte*, eine Freundin zu haben, ob echt oder unecht.«

Holly lachte. »Und du hast nicht in Erwägung gezogen, dir eine imaginäre Freundin zuzulegen, nur um dazuzugehören?«

»Oh, ich habe es in Betracht gezogen. Ich hatte sogar schon einen Namen für sie und alles. Francesca«, fügte er hinzu, als Holly ihm einen fragenden Blick zuwarf.

»Francesca, ja?«

»Ja, und sie war ein Hingucker, sag ich dir.«

»Da bin ich mir sicher.«

Es entstand eine kurze Pause, in der Holly Zeit hatte, sich daran zu erinnern, warum sie hier war – nicht, um über imaginäre Freundinnen zu reden, sondern über *Emma*. Sie trank einen Schluck und spürte, dass Jack sie beobachtete.

Er räusperte sich, und es klang ein wenig angestrengt, als hätte ihre Körpersprache ihm etwas verraten. »Äh, wenn du jetzt in ein Flugzeug steigen könntest, wohin würdest du fliegen?«

Holly zog angesichts des abrupten Themenwechsels die Augenbrauen hoch.

»Und?«, fragte Jack unschuldig. »Okay, gut, vielleicht habe ich gute Gesprächsanfänge gegoogelt, bevor du reingekommen bist.«

Holly konnte sich das Lachen nicht verkneifen. »Machst du das immer vor einem Date?« Verdammt, sie hatte Date gesagt. Es war ihr so rausgerutscht.

Ihm schien es aber nicht aufzufallen. »Nun, es ist schon eine Weile her«, murmelte er, kaum hörbar – so leise, dass sie nicht sicher war, ob es für ihre Ohren bestimmt war. Er nahm sein Bier und gestikulierte damit. »Flugzeug, los.«

»Hm … São Paulo, wahrscheinlich.«

»Unerwartete Wendung, gefällt mir.«

Holly legte den Kopf schief, spürte, wie ihre Haare zur Seite fielen.

»Warum, was hast du erwartet?«

»Um ehrlich zu sein, versuche ich immer noch herauszufinden, was ich von dir erwarte.«

»Ich nehme an, das ist vernünftig, wenn man bedenkt, dass wir uns insgesamt erst zehn Minuten kennen.«

»Oder dreieinhalb Jahre, je nachdem.« Sein Ton war scherzhaft, aber in seinen Augen lag etwas Tiefgründigeres, das ihre Haut prickeln ließ. Überhaupt diese Augen: Im schummrigen Licht wirkten sie dunkler als sonst, vielleicht weil sein Gesicht halb im Schatten lag und die andere Hälfte in flackerndes Kerzenlicht getaucht war. Sie konnte die Skulptur vor sich sehen. Zwei Seiten desselben Mannes. Sie kannte ihn nicht annähernd gut genug, um zu wissen, ob es dieses Licht und diesen Schatten in ihm *gab*, aber darum ging es nicht. Sie konnte sich vorstellen, wie die Skulptur zum Leben erwachte, eine Geschichte erzählte. Und ihre Fingerspitzen pulsierten, als sehnten sie sich nach Ton.

»Warum also São Paulo?« Jacks Stimme, ihre Normalität, ließ sie zusammenzucken.

»Ah.« Sie zwang sich, sich wieder der Realität zuzuwenden – dem echten Mann, nicht der Statue, die sie im Kopf gerade heraufbeschwor. »Es gibt eine gute Kunstszene.«

»Wirklich?«

»Ja. Die meisten Leute denken bei Kunst an Paris oder New York oder London – aber das Museu de Arte Moderna soll unglaublich sein, und es hat diesen coolen Skulpturengarten und – tut mir leid«, sagte sie, als sie merkte, wie er sie ansah. »Ich rede zu schnell.« Und sie gestikulierte in alle Richtungen. Sie trank einen Schluck von ihrem Cocktail, damit ihre Hände etwas zu tun hatten.

»Nein, tust du nicht«, sagte Jack. »Es ist nur … Genau so habe ich dich in Erinnerung – aus dem Café.« Seine Stimme. Hatte sie gedacht, sie sei hell? Das war sie nicht. Sie hatte vergessen, wie umwerfend seine Stimme klang, ganz weich und sinnlich, wie flüssige dunkle Schokolade. »Als du über das Bild gesprochen und dir dann die Karten angesehen hast. Du hattest denselben … Gesichtsausdruck, und das hat mich für einen Moment in der Zeit zurückversetzt.« Bei seinen Worten wurde ihr Gesicht ganz heiß, und sie hoffte, es war dunkel genug, dass er es nicht bemerkte. Er nahm sein Bier und verzog das Gesicht. »Entschuldige. Das klingt bescheuert.« Bevor sie ihm widersprechen konnte, redete er weiter. »Du bist also keine Künstlerin mehr?«

Holly spürte, wie sie zusammenzuckte, auch wenn sie sich äußerlich nichts anmerken ließ. *Das war ich nie.* Aber es sollte nicht nach Selbstmitleid klingen, deshalb sagte sie stattdessen: »Nun, ich unterrichte Kunst.«

»Wie ist das so?«

»Es ist …« Holly kaute auf ihrer Lippe, während sie darüber nachdachte. »Schwierig, manchmal. Ich unterrichte Teenager, und da gibt es natürlich Höhen und Tiefen, was ihre Gefühle angeht, und das bleibt nicht ohne Auswirkungen. Außerdem ist es viel Arbeit für wenig Geld, aber es ist auch ziemlich cool. Es ist eine Kunstschule, was toll ist, weil die Kinder alle dort sein *wollen* – und einige von ihnen sind wirklich begabt. Du musst sie fordern – einmal habe ich sie eine Skulptur aus Materialien bauen lassen, die ich mitgebracht hatte, und einmal mussten sie eine realistische Zeichnung anfertigen, aber nur in Grün.« Sie zuckte die Schultern, als sie merkte, dass sie plapperte. »Ich mag Grün sehr.«

»Warum auch nicht? Grün ist toll.« Da erst fiel ihr auf, dass sie gerade grün trug. Und dass ihre Augen ebenfalls grün waren. Sie trank noch einen Schluck.

»Hört sich an, als ob du es irgendwie liebst«, sagte Jack. »Den Job, meine ich, und grün.«

»Ich glaub schon«, sagte sie zögernd.

»Du glaubst?«

»Ich weiß es nicht.« Sie spielte mit ihrem Ohrring. »Ich bin da irgendwie reingerutscht. Und es ist nicht das, was ich mir für mich vorgestellt hatte.« Am Anfang hatte es sich wie eine Notlösung angefühlt, etwas, das sie tun musste, um Geld zu verdienen, während sie sich über ihren nächsten Schritt klar wurde. Aber irgendwann hatte sie aufgehört, über die nächsten Schritte nachzudenken. Aufgehört, überhaupt über irgendetwas nachzudenken, das zu weit in der Zukunft lag.

»Das heißt nicht, dass du es nicht lieben kannst.«

»Nein. Nein, das stimmt wohl.« Und sie hatte Glück gehabt, nicht wahr? Trotz des kleinen Stichs, den es ihr immer wieder versetzte, wenn sie Ton zu lange betrachtete oder etwas sah, das sie wirklich inspirierte.

»Was ist mit dir?«, fragte Holly und stellte ihr fast leeres Glas auf dem Tisch ab. »Liebst du das, was du tust? Unternehmensberatung, richtig?«

Jack verzog das Gesicht. »Das ist nicht fair – ich hab's dir mit der Flugzeug-Frage leicht gemacht.«

Holly grinste. »Okay. Hm … Würdest du lieber vor einem Brunnen oder vor einem Feuer sitzen?«

Jack blinzelte sie an. »Das ist jetzt total willkürlich.«

»Na ja, manche von uns googeln nicht vorher die besten Gesprächseröffnungen.« Sie strich sich dramatisch die Haare zurück und sah, wie er der Bewegung folgte.

»Stimmt. Ich würde sagen, Feuer«, sagte er. »Auf jeden Fall Feuer.« Diesmal wurde nicht nur ihr Gesicht heiß – sie spürte, wie sich die Wärme im ganzen Körper ausbreitete. Jack deutete auf ihr leeres Glas. »Noch einen Drink?«

»Ja, bitte.«

»Was hattest du?«

»Keine Ahnung. Bring mir irgendwas.«

»Egal, was?« Er runzelte ratlos die Stirn.

»Einen Cocktail. Oder Wein. Irgendwas«, wiederholte sie und winkte ab.

»Okay.« Er nahm die beiden leeren Gläser mit, was Holly sofort für ihn einnahm. Ihr war nicht bewusst, dass ihr Blick ihm bis zur Bar folgte, bis jemand, ein dünner Typ in Tweedhose, Anfang zwanzig vielleicht, an ihren Tisch kam.

»Sitzt hier jemand?« Er deutete auf den Stuhl, von dem Jack gerade aufgestanden war.

Holly sah zu ihm auf. Er hatte einen dieser winzig kleinen Bärte, deren Sinn sie nie ganz verstanden hatte. »Ja.« Aber er hatte den Stuhl schon genommen und wollte ihn an seinen Tisch tragen.

»Hey!« Er drehte sich nicht um, also stand Holly auf und rief ihm hinterher. »Hey, ich sagte …« Aber plötzlich stand Jack vor ihr, und sie verstummte mitten im Satz.

Er zog die Augenbrauen hoch. »Wem drohst du mit der Faust?«

»Ich …« Sie ließ die Hand sinken. »Jemand hat uns den Stuhl geklaut«, sagte sie zur Erklärung.

»Ja, das kommt vor«, sagte Jack und grinste. »Ist neben dir noch Platz für mich?«

Holly warf einen prüfenden Blick auf das Sofa. »Äh, sicher, ja.«

Er reichte ihr einen Cocktail – diesmal einen roten – und Holly bemerkte, dass er den gleichen hatte. Sie sah ihn fragend an. »Sie dachte, ich hätte zwei gesagt«, erklärte er, »und ich wollte sie nicht korrigieren.«

Er kam auf ihre Seite des Tisches und setzte sich neben sie. Aus dieser Nähe konnte sie sein Aftershave riechen, das sie an die freie Natur erinnerte – verschiedene Holzarten, alle miteinander vermischt. Sein Bein berührte kurz ihres, und obwohl sie von ihm abrückte, um ihnen Platz zu schaffen, konnte sie die Wärme noch auf ihrer Haut spüren.

Sie griffen gleichzeitig nach ihren Drinks und stießen mit den Armen aneinander. Holly zog ihr Glas so schnell zurück, dass etwas über den Rand schwappte.

Sie räusperte sich. »Also, es gibt da etwas, das ich dich fragen wollte.«

Jack zog einen Mundwinkel hoch, als er sich zu ihr drehte. »Tatsächlich? Nun, ich bin ganz Ohr.«

Holly holte tief Luft. »Warum warst du vor drei Jahren in diesem Café – in Devon?«

»Was meinst du?« Aber sein Ton war zu vorsichtig – er wusste genau, was sie meinte.

»Naja, du wohnst in London.«

»Du auch.«

»Nicht mehr. Worauf ich hinauswill, ist, ich hatte einen Zwischenstopp auf dem Weg zu meiner Familie eingelegt.« Sie schluckte den dumpf pochenden Schmerz mit einem Schluck Alkohol hinunter. »Warum warst du dort?«

»Ich war ...« Er blickte stirnrunzelnd auf sein Getränk, als überlegte er, wie viel er ihr erzählen sollte, und drehte das Glas in den Fingern hin und her. Es fühlte sich nicht richtig an, in einem Leben herumzustochern, von dem sie schon so viel wusste. Beinahe hätte sie eine Hand auf seine gelegt, um ihn aufzuhalten, aber er begann zu sprechen, bevor sie es tun konnte. »Mein Vater ... Es war der Jahrestag seines Todes. Der fünfzehnte Jahrestag, um genau zu sein.« Er blickte weiter auf seinen Drink, statt sie anzusehen. »Und ich war ... Nun, ich habe eine Art Gedenkfeier abgehalten. Um sein Leben zu feiern, nehme ich an, und um mich an ihn zu erinnern – denn das ist etwas, was man mit der Zeit immer weniger tut.«

Holly zog sich der Magen zusammen. Er sprach von Richard – Emmas Sohn. Aber Emma hatte mit keinem Wort erwähnt, dass sie Jack vor drei Jahren gesehen hatte – es hatte so geklungen, als hätte sie ihn seit seiner Kindheit nicht mehr gesehen. Vielleicht war sie also nicht eingeladen gewesen? Aber Richards Mutter nicht einzuladen ... Was konnte so schlimm sein, dass Jack so etwas tat?

»Was ist mit deinem Vater passiert?«, fragte Holly leise. Das *hätte* sie gesagt, wenn sie es nicht schon wüsste – aber sie wollte es von *ihm* hören, um zu sehen, ob er Emma überhaupt erwähnte. Sie hoffte, dass es ihr leichter fallen würde, das zu sagen, was sie zu sagen hatte, wenn er ihr den Weg ebnete.

»Er ... Es gab einen Autounfall. Als ich zehn war. Er hat es nicht überlebt.«

»Das tut mir leid«, sagte sie. Sie hätte das nicht tun sollen, hätte ihn nicht zwingen sollen, darüber zu sprechen. Doch sie konnte nicht anders – sie streckte die Hand aus, legte sie auf seine. Er sah auf, begegnete ihrem Blick. Und sie ließ ihre Hand dort, auf seiner.

Er zuckte die Schultern, lächelte traurig. »Ist schon lange her.«

»Ich weiß nicht, ob so etwas je aufhört«, sagte Holly sanft. Bei ihr jedenfalls nicht – und sie hatte Lily nicht wirklich *verloren*. Wenigstens war ihre Schwester noch gesund und am Leben. Glücklich? Sie wusste es nicht. Sie meinte immer, eine gewisse Verkniffenheit in ihrem Gesicht zu sehen, wenn sie den Mut aufbrachte, auf ihr Facebook-Profil zu gehen – Lily hatte sie nicht gelöscht, obwohl Holly nicht ganz verstand, warum, wenn sie sie in jeder anderen Hinsicht so vollständig aus ihrem Leben verbannt hatte. Und vielleicht würde Lily auch nie ganz über das Leben hinwegkommen, das sie an diesem Tag verloren hatte – das sie verloren hatte, weil Holly hinter dem Steuer saß.

Stopp. Das bringt hier nichts. Absolut nichts, Holly.

»Ja«, sagte Jack achselzuckend. »Vielleicht.« Er sah sie an, als würde er noch etwas anderes aus ihren Worten heraushören. Sie wusste, was er fragen wollte – aber sie wollte es ihm nicht erzählen. Sie wollte nicht über ihren Unfall sprechen. Sie zog ihre Hand langsam zurück, als er wieder zu sprechen begann. »Du sagst das, als ob du …«

In diesem Moment stand jemand vom Nachbartisch auf und rempelte sie an, so dass sie gegen Jack stieß und der kleine Spalt zwischen ihnen geschlossen wurde. Sein Schenkel drückte fest gegen ihren, ihr ganzer Körper versteifte.

»Äh, Entschuldigung«, sagte sie und hob den Kopf, um ihn anzusehen. Er war jetzt so nah – sie hätte seine Wimpern zählen können, wenn sie es gewollt hätte. Und diese Bartstoppeln – sie fragte sich, wie es sich anfühlen würde, wenn er … *Hör auf, Holly.* Es waren die Cocktails. Es lag an den verdammten Cocktails, dass sie ihn so betörend fand. Sie wandte den Blick ab und sah zum Klavier.

»Kein Problem, das kann an einem Freitagabend schon mal passieren«, sagte Jack lässig. Offensichtlich war er sich der Berührung ihrer Beine nicht so bewusst wie sie.

»Richtig«, stimmte Holly zu. »Richtig«, wiederholte sie und erinnerte sich daran, dass es Freitag war und sie morgen früh aufstehen musste, um Abi zu helfen, die Schüler in den Bus zu verfrachten und sie wie eine verantwortungsvolle Erwachsene zu verabschieden. »Ich sollte jetzt auch gehen.« Aber sie machte den Fehler, ihn wieder anzusehen, und er fing ihren Blick auf. Sie schluckte und zog ihre Unterlippe zwischen die Zähne. Sie sah, wie er die Bewegung mit seinem Blick verfolgte.

»Okay«, sagte er.

Sie blinzelte. »Okay?«

»Ok, du musst los?«

»Richtig. Richtig!« Sie stand so entschlossen auf, dass sie das Gleichgewicht verlor. Fluchend legte sie eine Handfläche auf seine Schulter, um sich abzufangen, zog ihre Hand dann aber schnell wieder zurück. Seine Hand verfehlte die ihre nur knapp, als er sie stützen wollte, ihre Fingerspitzen streiften sich.

»Entschuldigung«, sagte sie. Warum entschuldigte sie sich dauernd?

Er lachte nur, als er aufstand.

Sie zogen beide ihre Mäntel an und Jack reichte Holly ihre Handtasche, dann legte er ihr eine Hand auf den Rücken, um sie aus der Bar zu dirigieren. Okay, er musste aufhören, sie anzufassen. Oder sie noch viel mehr anfassen – sie wusste nicht genau, was.

Die kalte, beißende Luft draußen brachte Erleichterung, ein bisschen Zurechnungsfähigkeit nach dem sexy Licht und der verführerischen Musik. Ihr Atem dampfte unter den Straßenlaternen, und eben noch überhitzt, fühlten sich ihre Hände sofort eiskalt an, als sie sie in die Taschen steckte. Sollte nicht längst Frühling sein? Ehrlich gesagt war sie sich nie ganz sicher, wo die Grenze zwischen Winter und Frühling verlief.

Jack und Holly drehten sich gleichzeitig um und sahen sich an. Jetzt. Sie sollte es ihm jetzt sagen und es hinter sich bringen, komme, was da wolle.

»Wenn ich dir noch einmal meine Nummer gebe, rufst du mich dann dieses Mal an?«, fragte Jack, ein Lächeln in den Mundwinkeln.

»Ich habe ihn verloren«, sagte Holly leise. »Den Becher mit deiner Nummer.«

»Ja, ja.«

»Ehrlich!«

»Das sagen sie alle.«

»Alle Mädchen, die du in Cafés anquatscht?«

»Wer sagt, dass ich dich angequatscht habe? Das musst du missverstanden haben.«

Sie lachte und schlug ihm leicht auf den Arm. So schnell, dass sie es kaum mitbekam, fing er ihre Hand ein, und sein Daumen streifte die Innenseite ihres Handgelenks, wo ihr Puls pochte. »Wirst du?«

»Werde ich was?«, wiederholte sie begriffsstutzig.

»Mich anrufen.«

»Oh. Nun, ja, ich denke schon, aber ich … Jack, ich wohne in Windsor.« *Ich wohne in Windsor – und ich bin mit deiner Großmutter befreundet. Du weißt schon, die, mit der du nicht redest?*

Er runzelte die Stirn, ließ ihre Hand jedoch nicht los. »Wie lange bist du in London?«

»Bis Montag.« Nächste Woche waren Ferien, also musste sie nicht den verhassten späten Sonntagabendzug nehmen, aber ein paar Tage in London waren mehr als genug für sie. Die Nähe zu ihrer Familie war zu viel für sie. Ihre Eltern lebten am Stadtrand von London, und Lily … Nun, sie war sich ziemlich sicher, dass Lily immer noch irgendwo im Westen Londons wohnte.

»Morgen also?«

»Morgen?«

»Mein Gott, Holly, du machst es einem wirklich nicht leicht«, sagte er lachend.

Sie stieß ebenfalls ein Lachen aus. »Tut mir leid, normalerweise bin ich nicht so begriffsstutzig.« Doch es fiel ihr schwer, sich zu konzentrieren, denn ihre ganze Aufmerksamkeit war auf seinen Daumen gerichtet, der auf ihrem Handgelenk ruhte, und auf den Waldduft, der sie umhüllte, am liebsten hätte sie sich an ihn gelehnt, den Kopf zurückgeneigt und … Sie holte tief Luft und ging auf Abstand. Er ließ ihre Hand los. »Ich mache morgen eine Kunstgalerientour.« *Galerien, die deine Großmutter – die übrigens Krebs hat – mir empfohlen hat.*

»Ah, okay.«

»Du könntest mitkommen?« Die Worte waren raus, bevor sie es sich anders überlegen konnte. »Wenn es dir nicht zu langweilig ist«, fügte sie schnell hinzu.

Etwas, das aussah wie Erleichterung, blitzte in Jacks Gesicht auf, obwohl sein Tonfall immer noch leicht und locker war. »Nee, ich mag Kunst. Ich bin kein Experte oder so, aber es war irgendwie Teil meiner Kindheit.«

»Wer hat dein Interesse geweckt? Deine Eltern?« *Komm schon*, dachte sie bei sich. Sag ihren Namen. Denn sie wusste, wer ihm als Kind Kunstunterricht erteilt haben musste – ob es ihm nun gefallen hatte oder nicht.

»Nein.« Das Zögern war so kurz, dass sie es vielleicht nicht bemerkt hätte, hätte sie nicht darauf geachtet. »Nein, meine Großmutter – sie war sehr kunstbegeistert.«

Sag es, Holly. Sag es ihm. Frag ihn, was zwischen ihnen passiert ist.

»War?«

Sie hielt den Atem an, und ihr Herzschlag beschleunigte sich. Aber da kam nichts mehr. »Also, morgen?« Und einfach so war der Moment vorbei.

Sie stieß die Luft aus. »Sollen wir uns dort treffen?«

Sie holte ihr Handy heraus, legte einen neuen Kontakt an – fast hätte sie seinen Nachnamen hinzugefügt, bevor ihr einfiel, dass sie ihn noch nicht kennen konnte – und reichte es ihm.

»So kann ich sie nicht verlieren.« Sie dachte darüber nach, während er tippte. »Naja, so wie ich mich kenne, könnte ich schon, ich könnte das Handy verlieren, aber ich werde mich bemühen.« Ihre Blicke trafen sich, als er von ihrem Telefon aufsah, und sein Lächeln reichte bis zu seinen Augen.

»Wie wäre es, wenn du deine Nummer auch in mein Handy eingibst – denn ich werde meins ganz sicher nicht verlieren.« Den letzten Satz sagte er so ernst, als hätte er in seinem ganzen Leben noch nie etwas verlegt.

Nachdem sie ihre Nummern ausgetauscht hatten, öffnete Holly auf ihrem Handy die Uber-App.

»Findest du allein zurück?«, fragte Jack.

»Ja, ich nehme mir ein Taxi.«

Er bestand darauf zu warten, bis das Taxi kam. Als es endlich kam, drehte sie sich zu ihm um. »Bis morgen?«

Er nickte. »Bis dann.« Er beugte sich vor, um sie auf die Wange zu küssen, so wie er es zur Begrüßung getan hatte. Nur dieses Mal nahm er sich Zeit, und obwohl seine Lippen kaum mehr als ein Hauch auf ihrer Haut waren, jagte die Berührung ihr einen Schauer über den Rücken.

Sie atmete langsam aus, als sie in den Wagen stieg. Gut, dass sie heute Abend in entgegengesetzte Richtungen mussten – so konnte sie nichts Unüberlegtes tun, sondern stattdessen ins Hotel zurückfahren, wo Abi zweifellos schon auf sie wartete, und sich selbst eine ordentliche Standpauke halten.

KAPITEL ZWÖLF

Holly stand am Fenster des Hotelzimmers und blickte auf die Londoner Skyline. Da es sich um ein relativ günstiges Hotel handelte, war das Zimmer selbst eher schlicht, aber ganz links konnte man sogar das London Eye und den Big Ben sehen. Der Himmel hatte aufgeklart, und vor dem blauen Hintergrund war die Aussicht wirklich atemberaubend. Normalerweise vermisste sie London nicht, doch heute schmerzte es sie zu sehen, was sie zurückgelassen hatte.

Sie hielt ihr Handy ans Ohr und lauschte Emma, die die Namen der Künstler aufzählte, die sie in der Galerie, zu der sie Holly schickte, »entdeckt« hatte. Es sei ihr sogar gelungen, von ihnen Kunstwerke für das Impression Sunrise Café zu bekommen, sagte sie ein wenig selbstherrlich. »Das heißt, bevor sie für unsereins zu berühmt wurden.«

Derweil saß Abi in ihrem zweckmäßigen rot-weißen Pyjama auf einem der beiden Betten hinter Holly und sprach mit James, und ihre normalerweise ruhige Lehrerinnenstimme wurde immer schriller.

»Und bei der zweiten musst du unbedingt meinen Namen erwähnen«, erklärte Emma. »Ich habe dich angekündigt, damit sie dich auch sicher reinlassen – manchmal stellen sie sich an.«

»Okay«, sagte Holly, obwohl sich ihr der Magen dabei umdrehte. Denn sie würde mit Jack unterwegs sein, der es sicher etwas merkwürdig fände, wenn sie den Namen seiner Groß-mutter erwähnte.

Sie würde es ihm sagen müssen. Und zwar heute.

»Holly?«

»Ja, entschuldige. Ich bin noch da.«

Emma stieß den Atem aus, sie klang verärgert. Aber Holly nahm das nicht allzu ernst – es passierte Emma manchmal ein-fach, und Holly war sich ziemlich sicher, dass sie sich dessen nicht einmal bewusst war. »Nun, jedenfalls wirst du einen tollen Tag haben – kommt jemand mit? Diese Freundin von dir?«

»Abi«, sagte Holly automatisch und warf einen Blick über ihre Schulter. Abi hielt jetzt ein Kissen im Arm, ihr Mund ein schmaler Strich, während sie zuhörte, was James zu sagen hatte. Oh-oh. »Nein. Abi kommt nicht mit.« Keine Lüge, aber auch nicht die ganze Wahrheit.

»Nun, gut. Kunst genießt man am besten allein, finde ich im-mer.«

»Absolut«, sagte Holly. *Oh, aber, ehrlich gesagt, bin ich nicht allein – ich habe deinen verschollenen Enkel ausfindig gemacht und Lust, etwas mit ihm anzufangen, deshalb habe ich ihn eingeladen, mich zu be-gleiten. Ich hoffe, das ist okay für dich?* Oh Gott, das Ganze war eine furchtbare Idee. Sie hätte sich nie einmischen dürfen. Obwohl sie es immer noch albern fand, dass Emma nicht einfach zum Hörer griff und Jack anrief. Emma hatte seine Nummer zwar nicht, aber sie hätte es *versuchen* können.

Nun hatte Holly seine Nummer, aber sie konnte sie ja schlecht ohne eine Erklärung weitergeben, oder? Außerdem wollte sie nicht, dass Emma wütend auf sie wurde – sie wollte nicht, dass sich Weihnachten wiederholte und Emma ihr die Tür vor der Nase zuschlug. Und es würde sich noch schlimmer an-fühlen, wenn Emma es jetzt täte. Weil Holly Emma jetzt kannte, weil sie sie *mochte* und wollte, dass Emma sie auch mochte. Weil sie das Gefühl hatte, dass sie mit Emma so reden konnte, wie sie es mit ihren Eltern und ihrer Schwester seit dem Unfall nicht mehr konnte.

Sie rief sich zur Ordnung. Sie musste Jack einfach alles in Ruhe erklären. Er wirkte vernünftig, und was Emma getan hatte, konnte nicht *so* schlimm sein.

»Wann hast du deinen Arzttermin?« fragte Holly.

»Hmm?«

»Du hast mich schon verstanden.« Das tat Emma oft, wenn das Gespräch auf ihre Gesundheit kam – sie tat so, als wäre nichts, und stellte sich gern vorübergehend taub. Aber es half ja nichts. »Die wollten doch mit dir über die Chemo sprechen, oder? Müssen sie damit nicht mal anfangen?«

»Oh, die wissen schon, was sie tun, keine Sorge.«

»Aber ich *mache* mir Sorgen …«

»Holly. Ich komme zurecht, vielen Dank. Und das schon seit Jahren, ohne deine Hilfe.«

»Aber das ist kein Schnupfen, Emma.«

»Ich weiß sehr wohl, was das ist, Kindchen«, sagte Emma mit tiefer, fast sanfter Stimme – jedenfalls für Emmas Verhältnisse – und Holly musste schlucken. Es gefiel ihr nicht – dieses Eingeständnis von Verletzlichkeit von einer Frau, die normalerweise so unerbittlich schien.

»Sie müssen mit der Chemo doch mal anfangen, müssen …«

»Ich bin noch dabei, die verschiedenen Optionen zu besprechen«, sagte Emma, und obwohl sie ihre Stimme nicht erhob, brachte sie Holly zum Schweigen. Sie hätte eine gute Lehrerin abgegeben, dachte Holly trocken. »Außerdem geht es mir doch gut, oder? Ein bisschen müde, und die Krämpfe sind nicht lustig, aber nicht schlimmer als früher, wenn ich meine Periode hatte.«

»Hmm.« Holly begriff, dass dies nicht der richtige Zeitpunkt für so ein Gespräch war.

»Wie auch immer, wir sehen uns nächste Woche, also überanstrenge dich nicht. Pam kocht uns offenbar ein Curry-Festmahl.«

»Du meinst, ihr Mann.«

»Nun, sie hat die Rezepte ausgesucht – zählt das nicht?«

Abis Stimme überschlug sich jetzt. »Was soll das heißen, die Blumen sind mir egal? Natürlich sind mir die verdammten Blumen nicht egal, aber die, die ich ausgesucht habe, haben dir nicht gefallen, deshalb habe ich einfach gesagt … Na ja, es ist *meine* Hochzeit und … unsere. Das habe ich doch gesagt, unsere … Oh, um Himmels willen, James, hör auf, so schwierig zu sein.«

»Es ist besser, wenn ich jetzt auflege, Emma.«

»Ich höre es.«

»Danke für die Empfehlungen.«

»Vergiss nicht …«

»Ich denk dran«, sagte Holly mit fester Stimme.

»Gut. Also dann, viel Spaß. Versuch nicht, so zu tun, als würde es dir nicht gefallen – wenn du allein bist, brauchst du niemandem etwas vormachen.«

Holly beschloss, nicht darauf einzugehen, und legte auf, wohl wissend, dass Emma die dramatische Geste zu schätzen wusste und wahrscheinlich in ihrer Küche vor sich hin kicherte, wo sie in Hollys Vorstellung über einer zwei Tage alten Zeitung saß.

Abi hatte ebenfalls aufgelegt, die Knie angezogen, das Kinn darauf gestützt und starrte ins Leere. Ihre kastanienbraunen Locken – die sie in Verbindung mit ihrem herzförmigen Gesicht ein wenig puppig aussehen ließen und über ihre nüchterne Art hinwegtäuschten – wirkten irgendwie schlaff.

Holly durchquerte das Zimmer und setzte sich ans Bettende. »Abs?«, fragte sie zaghaft. »Geht es dir gut?«

»Er denkt, dass mir die Blumen egal sind«, sagte sie und starrte immer noch ins Leere.

»Oh.«

»Aber das stimmt nicht.« Und dann lief Abi, zu Hollys Erstaunen, eine Träne über die Wange.

»Hey«, sagte Holly, kletterte aufs Bett und krabbelte zu Abi rüber. Normalerweise weinte sie nicht. Holly hatte immer bewundert, wie ausgeglichen ihre Freundin war, und auf genau diese Stabilität hatte sie sich in den letzten drei Jahren gestützt. Es ließ Abi, deren Lippen jetzt zitterten, noch verletzlicher wirken, denn Holly war es einfach nicht gewohnt, sie so zu sehen. »Was ist passiert?«, fragte sie sanft.

»Nichts«, sagte Abi und wischte die Träne weg.

»Abi?«

»Er ist ein Hundemensch«, platzte Abi heraus.

»Okay …«, sagte Holly langsam. *Damit* hatte sie nicht gerechnet.

»Er ist ein Hundemensch, Holly, und ich habe mich immer als Katzenmensch gesehen.«

Holly runzelte die Stirn. »Aber du liebst Hunde.«

»Und Katzen«, sagte Abi, und ihre Stimme klang fast hysterisch.

»Ah, okay.« Holly versuchte, mit beruhigender Stimme zu sprechen, aber sie konnte der Logik nicht ganz folgen.

»Aber das ist nicht der Punkt.«

»Nein«, stimmte Holly zu, immer noch verwirrt.

»Der Punkt ist, dass ich nicht einmal *wusste*, dass er ein Hundemensch ist, bis ich zu ihm gezogen bin. Wie konnte ich das nicht wissen? Ich bin mit ihm verlobt, und das ist eine ernste

Sache – etwas, das man über den anderen wissen sollte, etwas, das beim ersten Date zur Sprache kommt, oh mein Gott.«

»Naja, ich würde nicht sagen …«

»Und was, wenn da noch ganz viele andere Dinge sind, die wir nicht voneinander wissen? Was, wenn sich herausstellt, dass er keine Kellerasseln mag? Denn ich liebe Kellerasseln, Holly, sie sind so süß und klein und als Kind hatte ich eine als Haustier …«

»Abi. Atme.«

Abi atmete bebend ein. »Ich atme.«

»Das ist normal.«

»Ist es das?« Abi runzelte die Stirn. »Was genau? Eine Kellerassel als Haustier?«

»Nein, so niedlich sind die nun auch wieder nicht. Ich bin mir übrigens ziemlich sicher, dass ich einmal gesehen habe, wie James eine Kellerassel aus einem Café gerettet hat. Ich erinnere mich daran, weil er mich dafür mitten im Satz unterbrochen hat, also musst du dir darüber schon mal keine Sorgen machen.«

Die Andeutung eines Lächelns huschte über Abis Gesicht. »Mich unterbricht er auch manchmal mitten im Satz, um irgendetwas zu tun.« Ihr Blick wurde weich, als wäre das wahnsinnig niedlich und nicht ausgesprochen unhöflich.

»Okay, nun, ich meinte nur, dass es normal ist, vor der Hochzeit kalte Füße zu kriegen. Als Lily …« Aber sie unterbrach sich, denn es tat weh, an die Zeit vor Lilys Hochzeit zu denken, an ihre Gefühlsschwankungen, ihren *Perfektionismus*. Sie hatte Holly und ihrer besten Freundin *ganz genaue* Anweisungen gegeben, wie der Junggesellinnenabschied aussehen sollte und sogar Steves Rede für ihn geschrieben. Nach der Zeremonie hatte sie Hollys Hände ergriffen und fest gedrückt. »Du weißt, dass ich dich lieb habe, oder?«

Holly hatte gelacht. »Natürlich.«

»Okay. Nur, weil ich weiß, dass ich unerträglich war.«

»Eine Brautzilla, könnte man sagen.«

»Nur wenn man unoriginell wäre.« Aber Lily hatte gelächelt. »Ich wollte nur sagen … Danke. Das war es absolut wert.«

Holly hatte die Arme um ihre große Schwester geschlungen und darauf geachtet, dass ihr viel zu stark geschminktes Gesicht nicht in die Nähe des Kleides kam. »Ja, das war es. Dieses eine Mal hat sich das ganze Drama tatsächlich gelohnt.«

Lily warf dramatisch den Kopf zurück. »Wart's nur ab. Du wirst noch mehr Drama veranstalten als ich – und bei dir wird es noch schlimmer sein, weil du alles bis zur letzten Minute aufschiebst. Dein Hochzeitstag wird das reinste Chaos.«

»Wer sagt denn, dass ich jemals jemanden treffe, den ich genug mag, um ihn zu heiraten, hm?« Und obwohl Holly es im Scherz gesagt hatte, weil es zu ihrer Rolle als Nesthäkchen der Familie gehörte, beschäftigte sie dieser Gedanke mehr, als sie zugeben wollte.

Lily hatte sie angeschaut, als wüsste sie, dass Holly nicht nur scherzte. »Du bist so jung. Du hast noch ewig Zeit.«

»Du hast Steve kennengelernt, als du einundzwanzig warst«, bemerkte Holly.

»Nun, du bist nicht ich.«

»Nein«, stimmte Holly zu – sie war bei weitem nicht so sortiert wie ihre große Schwester.

»Ich meine das im positiven Sinn«, sagte Lily leise und drückte Hollys Hand. »Manchmal wünschte ich, ich könnte ein bisschen mehr wie du sein.«

Holly lachte ein wenig ungläubig. Niemand hatte jemals gesagt, dass Lily mehr wie sie sein sollte – es war immer andersrum. »Wirklich?«

Lily schob sich eine verirrte Locke ihrer perfekten Frisur hinters Ohr. »Na ja. Nur manchmal. Jedenfalls weiß ich, dass du jemanden finden wirst.«

Es gab eine kurze Pause, bevor Holly fragte: »Woher?«

Lily lächelte. »Weil du zu besonders bist. Und weil große Schwestern immer recht haben.«

Holly schob die Erinnerung beiseite und richtete ihre Aufmerksamkeit wieder auf Abi. »Ich will damit nur sagen, dass du die Sache überbewertest. Liebst du James?«

»Ja«, sagte Abi, ohne zu zögern. Wie musste es sich anfühlen, jemanden so zu lieben – ohne jeglichen Zweifel? Und sie schniefte, bevor sie hinzufügte: »Denkst du, ich hätte Ja gesagt, wenn ich ihn nicht lieben würde?« Und das klang schon viel mehr wie die Abi, die Holly kannte.

»Und liebt er *dich*?«

»Es deutet alles darauf hin.«

»Und du willst ihn heiraten?«

»Ja.« Wieder kein Zweifel.

»Na also, geht doch«, sagte Holly und drückte den Arm ihrer Freundin.

Abi nickte, schluckte und schaute Holly mit zusammengekniffenen Augen an.

»Was?«, fragte Holly misstrauisch.

»Ich mag es nicht, wenn du die Vernünftige bist. Es fühlt sich falsch an.« Wahrscheinlich, weil sie gerade an Lily gedacht hatte, erinnerte Abi sie in diesem Moment an ihre Schwester. Sie hatten viel gemeinsam, dachte sie, nicht zum ersten Mal. Beide waren so sortiert, beide wussten genau, was sie vom Leben wollten – von der heutigen kleinen Panne einmal abgesehen. Sie hätten sich gemocht, da war sie sicher.

»Komm schon«, sagte Holly, um einen heiteren Tonfall

bemüht. »Lass uns die Truppe zusammentrommeln und gen Heimat schicken.«

»Ja. Damit du zu deiner *Kunstgalerientour* kannst.«

»Du brauchst gar nicht so zu tun, als würde sich das verdächtig anhören – es ist in keinster Weise verdächtig!«

»Es war nicht verdächtig, bis du gestern Abend total überdreht zurückgekommen bist und ...« Abi wedelte mit einer Hand durch die Luft. »Du bist förmlich geschwebt.«

»Geschwebt?«

»Ja. Geschwebt. Auf eine seltsame, ungraziöse Art.«

»Blabla.« Holly stupste Abi in die Rippen. »Das lasse ich mir doch nicht von jemandem sagen, der als Kind eine zahme Kellerassel hatte.«

Abi schnaubte und stand auf. »Hol'?«

Holly sah sie an.

»Danke.«

Holly zuckte die Schultern. »Immer gern.«

»Und ...«

»Ich weiß«, unterbrach Holly sie mit leiser Stimme. »Sei vorsichtig.«

Abi strich Holly übers Haar. »Ich hab nur das Gefühl, dass du mit dem Feuer spielst.« Sie schenkte Holly ein zaghaftes Lächeln. »Und ich will nicht, dass du dich verbrennst.«

KAPITEL DREIZEHN

Holly und Jack schlenderten durch die Galerie, ein heller, offener Raum mit getäfeltem Holzfußboden und weißen Wänden – für Künstler ein Traum und Albtraum zugleich, dachte Holly. Ein Traum, weil es keine Ablenkungen für die Galeriebesucher gab und die Kunstwerke im Mittelpunkt standen, und ein Albtraum, weil man sich nirgendwo verstecken konnte. Kein schummriges stimmungsvolles Licht, keine Ecken mit schmeichelhaften Schatten; wenn es irgendwo einen Makel gab, war er deutlich zu sehen.

Jack war vor einer abstrakten Skulptur stehen geblieben: ineinander verschlungene Drahtringe, fast einen Meter hoch. Er betrachtete sie stirnrunzelnd wie ein besonders schwieriges Rätsel. »Ich versteh's nicht.«

Holly spürte, wie ein Lächeln ihre Lippen umspielte. »Man muss es nicht unbedingt verstehen.«

Jack bedachte sie mit einem Seitenblick. »Sagst du das auch zu deinen Schülern?«

»Manchmal.« Er ging weiter, und sie beobachtete, wie er sich umsah, ohne dass sein Blick länger bei einem bestimmten Objekt verweilte.

»Heißt das, es gefällt dir hier nicht?«, fragte sie.

»Doch!« Er drehte sich ruckartig um und sah sie an. »Tut mir leid. Ich mag Kunst. Wirklich«, fügte er hinzu, als sie die Augenbrauen hochzog. »Ich finde Leute, die sagen, dass sie *keine*

Kunst mögen, ein bisschen einfältig, denn es gibt so viele verschiedene Arten von Kunst und sogar eine Geburtstagskarte kann Kunst sein, oder?«

Holly dachte an die Mirabelle-Landor-Karte, die auf ihrem Nachttisch zu Hause lag. »Stimmt.« Sie nickte.

Sie blieben vor einem weiteren Objekt stehen – ein Mann aus Ton, der zusammengekauert auf dem Boden lag. *Verrat* stand auf dem Schild.

»Es ist nur«, fuhr Jack fort und kratzte sich am Kinn, während er den Mann studierte, »manchmal komme ich mir wie ein Idiot vor, als sollte ich irgendeine höhere Bedeutung darin sehen, dabei sehe ich nur …« – er warf einen Blick über die Schulter zu der Draht-Skulptur – »… Ringe.«

Holly schluckte ein Lachen hinunter – denn die Galerie gehörte zu der Art von Orten, an denen man leise sprach. »Ich glaube, das geht jedem manchmal so.«

Jack schmunzelte. »Sehr weise.«

Sie schubste ihn freundschaftlich an. »Ich mein's ernst. Ich *unterrichte* Kunst, und sogar ich bin mir manchmal nicht sicher, ob ich es verstehe – was auch immer *es* ist. Ich glaube, die Leute, die das behaupten, tun nur so. Denn wie kann man jemals sicher sein, dass man genau versteht, was der Künstler sagen will?«

Jack brummte zustimmend, als sie weitergingen, und sie verbuchte das als Sieg. »Außerdem geht es nicht darum, alles zu verstehen – es geht nicht einmal darum, alles zu *mögen*. Bestimmte Kunstwerke … sprechen zu dir, wenn du Glück hast.« Sie strich sich die Haare hinters Ohr, unsicher, ob das albern klang.

»Hast du jemals gehofft, deine Kunst irgendwo ausgestellt zu sehen?«

Sie ließ sich mit der Antwort Zeit. »Ja«, sagte sie schließlich und ließ die Wahrheit zu. »Aber es sollte nicht sein. Ich bin keine Künstlerin – ich bin Lehrerin.«

»Kann man nicht beides sein?«

»Vielleicht. Bin ich aber nicht.«

Jack zog die Augenbrauen hoch. »Jedenfalls nicht, wenn du so redest. Wenn du dich selbst nicht ernst nimmst, wird es auch niemand anderer tun.« Er zuckte zusammen, als sie den Mund öffnete, um zu widersprechen. »Tut mir leid«, sagte er schnell. »Ich habe mich gerade wie ein Arschloch angehört.«

»Kann man so sagen.«

Jack lachte, verstummte aber sofort, als ein Pärchen vor ihnen sich missbilligend umdrehte. »Das gehört zu den Dingen, die wir unseren Kunden sagen – du weißt schon, nimm dich selbst ernst, verfolge deine Träume, setz dir ein Ziel, so was in der Art.« Er seufzte. »Ich fürchte, ich habe diese Sprüche verinnerlicht.«

»Das verstehe ich«, sagte Holly langsam. »Aber Kunst ist nicht … Man kann nicht einfach ein Künstler *werden* – es hängt von so vielen Dingen ab. Talent, Timing.« Sie zögerte. »Glück.«

»Aber wenn man Kunst macht, dann *ist* man doch Künstler – und kann sich selbst auch so nennen.« Holly verzog das Gesicht und Jack zuckte die Schultern. »Muss Kunst von anderen gesehen werden, um einen Wert zu besitzen?«

»Ja«, sagte Holly automatisch und reckte ihr Kinn. »Es geht darum, andere Menschen dazu zu bringen, etwas zu fühlen, Freude oder Klarheit, eine Gefühlsregung hervorzurufen oder …«

Jack hob eine Hand. »Okay. Aber fühlst du diese Dinge nicht, wenn du etwas … erschaffst?«

Holly zögerte. »Doch«, gab sie zu. Zumindest war das früher so.

»Na, siehst du«, sagte Jack und ging voran in den nächsten Raum, in dem sich außer ihnen und drei Skulpturen niemand befand.

»Du tust so, als hättest du diese Diskussion gewonnen, hast du aber nicht«, flüsterte Holly hinter ihm, die jetzt, wo sie allein waren, noch mehr das Bedürfnis verspürte, leise zu sein.

»Du bist einfach nur stur«, flüsterte Jack zurück.

»Und du bist …«

»Red weiter«, sagte er, und sie musste ihn nicht ansehen, um zu wissen, dass er lächelte. »Was bin ich?«

Aber bevor sie antworten konnte, drehte er sich um, und sie wich zurück, um nicht in ihn hineinzustolpern, sodass sie mit dem Rücken zur Wand stand. Ihr Herz machte einen gewaltigen Satz – wegen der Unerwartetheit, der Schnelligkeit der Bewegung, der plötzlichen Nähe. Sie machte noch einen Schritt zurück und wäre dabei *natürlich* fast in die nächste Skulptur gefallen.

Sie fing sich wieder und stützte sich mit den Händen an der kühlen weißen Wand hinter sich ab. »Du bringst mich noch ins Stolpern, wenn du so weitermachst«, sagte sie mit einer Stimme, die ein bisschen zu atemlos war, um verärgert zu klingen.

Jack zog eine Augenbraue hoch. »Hier gibt es nichts, worüber man stolpern könnte.«

»Darum geht es nicht.«

Grinsend sah er auf sie herab und platzierte seine Hände zu beiden Seiten ihrer Schultern an der Wand, sodass sie gefangen war. »Red weiter«, wiederholte er. »Du hast es immer noch nicht gesagt. Was bin ich?«

»Äh …«

Oh Gott, konnte sich ihr Herz nicht einfach beruhigen? Es gab keinen Grund, so überzureagieren – nicht den geringsten. Trotzdem konnte sie nicht aufhören, auf seinen Mund zu starren, der sich zu einem kleinen Lächeln verformte, nur einen Atemzug von ihrem entfernt.

Sie räusperte sich. »Dreist. Du bist dreist.«

Sein Grinsen wurde nur noch breiter.

»Hör auf, mich so anzusehen«, schimpfte sie.

»Wie denn?«

»*So*«, sagte sie und deutete auf sein Gesicht. »Mit diesem *Lächeln*. Du bist ...«

»Ich soll nicht lächeln?«

War das Absicht, dass er in diesem zartschmelzenden Ton sprach?

»Obwohl ich mich amüsiere?« Das Lächeln wurde immer breiter.

»Ich dachte, wir wollen uns Kunst ansehen«, sagte sie streng.

Er sah ihr forschend ins Gesicht. »Entschuldigung. Ich bin ein wenig abgelenkt.«

Sie verdrehte die Augen und machte eine übertrieben dramatische Geste, um zu verbergen, wie sehr er ihr unter die Haut ging. Dann schob sie ihn leicht weg. Er wich sofort zurück und machte ihr Platz. Eine Dreiergruppe hatte auch gerade den Raum betreten.

Na, das war ja gar nicht peinlich. Was würden diese Fremden sagen, wenn sie wüssten, dass dies erst ihre und Jacks zweite ... Begegnung war? Denn die erste konnte man ja wohl kaum zählen. Allerdings fühlte es sich gar nicht so an, als hätten sie sich gerade erst kennengelernt. Holly fühlte sich wohl in seiner Nähe, fast wie mit Abi – wenn sie sich denn fragen würde, wie Abi wohl nackt aussähe. Das ging ihr nur bei sehr wenigen

Menschen so – das mit dem Wohlfühlen, nicht das mit dem Nackten. Obwohl, vielleicht das mit dem Nackten auch. Es kam nicht oft vor – dieses sofortige Gefühl der Vertrautheit, und dass es nichts machte, dass man keine gemeinsame Vergangenheit hatte, weil man eine schaffen konnte. Aber vielleicht war das alles ja nur ein verdammter Zufall, dass man in einem Café einem Mann begegnete und ihm dann, drei Jahre später, wieder über den Weg lief. Ja. So musste es sein.

Sie warf ihm einen Seitenblick zu, als er die Hände in die Hosentaschen steckte und in den letzten Raum schlenderte. Was wollte er von ihr? Was hatte er sich erhofft, als er ihr vor all den Jahren seine Nummer gegeben hatte?

Eine *gute Story*, hatte er gesagt, und es war erbärmlich – *erbärmlich, Holly* –, dass sie sich überhaupt daran erinnerte. Aber was erhoffte er sich jetzt? Das war unmöglich zu sagen – und es war auch irrelevant, denn sie war nicht wegen ihm hier. Sie war wegen Emma hier. Die sie immer noch nicht erwähnt hatte.

»Was ist mit dir?«, fragte sie, weil sie das Gefühl hatte, *irgendetwas* sagen zu müssen. »Liebst du, was du tust?«

Er rümpfte die Nase. »Nicht wirklich.«

»*Gibt* es etwas, das du liebst?«

Er zögerte einen Tick zu lange. »Nicht wirklich.«

»Komm schon … du kannst es mir sagen. Ich werde nicht lachen.«

Doch er schwieg.

»Du wolltest also nicht schon immer das tun, was du jetzt tust?«, bohrte sie weiter. Sie weigerte sich, das Thema fallen zu lassen, jetzt, wo sie wusste, dass er etwas verbarg.

»Gibt es irgendeinen Sechsjährigen, der auf dem Spielplatz verkünden würde, dass er später einmal Unternehmensberater werden will?«

»Nein, aber die meisten Träume von Sechsjährigen basieren darauf, dass sie keine Ahnung von irgendwas haben.« Dennoch hatte sie Künstlerin werden wollen – solange sie denken konnte. Und Lily? Lily hatte Mutter werden wollen. Sie konnte sich noch daran erinnern, wie Lily eines Tages nach Hause gekommen war – sie konnte sich nicht erinnern, wann genau, aber sie waren beide noch in der Grundschule. Sie hatte geweint, weil die Lehrerin gesagt hatte, Mutter sei kein richtiger Beruf. Holly sah noch das Gesicht ihrer Mutter vor sich, die Lippen zu einer dünnen Linie zusammengepresst, und sie verstand es jetzt – verstand, wie sehr das wehgetan haben musste, weil sie sich dafür entschieden hatte, Hausfrau zu sein, und erst später wieder angefangen hatte zu arbeiten.

»Ich glaube, sie meinte, du kannst Mutter sein *und* etwas anderes«, hatte ihre Mutter diplomatisch gesagt.

»Ich will aber das tun, was du tust«, hatte Lily unter Schluchzen gesagt. »Du kümmerst dich um uns. Das will ich auch.«

Ihre Mutter hatte gelächelt, ihr Gesichtsausdruck war weicher, als sie sich an den Küchentisch setzte und Lily auf ihren Schoß zog. »Das ist sowieso Quatsch«, sagte sie. »Man kann doch nicht erwarten, dass irgendjemand in diesem Alter schon weiß, was er werden will.«

»*Ich* weiß es«, meldete sich Holly zu Wort und erntete einen finsteren Blick von ihrer Schwester. Sie zog eine Zeichnung aus ihrer Schultasche – verschiedenfarbige Vögel über einem grünen Wald. »Miss Cully hat gesagt, das sei das Beste, was sie je in unserer Klasse gesehen hat«, verkündete sie großspurig.

»Tatsächlich?«, fragte ihre Mutter und rang sich ein Lächeln ab. Und obwohl Holly sie eigentlich ihrer Mutter hatte geben wollen, obwohl sie sie am Kühlschrank hatte hängen sehen wollen, wo alle Besucher sie betrachten könnten, hielt sie sie stattdessen Lily hin. »Die ist für dich«, sagte sie. »Weil du Vögel magst.« Und weil sie Lily vielleicht dazu bringen würde zu lächeln. Lily nahm sie und ihre Tränen trockneten, während sie sie betrachtete.

»Der blaue gefällt mir«, sagte sie schließlich, und Holly nickte – ihre Aufgabe war erledigt.

»Hey, wo warst du?«, fragte Jack in der Gegenwart, Hollys Gesicht war wie immer ein offenes Buch.

»Tut mir leid. Aber manche Leute wollen Unternehmensberater werden, oder?«, hakte sie nach. »Ist doch angesagt – wenn man hoch hinaus will.«

»Na ja. Mein Freund Ed – du kennst ihn.«

»Ich erinnere mich. Der schnieke Typ.«

Jack grinste. »Stimmt. Gott, das wird ihm gefallen, wenn ich es ihm erzähle. Jedenfalls liebt er es – und er ist gut darin.«

»Und du nicht?«

»Doch, bin ich.« Es klang nicht überheblich, nur ehrlich. »Es ist nur … keine Ahnung. Es ist nicht gerade erfüllend.«

Sie blieben beide gleichzeitig vor einer Bronzeskulptur in der Mitte des letzten Raumes stehen. Sie bestand aus vielen unvollständigen Gesichtern, alle voneinander abgewandt. Und in der Mitte ein vollständiges Gesicht, das keines der anderen zu bemerken schien. Es war schaurig schön, und Holly spürte, wie etwas in ihrer Kehle anschwoll. Denn sie konnte sich vorstellen, dieses Gesicht in der Mitte zu sein – konnte die Einsamkeit spüren. Das war vermutlich der Punkt – jeder hatte sich irgendwann schon einmal so gefühlt.

»Irgendwie macht mich das traurig«, murmelte Jack.

»Ich weiß«, sagte Holly schlicht.

Jack nahm die Hand aus der Tasche und hob sie in Richtung des bronzenen Gesichts, dann ließ er sie wieder sinken, wobei er

Hollys Hand streifte und an ihrem kleinen Finger verweilte. Es war nur die Andeutung einer Berührung, ein winziger Kontaktpunkt – doch Holly spürte, wie ihre ganze Konzentration dorthin floss.

Sie wusste nicht, wie lange sie so dastanden, ohne sich zu bewegen, und die Skulptur anstarrten, Finger an Finger. Nach einer Weile räusperte sich Jack. »Sollen wir …?«

»Ja«, sagte Holly und zog ihre Hand weg.

Sie war sich nicht sicher, aber sie meinte zu hören, wie Jack ein kleiner Seufzer entfuhr, als sie sich umdrehte, um die Galerie zu verlassen.

Sie hatten noch etwas Zeit bis zur zweiten Galerie, also schlug Jack den Hyde Park vor, der, wie Holly zugeben musste, an diesem kalten, klaren Tag wunderschön war. Als sie noch in London wohnte, war sie selten hier gewesen, und jetzt fragte sie sich, warum. Sie gingen durch einen Tunnel aus Bäumen, deren Äste kahl waren, aber irgendwie *hoffnungsvoll*, als wüssten sie, dass es nicht mehr lange dauern würde, bis sie das Leben weiterbrächte. Je länger sie durch den Park spazierten, wobei sie ständig Joggern und Hundehaltern ausweichen mussten, desto lockerer wurde Jacks Schritt, desto entspannter seine Haltung.

Am Ende des Weges bogen sie rechts ab, und Jack ließ den Blick über den Rasen und den See dahinter schweifen. »Es ist einfach beeindruckend, wie dieser Park angelegt ist«, sagte er, und er klang zufrieden, als wäre er persönlich stolz darauf. »Die Leute betrachten es als selbstverständlich«, fuhr er fort. »Aber der Serpentine – der See, meine ich – ist einer der ersten künstlichen Seen, der so angelegt wurde, dass er natürlich aussieht.«

Hollys Telefon vibrierte, und sie fischte es aus ihrer Tasche. Ihr Magen krampfte sich zusammen, als sie sah, wer es war.

Bedeutet dein Schweigen, dass du die Galerien hasst, oder dass du dich zu gut amüsierst, um mir deine Gedanken mitzuteilen?

»Und die Bäume ...«, fuhr Jack fort, ohne ihren inneren Aufruhr zu bemerken. »Alles so geplant, dass es das ganze Jahr über schön ist.«

Holly gab ein unverbindliches Geräusch von sich, während sie ihr Handy zurück in ihre Tasche steckte. Und dann fiel ihr ein, dass Emma ihr erzählt hatte, dass sie früher gerne im Garten gearbeitet hatte – mit ihrem Enkel. Sie sah Jack an, öffnete den Mund, um etwas zu sagen, und schloss ihn wieder. Stattdessen fiel ihr Blick auf etwas anderes – einen Eiswagen. Sie deutete mit dem Kopf in die Richtung und wurde schneller.

»Bist du verrückt?«, fragte Jack, obwohl er seine Schritte verlängerte, um mitzuhalten. »Es ist zu kalt für Eis.«

»Es ist nie zu kalt für Eis.«

»*Niemand* isst im März Eis.«

»Warum ist der Wagen dann hier, hm?«

Offenbar sprachlos verfolgte Jack, wie Holly zwei Eistüten kaufte und ihm eine davon in die Hand drückte. Er sah sie einen langen Moment an, ein Auge halb verdeckt von einer seiner dunklen Locken.

»Komm schon«, sagte sie und bemühte sich, keine Miene zu verziehen. »Lebe wild und gefährlich.«

Er murmelte etwas Unverständliches, dann leckte er an seinem Eis.

Sie gingen Richtung See, während sie ihr Eis aßen. Am Ufer angekommen, blieben sie stehen, und eine friedliche Stille senkte sich über sie.

Jedenfalls bis eine steife Brise Holly in den Nacken fuhr und sie fröstelte. »Mein Gott, ist das kalt«, murmelte sie, und Jack musste lachen, als sie begann, auf und ab zu hüpfen.

»Das liegt am Eis, Fräulein Wild und Gefährlich.«

Sie verzog das Gesicht und schlang die Arme um ihren Körper, während sie weiterhüpfte. Sie spürte, wie er sich hinter sie stellte, spürte, wie ihr Körper sich versteifte. Er legte die Hände auf ihre Arme und begann zu reiben. »Besser?«, fragte er, und sie hörte das Lächeln in seiner Stimme.

»Hmm.« Doch obwohl es missbilligend klang, konnte sie nicht verhindern, dass seine Berührung durch die Kleiderschichten hindurch eine prickelnde Wärme auf ihrer Haut erzeugte. Sie konnte nicht verhindern, dass sie sich in diese Berührung hineinlehnte. An ihn. Sie spürte, wie seine Hände langsamer wurden, zärtlicher. Und obwohl sie wusste, dass es eine schlechte Idee war, konnte sie nicht verhindern, dass sie sich umdrehte und ihn ansah.

Er ließ die Hände auf ihren Armen, als sie zu ihm aufsah, und sie spürte, wie sich seine Finger in ihre Haut gruben. Sein Blick fiel auf ihren Mund, so *konzentriert*, dass ihr der Atem stockte. Er fuhr mit den Händen an ihren Armen hinauf und an ihrem Rücken hinunter, wo er verweilte und die Finger bewegte, um sie näher an sich zu ziehen. Der Rest der Welt verschwand, der Park verschwamm, die Hintergrundgeräusche von schreienden Kleinkindern und plaudernden Menschen lösten sich in nichts auf, und alles, was sie hörte, war ihrer beider Atem.

Sie strich mit den Händen an der Vorderseite seines Mantels hinauf, legte die Handflächen an seine Brust, wünschte, es wäre weniger Stoff zwischen ihnen. Fuhr weiter hinauf zu seinem Hals, um nackte Haut zu spüren.

Ein kleiner Schauer durchlief ihn.

Oh Gott. Sie wollte ihn küssen. Sie wollte ihre Zähne in diesem Mund versenken, wollte ihn schmecken. Seine dunklen

Augen waren auf derselben Höhe wie ihre, als er den Kopf senkte.

Aber sie kam ihm nicht auf halbem Weg entgegen, wie sie es gerne getan hätte. Stattdessen holte sie bebend Luft. »Warte.« Ihre Stimme kratzte an ihren blanken Nerven. Seine Finger krallten sich noch einmal in ihren Rücken, dann ließ er sie los. Sie ließ ihre Hände ebenfalls sinken und trat einen Schritt zurück.

»Okay.« Er fuhr sich mit einer Hand über den Nacken. »Tut mir leid.«

»Nein. Nein, das ist es nicht. Es ist …« Sie fuhr sich durch die Haare. »Hör zu, bevor irgendetwas zwischen uns passiert, muss ich dir etwas sagen.«

»Mir etwas sagen?«

Er setzte einen neutralen Gesichtsausdruck auf, und sein Blick huschte zu ihrer linken Hand.

»Nein, ich bin nicht verheiratet oder so«, sagte sie schnell, worauf seine Miene sich verhärtete – offenbar rechnete er mit dem Schlimmsten.

»Ich …« Gott, warum war das so schwierig? »Ich weiß nicht, wie ich es sagen soll. Jack, ich kenne deine Großmutter.«

Er starrte sie an. »Was? Wovon redest du?«

»Okay, also, ich habe sie Weihnachten kennengelernt und wir … Nun, wir kennen uns. Emma Tooley. So heißt sie doch, oder? Sie lebt in Devon, in der Nähe des Cafés, in dem wir uns zum ersten Mal begegnet sind.«

Jetzt war es Jack, der zurückwich – vor ihr –, immer noch dieselbe undurchdringliche Miene. »Okay. Du kennst also meine Großmutter«, wiederholte er, seine Stimme ruhig. Zu ruhig.

»Ja. Sie ist …« Sie schluckte. »Sie ist der Grund, warum ich nach dir gesucht habe.«

KAPITEL VIERZEHN

Jack starrte sie ungläubig an. »Warst du ihretwegen im Café?«

»Nein«, sagte Holly schnell. Der eben noch ausgeblendete Park rückte wieder in ihr Blickfeld – die Jogger, die Hundehalter, die Geschäftsmänner am Handy. Niemand beobachtete sie, niemand *beachtete* sie, aber sie fühlte sich plötzlich wie auf dem Präsentierteller, und die zuvor sanften Hintergrundgeräusche kamen ihr plötzlich ohrenbetäubend laut vor. Sie atmete die kalte Luft ein, um sich zu beruhigen. »Nein«, wiederholte sie. »Ich habe sie erst im Dezember kennengelernt.«

»Du machst Witze. Das kann nicht dein Ernst sein.«

Sie verzog das Gesicht.

»Das ist absurd. *Absurd*«, wiederholte er. Er drehte sich um, entfernte sich ein paar Schritte und kam wieder zurück.

»Jack, ich …«

»Sie hat dir von mir erzählt?«, stieß er hervor.

»Na ja, sie …«

»Sie hat dich angestiftet, mich aufzuspüren? Dich mit mir anzufreunden, um mich zu überreden, sie zu besuchen – ist es das? Denn das ist …« Er schüttelte den Kopf. »Ich weiß nicht, was das ist, Holly, aber es ist nicht richtig.«

Scheiße, sie hatte alles falsch gemacht. War im denkbar schlechtesten Moment damit herausgeplatzt. Sie hätte auf Abi hören sollen. »So ist das nicht. Ich …«

»Verdammte Scheiße, Holly. Ich war kurz davor, dich zu küssen!«

»Ich weiß!« Sie fuhr sich mit der Hand durch die Haare und verfing sich darin. »Tut mir leid. Ich wollte es dir sagen, aber ich habe nicht erwartet, dass du das bist, und ...«

»Was soll das heißen?«

»Nichts«, sagte sie schnell – denn alles, was sie sagte, schien die Situation nur noch schlimmer zu machen. »Nichts, es ist nur ... Ich habe dich wiedererkannt, wie du mich wiedererkannt hast, und dann hast du mich eingeladen und ...«

»Es ist also meine Schuld«, sagte er todernst. Es erinnerte sie so sehr an das, was sie zu Daniel gesagt hatte, als er mit ihr Schluss gemacht hatte, dass sie zusammenzuckte.

»Nein, ich erkläre das alles falsch.« Sie zwang sich zu einem sehr langen, sehr tiefen Atemzug. »Emma hat Krebs.«

»Was?« Holly hätte es nicht für möglich gehalten, aber sie sah, wie sich sein Gesicht noch mehr verschloss.

»Sie hat Krebs«, sagte Holly, ihre Stimme klang endlich gefasst, »und es ist ... Nun, ich weiß nicht genau, wie schlimm es ist, weil sie es mir nicht sagen will – aber der Punkt ist, dass sie krank ist und niemanden hat, und ich dachte, dass du vielleicht ...«

Jack verschränkte die Arme. »Dass ich was?«

»Ich weiß nicht«, schnaubte Holly ungeduldig. »Dass du sie vielleicht anrufen willst? Mit ihr reden? Sie besuchen?«

»Nun, danke für diese absolut überflüssige Information, aber nein. Ich werde sie nicht anrufen.«

Sie sah ihn eine Sekunde lang ungläubig an. »Aber sie hat Krebs!«

»Ja, das habe ich verstanden. Und hör auf, mir ein schlechtes Gewissen zu machen. Ich habe seit fast zwanzig Jahren nicht mehr mit Memma gesprochen – sie gehört nicht mehr zu meinem Leben.«

Memma – ein Name aus der Kindheit, zweifellos. Sie hätte sich denken können, dass Emma nicht Oma genannt werden wollte. Memma. Es klang wie Emma. Sie konnte sich vorstellen, wie eine Kinderstimme es sagte, und der Gedanke reichte aus, um ihr einen Splitter ins allzu weiche Herz zu bohren.

»Jack«, sagte sie mit flehender Stimme.

»Nein«, sagte er scharf. »Komm mir nicht mit Jack. Du hast kein Recht, mich wieder in etwas reinzuziehen, das ich hinter mir gelassen habe.« Er fuhr sich so grob mit der Hand durchs Haar, dass es schmerzhaft aussah. »Und *sie* hat kein Recht, mich zu manipulieren, damit ich mich melde. Mein Gott, wie kann man nur …«

»Es war nicht ihre Idee«, sagte Holly schnell. Mist, vielleicht hätte sie damit anfangen sollen – denn okay, ja, das sah nicht gut aus. »Sie weiß nicht mal, dass ich hier bin. Hier bei dir, meine ich. Es war nicht ihre Idee«, wiederholte sie. »Es war meine.«

Er starrte sie an, dann schüttelte er den Kopf. »Das ist ja noch schlimmer.«

»Wieso ist das schlimmer?«

»Ich weiß es nicht, aber es ist garantiert nicht besser!«

Irgendetwas an seinem Tonfall triggerte sie, und die ganze Energie, die sich in ihr aufgestaut hatte, suchte sich ein Ventil. Sie warf die Hände in die Luft. »Um Himmels willen, warum bist du so uneinsichtig?«

Jack gab einen erstickten Laut von sich. »Uneinsichtig?«

Holly reckte ihr Kinn in die Luft. »Ja, uneinsichtig.«

»*Ich* bin uneinsichtig?« Er lachte, und es klang nach reinem, bitterem Zynismus. »Ja, klar. Du hast es *gewusst*, nicht wahr? Du wusstest von dem Unfall, als ich dir davon erzählt habe, und hast so getan, als wäre es eine brandneue Information. Du *wusstest* bereits, dass mein Vater tot ist. Du hast mich manipuliert, Holly.«

»Das habe ich nicht!« Aber noch während sie es sagte, flüsterte eine Stimme in ihr: *Doch, irgendwie schon.* Sie blendete diese Stimme aus – *Lilys* Stimme –, denn schließlich hatte sie einen triftigen Grund, oder nicht? Und nur das zählte.

Sie fasste sich in Geduld. »Ich wusste von dem Unfall, ja, aber ich habe nur versucht …«

»Hat sie dir erzählt, dass sie gefahren ist?«, unterbrach sie Jack, und sein Blick wurde irgendwie *noch* undurchdringlicher.

Holly wurde ganz still. »Was?«

»Hat sie dir erzählt, dass sie es war, die in der Nacht, in der mein Vater starb, gefahren ist?«

Holly schwieg, und Jack hatte seine Antwort.

»Sie ist gefahren«, sagte er, seine Stimme war wieder zu ruhig. »Mein Vater saß auf dem Beifahrersitz. Meine Mutter, mein Großvater und ich auf dem Rücksitz. Sie ist gegen einen Baum geprallt. Wir haben alle überlebt. Er nicht.«

Emma war gefahren? Emma hatte den Unfall verursacht? Aber …

»Ihretwegen ist mein Vater tot«, sagte Jack. Holly öffnete den Mund, um etwas zu sagen, aber es kam nichts heraus.

»Das hat sie dir nicht erzählt, oder?« Er lachte wieder, derselbe hässliche, zynische Klang.

Holly war immer noch wie erstarrt, ihr Verstand weigerte sich, zu begreifen, was Jack sagte.

Emma war gefahren.

Emma war gefahren, genau wie Holly gefahren war. Holly hatte sich Emma anvertraut, sich geöffnet. Und Emma hatte beschlossen, nichts zu sagen. Der nächste Atemzug, den sie tat, schmeckte bitter auf ihrer Zunge.

Aber ... Richard war gestorben. Er war *gestorben*. Und Lily ... Sie hatte eine Fehlgeburt gehabt, doch Lily hatte überlebt. Vielleicht konnte Emma sich nicht eingestehen, was passiert war. Denn *das* war es, was sie auseinandergerissen hatte – Jack und Emma. Nicht der Tod selbst, sondern die Schuld. Und anscheinend gab Jack Emma noch immer die Schuld – so wie Lily Holly immer noch die Schuld gab.

Hollys Mund war trocken, aber sie schaffte es zu sprechen. »Du solltest trotzdem mit ihr reden.«

»Warum? Sie gehört nicht mehr zu meinem Leben.« Sie sah Lily dieselben Worte sagen, während er sprach.

»Und es ist auch nicht so, als hätte sie sich besondere Mühe gegeben – also stell mich hier nicht als den Bösewicht hin, Holly.«

Sie knirschte mit den Zähnen. Er kniff die Augen zusammen. »Und guck mich nicht an wie ein bockiges Kind.«

Holly öffnete den Mund, aber er unterbrach sie, bevor sie etwas sagen konnte.

»Um Himmels willen, Holly! Du fällst mit der Tür ins Haus, und erwartest von mir, dass ich Dankeschön sage? Dass ich meine liebe alte Großmutter anrufe? Denkst du, *du* kannst das einfach so in Ordnung bringen? Sie hat meinen Vater umgebracht. Verstehst du das nicht?«

Holly zuckte zusammen.

Sie hat meinen Vater umgebracht.

Ich habe mein Baby verloren. Deinetwegen.

»Es war ein ...«

»Woher willst du das wissen? Du warst nicht dabei! Ich ...« Er wandte sich von ihr ab und strich sich mit der Hand übers Kinn. »Lass mich in Ruhe, okay?«

Der abweisende Tonfall, die Geringschätzung dessen, was sie zu tun versuchte, dass er so tat, als stünde es ihr nicht zu, über seine Großmutter zu reden, die verdammt noch mal Krebs hatte, machten sie wütend. Und es fühlte sich gut an, wütend zu sein. Besser als sich von der Schuld und der Trauer einholen zu lassen. Unfälle *passierten*. Kapierte er das nicht? Kapierte *Lily* das nicht? Emma hatte den Unfall nicht *gewollt*. Holly war nicht *vorsätzlich* in das andere Auto gekracht. Und ja, vielleicht war das keine Entschuldigung; vielleicht verdienten sie und Emma es beide, Ausgestoßene zu sein. Aber in diesem Augenblick konnte sie das nicht gelten lassen.

»Weißt du was?«, sagte Holly, und Jack, der offenbar die Veränderung in ihrem Tonfall wahrnahm, stutzte und sah sie an. »Fick dich.«

Er sah so verblüfft aus, dass sie fast lachen musste – ein grausames Lachen, das nicht zu ihr passte. »Was?«

»Du hast mich sehr gut verstanden«, sagte Holly und hob ihr Kinn. »Wenn du unfähig bist, auch nur an Vergebung zu *denken*, wenn es dir nach all den Jahren unmöglich ist, auch nur zu *versuchen*, einen anderen Standpunkt in Betracht zu ziehen, dann scheiß drauf. Vielleicht ist sie ohne dich doch besser dran.«

Und damit machte sie auf dem Absatz kehrt, wich nur knapp einem Jogger aus und wäre fast auf die Nase gefallen. Doch davon ließ sie sich nicht aufhalten. Sie stürmte davon, erhobenen Hauptes, ein Pochen in den Ohren.

Es dauerte volle hundert Meter, bis sie aufhörte, auf ihren Namen zu lauschen. Bis sie akzeptierte, dass Jack ihr nicht hinterherrufen würde.

Und erst da bemerkte sie, dass ihre Augen tränennass waren.

KAPITEL FÜNFZEHN

Liebe Lily,

ich bin gerade in London. Ich bin dir so nah – Mum sagt, dass du immer noch in der Nähe von Tunbridge Wells wohnst. Diese Woche habe ich Emmas Enkel ausfindig gemacht. Ich habe dir doch von Emma erzählt, oder? Nun, sie und ich sind jetzt quasi Freundinnen, ob du's glaubst oder nicht. Sie ist ein bisschen kratzbürstig, aber nicht so kratzbürstig, wie sie immer tut. Ich glaube, sie hat Angst, Menschen an sich heranzulassen, für den Fall, dass sie sie verliert – und das kann ich nachempfinden. Ich hatte so gehofft, dass sich die beiden versöhnen, wenn ich Jack finde.

Dir wird die unerwartete Wendung der Ereignisse gefallen: Erinnerst du dich an den Mann im Café an jenem Tag? Nun, wie sich herausgestellt hat, ist er Emmas Enkel – also Jack – und wenn jemand diese Ironie des Schicksals versteht, dann du. Er sieht immer noch genauso gut aus, falls du dich das fragst. Ich hätte ihm das mit Emma sofort sagen sollen. Aber ich war mit anderem beschäftigt, und jetzt glaube ich, dass ich die Dinge nur noch schlimmer gemacht habe. Tut mir leid, dass ich dich damit vollquatsche, aber ich weiß nicht, was ich tun soll. Ich wünschte, ich könnte dich anrufen, dich fragen. Ich kann mir vorstellen, dass du dasselbe sagen würdest wie Abi – dass ich aufhören soll, mich einzumischen –, aber es ist irgendwie anders, wenn man es von seiner großen Schwester hört.

Du hast immer gesagt, ich soll die Dinge in Ordnung bringen, dazu stehen, was ich getan habe, und es wiedergutmachen, denn ich habe immer so getan, als hätte ich nichts gemacht. Wie bei Mamas Vase, erinnerst du dich? Die mit den lila Blumen drauf. Ich habe sie umgestoßen, und sie ist zerbrochen. Ich weiß nicht mehr genau, warum. Wahrscheinlich habe ich damit gespielt. Jedenfalls habe ich mich geweigert, es zuzugeben, obwohl es offensichtlich meine Schuld war und obwohl Mama sauer war, weil Papa sie ihr zum Geburtstag geschenkt hatte – eines der wenigen Geschenke, das er selbst für sie ausgesucht hatte. Du hast immer wieder gesagt, ich soll es in Ordnung bringen, mich entschuldigen. Dasselbe hast du auch gesagt, als ich achtzehn war und Rotwein auf dem Teppich verschüttet hatte. Nur meintest du da wortwörtlich, ich soll es in Ordnung bringen und es aufwischen, bevor Mama es sieht.

Damals habe ich nicht auf dich gehört. Vielleicht war das auch gut so, denn wie sich herausgestellt hat, bin ich nicht besonders gut darin, Dinge in Ordnung zu bringen. Aber ich versuche es, Lily.

In Liebe,
Holly

Am Montagmorgen erwachte Holly mit neuer Entschlossenheit – die prompt auf die Probe gestellt wurde, als sie ihren Koffer packte und feststellte, dass er nicht mehr zuging. Und ja, sie hätte auch rechtzeitig packen können, bevor sie sich beeilen musste, um ihren Zug noch zu erwischen, doch stattdessen hatte sie den Sonntag in ihrem Hotelzimmer verbracht, den Zimmerservice genutzt, Netflix geschaut und darüber nachgedacht, was Jack gesagt hatte. Sie hatte nicht mit einer so heftigen Reaktion gerechnet und fühlte sich vollkommen im Recht mit dem, was sie gesagt hatte – er *war* uneinsichtig.

Und als fühlte sie sich nicht schon schlecht genug, hatte sie eine ganze Stunde damit verbracht, ihre Schwester im Internet zu stalken, und dann ihre Eltern angerufen. Ihre Eltern waren so ziemlich die einzigen Menschen, die noch einen Festnetzanschluss besaßen, und sie wusste nicht genau, warum, aber sie rief immer darüber an. Gewohnheit, vermutete sie. Und vielleicht hatte es auch mit der Anonymität zu tun, damit, dass man ihren Namen nicht auf dem Display sah.

Ihr Vater war rangegangen. »Holly! Helen, es ist Holly!«

»Holly!« Sie hörte die Stimme ihrer Mutter aus dem Flur und dachte an das kleine Haus in Hammersmith, in dem sie nach ihrer Lehrerausbildung eine Zeit lang gewohnt hatte. Einige ihrer Sachen waren noch dort – sie hatte sie in der Eile zurückgelassen, als sie nach Windsor geflüchtet war.

»Wie geht es dir, Liebes?« Die tiefe, raue Stimme ihres Vaters löste in ihrem angeschlagenen Zustand eine Welle der Emotionen aus.

»Mir geht's gut.«

»Bist du sicher? Du hörst dich nicht gut an. Helen, sie hört sich nicht gut an.«

Dann sprach ihre Mutter in den Hörer, nachdem sie ihn offenbar in die Hand gedrückt bekommen hatte. »Was ist los, Liebes?«

»Nichts. Nichts, mir geht's gut. Ich wollte nur … Ich wollte nur hören, wie es euch geht.«

»Nun, uns geht es gut. Und wie geht es dir? Bist du noch mit deinem Freund zusammen? Wie heißt er noch mal?«

Mein Gott, Daniel. Sie hatte ihnen gar nicht erzählt, dass sie und Daniel sich getrennt hatten – so lange war es schon her, seit sie mit ihnen gesprochen hatte.

»Wie läuft's in der Schule? Und wann bist du das nächste Mal in London? Wir können uns irgendwo treffen, wenn du nicht zu uns kommen willst.« Die Art und Weise, wie ihre Mutter zwischen den Fragen kaum eine Pause machte, war so vertraut, dass Holly lächeln musste. Und dann war da noch ein Anflug von Schuldgefühlen bei der Andeutung, dass Holly sie nicht besuchen wollte – oder dass sie sie vielleicht nicht im Haus haben wollten.

Aber sie könnte ihnen sagen, dass sie jetzt in London war. Könnte die U-Bahn nehmen, sich von ihrem Vater bekochen lassen, ihrer Mutter zuhören, wie sie ihr ausführlich von dem Roman erzählte, den sie gerade las, und dabei unweigerlich alle Spoiler verriet, so sehr sie sich auch bemühte. Fast hätte sie es getan, bis sie eine Stimme hörte. Lilys Stimme.

»Hallo, Mum! Steve hat die restlichen Einkäufe, wo soll ich sie hinstellen? Wir haben uns für Hühnchen statt Lamm entschieden, ist das okay? Oh, entschuldige, du telefonierst.«

Es gab eine Pause, winzig, aber hörbar. »Es ist Holly.«

Wieder eine Pause, und Holly hielt den Atem an.

»Willst du Hallo sagen?«

Holly konnte sich vorstellen, wie ihre Schwester aus dem Wohnzimmer zurückwich, wo das Telefon stand. »Nein. Nein, schon gut, danke. Ich werde einfach …«

Danach sagte Holly ihrer Mutter, dass sie Schluss machen müsse, erfand irgendeine Ausrede und versprach, bald wieder anzurufen. Denn es war eine Erinnerung daran, als hätte sie die gebraucht, dass ihre Eltern ihr vielleicht nicht allein die Schuld an dem gaben, was passiert war, ihre Schwester aber schon.

Sie erinnerte sich, wie sie einige Wochen nach dem Unfall versucht hatte, Lily zu besuchen. Sie war den ganzen Weg nach London gefahren, zum Haus ihrer Eltern in Hammersmith, wo Lily wieder wohnte, bis sie sich erholt hatte, zusammen mit

Steve. Ihre Mutter hatte sie nicht über die Schwelle gelassen. *Du musst ihr Zeit geben, Holly. Ich glaube, du machst es nur noch schlimmer, wenn du sie jetzt besuchst – sie ist noch nicht dazu bereit.*

Also gab Holly ihr Zeit. Und diese Zeit hatte sich immer weiter ausgedehnt.

Hör auf, Holly. Sie musste sich konzentrieren. All das war gestern. Heute hatte sie einen Plan.

Sie checkte aus dem Hotel aus und zog ihren kleinen Koffer – lila mit hellblauen Tupfen – hinter sich her zur nächsten U-Bahn-Station, um die Jubilee Line zur Canary Wharf zu nehmen. Eines der Kofferräder war kaputt, es arretierte immer wieder und sie musste ihn weiterzerren, was ihr die missbilligenden Blicke einiger Passanten einbrachte.

Sie fand das Büro leichter als beim letzten Mal und trat durch die gläsernen Drehtüren in den Empfangsbereich. Sie ging an den Sitzsäcken vorbei, die, wie sie zugeben musste, ziemlich bequem aussahen, auch wenn alle hier zu steif waren, um darauf zu sitzen, und an den langweilig aussehenden Zeitschriften auf den gläsernen Couchtischen. Der gleiche Rezeptionist, der schon am Freitag hinter dem Empfangstresen gesessen hatte, begrüßte sie. Er trug heute ein blaues T-Shirt mit einer schwarzgelben Krawatte – und als sie genauer hinsah, erkannte sie, dass die gelben Formen Federn waren.

Er lächelte sie an und ließ seine strahlend weißen Zähne aufblitzen. »Hallo, kann ich Ihnen helfen?«

»Ich möchte zu Jack«, sagte sie selbstbewusster, als sie sich fühlte. »Jack Tooley.«

»Warten Sie, ich glaube, ich erinnere mich an Sie. Sie waren doch Freitag schon hier, wegen des Schmucklabels?«

»Ja, das ist richtig.«

»Und Sie wollen zu Jack? Noch einmal?«

»Ja«, sagte sie, ungewöhnlich kurz angebunden. Aber musste er denn auch so skeptisch klingen? Für wen hielt er sie, für eine Stalkerin? Allerdings verhielt sie sich tatsächlich ein bisschen wie eine Stalkerin.

Der Rezeptionist bedrängte sie nicht weiter, sondern griff nach dem Hörer. »Jack, mein Freund! Ich dachte, du bist in Schottland.«

Holly runzelte die Stirn – Jack hatte ihr nicht gesagt, dass er vorhatte, nach Schottland zu fahren. Und warum sollte er auch? Sie kannten sich ja kaum.

»Ach, morgen, ja, ich erinnere mich. Ich habe hier eine Hellie, die sagt, sie hat einen Termin?«

Holly verzog das Gesicht wegen des falschen Namens. Aber vielleicht war das ganz gut, denn so konnte Jack sie nicht abweisen. Sie war absichtlich persönlich vorbeigekommen, statt ihn anzurufen, damit er sie nicht ignorieren konnte, und sie war bereit, im Empfangsbereich zu warten, bis er aus seinem Büro kam, um Feierabend zu machen, falls nötig.

»Ein Schmucklabel«, sagte der Rezeptionist. »Oh. Hm.« Er legte die Hand auf den Hörer. »Sind Sie sicher, dass es Jack ist, den Sie suchen?«

»Ja«, sagte Holly mit Nachdruck. »Definitiv. Es ist wirklich wichtig.« Obwohl sie keine Ahnung hatte, was im Land der Unternehmensberater als wichtig durchging.

»Ah, sie sagt, es sei wirklich wichtig«, wiederholte der Rezeptionist ein wenig zögerlich. »Okay, okay. Klar.« Er legte den Hörer auf und schenkte ihr ein Lächeln. »Er sagt, ich soll Sie hochbringen.«

Beinahe hätte Holly »Wirklich?« gesagt, aber sie hielt sich zurück und nickte nur. Sie folgte ihm, ihren Koffer hinter sich her zerrend. Der Rezeptionist warf einen Blick darauf, als sie in den Aufzug stiegen.

»Ihr Koffer gefällt mir«, sagte er.

»Danke. Ich mag Ihre Krawatte.«

Er lächelte. »Mein Bruder designt Krawatten.«

Ah, deshalb.

Im sechsten Stock stiegen sie aus, und Holly folgte ihm durch eine Menge geschäftiger Menschen an nebeneinanderstehenden Schreibtischen, viele mit Kopfhörern, die hektisch tippten oder stirnrunzelnd auf ihre Computerbildschirme starrten, ein paar von ihnen lachten in Telefone, während sie leicht panisch mit ihren Mäusen klickten. Holly hatte nie daran gedacht, diesen Weg einzuschlagen. Nicht die Laufbahn eines Unternehmens-beraters per se, sondern diese Art von Bürojob. Im Moment war sie darüber außerordentlich froh.

Holly sah Jack, bevor er sie sah. Er saß in einem eigenen Büro – einem von nur einer Handvoll, soweit sie das beurteilen konnte – und starrte auf seinen Computerbildschirm, hinter ihm die futuristisch anmutende Skyline der Stadt. Sie konnte nichts gegen das nervöse Kribbeln im Bauch tun, versuchte jedoch, es wegzuatmen.

Der Rezeptionist klopfte. Jack sah stirnrunzelnd auf, und sein Blick blieb sofort an ihr haften. Zwar glaubte sie, etwas in seinem Gesicht aufblitzen zu sehen, doch sofort trug er wieder diese ausdruckslose Miene zur Schau, hinter der er alles verbarg. Könnte sie ihre Mimik doch auch so kontrollieren. Sie war sicher, dass man ihr an der Nasenspitze ansah, wie nervös sie war.

Der Rezeptionist stieß die Tür auf, und Jack erhob sich hinter seinem Schreibtisch. Seinem sehr ordentlichen, organisierten Schreibtisch. »Was soll das?«, sagte er

»Das ist Hellie«, sagte der Rezeptionist.

Jack verzog den Mund. »Das ist nicht Hellie, das ist Holly, Mike. Und ich habe gesagt, ich komme runter.«

Der Rezeptionist zupfte an seinem Ohrläppchen. »Oh, ich dachte, du hättest gesagt …«

»Schon gut«, sagte Jack hastig. »Kommen Sie rein, *Hellie*, nehmen Sie Platz.« Er deutete auf den Stuhl ihm gegenüber, seine Stimme klang förmlich. So hatte sie es sich vorgestellt, als sie zum ersten Mal den Gedanken gehabt hatte, Emmas Enkel aufzuspüren.

Mike zögerte kurz. Dann, als Jack nichts weiter sagte, verzog er sich lautlos und schloss die Glastür hinter sich.

»Jetzt geben wir uns also als Kundin aus«, sagte Jack und setzte sich langsam wieder hin.

Holly ertappte sich dabei, wie sie sich auf die Lippe biss. »Schien mir die beste Lösung. Ich dachte, du legst vielleicht auf, wenn ich anrufe.«

»Ich hätte nicht aufgelegt«, sagte Jack milde. »Ich wäre einfach nicht rangegangen.« Obwohl sie sich vorgenommen hatte, nur noch an Emma zu denken, tat es weh. »Deshalb warst du Freitag hier, oder?«, fragte er. »Um mich aufzuspüren?«

Sie beschloss, nicht darauf zu antworten, denn es würde unweigerlich zu der Frage führen, warum sie ihm nicht gleich gesagt hatte, was sie hier tat, und obwohl es ihr zu dem Zeitpunkt sinnvoll erschienen war, wirkte es im Nachhinein nicht sehr durchdacht.

Stattdessen holte sie tief Luft. »Hör zu, Jack, ich glaube, ich bin die Sache falsch angegangen.«

Seine Augenbrauen zuckten. »Du glaubst?«

»Würdest du mich einfach *ausreden* lassen?«

»Weißt du was, Holly? Ich glaube nicht, dass ich das hören will.«

Sie hatte den Mund geöffnet, um fortzufahren, doch jetzt klappte sie ihn verblüfft wieder zu. Er wirkte so *vernünftig*, dass sie sich eingeredet hatte, der Samstagnachmittag sei nur ein Ausrutscher gewesen. Dass er bereit wäre, ihr zuzuhören, nachdem er Zeit gehabt hatte, darüber nachzudenken und sich zu beruhigen, den Schock zu überwinden.

»Hör zu«, fuhr Jack fort. »Du kennst Emma« – *Emma*. Nicht *meine Oma*, nicht *Memma* – »wie lange? Gerade mal drei Monate, wenn das, was du sagst, stimmt. Und du glaubst, du kannst hier einfach so reinschneien und etwas kitten, das vor zwanzig Jahren zerbrochen ist? So funktioniert das Leben nicht.«

»Aber sie ist krank«, sagte Holly, und sie hasste den flehenden Ton, der sich in ihre Stimme geschlichen hatte.

»Menschen erholen sich immer wieder von Krebs«, sagte er gleichgültig.

Sie starrte ihn an. »Wie kannst du nur so gefühllos sein?«

Er schloss kurz die Augen, so dass sie nicht mitbekam, ob Emotionen darin aufblitzten. »Das ist nicht … Vergebung ist Arbeit. Und im Allgemeinen braucht es dafür auch eine Entschuldigung. Man beschließt nicht einfach eines Tages, zu vergeben und zu vergessen und Versöhnung zu feiern.«

Ihr Magen krampfte. Denn ihr wurde klar, dass sie sich genau das von Lily erhofft hatte. Und wenn Jack Emma nicht verzieh – nicht verzeihen *konnte* –, galt das dann auch für ihre Schwester?

»Jack …«, sagte sie mit zittriger Stimme. »Ich …«

Aber sein Bürotelefon klingelte und unterbrach sie. Er drückte auf einen Knopf und antwortete über die Freisprechanlage. »Was gibt es, Mike?« Seine Stimme klang etwas müde.

»Tut mir leid, Jack, ich weiß, du bist in einer Besprechung, aber deine Frau ist hier.«

Jacks Blick schnellte zum Telefon. Hollys Herz setzte einen Schlag aus.

»Sie sagt, dass sie dich nicht erreichen kann – sie hat darauf bestanden, dass ich dich anrufe, und … na ja … Soll ich sie hochschicken, oder …«

»Nein«, sagte Jack knapp. »Sag ihr einfach, sie soll warten.« Er drückte eine Taste.

Holly starrte ihn an. Ganz langsam hob er den Blick, um sie anzusehen. Seine *Frau*.

»Du bist verheiratet«, flüsterte sie.

Er schwieg. Aber er hatte sich mit ihr verabredet. Zweimal! Und er war kurz davor gewesen, sie zu küssen – er hatte es selbst gesagt. Doch jetzt schwieg er, und mit jeder Sekunde wurde ihre Kehle enger.

»Du hast nie …« Sie schüttelte ruckartig den Kopf. »Du hast nichts davon gesagt!« Wut und Schmerz schwangen in ihrer Stimme mit.

Er senkte den Blick. »Nun«, meinte er knapp. »Dann haben wir wohl beide etwas verheimlicht.«

Sie wartete noch einen Augenblick – wartete, dass er diese Aussage relativierte. Dann stand sie auf und wandte sich zum Gehen, wobei sie fast über ihren Koffer stolperte, den sie hinter sich herzog.

Sie riss die Tür auf und eilte hinaus. Sie hörte, wie er hinter ihr aufstand, aber sie gönnte ihm nicht die Genugtuung, sich umzudrehen. Vielleicht hatte er ihren Namen gesagt – einmal, leise –, aber sie war nicht sicher, weil sie vor lauter Herzklopfen und Atemlosigkeit nichts hören konnte.

So eine Scheiße.

In ihr tobte ein Schmerz, der sich unangebracht anfühlte – zu intensiv.

Sie war es, die gefahren ist.
Nicht alle haben überlebt.

Lass mich in Ruhe.

Ich habe das Baby verloren. Deinetwegen.

Sie hat ihn umgebracht.

Deine Frau.

Sie war mit den Gedanken woanders, als sie zum Aufzug eilte, und so sah sie die Frau nicht, bis sie fast in sie hineingelaufen wäre. Die Frau wich einen Schritt zurück – und trotz ihres inneren Aufruhrs bewunderte Holly ihre schönen spitzen roten Schuhe. Sie blickte in das Gesicht der Frau. Blond, blaue Augen. Perfektes Haar und manikürte Nägel.

»Vorsicht, meine Liebe«, sagte die Frau lächelnd.

»Tut mir leid«, murmelte Holly und zog ihren Koffer weiter. Ihre Augen brannten. Gott, sie war den Tränen nahe. Sie musste hier raus – raus aus diesem Büro und raus aus London.

»Kein Problem«, sagte die Frau, als Holly sich bereits entfernte. »Hey, kommen Sie gerade aus Jacks Büro?«

»Nein«, sagte Holly schnell und eilte im Laufschritt weiter, sodass sie den Aufzug gerade noch erwischte, während sich die Türen schon schlossen.

War sie das, Jacks Frau? Wie auch immer, Holly musste sich nicht rechtfertigen. Wieso auch? Es war nichts zwischen ihnen passiert. Nichts. Warum fühlte es sich dann so an? Warum hatte sie das Gefühl, dass etwas in ihr zerriss?

Wegen Emma. Weil sie es wieder einmal vermasselt hatte – und jetzt war jede Chance, Emma und Jack zu versöhnen, dahin. Und was, wenn es Emma schlechter ging? Was, wenn …? Aber nein, sie würde nicht zulassen, dass ihre Gedanken diese Richtung einschlugen.

Sie erreichte das Erdgeschoss, durchquerte den Empfangsbereich und trat hinaus ins Grau und die Kälte. Und dann floh sie, weg von diesem Chaos und zu der Sicherheit ihrer Wohnung. Zu Abi. Abi, die wie immer recht gehabt hatte. Denn es war falsch von Holly gewesen, sich einzumischen. Falsch, zu denken, dass ausgerechnet *sie* alles wieder in Ordnung bringen könnte.

Juni

KAPITEL SECHZEHN

Jack starrte auf die Haustür. *Seine* Haustür. Das konnte doch nicht so schwer sein, um Himmels willen. Schließlich gehörte ihm immer noch die Hälfte der verdammten Wohnung, auch wenn Vanessa sie ausgesucht hatte und sie stattdessen auch in einem Vorort mit mehr Platz und einem schönen Garten hätten wohnen können.

Er straffte die Schultern und klopfte. Zwar hatte er einen Schlüssel, aber nachdem er fast neun Monate lang keinen Fuß mehr in die Wohnung gesetzt hatte, kam es ihm irgendwie unhöflich vor, ihn zu benutzen.

Vanessa öffnete die Tür. Sie trug ein blaues Kleid, das zu ihren Augen passte, das blonde Haar gepflegt wie immer. Sie schien so aufzuwachen – in zwei Jahren Ehe hatte er ihr Haar nie anders als perfekt gesehen, und, ehrlich gesagt, wusste er nicht, wie sie das machte.

Sie lächelte – und nur, weil er sie so gut kannte, sah er die Zaghaftigkeit darin.

»Hallo, Fremder.«

»Vanessa.«

Sie verzog den Mund. »So förmlich.«

»Du hast mich gebeten zu kommen, und da bin ich.«

Seufzend trat sie zur Seite, um ihn in die Wohnung zu lassen. Es war heiß – im Sommer war es hier immer zu heiß gewesen. Er folgte ihr durch den Flur ins Wohnzimmer – Holzfußboden, in der Mitte des Raumes ein großer gemusterter Teppich, für den Vanessa ein Vermögen ausgegeben hatte, an den Rändern zwei Ledersofas, die er nicht kannte. Es war seltsam, wie sehr die Wohnung nach *ihr* aussah, ohne irgendein Anzeichen dafür, dass er jemals dort gewohnt hatte. Sie hatte auch das Bild abgenommen, das sie zusammen gekauft hatten und das ihn immer zum Lachen brachte, von einem Mann, der sich entgeistert umdrehte, und natürlich stand auch keines seiner Bücher mehr im Regal.

Vanessa ging zu dem quadratischen Couchtisch aus Holz in der Mitte des Wohnzimmers. Sie bückte sich, nahm ein paar Schriftstücke vom Tisch und reichte ihm eins. »Ich wollte dir das hier zeigen«, sagte sie, und obwohl ihre Körperhaltung locker wirkte, hörte er die Anspannung in ihrer Stimme. Na, gut. Wenigstens war er nicht der Einzige, der sich unbehaglich fühlte.

Er warf einen Blick auf das Dokument, das sie in der Hand hielt, und ein Ruck ging durch seinen Körper. Er starrte auf den Stempel des Amtsgerichts, auf seinen und Vanessas Namen. Sie hatte nie seinen Namen angenommen – keiner von ihnen hatte sich daran gestört –, doch jetzt wirkten die unterschiedlichen Nachnamen, Tooley und Fox, wie ein Symbol dafür, dass sie getrennte Leute waren. Vielleicht schon immer gewesen waren.

Er sah zu Vanessa. Sie knetete die Hände, während sie ihn beobachtete. »Damit ist es offiziell?«, fragte er.

Sie ließ die Hände sinken. »Damit ist es offiziell.«

Er senkte den Blick. Das endgültige Scheidungsurteil. Der Beleg dafür, dass die Ehe aufgelöst worden war, neun Monate nach Einreichung der Scheidung. Er legte die Urkunde zurück auf den Couchtisch. Er wollte es nicht in der Hand halten, dieses Dokument seines Scheiterns.

»Das hättest du mir auch einfach am Telefon sagen können«,

seufzte er. Der ganze Papierkram wurde hierhergeschickt, weil er noch keine neue Anschrift gehabt hatte, als sie sich getrennt hatten. Unmittelbar nachdem Vanessa eines Abends spät nach Hause gekommen war und ihm gestanden hatte, dass sie ihn betrog.

»Ich weiß, aber ich wollte dich sehen. Ich dachte, so etwas macht man besser persönlich.«

Er wusste nicht, was er darauf antworten sollte. Was genau sollte er tun, fragte er sich? Diesmal gab es nichts zu unterschreiben.

Das letzte Mal hatte er sie gesehen, als sie in sein Büro gekommen war, weil sie noch eine Unterschrift auf einem der Formulare brauchte. Er hatte ihre Anrufe ignoriert, und so war sie schließlich einfach aufgetaucht. Noch immer schauderte er bei der Erinnerung an Mikes Stimme aus dem Lautsprecher: *Deine Frau ist hier.* Erinnerte sich an Hollys Gesicht, schockiert und verletzt. Er hätte sie nicht glauben lassen dürfen, er sei verheiratet. Es war grausam, und er hatte es getan, weil *er* verletzt war, wütend, dass sie ihn aufgespürt hatte, ohne ihm zu sagen warum, ihn überrumpelt und um etwas gebeten hatte, das er ihr nicht geben konnte. Er hatte Mike ein Dutzend Mal gesagt, er solle aufhören, Vanessa seine Frau zu nennen. Vanessa selbst hatte damit aufgehört, als sie im Oktober die Scheidung eingereicht hatten – und im März hatten sie bereits das vorläufige Scheidungsurteil gehabt. Mike hatte viele gute Eigenschaften, aber Anweisungen zu befolgen gehörte nicht dazu.

»Willst du was trinken?«, fragte Vanessa und wandte sich Richtung Küche.

Jack zog die Augenbrauen hoch. »Feiern wir?« Aber er folgte ihr trotzdem – es war ein komisches Gefühl, allein im Wohnzimmer zu stehen.

Vanessa schüttelte traurig den Kopf. »Was auch immer du von mir denken magst, Jack, für mich ist eine gescheiterte Ehe kein Grund zum Feiern.«

Er atmete hörbar aus. »Okay, ja. Lass uns was trinken.« Er lehnte sich an den Granittresen, während sie den Kühlschrank öffnete – einen schicken, verdammt teuren Kühlschrank mit einer Holztür, sodass er wie ein Schrank aussah.

Sie machte zwei Bier auf und hielt ihm eines hin. Er nahm einen Schluck, um etwas zu tun. Er war sich nicht sicher, wie er sich fühlen sollte. Er hätte nie gedacht, dass er der Typ war, der sich scheiden ließ. Falls es den überhaupt gab. Er war davon ausgegangen, dass sein Leben in der Bahn bleiben würde – er hatte die richtige Art Job ergattert, war erfolgreich darin, verdiente gut, lebte in London in einer schönen Wohnung. Der Weg schien vorgezeichnet – Heirat, Kinder, Umzug in die Vorstadt. Vielleicht nicht das aufregendste Leben, aber sicher und bequem, und mehr konnte man sich doch nicht wünschen, oder? Doch jetzt … Anfangs hatte es sich angefühlt wie ein Schlag in die Magengrube, und er fühlte sich immer noch ein bisschen verloren, unsicher, was er tun oder wie es weitergehen sollte.

Hatte sich so seine Mutter nach dem Tod seines Vaters gefühlt? So, nur eine Million Mal schlimmer? Er *wusste*, dass sie sich verloren gefühlt hatte, denn selbst nachdem sie ans andere Ende von Devon gezogen waren, hatte sie diesen leeren Blick. Manchmal erwischte er sie in der Küche, bei offener Kühlschranktür oder aufgedrehtem Wasserhahn, wie sie einfach nur vor sich hin *starrte*, bis er sie aus ihrer Trance holte.

Er erinnerte sich an den fraglichen Abend. Wie er unten gewartet, nervös an seiner Krawatte gezupft hatte – die nur für diesen Anlass gekauft worden war – und wie er sich gefragt hatte, ob sie zu spät kommen würden. Oben hatte er die Stimme seiner Mutter gehört.

»Komm schon, Richard, du wusstest doch, dass wir um sechs Uhr losmüssen.«

»Bin schon fertig, bin schon fertig.«

»Bist du nicht. Wir werden einfach ohne dich fahren.«

»Auf keinen Fall – ich will Jack spielen sehen.«

Dann hatte Emma den Flur betreten, ihr graues Haar zu Locken gedreht, wie immer für »Anlässe, die es wert sind«, wie sie es ausdrückte. Sie hatte ihm zugezwinkert. »Bereit, mein Junge?«

»Hm …«

Sie winkte ab. »Natürlich bist du bereit. Du bist immer bereit.«

Die Stimme seines Vaters war ein bisschen lauter geworden. »Wo sind meine verdammten Schlüssel?« Eine Pause entstand. »Sag schon, Rose, wo sind meine Schlüssel?«

Emmas Lächeln war etwas erstarrt. »Ich geh kurz hoch und mach ihnen Beine, okay?«

Sie wollten auf ein Schulkonzert – Jack lernte Trompete, was er kurz darauf aufgab. Er spielte eigentlich nur, weil seinem Vater die Vorstellung gefiel, dass er später Musiker wurde.

»Was hättest du gespielt, Richard?«, hatte seine Mutter einmal mit hochgezogenen Augenbrauen gefragt.

Sein Vater hatte gegrinst. »Triangel.« Das hatte seine Mutter zum Lachen gebracht, und sein Vater war quer durch die kleine Küche gestürmt und hatte sie herumgewirbelt. »Es hätte dir doch gefallen, mit einem Musiker verheiratet zu sein, oder? Viel glamouröser.«

»Ich ziehe ein bisschen Hilfe beim Abwasch vor – ich bin kein glamouröser Mensch.«

»Wie wäre es stattdessen mit einem Glas Wein?« Sein Vater hatte Jack zugeblinzelt, der in der Tür stand und gern einen Keks gehabt hätte, aber fürchtete, einen Rüffel zu bekommen, wenn er darum bat.

»Jack? Hörst du mir zu?« Vanessa starrte ihn von der Seite an.

Er räusperte sich. »Nein. Tut mir leid. Aber jetzt.« Das musste er sich abgewöhnen. Seit Holly im März aufgetaucht war, dachte er immer öfter an den Unfall und seinen Vater. Aber Emma hatte er trotzdem nicht angerufen. Selbst wenn er gewollt hätte, wüsste er nicht, wie er sie erreichen sollte. Was nicht ganz stimmte – er hätte Holly nach Emmas Nummer fragen können. Doch was sollte er sagen? Was er zu Holly gesagt hatte, war sein Ernst gewesen – man konnte sich nach so langer Zeit nicht einfach versöhnen. Er hatte verarbeitet, was damals geschehen war, und war einigermaßen darüber hinweg. Aber das änderte nichts daran, dass alles anders wäre, wenn an jenem Tag nicht Emma gefahren wäre. Oder daran, dass sie danach nicht für ihn da gewesen war.

»Also«, sagte Vanessa, »ich habe lange überlegt, wie ich es dir sagen soll.«

Jack suchte in ihrem Gesicht nach Hinweisen. Er kannte dieses Gesicht so gut – kannte das Grübchen, das aufblitzte, wenn sie lächelte; die Falten, zu denen sich ihre Stirn zusammenzog, wenn sie finster dreinschaute, die kleine Pigmentstörung auf ihrer Stirn, für deren vergebliche Entfernung sie ein gottverdammtes Vermögen ausgegeben hatte, egal wie oft er ihr sagte, dass es niemandem außer ihr auffiel. Aber im Moment wusste er nicht, was sie dachte. Vielleicht hatte er in Wahrheit nie gewusst, was sie dachte – schließlich hätte er nie vermutet, dass sie ihn betrog.

»Was sagen?«, fragte er schließlich.

Sie trank einen Schluck Bier. »Dass es mir leid tut.«

Jack zog die Augenbrauen hoch. Das klang für ihn nicht sehr ausgefeilt.

»Mir ist aufgefallen, dass ich das nie gesagt habe«, fuhr sie fort.

»Nein«, sagte er ausdruckslos. »Hast du nicht.«

»Nun, tut es aber. Es tut mir leid. Mein Anteil daran tut mir leid.«

»Du hast bis jetzt gewartet, um mir das zu sagen? Wenn alles offiziell ist?« Er runzelte die Stirn. »Und was heißt dein Anteil daran? Du hast mit einem anderen geschlafen, Vanessa.«

»Das habe ich. Aber ich habe unsere Ehe nicht im Alleingang zerstört.«

»Ich weiß nicht, ob ich mir das anhören muss.«

»Du bist gegangen, Jack«, sagte sie, und obwohl ihr Gesicht ruhig blieb, kippte ihre Stimme.

»Nachdem du mir gesagt hast, dass du mich betrügst. Was hast du denn von mir *erwartet*?«

»Aber du bist *sofort* gegangen. Ich habe dir gesagt, dass ich mit jemandem geschlafen habe, und du hast nicht einmal nach dem Namen gefragt.« Ihre Stimme bebte. »Du bist einfach gegangen.«

Er starrte sie an. »Was hätte ich denn sonst tun sollen?«

»Mit mir reden! Um mich kämpfen!« Sie blinzelte wütend und sah weg, auf die Fliesen und dann zu der fast leeren Bierflasche in ihrer Hand.

»Du hattest mich betrogen«, wiederholte er, seine Stimme jetzt frostiger. Denn einmal ehrlich, wie kam sie dazu, ihm die Schuld in die Schuhe zu schieben?

»Hattest ist das Schlüsselwort. Ich hatte dreimal mit jemand anderem geschlafen. Es war ein Fehler. Aber es war vorbei«

»Was du nicht sagst«, murmelte Jack und nahm einen großen Schluck von seinem Bier. »Ich weiß nicht, was du von mir hören willst, Vanessa. Du hast mich betrogen. Dann wolltest du die Scheidung. Was hast du erwartet?«

»Ich wollte die Scheidung nur, weil du so einfach gegangen bist.« Sie presste die Lippen aufeinander, hob den Blick. »Weil es … Es war, als hättest du nur nach einem Vorwand gesucht, es zu beenden. Das entschuldigt nicht, was ich getan habe«, sagte sie schnell. »Das meine ich nicht. Aber ich …«

»Warum hast du es getan?«, fragte er leise. Er hatte nie gefragt – hatte die Antwort nicht hören wollen.

»Ich war einsam«, sagte sie, ihre Stimme kaum mehr als ein Flüstern.

»Du hattest doch mich!«

»Hatte ich das?«

Er stieß einen leisen Pfiff aus. »Das ist hart.«

»Ich weiß.« Sie stieß die Luft aus. »Es tut mir leid.«

»Das hast du schon gesagt.« Er stellte seine Bierflasche neben sich auf dem Tresen ab. »Nun, passiert ist passiert.« Er stieß sich vom Küchentresen ab, unsicher, ob er hier sein wollte und darüber reden. Aber er konnte nicht anders, als zu zögern, konnte nicht anders, als sie anzusehen. Seine beste Freundin, aus der mehr geworden war, aus der seine Frau geworden war. Es fühlte sich an, als sei es schon so lange her, dass sie nachts wach geblieben waren und über alles und nichts geredet hatten, über all ihre schlechten Dates gejammert hatten, den schlechten Sex. Bis sie ihn eines Tages mit ihren blauen Augen angesehen und den Kopf schief gelegt hatte. »Vielleicht sollten *wir* Sex haben? Ich meine, einfach mal ausprobieren?« Und dann hatten sie eine Beziehung angefangen, so mühelos, wie sie Freunde geworden waren. Was war schief gegangen?

»Ich habe nicht nach einem Vorwand gesucht, um es zu beenden«, sagte er. Einen Moment lang erlaubte er sich jedoch, die Möglichkeit in Betracht zu ziehen. Er hätte es nicht beendet, nicht ohne Grund – man beendete nichts, nur weil es nicht perfekt war. Und er hätte sicher nicht einfach so riskiert, alles aus dem Gleichgewicht zu bringen. Aber hätte er es denn beenden wollen? Er hatte nie wirklich darüber nachgedacht – hatte sich diese Frage nie gestellt. Selbst jetzt war er sich nicht sicher, ob er die Antwort darauf wusste. Er hatte der Scheidung ohne Widerstand zugestimmt, ja: Wenn sie es wollte, würde er ihr nicht im Weg stehen. Er wollte nicht mit jemandem verheiratet sein, der nicht mit ihm verheiratet sein wollte. Es hatte sich richtig angefühlt. Alternativlos.

»Ich musste immer daran denken, wie ich dich gedrängt habe«, sagte Vanessa. »Mich zu heiraten, meine ich. Nach einer Weile habe ich angefangen, mich zu fragen, ob du es nur deshalb getan hast.«

Er runzelte die Stirn. »Ich hab dir einen Antrag gemacht.«

»Weil ich ständig Andeutungen gemacht habe.«

Er lächelte fast. »Ja. Aber ich wollte dich heiraten, Ness. Sonst hätte ich dich nicht gefragt. Das weißt du doch.«

Sie nickte. »Ja, ich weiß. Sonst hätte ich nicht Ja gesagt – dafür habe ich zu viel Selbstachtung.«

»Dann …«

»Du warst immer so gelassen«, sagte sie mit einem Schnauben, das fast wie ein Lachen klang. »So schwer aus der Ruhe zu bringen. Das habe ich geliebt. Aber dann bin ich ins Grübeln gekommen – vielleicht warst du nur so gelassen, weil du nicht … weil es dich einfach nicht wirklich interessiert hat. Also habe ich um mich geschlagen. Das war falsch«, sagte sie traurig. »Ich hätte dich einfach fragen sollen.«

Sie sahen sich einen langen Moment an.

»Schläfst du immer noch mit ihm?«, fragte Jack.

»Nein. Nein, ich schlafe nicht mit ihm – wie gesagt, es war vorbei, als ich es dir erzählt habe.«

Er zögerte. »Schläfst du mit jemand anderem?« Sie antwortete nicht sofort, und er verzog das Gesicht. »Streich das. Ich will es gar nicht wissen, und es geht mich auch nichts an.«

Da lachte sie – nicht ihr normales, fröhliches Lachen, aber dennoch ein Lachen. »Verzeih, wenn es mich ein bisschen freut, dass du dich so windest.«

»Mein Gott, Ness.«

Sie klopfte ihm auf die Schulter. »Das zeigt, dass ich dir nicht egal bin.«

»Natürlich nicht.«

»Es tut mir leid. Das war unter der Gürtellinie.«

Er begegnete ihrem Blick. »Ich habe dich geliebt, Vanessa.« Es war wichtig, dass er das sagte – dass sie es wusste. Er hatte sie geliebt, und auch wenn nicht immer alles perfekt war, war damals etwas in ihm zerbrochen, denn sie war seine beste Freundin.

In ihren Augen blitzte etwas auf, und es dauerte einen Moment, bis er begriff, was es war. Er hatte in der Vergangenheitsform gesprochen. Ohne überhaupt darüber nachzudenken.

Mit einem traurigen Seufzer legte er ihr eine Hand auf die Schulter, und sie bewegte sich auf ihn zu, kam in seine Arme und legte ihren Kopf an seine Brust, so wie sie es oft getan hatte. Sie wussten immer noch genau, wie sie sich positionieren mussten, wenn sie einander in den Arm nahmen.

»Tut mir leid«, sagte er in ihr Haar.

»Mir auch. Es ist irgendwie verloren gegangen.«

Er hielt inne. »Vielleicht hattest du recht. Vielleicht war ich zu schnell bereit zu gehen.« Er hatte nie darüber nachgedacht.

Aber jetzt wurde ihm klar, dass sie recht hatte – er war in dem Moment geflohen, als sie es ihm gesagt hatte, und seitdem hatte er kaum mit ihr gesprochen.

»Wir tun doch das Richtige, oder?«, fragte Vanessa mit gedämpfter Stimme.

»Mit der Umarmung oder mit der Scheidung?«

Vanessa stieß ein Lachen aus. »Beides.«

Darauf antwortete er nicht. Es war zu spät, die Dinge rückgängig zu machen, und er wusste, selbst wenn er könnte, würde er es nicht tun.

Sie drängte ihn nicht zu einer Antwort. Stattdessen löste sie sich von ihm, und er ließ die Arme sinken.

»Ich hab eine Frau aus deinem Büro kommen sehen«, sagte sie zögernd. »Im März, als wir uns das letzte Mal gesehen haben.«

»Da war nichts.« Er sagte es zu schnell und erntete dafür einen Blick. Aber es stimmte – da war nichts gewesen. Warum fühlte es sich dann so an? Weil er sich wünschte, da wäre etwas gewesen, deshalb. In diesen flüchtigen Stunden mit Holly hatte er vergessen, dass er geschieden war, dass er erst zweiunddreißig war und bereits eine gescheiterte Ehe hinter sich hatte. Er hatte praktisch an nichts gedacht, während er mit ihr zusammen war – sie hatte ihn einfach umgehauen.

»Ach, tatsächlich?«, meinte Vanessa augenzwinkernd. »Sie war ziemlich aufgewühlt, so wie einen nur bestimmte Dinge aufwühlen.«

»So war das nicht«, sagte Jack mit Nachdruck. Vielleicht wäre es für Vanessa so einfacher – eine Art Gleichstand, irgendwie. Doch der Unterschied war der, dass die Scheidung schon eingereicht war, als er sich mit Holly getroffen hatte. Vielleicht war sie auch einfach nur neugierig, so wie er neugierig war. »Ich habe sie ein bisschen runtergemacht«, gab er zu.

»Du hast *sie* runtergemacht?«, wiederholte Vanessa ungläubig.

»Ja. Ich war ein bisschen *uneinsichtig*, könnte man sagen.«

»Ach tatsächlich? Inwiefern uneinsichtig?«

»Ist das wichtig? Ich habe sie angeschrien, Dinge gesagt, die ich nicht hätte sagen sollen und Dinge, die ich nicht so gemeint habe.« Dinge, die er in seinem Kopf immer wieder durchgespielt hatte, seit sie etwas unelegant aus seinem Büro gestürmt war, mit wehendem rotem Haar.

»Hmm. Hast du sie seitdem wiedergesehen?«

»Nein. Ich habe ihr eine Nachricht geschickt«, gab er zu. »Sie hat nicht geantwortet.« Er hatte sich nur entschuldigt und ihr eine gute Heimreise gewünscht – hatte keine Frage gestellt oder so. Aber dennoch, keine Antwort. Und wer konnte es ihr verdenken?

Vanessa sah ihn forschend an.

»Warum starrst du mich so an?«

»Weil du mich nie runtergemacht hast, Jack.« Sie lächelte traurig. »Nicht mal nachdem ich dir gesagt habe, dass ich mit einem anderen geschlafen habe.«

Sie sahen sich lange an, dann wich Jack einen Schritt zurück. »Ich gehe jetzt besser. Das hier wird langsam bizarr – ich glaube nicht, dass wir schon so weit sind.«

»Aber vielleicht eines Tages?«, fragte Vanessa. »Vielleicht schaffen wir das ja?«

»Ja. Vielleicht.« Der Gedanke versetzte ihm einen Stich. Ihm war gar nicht bewusst, wie sehr er ihre Freundschaft vermisst hatte – nicht nur in den letzten neun Monaten, sondern auch schon davor.

Er wandte sich zum Gehen und drehte sich an der Tür noch mal um. Was sagte man in so einer Situation? »Danke für das Bier«, sagte er. Wahrscheinlich nicht das. Aber vielleicht gab es nichts Richtiges.

»Ich …« Sie sah ihn aus diesen blauen Augen an, dann senkte sie den Blick und blinzelte. »Schon gut.« Sie drückte seine Schulter, ohne ihn anzusehen. »Auf Wiedersehen, Jack.«

»Ja.« Er öffnete die Tür und sah sie ein letztes Mal an. »Mach's gut, Ness.«

Sein Handy klingelte, als er auf die Straße trat.

»Warum bist du nicht im Büro?«, fragte Ed, als Jack ranging.

»Vanessa wollte mich sehen«, sagte Jack mit einer Stimme, die müder klang, als sie es mitten am Tag sollte. »Also habe ich mir den Tag frei genommen.«

»Ah. Wie ist es gelaufen?«

»Ging so.« Jack schlug automatisch den Weg zum Bahnhof ein. »Gibt's was Wichtiges?«

»Nee, das kann warten.«

»Ed«, sagte Jack streng.

»Jack«, sagte Ed ebenso fest. »Ich werde dich nicht mit Arbeit vollquatschen, nachdem du gerade zum ersten Mal seit neun Monaten deine zukünftige Ex-Frau gesehen hast.«

»Ich schätze, die Arbeit kann warten. Und es heißt jetzt offiziell Ex-Frau.«

»Ach, ja? Wie fühlst du dich?«

»Keine Ahnung. Seltsam.«

»Bist du auf dem Weg nach Hause? Warum machst du nicht einen Umweg? Wir können uns auf ein oder zwei Bier treffen, dann erzähl ich dir, worauf du dich als Single freuen kannst.«

Jack war kurz davor, zuzustimmen, denn er hatte wirklich keine Lust, in seine deprimierende kleine Wohnung zurückzukehren. Aber in seinem Kopf lief in Dauerschleife das Gespräch mit Vanessa – und ein Satz stach heraus, der mit jedem Mal lauter wurde.

Sie war ziemlich aufgewühlt, so wie einen nur bestimmte Dinge aufwühlen.

»Ehrlich gesagt, habe ich schon was vor«, sagte er stattdessen.

»Echt?«

Jack versuchte, sich von der Ungläubigkeit in Eds Stimme nicht kränken zu lassen. »Ja.«

»Als ich dich gestern gefragt habe, hattest du noch nichts vor.«

»Nun, nenn mich spontan.«

»Kumpel, dich hat in deinem ganzen Leben noch nie jemand spontan genannt.« Es entstand eine Pause. Und dann: »Hat das irgendwas mit der Frau zu tun, die vor ein paar Wochen hier aufgetaucht ist? Die heiße Rothaarige, mit der du das ganze Wochenende verbracht hast und dann so getan hast, als wäre sie nur ein Hirngespinst von mir?«

Wie? Wie hatte Ed das erraten? »Äh ... vielleicht. Wie hast du ...?«

»Jack ... Du bist nie spontan, aber mit ihr hast du dich sofort verabredet.«

Jack schüttelte den Kopf, als er den Bahnhof Balham betrat. Von hier nach Clapham – und von Clapham nach Windsor. »Tja, falls es dich beruhigt: Für die Spontaneität hat es drei Jahre gebraucht.«

KAPITEL SIEBZEHN

Keine zwei Stunden später stand Jack vor einem Oberstufen-College und kam sich vor wie ein Trottel. Er stand am Parkplatzrand auf dem Rasen neben einer Bank und versuchte, nicht seltsam oder deplatziert zu wirken, traute sich aber nicht, reinzugehen und nach Holly zu fragen. Es half auch nicht, dass die Schule, deren roter Backstein in der Junisonne leuchtete, wie ein verdammtes Landhotel aussah, mit großen Säulen zu beiden Seiten des Eingangs und einem Uhrenturm. Ganz anders als seine alte Schule in Plymouth.

Um halb fünf war der Unterricht zu Ende: Horden von Teenagern strömten aus dem Gebäude Richtung Parkplatz. Von den Lehrern jedoch keine Spur. Vielleicht hatten sie erst später Schluss? Er hatte keine Ahnung, wie das funktionierte, hatte sich nie groß um seine eigenen Lehrer geschert – er hatte sich auf seine Noten konzentriert und sich nach Schulschluss so schnell wie möglich aus dem Staub gemacht, wie alle anderen auch.

Er wollte gerade aufgeben, als er sah, wie sie zwischen den Säulen hervortrat. Ihr Haar glitzerte im Sonnenlicht, und ihm lief ein heißer Schauer über den Rücken. Neben ihr gingen eine Frau mit wippenden kastanienbraunen Locken und ein dünner Mann mit schütterem blondem Haar. Aber es war Holly, an der sein Blick haften blieb. Sie trug eine kurzärmelige hellblaue Bluse, einen schwarzen Rock und weiße Pumps. Ihre Arme waren nackt, aber immer noch so blass wie im März. Nichts an diesem Outfit war sexy, aber irgendwie war es das doch. Es war die Farbe, dachte er. Sie kompensierte die schnelle, lebhafte Art, mit der sie sich immer bewegte, sodass sie irgendwie … elektrisch wirkte.

Er brauchte nicht zu winken oder zu rufen, um ihre Aufmerksamkeit zu erregen. Er sah es in dem Moment, in dem sie ihn bemerkte. Er sah, wie sie stockte, über die eigenen Füße stolperte und stehen blieb. Er sah, wie sich ihre Augen weiteten, ihr Blick von links nach rechts huschte, auf der Suche nach einer Erklärung. Er richtete sich auf, trat aus dem Schatten des nächstgelegenen Baumes vom Gras auf den Asphalt, und ging zwischen zwei parkenden Autos hindurch.

Die Frau mit den Locken war fast im selben Moment stehen geblieben, drehte den Kopf und sah Jack an. Ihr Blick verengte sich, und sie musterte ihn, bevor sie sich wieder Holly zuwandte und leise etwas zu ihr sagte. Der Mann, etwas langsamer von Begriff, war jetzt auch stehen geblieben und drehte sich stirnrunzelnd nach Holly um, die immer noch keine Anstalten machte, sich Jack zu nähern.

Mit einem langsamen, vorsichtigen Atemzug sog Jack die warme Sommerluft und den Geruch von frisch gemähtem Gras ein, bevor er auf sie zuging.

Holly beobachtete ihn aufmerksam, während er näher kam. Er versuchte, nicht an das letzte Mal zu denken, als er sie gesehen hatte, daran, wie sie aus seinem Büro gestürmt war –und er nichts getan hatte, um sie aufzuhalten. Sie hob ihr Kinn, als er nahe genug war, um mit ihr zu sprechen. Vielleicht in Erwartung einer Konfrontation.

»Hi, Holly«, sagte er, ohne sie aus den Augen zu lassen, und obwohl sie den Blick abwandte. Doch sowohl der Mann als auch die Frau neben ihr starrten ihn an. Schweiß kribbelte ihm im Nacken, während er sich um eine lässige Haltung bemühte.

»Was tust du denn hier?«, fragte sie, nicht schnippisch, aber fast.

Er versuchte zu lächeln. »Du bist nicht die Einzige, die jemanden ausfindig machen und unangekündigt auftauchen kann.«

»Ah«, sagte die Frau mit den Locken, während Holly die Lippen aufeinanderpresste.

»Das war was anderes.«

Er legte den Kopf schief. »Inwiefern?«

»Äääh …«, warf der Mann ein. »Hi?«

»Hi«, sagte Jack und schenkte ihm ein höfliches Lächeln.

Die Frau mit den Locken zog die Augenbrauen hoch. Aber sie wirkte weder sauer wie Holly, noch verwirrt wie der Mann. Eher neugierig. »Jack, nehme ich an?« Sie streckte eine Hand aus, ihr Händedruck war fest und selbstbewusst.

»Jack?«, wiederholte der Mann und sah die Frau mit den Locken an. »Wer in aller Welt ist …?« Doch er verstummte, da er zu merken schien, dass er unhöflich war. Jack hatte nicht darüber nachgedacht, was er tun sollte, wenn andere Leute dabei waren. Was im Nachhinein dumm war – offensichtlich war die Wahrscheinlichkeit hoch, dass sie nicht allein sein würden, sie war bei der Arbeit. Genau aus diesem Grund vermied er im Allgemeinen impulsive Handlungen – besser, man hatte einen Plan und hielt sich dran. Dann konnte weniger schiefgehen.

»Können wir reden, Holly?« Wenigstens klang seine Stimme ruhig – das war schon mal was.

Sie ernteten neugierige Blicke von einigen Teenagern, die länger geblieben waren. Die Frau mit den Locken schien das auch zu bemerken, und als sie sprach, klang ihre Stimme energisch, als wäre sie es gewohnt, das Kommando zu übernehmen. »Daniel, ich glaube, Holly und Jack haben etwas zu besprechen, lass uns vorgehen. Nun komm schon«, sagte sie, als Daniel protestieren wollte. »Ich fahre dich. Es sei denn …«, fügte sie hinzu und bedachte Holly mit einem forschenden Blick, »du bist mit den Vorbereitungen für den Elternabend morgen noch nicht fertig? Du weißt, dass wir nach dem letzten Mal in Topform sein müssen.«

Die kleine selbstbewusste Frau, die vielleicht Hollys Chefin war oder auch nicht, bot Holly einen Ausweg an.

Holly zögerte, und einen Moment lang dachte Jack, sie würde das Schlupfloch nutzen. Dann stieß sie die Luft aus. »Nein, ist schon gut. Ich rede mit ihm.«

»Okay. Komm, Daniel.« Sie flüsterte: »Bis später, Babe«, bevor sie Daniel eine Hand auf den Rücken legte und ihn über den Parkplatz dirigierte.

Holly krallte die Finger um den Riemen ihrer Schultertasche und bewegte sich zum Rand des Parkplatzes in den Schatten der Bäume. Jack folgte ihr, froh über die etwas kühlere Luft.

Holly nahm die Tasche von der Schulter und ließ sie vor ihren Füßen auf den Rasen fallen. Dann fragte sie ohne Umschweife: »Was tust du hier, Jack?«

Er fuhr sich mit der Hand über den Nacken und spürte einen Druck in seiner Brust aufsteigen – die Angst, etwas falsch zu machen. »Ich wollte mich entschuldigen.«

Holly runzelte die Stirn. Vielleicht hatte sie auch gar nicht aufgehört, die Stirn zu runzeln, seit sie ihn entdeckt hatte. Kein gutes Zeichen. »Und dafür tauchst du vor meiner Schule auf?« Sie bedachte ihn mit einem spöttischen Blick. »Scheint mir ein bisschen übertrieben.«

Er zwang sich, trotz ihres Tons gelassen zu bleiben – schließlich war *er* zu *ihr* gekommen. »Das sagt die Richtige.« Er sagte es mit einem kleinen Lächeln in der Stimme, um das Gespräch in eine versöhnlichere Richtung zu lenken.

»Keine Ahnung, wovon du redest.«

Er spürte, wie seine Mundwinkel zuckten. »Du hast nicht auf meine Nachricht geantwortet.«

»Nein«, gab sie zu. »Ich fand nicht, dass es noch etwas zu sagen gab. Du hast dich klar ausgedrückt.«

»Nun, das ist es ja gerade. Ich … Können wir bitte reden? Können wir … irgendwo anders hingehen? Vielleicht irgendwo, wo wir uns hinsetzen können? Oder spazieren gehen?«

Sie zögerte. »Ich weiß nicht, ob das eine gute Idee ist.«

»Ich bin nicht verheiratet, Holly«, sagte er leise. Das war nicht die ganze Wahrheit, aber immerhin etwas. Sie sah ihn lange an, und er spürte, wie weitere Worte aus ihm heraussprudelten, ohne dass er etwas dagegen tun konnte.

»Ich meine, ich war es, aber ich bin geschieden. Vanessa, meine Frau – Ex-Frau – hat mich betrogen, und wir haben uns im Oktober getrennt, und wir hatten schon die Scheidung eingereicht, als wir uns wiedergesehen haben und …« Er unterbrach sich, holte tief Luft. »Der Punkt ist, dass ich geschieden bin. Als Vanessa im März in mein Büro kam, war das nur, weil sie für den Papierkram noch eine Unterschrift brauchte.«

Sie sah ihn immer noch skeptisch an. »Wenn das stimmt«, sagte sie schließlich, »warum hast du das dann nicht schon früher gesagt?«

»Weil ich ein Arschloch bin«, sagte er, was ihr ein kleines Lächeln entlockte. »Und weil ich wütend war und dachte, es sei am einfachsten, dich in dem Glauben zu lassen.«

Sie nickte langsam. »Und jetzt willst du die Sache richtigstellen? Nachdem du mir, wenn ich mich recht erinnere, gesagt hast, ich soll dich in Ruhe lassen?«

Er zuckte zusammen, weil er sich für seine Worte schämte, und diesmal konnte er nicht verhindern, dass man es ihm ansah.

Sie seufzte. »Ok, wir können irgendwohin gehen.«

»Wirklich?«

Sie warf ihm einen Blick zu. »Warum bist du hergekommen, wenn du nicht davon ausgegangen bist, dass ich Ja sage?«

Er zuckte verlegen die Schultern. »So weit habe ich nicht gedacht.«

Sie legte den Kopf schief, sodass ihr Haar zur Seite fiel, ihr Blick war jetzt etwas versöhnlicher. »Nun, das kann ich immerhin nachvollziehen. Komm«, sagte sie, nahm ihre Tasche und überquerte den Parkplatz, während sie in der Tasche nach den Schlüsseln kramte. »Ich lade dich nicht zu mir nach Hause ein, aber ich weiß, wo wir hingehen können.«

Und als er ihr folgte, erlaubte sich Jack ein kleines Lächeln.

Holly parkte vor einer Reihe von Nadelbäumen. Jack löste seine Hand vom Sicherheitsgurt, an dem er sich festgeklammert hatte, und lockerte seine Finger, bevor er sich abschnallte. Er bemerkte Hollys flüchtigen Blick auf seine Hand und wusste, dass sie es gesehen hatte. Er war immer noch kein guter Beifahrer, selbst nach so vielen Jahren.

»Wir gehen zum Schloss?«, fragte Jack, bevor sie etwas dazu sagen konnte. Vom Parkplatz aus konnte man Schloss Windsor nicht sehen, aber Jack hatte unterwegs einen Blick darauf erhascht.

»Es war der erste Ort, der mir eingefallen ist.«

»Der erste Ort, der dir einfällt, ist ein Schloss?«, fragte Jack lächelnd, als er aus dem Auto stieg.

Sie leerte ihre Tasche auf dem Rücksitz aus, steckte ihr Handy und die Schlüssel wieder ein und warf sich die Tasche über die Schulter. »Tja, das hier ist Windsor. Und außerdem gehen wir nicht zum Schloss, sondern in den Schloss*garten*«, sagte sie würdevoll, während sie ihr Auto – einen kleinen grünen Clio – abschloss. »Abi ist Mitglied, deshalb kann sie hier umsonst parken, und ich auch.«

»Wer ist Abi?«, fragte Jack und folgte Holly.

Sie sah ihn an, während sie weitergingen. »Die Frau vom Parkplatz. Meine Freundin.«

»Ah.« Es erinnerte ihn daran, wie wenig sie einander kannten. Und wie sehr er überreagiert hatte, als sie ihm von Emma erzählt hatte – denn ja, er fand immer noch, sie hätte es ihm früher sagen sollen, statt so zu tun, als wüsste sie nichts über ihn, aber sie hatten sich in London nur zweimal getroffen, insgesamt etwas mehr als vier Stunden, es war also nicht so, als hätte sie monatelang sein Vertrauen missbraucht wie Vanessa.

Jack hielt mit Holly Schritt, als sie auf den Eingang zusteuerte. Er sah das Schild – *Windsor Great Park, The Savill Garden*. Er war noch nie hier gewesen – weder im Schloss noch im Park. Sie führte ihn durch ein gläsernes Gebäude, in dem sich eine kleine Menschenmenge tummelte, und nachdem sie sich um den Einlass gekümmert hatte, folgte er ihr auf der anderen Seite hinaus. Sie schien alles im Eiltempo zu erledigen, und er konnte nicht umhin, die konstante Energie zu bewundern, die von ihr ausging, wie ein Hintergrundsummen. Eine Energie, die man spürte, sobald man in ihrer Nähe war.

Sie warf ihm einen Blick zu, und er wandte sich von ihr ab, steckte die Daumen in die Gürtelschlaufen seiner Jeans, während sein Blick den Garten scannte. Obwohl *Garten* schamlos untertrieben war. Er wusste gar nicht, wo er zuerst hinschauen sollte – es war kein Ende in Sicht, und vor ihnen schlängelten sich Wege in alle Richtungen. Alles war leuchtend grün und farbenfroh, und obwohl überall Menschen herumliefen, einige mit Ferngläsern um den Hals und beeindruckenden Sonnenhüten, konnte Jack das Summen der Insekten in den Büschen zu seiner Linken hören.

»Es gibt verschiedene Abschnitte, die man sich ansehen kann«, sagte Holly. »Den Sommergarten, den Frühlingswald, den Herbstwald.« Sie runzelte die Stirn. »Keine Ahnung, ob es einen Winterwald gibt. Ich schätze, der Winter ist keine gute Zeit für Gärten.« Sie schien kurz darüber nachzudenken und zuckte dann die Schultern. »Lass uns hier entlanggehen.« Selbstbewusst schlug sie einen Waldweg ein, und Jack folgte ihr, während er über das Prinzip des Gartens nachdachte. Offenbar war er nach Jahreszeiten angelegt, sodass die einzelnen Abschnitte zu verschiedenen Zeiten zum Leben erwachten und es immer etwas zu entdecken gab.

»Also«, sagte Holly, und Jack sah sie sofort an. Sie jedoch blickte geradeaus. »Ist die Scheidung offiziell?«

»Ja.« Jack zögerte. »Seit heute.«

Holly zuckte sichtlich zusammen, als wäre sie in etwas hineingetappt. »Seit heute! Jack, was …?«

»Ich habe die Urkunde heute bekommen«, sagte Jack mit fester Stimme. »Aber es ist nur ein Stück Papier. Es hat sich herausgestellt, dass man sich nicht so einfach – oder schnell – scheiden lassen kann.«

»Ich nehme an, das ist extra so«, murmelte Holly.

Jack zuckte zusammen. »Ja. Vermutlich.« Und war das nicht ein Echo von dem, was Vanessa gesagt hatte? Dass es ihm nicht so leicht hätte fallen sollen, einfach zu gehen?

»Tut mir leid«, sagte Holly und atmete hörbar aus. »Das geht mich nichts an.«

»Schon okay. Vielleicht habe ich es verdient.«

Holly bog nach rechts ab, einen perfekt gemähten Grasweg hinunter, dessen Grün unter dem blauen Himmel leuchtete. Die Staudenrabatten waren beeindruckend – verschiedene Farben und Pflanzen, die einander perfekt ergänzten, sodass er gern innegehalten hätte, um sie genauer zu studieren. Stattdessen blickte er zu Holly.

»Tut mir leid, dass ich es nicht aufgeklärt habe.« Sie ging weiter. »Und es tut mir leid, wenn … Ich hätte nicht so ausrasten sollen, als du Emma erwähnt hast. Es war der Schock. Und es ist etwas, an das ich nicht gerne erinnert werde.«

Sie sagte eine Weile nichts und presste die Lippen aufeinander. Er spürte den Schweiß auf seinen Handflächen und zwang sich, nichts in die Stille zu sagen. Sie wäre nicht hier, wenn sie ihm nicht hätte zuhören wollen.

»Mir tut es auch leid«, sagte sie schließlich. »Ich hätte dich nicht so überrumpeln dürfen.« Sie warf ihm einen Blick zu. Sie war gut in diesen Blicken, das merkte er langsam – Blicke, bei denen man zusammenzucken oder zurückweichen wollte. »Obwohl ich schon damals versucht habe, mich zu entschuldigen.«

»Ja. Ich weiß. Es …«

»Es tut dir leid?«, fragte sie süß, und er stieß ein kurzes, trockenes Lachen aus.

»Ja.«

»Na, dann hätten wir das ja geklärt.«

War es das dann? Seine Handflächen kribbelten noch immer, als läge eine Spannung zwischen ihnen in der Luft, auch wenn keiner von ihnen das zugegeben hätte.

Holly zögerte am Ende des Weges und bog dann nach links ab. Er war sich nicht sicher, ob sie ein bestimmtes Ziel hatte oder ob sie einfach nicht zu lange stehen bleiben wollte. An diesem Weg gab es eine weitere Staudenrabatte mit violetten Farbschattierungen, von Flieder bis Dunkellila. Er hörte Kinderlachen und Stimmen, doch die Stille zwischen ihm und Holly wurde immer lauter.

»Das ist es, was ich immer tun wollte«, unterbrach er das Schweigen. Sie sah ihn fragend an. »Als Job, meine ich.«

Sie runzelte die Stirn. »Spazieren gehen?«

Er lachte leise. »Gartenarchitekt werden. Ich liebe es, in Gärten zu sein, das war schon immer so. Ich liebe es, mit den Händen in der Erde zu graben, etwas zu pflanzen, es wachsen zu sehen. Mich damit zu beschäftigen, was für jede einzelne Pflanze am besten funktioniert und warum. Und ich liebe es auch, das große Ganze zu sehen.« Er machte eine ausladende Geste. »Etwas zu entwerfen, an dem sich andere Menschen erfreuen, aber das auch die Artenvielfalt fördert.« Er seufzte. »Wir sind von Natur aus zerstörerisch, wir Menschen, und es ist nur ein winziger Beitrag, aber ein guter Landschaftsgärtner hilft zu bewahren, was verloren zu gehen droht.«

Holly beobachtete ihn. »Emma hat erzählt, dass sie früher mit dir gegärtnert hat«, sagte sie mit leiser und vorsichtiger Stimme.

Er war darauf gefasst gewesen, dass Emmas Name fallen würde, aber ihm zog sich trotzdem der Magen zusammen. »Ja«, sagte er. »Ja, das hat sie.«

Viele Erinnerungen an seine Kindheit waren verschwommen. Das sei normal, hatte ihm die Therapeutin gesagt, die man ihn nach dem Unfall aufzusuchen zwang: Nach einem Trauma können Erinnerungen verblassen. Ein Jammer – vor allem, dass so viel von seinem Vaters verblasst war, wo er doch sowieso schon so wenig hatte, woran er sich festhalten konnte. Nur zehn Jahre, und davon konnte er sich nur an etwa fünf erinnern.

Doch an Emma erinnerte er sich, ob es ihm nun gefiel oder nicht. Er erinnerte sich, wie sie im Garten waren, beide mit schmutzigen Händen, Emma auf den Knien und er über eine Pflanze gebeugt, die sie gerade gepflanzt hatten.

»Ich will, dass sie jetzt wächst«, hatte er gequengelt.

»Nun, das ist das Problem mit Pflanzen – sie tun selten, was wir wollen, nur weil wir es *wollen*. Wir müssen lernen, ihnen stattdessen zu geben, was sie *brauchen*.«

Jack wollte gerade maulen, als sein Vater in den Garten kam. Er hatte gar nicht mitbekommen, dass sein Vater gekommen war. Er erinnerte sich an die Freude, ihn zu sehen, nachdem er die Tage davor immer schon geschlafen hatte, wenn er nach Hause gekommen war. Sie wohnten nur ein paar Häuser weiter, und sein Vater musste gekommen sein, um ihn abzuholen.

»Richard«, hatte Emma gesagt und sich aufgerichtet. »Ich dachte, du arbeitest heute länger.«

»Ich habe früher Feierabend gemacht«, sagte sein Vater und grinste. »Aber lasst euch von mir nicht stören.«

»Du könntest helfen«, sagte Emma spitz.

Sein Vater ging auf die Terrasse und ließ sich auf einem der Korbstühle nieder, die Emma Jack im Gartencenter hatte aussuchen lassen. »Nein, ich schaue lieber zu.«

Sein Vater hatte sich nie für Gartenarbeit interessiert, aber einmal hatte er Jack zu Weihnachten eine Pflanzkelle gekauft und ihm vorgeschlagen, sie mit in die Schule zu nehmen, wenn die Jungs in seiner Klasse Gartenarbeit noch mal als Weiberkram bezeichneten.

Holly beobachtete ihn immer noch. Es hatte wohl keinen Sinn, um den heißen Brei herumzureden.

»Wie geht es ihr?«, fragte er, seine Stimme ein Krächzen. »Emma?«

Holly zögerte. »Sie verweigert die Chemo.« Ihr Gesicht wirkte angespannt, als sie das sagte – sie sorgte sich eindeutig um Emma. Er wollte wissen, wie sie sich kennengelernt hatten. War sie eines Tages wieder in das Café gekommen? So wie er vor der Gedenkfeier für seinen Vater dorthin zurückgekommen war, weil er sich an seine Kindheit erinnern wollte, als sie dort immer Kuchen geholt hatten?

Stattdessen fragte er: »Warum?«

»Weil sie keine Lust auf die Nebenwirkungen hat und die Chemo angeblich sowieso nicht immer erfolgreich ist.«

Sein Stirnrunzeln vertiefte sich. »Welche Art Krebs ist es?«

Sie warf ihm einen dieser Blicke zu, und er wusste, warum – er hätte es schon beim ersten Mal fragen sollen. »Bauchspeicheldrüsenkrebs.«

Er nickte, während er versuchte, die Information zu verdauen. Er konnte es nicht. Die Emma, die er gekannt hatte, war gesund, aktiv und zäh gewesen – undenkbar, dass sie irgendwann nicht mehr da sein würde. Er wusste nicht, ob er sie sich als alte, kranke Frau vorstellen konnte – er wusste nicht, ob er das wollte. Aber es gab immer wieder Menschen, die den Krebs besiegten, oder? Eds Onkel war letztes Jahr an Krebs erkrankt, und obwohl es noch keine Entwarnung gab, sagte Ed, das Schlimmste sei überstanden und die Prognose gut. Und wenn das jemand überleben konnte, dann sicher Emma – die Emma, an die er sich erinnerte, jedenfalls – schon allein aus Sturheit. Allerdings glaubte er nicht, dass die Verweigerung der Chemo ihre Überlebenschancen erhöhte.

»Man wird uns hier bald rausschmeißen«, sagte Holly. Er war sich nicht sicher, ob sie damit ihre Missbilligung ausdrücken oder das Gespräch zwischen ihnen beenden wollte. Sie wandte sich zum Gehen, doch als er ihr nicht sofort folgte, weil er noch überlegte, was er sagen sollte, um sie zum Bleiben zu bewegen, drehte sie sich nach ihm um. »Komm schon«, sagte sie und machte eine ruckartige Kopfbewegung. »Das ist nicht das Einzige, was es hier zu sehen gibt.«

KAPITEL ACHTZEHN

Holly führte sie den Weg zurück, den sie gekommen waren, und wieder durch das gläserne Gebäude, doch statt zum Auto zu gehen, steuerte sie einen asphaltierten Weg über einen perfekt gemähten, scheinbar endlosen Rasen an, der zu beiden Seiten von Bäumen gesäumt war – eine Mischung aus Kastanien, Eichen und Platanen, deren Blätter frühsommergrün leuchteten. Jack brauchte sich nicht umzudrehen, um das Schloss zu sehen – er konnte es hinter sich spüren.

»Ich glaube, ich habe einmal etwas darüber gelesen. Das ist der Long Walk, oder?« Holly nickte. »Ich bin mir ziemlich sicher, dass sie die Bäume hier neu gepflanzt haben. Hier standen Ulmen, bis zum Ulmensterben 1980. Das heißt, diese Bäume sind erst ungefähr vierzig Jahre alt.«

»Erst?«

Jack zuckte die Schultern. »Kein langes Leben für einen Baum – sie werden noch lange nach uns hier stehen, wenn sie niemand fällt.« Sie gingen weiter. Die Sonne stand jetzt tiefer und färbte den Himmel zartrosa.

»Warum hast du es nicht weiterverfolgt?«

Er sah Holly an. »Hm?«

»Das Gärtnern. Warum bist du nicht Gartenarchitekt geworden?«

»Na ja, das ist alles nicht so leicht. Es ist schwer, an einen guten Job zu kommen, schwer, Geld damit zu verdienen. Nicht sehr …« – er gestikulierte, auf der Suche nach dem richtigen Wort, »… sicher, könnte man sagen.«

»Aber ist es das nicht wert, wenn man es liebt?«

Jack sah sie eindringlich an. »Ich könnte dich das Gleiche fragen.«

»Was meinst du?« Aber sie sagte es zu schnell und schaute weg, geradeaus auf den langen geraden Weg.

»Du liebst die Kunst – warum hast du sie aufgegeben?«

Sie sagte so lange nichts, dass er nicht mehr mit einer Antwort rechnete. Als sie schließlich kam, war ihre Stimme so leise, dass er sich anstrengen musste, sie zu verstehen. »Ich hatte einen Autounfall. Vor drei Jahren.«

Er holte tief Luft.

Sie starrte weiter geradeaus, während sie fortfuhr. »Keine halbe Stunde nach unserer Begegnung. Deshalb habe ich nie angerufen – es ist die Wahrheit, ich habe den Becher mit deiner Nummer verloren.«

Ihm wurde bewusst, dass er sie anstarrte, aber sie sah ihn nicht an.

»Meine Schwester war im Auto«, flüsterte sie. »Sie war schwanger, ich weiß nicht, ob du dich erinnerst?« Sie wartete nicht auf eine Antwort. »Jedenfalls bin ich gefahren.«

Sein Herz setzte einen Schlag aus.

»Ich war von meinem Handy abgelenkt, und ein anderes Auto ist direkt auf uns zugerast. Ich habe gebremst, aber nicht rechtzeitig, und meine Schwester hatte eine Fehlgeburt.«

»Ich …« Aber seine Kehle war wie zugeschnürt, und er musste schlucken. »Mein Gott, Holly, das tut mir leid.«

»Seit diesem Tag hat sie nicht mehr mit mir gesprochen.« Ihre Stimme klang ruhig, aber ihr Gesicht war blass, und sie starrte angestrengt zu Boden. »Meine Schwester. Weil sie mir die

Schuld gibt.« Holly blieb stehen, drehte sich zu ihm um und hob den Blick, ihre grünen Augen waren hier draußen noch grüner. »Ich weiß also, wie es ist.« Sie hob die Stimme, und ihre Augen funkelten. »Schuld zu sein. Ich weiß, wie es ist, verantwortlich gemacht zu werden.«

Er dachte daran, was er im März zu ihr gesagt hatte. Dass Emma seinen Vater *umgebracht* hatte. Die Worte, die er benutzt hatte, die Art, wie er es gesagt hatte. Wie hätte er das ahnen können? War es das, was sie zusammengeführt hatte, seine Großmutter und Holly? Er konnte sich nicht vorstellen, wie, aber es schien unmöglich – zwei Autounfälle, beide waren gefahren. »Das tut mir so leid, Holly«, sagte er mit leiser Stimme. »Aber ... Aber wenn das andere Auto auf euch zukam, war es dann wirklich deine Schuld?«

Sie legte den Kopf schief. »Könnte man nicht dasselbe über Emma sagen?«

Er ließ sich mit seiner Antwort Zeit, um nicht das Falsche zu sagen. »Sie ist in einen Baum am Straßenrand gefahren«, sagte er langsam. »Das ist nicht das Gleiche.«

Aber war da nicht ein anderes Auto gewesen? Es war Winter gewesen, dunkel und regnerisch, und er konnte sich an die Lichter der herannahenden Autos erinnern, an den Klang der Hupe. Er wusste immer noch nicht genau, in welcher Reihenfolge sich die Dinge abgespielt hatten. Monatelang hatte er Albträume gehabt, und es wurde immer schwieriger zu unterscheiden, was tatsächlich passiert war und was er nur geträumt hatte. Aber er erinnerte sich daran, dass Emma seinem Vater die Schlüssel aus der Hand gerissen hatte, als sie an jenem Tag gemeinsam die Treppe herunterkamen.

»Die nehme lieber ich, Richard, meinst du nicht auch?« Dann hatte Emma Jack zugezwinkert. »Na los, mein Junge, sonst kommen wir noch zu spät. Ich will hören, ob du so gut bist, wie dein Vater immer sagt.« Sie hatte ihm das Haar verwuschelt, als sie bei ihm war, schien seine Nervosität zu spüren. »Mach dir keine Sorgen. Ich bin sowieso tontaub, mir wird es auf jeden Fall gefallen.«

»Was bedeutet tontaub?«, hatte Jack gefragt.

»Es bedeutet, dass du sie nicht unter der Dusche singen hören willst«, hatte sein Großvater gesagt und war von seinem Platz im Wohnzimmer aufgestanden. Sein Großvater neigte dazu, sich im Hintergrund zu halten. Jack hatte kaum noch Erinnerungen an ihn. Er war nicht einmal zu seiner Beerdigung gegangen. Im Nachhinein war es ihm unangenehm, aber er war an der Uni gewesen, als er die Nachricht erhielt. Seine Mutter hatte von der Beerdigung erfahren, und obwohl sie selbst nicht hingehen wollte, hatte sie ihn informiert, nur für den Fall. Er schob vor, zu beschäftigt zu sein, um so kurzfristig kommen zu können. In Wahrheit hatte er nicht in die Vergangenheit eintauchen wollen, als sein Erwachsenenleben gerade begann. Er hätte wirklich hingehen sollen, dachte er jetzt.

Vielleicht lag es an seinem latent schlechten Gewissen, dass er, fast bockig, sagte: »Es war ihre Entscheidung gewesen, zu fahren. Mein Vater wollte fahren und sie …«

Wieder ein Aufblitzen der entgegenkommenden Scheinwerfer. Sein Vater auf dem Beifahrersitz, der sich darüber beschwerte, dass Emma nicht schnell genug fuhr, und seine Mutter, die ihm über den Mund fuhr. Er erinnerte sich daran, wie er gegen Emmas Rückenlehne getreten hatte, weil er es nicht mehr aushielt. Er erinnerte sich an Emmas Stimme. »Lass das, bitte, Jack. Es lenkt mich ab.«

Er war dankbar, als Hollys Stimme ihn aus der Erinnerung riss. »Das ändert nichts daran, dass es ein Unfall war.«

Holly drehte sich zum Schloss um, und er tat es ihr gleich, blickte auf die Mauertürme. Dann setzte sie sich im Schneidersitz ins Gras, streckte die Arme hinter sich und stützte sich auf die Handflächen. Jack machte es ihr nach, froh, dass sie sich auf das Gespräch mit ihm einließ.

»Ich habe sie eingeladen, weißt du«, sagte er nach einem Moment leise. »Zu der Zeremonie, die ich an dem Tag geplant hatte.« Sie musste nicht fragen, an welchem Tag. Auf die eine oder andere Weise kamen sie immer wieder darauf zurück. »Ich habe Emma eingeladen, und sie ist nicht gekommen«, wiederholte er. »Hat sie jemals etwas darüber gesagt?«

Er sagte es beiläufig, aber obwohl er es nur erwähnt hatte, um Holly zu beweisen, dass er nicht der Bösewicht war, merkte er, dass er die Antwort wirklich wissen wollte. Er *wollte*, dass es einen Grund gab – einen Grund, keine Ausrede –, der erklärte, warum Emma nicht gekommen war. Denn es war ein Olivenzweig gewesen. Er hatte Emma per Post eine Einladung geschickt, und sie hatte bewiesen, dass es ihr nicht wichtig genug war.

»Nein«, sagte Holly. »Sie hat es nie erwähnt.« Sie biss sich auf die Lippe. »Das heißt aber nicht, dass … Wir haben nicht …« Sie stieß einen ihrer ungeduldigen Atemzüge aus. »Sie redet nicht gern darüber.«

»Worüber redet ihr *dann*?«

»Keine Ahnung. Über andere Dinge. Über Kunst. Es ist irgendwie schwer zu erklären. Wenn du sie kennen würdest, würdest du verstehen, was ich meine.« Sie hielt inne. »Ich glaube, du würdest sie mögen.«

Er runzelte die Stirn – denn Emma war seine Großmutter und er *hatte* sie gekannt. Aber vielleicht war genau das der Punkt. Die Beziehung zu einem Kind war etwas anderes als zu einem Erwachsenen, und vielleicht war das einer der Gründe, warum es so schwierig war – denn wie sollte man eine solche Beziehung überhaupt aufbauen, wenn so viel dazwischen fehlte?

Hollys Handy vibrierte, und sie kramte es aus ihrer Tasche hervor. Sie las eine Nachricht und warf Jack einen flüchtigen Blick zu, bevor sie eine Antwort tippte und das Telefon wieder einsteckte. Und er wusste es. Er *wusste* einfach, wer ihr geschrieben hatte, noch bevor sie etwas spitz sagte: »Das war Emma. Wir sind in ein paar Tagen zum Mittagessen verabredet.«

Er nickte langsam, nicht sicher, was er sagen sollte. Wie oft hatten sie Kontakt, fragte er sich. Der Gedanke, dass seine Großmutter, die er aus seinem Leben gestrichen hatte, sich mit dieser Frau, die neben ihm saß, unterhielt, war für ihn unbegreiflich. Er öffnete den Mund, ohne wirklich zu wissen, was er sagen wollte. Doch dann sprang einige Meter vor ihnen etwas aus dem Unterholz, und Jack stieß einen erschrockenen Laut aus. »Ist das ein Reh?«

Das war eines. Es hatte ein Geweih und alles. Und es stand einfach *da,* vor aller Augen. »Das ist so cool!« Er verkniff sich ein Grinsen, als er bemerkte, dass Holly ihn amüsiert beobachtete.

»Die leben hier«, sagte Holly. »Du bist so ein Stadtmensch.«

Es war ein neckischer Ton, und ihm wurde leichter ums Herz. Auch beeindruckte ihn, wie leicht sie sich erweichen ließ – vielleicht nicht ganz, aber immerhin. Er hatte sich auf ihr Temperament gefasst gemacht, das er im März erlebt hatte, aber vielleicht war sie der Typ, der vor Wut aufbrauste und sich dann genauso schnell wieder abregte. Vielleicht konnte sie sich aber auch nur gut verstellen, obwohl er das nicht glaubte. Doch er wollte es wissen. Er war selbst überrascht, wie sehr er sich unter die Schichten graben und sie verstehen wollte.

»Hey, ich war mal ein Junge vom Land, vor langer Zeit.« Er schaute wieder zu den Bäumen. »Im Herbst muss es hier unglaublich sein«, murmelte er.

»Das ist es«, bestätigte Holly. »Letztes Jahr im Herbst bin ich mit meinen Schülern hergekommen, um die Landschaft zu malen, die sich verändernden Farben, denn sie verändern sich alle zu verschiedenen Zeiten.«

Er fuhr mit der Hand durch das warme Gras. »Malst du auch manchmal hier?«

»Nein. Malen ist nicht so mein Ding. Ich bin ganz gut, aber nicht gut genug, um …« Sie verstummte und strich sich eine Haarsträhne hinters Ohr.

Diesmal war es Jacks Handy, das vibrierte, und er zog es automatisch aus seiner Gesäßtasche.

»Geh ruhig ran«, sagte Holly.

»Nein, das ist mein Wecker«, sagte er und schaltete ihn aus, während er sprach.

»Dein Wecker? Du stehst also jeden Abend um sechs Uhr auf?«

Er verdrehte die Augen. »Dann eben eine Erinnerung. Meine Halbschwester hat nächste Woche Geburtstag, und ich darf nicht vergessen, ihr ein Geschenk zu besorgen.«

»Halbschwester?«

»Anderer Vater«, erklärte er. Aber jetzt kam er sich vor wie ein Arschloch, weil er es extra betonte. Sie war seine Schwester, egal ob halb oder nicht.

»Ach ja, natürlich.« Holly hielt einen Moment inne, und er erinnerte sich daran, dass sie bereits vom Tod seines Vaters wusste, als er ihr davon erzählt hatte. »Was willst du ihr denn schenken?«, fragte sie, um das peinliche Schweigen zu überspielen.

»Keine Ahnung.« Jack streckte die Beine aus und stützte sich auf die Hände, das warme Sonnenlicht im Gesicht. »Einen Gutschein? Einen Amazon-Gutschein? Dann kann sie sich kaufen, was sie will.«

Holly nickte schulterzuckend, und er trommelte mit einem Finger ins Gras.

»Sie wird vierzehn – was hast du dir gewünscht, als du vierzehn warst?«

»Ich sage es dir nur ungern, aber nicht alle vierzehnjährigen Mädchen wollen genau das Gleiche. Und wenn sie nicht zufällig ein Töpfer-Set will, fragst du wohl die Falsche.«

»Du hast recht.« Er zögerte. »Dieses Wochenende gibt es eine Familienfeier – zusätzlich zur Geburtstagsparty mit ihren Freundinnen, sagt meine Mutter –, aber vielleicht gehe ich nicht hin, was mir ein bisschen Zeit verschafft.«

»Warum willst du nicht hingehen?«

»Ich … Keine Ahnung.« Er wusste nicht, ob es eine Antwort gab, die ihn nicht wie ein Arschloch dastehen ließ. »Es ist sozusagen … die Familie meiner Mutter. Nein«, korrigierte er sich schnell. »So meine ich das nicht, natürlich ist es auch meine Familie, aber manchmal fühle ich mich fehl am Platz. Ich kann es nicht richtig erklären, aber ich bin mir nie richtig sicher, ob sie mich dabeihaben wollen oder nicht.«

Holly schürzte die Lippen. »Wenn es meine Schwester wäre«, sagte sie langsam, »würde ich alles dafür geben, wieder zu ihrem Geburtstag eingeladen zu werden.« Er sah, wie der Schmerz in ihrem Gesicht aufblitzte, während sie einen Grashalm abriss und damit zu spielen begann. Sie warf ihm einen flüchtigen Blick zu. »Ich meine ja nur.«

Und er kam sich lächerlich vor, weil sie recht hatte. Und weil er sich nicht vorstellen konnte, was die Schuldgefühle, die

Holly mit sich herumtrug, mit ihr machten. Wie war es möglich, dass er nichts davon bemerkt hatte, dass er es nicht irgendwie gespürt hatte, damals im März. Und der Gedanke an die Schuldgefühle, die andere Leute mit sich herumtrugen, schnürte ihm die Kehle zu.

»Jedenfalls«, sagte Holly schnell, »kann man mit einem Gutschein als Geschenk nichts falsch machen, aber es ist auch ziemlich unpersönlich. Ich kenne deine Schwester nicht, und es klingt, als würdest du sie auch nicht besonders gut kennen – ich sage das ganz wertfrei«, fügte sie eilig hinzu, »aber vielleicht eine coole Handyhülle – eine schöne, recycelte, weißt du, weil sie wahrscheinlich besessen von ihrem Handy ist, oder ein Wellness-Tag für sie und ihre Freundinnen. Oder Kunst.« Sie krauste die Nase. »Klar, dass ich das sage, aber Kunst ist etwas, das bleibt – und sie kann es in ihr Zimmer hängen. Du müsstest raten, was ihr gefällt – aber etwas Cooles und Buntes kommt bei dieser Altersgruppe in der Regel gut an.«

»Danke«, sagte er.

Sie zuckte die Schultern, eine fast gleichgültige Geste, doch er wusste, dass es das nicht war. Nicht, wenn sie an ihre eigene Schwester dachte und an die Geburtstage, die sie verpasst hatte. »Gern geschehen.«

Er beobachtete sie und überlegte, was er sagen sollte, als sie sich das Haar aus dem Gesicht strich. Der Grashalm, mit dem sie gespielt hatte, blieb darin hängen, und er beugte sich unwillkürlich vor, um ihn aus dem roten Knäuel zu ziehen. Sie erstarrte, und als ihre Blicke sich trafen, erstarrte auch er kurz. Seine Hand war immer noch da, sie ruhte jetzt an ihrem Kinn. Ihre Haut war weich, und über ihre Wangen zogen sich Sommersprossen, die im Frühling noch nicht da gewesen waren.

Während sie so verharrten, pochte sein Herz gegen seine Rippen, und ihm war jeder Schlag, jeder Atemzug bewusst. Er hörte die Veränderung auch in *ihrem* Atem. Sie hob die Hand und legte sie auf seine, und seine Haut prickelte bei der Berührung. Doch dann nahm sie seine Hand und hob sie von ihrem Gesicht.

»Ich glaube nicht, dass wir das tun sollten«, flüsterte sie.

Er zog seine Hand weg. »Stimmt«, sagte er, seine Stimme rauer, als ihm lieb war. »Stimmt, tut mir leid.« Es hatte keinen Sinn, sich zu verstellen. Sie konnte ihn lesen – so wie er sie lesen konnte, ihren Blick, die intensive Stille ihres Körpers. Aber sie hatte recht. Es war keine gute Idee. Aus vielerlei Gründen.

»Ich kann das nicht«, sagte sie und sah ihm in die Augen. »Emma ist meine Freundin. Es wäre …«

»Ich weiß«, seufzte er und sah wieder zum Schloss. Es wäre seltsam. Auch für ihn. Er konnte sie nicht küssen, wenn sie seiner Großmutter Textnachrichten schickte, während er jahrelang nicht mit ihr gesprochen hatte. Seine Großmutter, die Krebs hatte. Seine Großmutter, die er über viele Jahre für den schlimmsten Moment in seinem Leben verantwortlich gemacht hatte.

»Meinst du, du wirst irgendwann mit ihr sprechen? Mit Emma?« Holly beobachtete ihn, als wüsste sie, welche Gedanken ihm durch den Kopf gingen.

Er zögerte, bevor er antwortete. »Ich werde darüber nachdenken«, sagte er schließlich. »Ich muss nur … Ich muss mir über einige Dinge klar werden, Holly.«

»Ich schicke dir ihre Nummer«, sagte sie sofort. »Dann hast du sie, falls du … Entschuldigung. Ich mische mich schon wieder ein.« Sie schenkte ihm ein zerknirschtes Lächeln. »Offenbar ist das mein Ding.«

Er lachte. »Ist mir schon aufgefallen.«

Sie stieß ihn in die Rippen, und obwohl er ihren Versuch zu schätzen wusste, nicht zu ernst zu werden, musste er sich zurückhalten, nicht nach ihrer Hand zu greifen und sie an sich zu ziehen. Er erinnerte sich daran, wie es sich angefühlt hatte, sie in seinen Armen zu halten, ihre Energie vibrieren zu spüren. Er erinnerte sich an ihren Geruch, irgendwie würzig, nach Zimt.

Holly schnappte sich ihre Tasche und stand auf. »Ich muss nach Hause. Ich kann dich irgendwo absetzen.« Keine Aussicht auf ein Abendessen, einen Drink, eine Verlängerung ihrer gemeinsamen Zeit. Nein, sie signalisierte ihm ganz klar, dass ihre Zeit abgelaufen war.

Aber er nickte, stand ebenfalls auf. Er würde sie zum Auto begleiten, dann würden sich ihre Wege trennen. Das war das Vernünftigste. Wenigstens war die Luft zwischen ihnen jetzt mehr oder weniger gereinigt. Und er versuchte wirklich, darüber froh zu sein. Schließlich war Emma die einzige Verbindung zwischen ihnen – eine Verbindung, die er nicht einmal gewollt hatte. Ohne sie war Holly praktisch eine Fremde. Nur eine Frau, der er vor drei Jahren in einem Café begegnet war.

Und die ihm seitdem nicht mehr aus dem Kopf gegangen war.

KAPITEL NEUNZEHN

Es war Derek, der die Haustür öffnete, als Jack klingelte, Mias Geschenk unter den Ellbogen geklemmt.

»Jack!«

»Derek!«

Sie klopften sich gegenseitig unbeholfen auf die Schulter, ihr Umgangston ein Überbleibsel der aufgesetzten Kumpelhaftigkeit, in die sie nach der etwas übellaunigen Phase von Jacks Pubertät gerutscht waren.

»Komm rein, komm rein«, sagte Derek und führte ihn durchs Haus in den Garten. Der Garten war Jacks Meinung nach das Beste am Haus. Nicht, dass sie viel daraus machten – der Rasen war ordentlich gemäht, und es gab eine Terrasse mit Grill und Plastikmöbeln sowie ein Trampolin aus der Zeit, als Mia und Theo noch klein waren. Jack hätte vielleicht ein paar Rittersporne gepflanzt und winterharte Geranien, Kletterrosen hinten am Zaun. Aber seine Mutter hatte sich nie für Gartenarbeit interessiert und Derek offenbar auch nicht.

»Kann ich dir ein Bier bringen, Jack?«, fragte Derek.

»Gern.«

Derek ging über die Veranda zu einer Kühlbox, und Jack konnte sich ein Lächeln nicht verkneifen, weil sie extra eine Kühlbox aufgefüllt hatten, um nicht nach drinnen zum Kühlschrank gehen zu müssen. Derek erinnerte ihn in diesem Moment an seinen Vater – ein bisschen rundlich, ein T-Shirt mit einem Hund darauf, die kräftigen Arme entblößt. Er dachte an seine Mutter und seinen Vater in der kleinen Küche am anderen Ende von Devon, an eine Bemerkung seiner Mutter, als sein Vater eine Wurst aus der Pfanne stibitzt hatte.

»Machst du dich etwa über meinen Astralkörper lustig, Rose?«, hatte sein Vater gefragt und spaßeshalber die Augenbrauen hochgezogen.

»Ich sage nur, dass es dir vielleicht guttun würde, dich ein bisschen einzuschränken.«

Sein Vater hatte Jacks Blick gesehen und ihm zugezwinkert. »Jack stört das nicht, oder, Jack? Die Wampe ist ein guter Boxsack.«

»Jack, du hast es geschafft!« Die Stimme seiner Mutter holte ihn zurück in den sonnigen Garten. Sie kam auf ihn zu, mit Sonnenhut und Sonnenbrille, in einem luftigen Sommerkleid, braungebrannt und glücklich, und mit einem Pimm's in der Hand. Er lächelte sie an und gab ihr einen Kuss auf die Wange. »Ich bin so froh, dass du kommen konntest«, sagte sie, umarmte ihn einarmig und wich dann zurück, um ihn anzuschauen. »War die Fahrt schlimm?« Sie hatte eine neue Frisur – ihr Haar war immer noch blond, aber nur noch schulterlang.

»Es ging«, sagte Jack. Obwohl er jedesmal Beklemmungen bekam, wenn er die Grenze nach Devon überquerte.

Derek brachte sich hinter dem rauchenden Grill in Position und schnappte sich eine der Zangen, bereit zum Wenden der Burger.

»Mia«, rief seine Mutter in den Garten. Mia saß mit einem anderen Mädchen auf dem Trampolin, beide im Schneidersitz. Sie sah seiner Mutter ähnlich: Ihr blondes Haar war glatter und länger und etwas dunkler, wahrscheinlich weil sie sich keine Strähnchen färbte, aber sie hatte das gleiche runde Gesicht und die gleichen Augen – haselnussbraun, im Gegensatz zu Jacks dunklerem Braun.

»Mia«, rief seine Mutter erneut, und dieses Mal sahen beide Mädchen auf. »Komm und sag Jack Hallo.«

Mia warf ihnen einen leicht mürrischen Blick zu, stand aber trotzdem auf und schlenderte mit ihrer Freundin durch den Garten auf sie zu.

»Hi, Mia«, sagte Jack und wäre am liebsten im Boden versunken. Seine Stimme war viel zu hoch. Sie war doch kein Hund, um Himmels willen.

»Hi«, sagte sie und tauschte einen Blick mit ihrer Freundin – genauso dünn wie Mia, dunkles Haar und langer Pony, der ihr Gesicht teilweise verdeckte.

»Äh, alles Gute zum Geburtstag.«

»Danke.« Ein weiterer Blick zur Freundin.

»Das ist Jess«, sagte seine Mutter und deutete auf die Freundin, die durch dichte Wimpern zu Jack aufblickte, als sie ihm vorgestellt wurde.

»Okay, also, Mum, dürfen Jess und ich heute Abend weggehen?« Mia wickelte sich eine Strähne um den Finger. »Sadie gibt eine Party.«

»Nein«, sagte seine Mutter so streng, dass Jack zusammenzuckte – dieser Ton hatte sich seit seiner Kindheit nicht geändert. »Heute ist Familientag.«

»Aber es ist *mein* Geburtstag!«

»Dein Geburtstag ist erst Donnerstag, und du feierst deine Party nächstes Wochenende, also komm mir nicht so.«

Sie trank einen Schluck von ihrem Pimm's, während Mia sie finster ansah und Jack sich unbehaglich den Nacken rieb. Diese Art von Familiendynamik war ihm fremd. Vielleicht wäre sie ihm vertraut gewesen, wenn sein Vater nicht gestorben wäre.

Wenn er und seine Mutter danach nicht damit beschäftigt gewesen wären, die Scherben aufzusammeln.

Mia wandte sich zum Gehen, aber Jack rief sie zurück. »Hey, Mia! Ich habe ein Geschenk für dich.« Er hielt ihr das Päckchen hin, und ihr finsterer Blick wurde ein kleines bisschen weicher, als sie es entgegennahm.

Alle reckten neugierig die Hälse, während sie es auspackte. Sogar Jack, dabei hatte er es selbst gekauft. Er beobachtete ihr Gesicht ganz genau, als sie das Geschenkpapier auf den Boden warf, das seine Mutter sofort aufhob, und das Bild betrachtete. Sie schürzte die Lippen und nickte dann. »Das ist cool«, sagte sie, und Jack stieß den Atem aus, den er unbewusst angehalten hatte. Sie hielt es hoch. »Was soll es denn darstellen?«

»Das liegt ganz bei dir«, sagte Jack, schob eine Hand in die Jeanstasche und wippte auf die Fersen. Es war ein abstraktes Werk – Hollys Idee – mit schwarzem Hintergrund und kräftigen Rot- und Orangetönen. Es hatte ihn an Hollys Energie erinnert, aber auch an dieses jugendliche Gefühl der Unmöglichkeit, dieses Gefühl, im eigenen Körper gefangen zu sein.

»Es stellt … Wut dar, denke ich«, sagte sie und runzelte nachdenklich die Stirn. »Aber auch irgendwie Hoffnung?«

Jack lächelte. »Das habe ich auch gedacht.« Deshalb hatte ihm das Bild so gut gefallen hatte – das wütende Feuer schien durch die helleren Gelborangetöne besänftigt zu werden, als wäre die Wut vielleicht nur vorübergehend.

Sie sah ihn an und lächelte ebenfalls – ein verhaltenes Lächeln, aber immerhin. Und er musste unwillkürlich an Emma denken, daran, wie sie ihm sein allererstes Bild geschenkt hatte – die Mirabelle-Landor-Karte, die er immer noch hatte. Die er bei sich gehabt hatte, als er Holly damals im Café begegnet war. Er hatte sie fast wie einen Talisman bei sich getragen, weil er gehofft hatte, Emma bei der Gedenkfeier zu sehen.

Was würde Emma von Mia halten? Aus irgendeinem Grund konnte er sich vorstellen, dass Emma sie unter ihre Fittiche nehmen würde, so wie sie es offenbar mit Holly getan hatte, und so wie sie es mit ihm getan hatte, als er noch ein Kind war. Sie war so viel *cooler* als andere Großmütter – so unaufgeregt. Sie redete mit ihm wie mit einem Erwachsenen, was ihm das Gefühl gab, mit ihr reden zu können, egal, über was.

Er hatte sie nicht angerufen. Holly hatte leicht reden, denn es war leichter gesagt als getan, nach allem, was zwischen ihnen geschehen war.

»Wie geht es dir, Jack?«, fragte seine Mutter, nachdem Mia und Jess in Mias Zimmer gegangen waren, um zu entscheiden, wo das Bild aufgehängt werden sollte. »Wie ist es dir ergangen, seit …?«

»Mir geht's gut«, sagte er mit einem Schulterzucken.

»Keine Chance, dass ihr wieder zusammenkommt?«

Seine Mutter mochte Vanessa, war von ihr beeindruckt – Vanessa war purer Glamour, die Verkörperung eines Lebens, das seine Mutter nie gehabt hatte. Nicht, dass sie viel Zeit miteinander verbracht hätten – Vanessa war Teil seines Londoner Lebens, seines Erwachsenenlebens, in dem seine Mutter nur flüchtig auftauchte.

»Kommst du denn auch mal raus? Gibt es jemand Neues?«

Er dachte an Holly, daran, wie sie sich im März angeschrien hatten. Er dachte daran, wie sie im Schlosspark ausgesehen hatte, vor Energie strotzend. Wie sie auseinandergegangen waren, in der Übereinkunft, dass nichts zwischen ihnen passieren durfte.

»Nein«, sagte er. »Es gibt niemand Neues.«

»Die Burger sind fertig!«, rief Derek.

Jack ging zum Grill, als Theo gerade angeschlurft kam. Theo sah ihm ein bisschen ähnlich, stellte Jack fest und stutzte kurz – das war ihm vorher noch nie aufgefallen. Wie Mia hatte auch Theo die helleren haselnussbraunen Augen ihrer Mutter, aber sie hatten die gleiche Gesichtsform, und Jack war als Kind genauso dürr gewesen, worüber er sich bitterlich beschwert hatte.

»Hey, Theo«, sagte Jack und erhielt ein Grunzen als Antwort. Er überlegte angestrengt, was er sagen sollte. Seine Mutter war inzwischen im Haus verschwunden, um die Mädchen zu holen, und Derek war dabei, die Burger zu bauen. »Wie läuft's in der Schule?«

Theo warf ihm einen Blick zu.

»Sorry, das war schwach.«

»Ja«, stimmte Theo zu.

»Warte, aber hattest du nicht gerade Prüfungen für die Mittlere Reife«, fragte Jack.

»Dienstag ist meine letzte. Geschichte. Ich lerne gerade.« Er hielt wie zum Beweis sein Handy hoch, dann nahm er den Burger, den Derek ihm reichte, und griff nach dem Ketchup.

»Wie ist es gelaufen?«

Er zuckte die Schultern. »Ganz gut.«

Himmel, das war ja schlimmer als Blutabnehmen. War es schon immer so schwer gewesen, mit ihm zu reden? Andererseits hatte er auch keinen Vergleich. Theo war zwei Jahre alt gewesen, als Jack ausgezogen war, und Mia noch nicht einmal geboren. Er erinnerte sich, wie Derek versucht hatte, ihn in Gespräche zu verwickeln, als Jack sechzehn war und Derek gerade frisch mit seiner Mutter zusammen war. Er war zweifellos schlimmer gewesen als Theo.

»In welchen Fächern willst du Abi machen?« Theo schnitt eine Grimasse, und Jack zog die Augenbrauen hoch. »Was?«

»Eigentlich wollte ich gar nicht Abi machen«, sagte Theo zähneknirschend. »Aber Mum zwingt mich.«

»Naja«, sagte Jack diplomatisch, »es könnte nützlich sein, falls du studieren willst oder so.«

Theo zuckte halbherzig die Schultern und biss in seinen Burger. Dann schaute er auf Jacks Schuhe, verschluckte sich und hustete ein paar Krümel aus. »Hey, sind das LØCI-Schuhe?«

Jack blickte auf seine grau-weißen Sneaker, die er trug. »Äh, ja, ich glaub schon.«

»Ich hätte gerne welche, aber Mum sagt, die sind zu teuer.«

»Nun, sie *sind* ziemlich teuer, denke ich.«

»Heißt das, du bist reich?«

Jack lachte. »Nicht wirklich. Mein Job ist in Ordnung, aber London ist teuer, also gleicht sich das irgendwie aus.«

»Ich will auch nach London ziehen«, sagte Theo, und schaffte es, trotz des vollen Munds, wehmütig zu klingen.

»Wirklich?«

»Ja. Gefällt es dir dort?«

»Äh …« Jack nahm den Burger, den Derek ihm anbot, während er darüber nachdachte. »Nun, wenn es dir gefällt, dann gefällt es dir und es gibt nichts anderes, aber wenn nicht …«

»Dann gefällt es dir wohl nicht«, sagte Theo scharfsinnig.

»Ich bin froh, dass ich hingezogen bin«, sagte Jack, ohne die Frage zu beantworten.

»Nun, es ist garantiert besser als hier«, murmelte Theo.

Und Jack konnte sich an dieses Gefühl erinnern. Es gab schöne Ecken an der Küste, besonders an schönen Tagen, aber es gab auch trostlose Orte, an denen man sich weit weg von allem fühlte. Als Jack neu hierhergezogen war, hatte er das

Devon, in dem er aufgewachsen war, vermisst – die ländliche Idylle, die Weite statt des Vorstadtgefühls, und obwohl er Freunde hatte und es liebte, an schönen Tagen am Strand abzuhängen, sich gegenseitig bei Kälte zum Schwimmen herauszufordern und zu versuchen, in eine der vielen Studentenkneipen zu kommen, auch wenn sie noch nicht alt genug dafür waren, hatte er eigentlich immer nur darauf gewartet, endlich von hier wegzukommen. Abzuhauen, sein Leben zu beginnen, die Vergangenheit endgültig hinter sich zu lassen. Es überraschte ihn allerdings, dass Theo es so sehr hasste. Er lächelte. »Dann gefällt es dir hier nicht?«

»Es ist okay.« Wieder ein gleichgültiges Achselzucken, doch unter der Oberfläche lauerte irgendetwas.

»Nun, du kannst mich ja mal in London besuchen kommen, wenn du willst.«

Theo sah ihn stirnrunzelnd an – sie waren jetzt fast gleich groß, und Jack spürte, wie ihm heiß im Nacken wurde.

»Ich meine, wenn du ein Gefühl für die Stadt bekommen willst oder so. Warst du schon mal da?«

Kopfschütteln.

»Nun, ich könnte dir die Stadt zeigen. Dann kannst du sehen, ob es dir gefällt, für die Zukunft.«

Theo lächelte, und das machte sein Gesicht verletzlich. »Ja, okay. Und wann?«

»Äh …« Damit hatte Jack nicht gerechnet – er hatte erwartet, dass Theo abblocken würde, fragen, was sie tun, worüber sie reden würden.

Es war ein Versäumnis von ihm, dass er sich nicht früher bemüht hatte. Er dachte daran, was Holly im Windsor Park zu ihm gesagt hatte. *Wenn es meine Schwester wäre, würde ich alles dafür geben, wieder zu ihrem Geburtstag eingeladen zu werden.* Holly hatte sie verloren, diese geschwisterliche Verbindung, und trauerte immer noch darüber, und er hatte sich nicht einmal darum bemüht.

»Komm, wann immer du willst«, sagte er verbindlich. »Ich nehme mir frei, wir können uns alle Sehenswürdigkeiten ansehen.«

»Ich stehe nicht so auf Museen«, warnte Theo.

»Macht nichts, ich auch nicht. London hat mehr zu bieten als Museen.«

»Die Läden?« Er sagte es mit einem weiteren Blick auf Jacks Schuhe.

»Äh ja, vermutlich.«

»Und die Clubs.«

Jack lachte. »Netter Versuch. Mehr als ein Bier zum Essen ist für dich nicht drin.«

»Na gut. Das ist mehr, als Mum mir zugesteht.« Jack sah zu seiner Mutter, die inzwischen wieder auf die Terrasse gekommen war und ihren Blick so schnell abwandte, dass Jack sich beobachtet fühlte.

Theo nahm sich noch einen Burger, dann holte er sein Handy raus und zockelte davon.

»Er wird in der Schule gemobbt«, sagte Derek leise, während er Würstchen und Auberginenscheiben auf den Grill legte. »Er redet nicht viel – wir haben es von der Lehrerin erfahren –, aber einige der Jungen sind wohl ziemlich gemein. Wir haben ihn gefragt, ob er die Schule wechseln will – er hat ziemlich gute Noten und ich glaube, er schafft es in die Oberstufe –, aber er meint, das wäre noch schlimmer, also ...« Derek atmete tief durch. »Jedenfalls bin froh, dass er mit dir redet – es könnte helfen, wenn er außer mir und Rose noch jemanden hätte.«

Jack nickte und wusste nicht, was er sagen sollte. Er hatte es nicht gewusst. Er würde sich mehr Mühe geben, nahm er sich vor. Er wollte für Theo – und Mia – da sein, falls sie ihn jemals brauchten. Und selbst wenn nicht, war es nicht seine Aufgabe als ihr großer Bruder, eine Verbindung herzustellen?

»Mum!« Jack drehte sich um und sah Mia aus der Hintertür kommen, Jess im Schlepptau. »Wir haben kein Popcorn. Du hast gesagt, du würdest Popcorn kaufen.«

»Du hattest noch nicht einmal einen Burger, und gleich gibt es Kuchen.«

»Aber Jess und ich *brauchen* Popcorn.«

»In der Bedürfnispyramide rangiert das ziemlich weit unten«, sagte seine Mutter trocken.

»Und diese Smoothies«, fuhr Mia fort und verschränkte die Arme. »Die aus dem Bioladen die Straße runter. Kannst du uns *bitte* fahren? Wenn wir nicht weggehen dürfen, müssen wir uns mit Vorräten eindecken.«

»Wir machen eine Familienfeier für dich, Mia«, sagte seine Mutter, und wieder war ihr zähneknirschender Tonfall so vertraut, dass er lächeln musste. »Außerdem kann ich nicht fahren. Ich habe zu viel getrunken.«

»Du hattest ein Glas Pimm's!«

»Für mich ist das viel. Ich bin ein Leichtgewicht.«

Mia drehte sich zu ihrem Vater um, der den Kopf schüttelte, ohne Blickkontakt herzustellen. Dann fiel ihr Blick auf Jack, der nicht rechtzeitig wegsah, und ihre Augen leuchteten triumphierend auf. »Jack kann uns fahren«, erklärte sie.

»Ich, äh …« Er schluckte. »Kann ich machen.«

Seine Mutter stieß einen verärgerten Seufzer aus. »Na gut.«

»Super«, sagte Mia strahlend. »Wir gehen uns nur schnell umziehen.«

»Warum in aller Welt musst du dich umziehen?«, fragte seine Mutter.

»Weil uns jemand sehen könnte!«, rief Mia über die Schulter, während sie und Jess wieder nach oben huschten. Jacks Mutter sah Derek an, der seine Hände zu einer *Frag-mich-nicht*-Geste hob.

Jack zog seine Schlüssel aus der Tasche und machte sich auf den Weg durchs Haus, um an der Eingangstür zu warten.

Seine Mutter folgte ihm. »Sei vorsichtig, ja?«

Er drehte sich um und sah sie an. Hatte der Unfall bei ihr auch Spuren hinterlassen, so wie bei ihm? Er erinnerte sich nicht mehr an den Moment des Aufpralls, aber er wusste, dass sein Vater nicht angeschnallt gewesen und durch die Windschutzscheibe geschleudert worden war. Er war der Einzige, der gestorben war, obwohl sein Großvater mehrere Stunden lang bewusstlos gewesen war und Emma eine Gehirnerschütterung und Prellungen vom Airbag hatte. Jack hatte eine Schnittwunde am Hals vom Sicherheitsgurt, aber er und seine Mutter waren relativ unversehrt geblieben. Er konnte sich daran erinnern, wie seine Mutter zu seiner Seite des Wagens gerannt war, um ihn rauszuholen und mit ihrem Körper zu schützen. Er konnte sich daran erinnern, wie sie gezittert hatte, als sie ihn festhielt. Er hatte nur vage Erinnerungen an das Chaos danach – die Sirenen, die Polizei, den Krankenwagen, die Leute, die Decken verteilten. Es war ihm unwirklich vorgekommen. Kam ihm irgendwie immer noch unwirklich vor.

»Ich bin immer vorsichtig«, sagte er.

Seine Mutter nickte, etwas Unausgesprochenes ging zwischen ihnen vor.

Er zögerte kurz, bevor er sagte: »Emma hat Krebs.« Er beobachtete ihren Gesichtsausdruck. Es herrschte eine stille Übereinkunft zwischen ihnen, dass sie nie über Emma sprachen. Ihre Augen flackerten, aber ansonsten blieb ihr Gesichtsausdruck neutral. »Wusstest du davon?«, fragte er.

»Nein.« Sie fuhr sich mit der Hand durchs Haar. »Nein, ich wusste es nicht. Ich verkehre nicht mehr in ihren Kreisen, das weißt du.« Sie hielt inne. »Wie hast du es erfahren? Hat sie es dir erzählt?«

»Nein. Ich habe auch keinen Kontakt mehr zu ihr.« Beide, er und seine Mutter, gaben Emma die Schuld. Weil sie am Steuer gesessen hatte. Weil sie die Schlüssel genommen hatte, ins Schleudern geraten und gegen den Baum gefahren war. Wieder kam die Erinnerung an jene Nacht in ihm hoch. An Emmas Stimme, die gestresst klang, weil sie spät dran waren und sein Vater drängelte. Daran, wie er mit den Beinen gegen ihren Sitz trat.

Ich habe gesagt, du sollst das lassen, Jack!

Er verdrängte diesen Teil der Erinnerung, wie er es immer tat.

»Und wie hast du es erfahren?«

»Ich … um mehrere Ecken.«

»Weißt du, ob es ernst ist?«

»Nun, es ist Krebs«, sagte er ausweichend, weil er es nicht wusste und weil er auch nicht darüber nachdenken wollte. »Weißt du …« Er unterbrach sich, fing nochmal an. »Denkst du, ich sollte mich bei ihr melden?«

»Das musst du selbst wissen«, sagte sie zögernd. »Sie ist *deine* Großmutter.« Sie betonte das *deine* ganz leicht – die Tatsache, dass er mit Emma verwandt war, sie nicht.

»Dieses Mädchen, die Person, die es mir erzählt hat. Sie meinte, ich soll Emma anrufen, sie wolle mich sehen. Aber sie hat nie versucht, Kontakt aufzunehmen, nachdem wir umgezogen sind, oder? Also wüsste ich nicht, warum ich jetzt …«

Seine Mutter zuckte zusammen. »Jack ... was an diesem Abend passiert ist ... es hat viel kaputt gemacht. Ich weiß, dass du das weißt, du warst dabei. Aber wir ... Wir haben alle versucht, so gut wie möglich damit fertigzuwerden. Für mich hat das bedeutet, neu anzufangen. Aber Emma ...« Sie holte tief Luft, als Mia und Jess die Treppe herunterkamen. »Ich kann dir nicht sagen, was du tun sollst – ich habe schon sehr lange nicht mehr mit ihr gesprochen, aber ich ...«

Mia kam auf sie zu gehüpft, Jess einen Schritt hinter ihr. »Fertig!«, verkündete sie, und Jack öffnete gehorsam die Haustür.

Er drückte seiner Mutter den Arm, während Mia und Jess vor ihm zu seinem Auto gingen. »Tut mir leid«, sagte er. »Ich hätte es nicht erwähnen sollen.«

»*Komm* schon«, rief Mia.

Also fuhr er los, und als sie im Laden waren, kaufte er ihnen am Ende viel mehr, als sie ursprünglich haben wollten.

Wieder zu Hause, stiegen Mia und Jess mit den ganzen Tüten aus dem Auto, aber Jack blieb noch ein wenig sitzen. Nach einer Weile holte er sein Handy raus und rief Hollys Nachricht mit Emmas Nummer auf. Er holte tief Luft und wählte. Sein Herz schlug mit jedem Klingeln schneller.

Die Mailbox ging an. Er hätte eine Nachricht hinterlassen können, aber was sollte er sagen? Wo sollte er anfangen? Also legte er auf. Das war wahrscheinlich das Beste. Er hatte schließlich Gründe, warum er nicht in dieses Wespennest stechen wollte. Außerdem war es vielleicht ein Zeichen – dass er die Vergangenheit ruhen lassen sollte.

KAPITEL ZWANZIG

»Wer bekommt das Risotto?«

»Das ist für mich«, sagte Holly und lächelte den Kellner an, als er es vor ihr abstellte.

»Salat des Hauses, ohne Dressing?«

»Den bekomme ich«, sagte Abi, der Mangel an Begeisterung in ihrer Stimme war fast komisch. Sie machte die obligatorische Braut-Diät, mit der sie nach Hollys Meinung Monate zu früh begonnen hatte. Der Kellner stellte das Nudelgericht vor Emma und die Pizza mit übermäßig viel Belag vor Pam. Die vier saßen bei einem Italiener am Rande von Bristol, auf halber Strecke zwischen Windsor und Devon. Keiner von ihnen kannte sich in der Gegend gut aus, also hatten sie das Restaurant auf gut Glück gewählt, und bisher machte es einen eher mittelmäßigen Eindruck, fand Holly. Trotzdem war es schön, sich zu sehen, und sie war froh, dass Abi endlich Emma kennenlernte.

»Noch Prosecco?« Der Kellner nahm die leere Flasche aus dem Weinkühler und hielt sie fragend hoch.

»Oh, das will ich meinen, Darling«, sagte Pam und leerte den Rest ihres Glases.

»Emma und ich trinken, auch wenn die jungen Leute langweilig sind, nicht wahr, Emma?«

»Ich fahre«, protestierte Holly.

»Und ich mache Diät«, sagte Abi und schob mit der Gabel ein schlaff aussehendes Salatblatt hin und her. Pam verdrehte die

Augen, während der Kellner verschwand, um eine neue Flasche zu holen.

»Ich habe mir nur vor meiner ersten Hochzeit die Mühe gemacht, Diät zu halten, und das war die kürzeste Ehe von allen«, sagte Pam, als würde das irgendwas beweisen.

»Nun, ich hoffe, meine Ehe wird *nicht* kurz«, sagte Abi und griff nach ihrem Mineralwasser. »Und ist deshalb die Diät wert.«

»Das hoffen wir alle, Darling«, sagte Pam.

Emma war ziemlich still, seit die Vorspeisen abgeräumt worden waren, sie hatte ihre Bruschetta kaum angerührt, weil sie ihr angeblich zu trocken war. Holly warf ihr immer wieder verstohlene Blicke zu, um herauszufinden, ob sie blasser aussah als letztes Mal. Sie sah auf jeden Fall dünner aus, obwohl sie heute ein schönes farbenfrohes Kleid trug, das davon ablenkte. Auch ihr Haar wirkte dünner – aber auch das war schwer zu sagen, denn zu Pams Freude war sie gerade beim Friseur gewesen.

Der Kellner brachte eine neue Flasche Prosecco an den Tisch und schenkte Pam und Emma nach. Holly bedachte Emmas Glas mit einem skeptischen Blick. »Solltest du überhaupt trinken?«, fragte sie und bereute es sofort, als sie einen *Blick* erntete. »Ich meine ja nur!« Sie hatte sich im Internet über Bauchspeicheldrüsenkrebs informiert, auch wenn sie versuchte, nicht in den Doktor-Google-Modus zu verfallen.

»Das macht es auch nicht schlimmer«, sagte Emma, doch es klang wenig überzeugend. »Außerdem will ich das Leben genießen, solange ich noch kann.«

»Was meinst du mit *solange du noch kannst*?«, fragte Holly scharf. Sowohl Pam als auch Abi sahen sie an, aber Holly ignorierte sie.

Emma seufzte. »Kindchen, ich will damit nur sagen, dass man in meinem Alter lernt, die kleinen Dinge zu genießen.« Holly wollte noch etwas sagen, aber Emma fuhr ihr über den Mund. »Wie geht es mit den Hochzeitsvorbereitungen voran, Abi?«

Abi verschluckte sich fast an ihrem Salat. »Oh, gut. Ich bin fast fertig.«

»Schon?«, fragte Pam. »Meine Güte, du bist aber organisiert.«

Abi zuckte die Schultern. »Das hilft mir, cool zu bleiben.« Holly zog die Augenbrauen hoch, während sie sich eine Gabel Risotto in den Mund schob, und Abi schenkte ihr ein schuldbewusstes Grinsen. »Meistens.«

»Abis jüngste Sorge ist, dass James seine Rede noch nicht geschrieben hat – dabei sind es noch vier Monate.«

»Schreib sie selbst, Darling«, riet Pam weise. »Das habe ich auch für Jim getan, und mit dem bin ich noch verheiratet. Und du, Holly?«, fragte Pam und schaute sie über ein Stück Pizza hinweg an. »Was macht die Dating-Szene?«

»Äh …«

Es war dumm, dass sie unwillkürlich an Jack dachte. Dabei war überhaupt nichts zwischen ihnen *gelaufen*. Aber sie hatte ihn ohne Emmas Wissen getroffen, nicht nur einmal, sondern gleich zweimal. Und bei dem Gedanken daran krampfte sich ihr Magen zusammen, während sie gleichzeitig daran dachte, wie sich seine Finger angefühlt hatten, als er ihr das Gras aus dem Haar gezupft hatte.

»Ich mache gerade eine Pause«, sagte sie und konzentrierte sich darauf, mehr Risotto auf ihre Gabel zu schieben, obwohl sie Abis Blick spürte, als wüsste sie genau, wo Holly gerade mit ihren Gedanken war. »Es ist noch gar nicht so lange her, dass Daniel und ich uns getrennt haben.«

Dafür erntete sie ein *Hmpf* von Pam. »Du musst mal raus, Darling.«

»Ach, lass sie doch in Ruhe«, sagte Emma und winkte ab.

»Nicht jeder braucht immer sofort wie du einen neuen Mann. Ich war auch nicht so«, fügte sie nachträglich hinzu.

Holly beobachtete Emma und versuchte, ihren Gesichtsausdruck zu deuten, aber Emma war plötzlich sehr an ihrem Prosecco interessiert. Sie sprach nicht oft über ihre Familie oder ihre Vergangenheit. Vielleicht, weil es zu schmerzhaft war, darüber nachzudenken, was einmal gewesen war, oder was hätte sein können, wenn die Dinge anders gelaufen wären, wenn der Unfall nicht passiert wäre. Holly hatte Emma die Information, dass sie am Steuer gesessen hatte, noch nicht entlocken können. Sie hatte es selbst erst einmal verarbeiten müssen, und dann hatte sie gefunden, dass man so etwas nicht am Telefon besprechen sollte. Es war das erste Mal seit einer Weile, dass sie Emma persönlich sah, und sie konnte dieses Gespräch schlecht vor Abi und Pam führen.

Emma stocherte in ihrem Essen herum, und Holly hätte schwören können, dass sie nur etwa zwei Penne gegessen hatte. »Hast du keinen Hunger, Emma?«, fragte sie.

»Es ist ein bisschen kalt«, sagte Emma ausweichend.

»Ich sage dem Kellner Bescheid«, erklärte Abi entschieden. Sie öffnete den Mund, und Holly wusste, dass sie ihre strenge Lehrerinnenstimme parat haben würde.

»Nein, nein«, sagte Emma schnell. »Lass nur. Außerdem habe ich gut gefrühstückt.« Seufzend legte sie ihre Gabel beiseite. »Ich geh kurz aufs Klo, wenn das okay ist.« Sie winkte, als sie aufstand. »Redet weiter.«

Holly beobachtete Emmas Gang. Das Problem war, dass sie Emma nicht gekannt hatte, bevor sie krank wurde. Pam beobachtete sie auch, bemerkte Holly. Sogar Abi beobachtete sie, was Holly irgendwie noch beunruhigender fand – als wäre Emma so offensichtlich krank, dass Abi unwillkürlich mitmachte. Blödsinn, sagte sie sich. Sie hatte Abi selbst von dem Krebs erzählt.

»Wie geht es ihr, Pam?«, fragte Holly mit leiser Stimme.

Pam überlegte, nahm ihren Prosecco, trank aber nicht. »Sie ist … Nun, ich glaube, es geht ihr nicht so gut, wie sie tut.« Das war vorsichtig formuliert, und Holly fragte sich, wie viel Pam wusste. Hatte Emma sie auch mit Halbwahrheiten abgespeist? Oder wusste Pam mehr, als sie zugeben wollte, und wollte es Holly einfach nicht sagen?

»Hat sie dir erzählt, was die Ärzte sagen?«, fragte Holly.

Wieder zögerte sie. »Nicht wirklich. Allerdings schläft sie nicht gut, das hat sie schon ein paar Mal durchblicken lassen. Und ich glaube, sie hat Schmerzen – aber sie nimmt immer noch nur rezeptfreie Schmerzmittel.«

Holly runzelte die Stirn, und Abi öffnete den Mund, um etwas zu sagen, aber da kam Emma aus der Damentoilette, und alle drei widmeten sich wieder ihrem Essen.

Emma setzte sich und musterte sie mit zusammengekniffenen Augen. »Was gibt's zu tuscheln?«

»Nichts«, sagte Holly schnell.

»Du bist eine schreckliche Lügnerin.«

»Wir haben gerade gesagt, wie froh wir sind, dass du dir in letzter Zeit etwas mehr Mühe mit deiner Kleidung gibst«, sagte Pam und nahm eine hochmütige Stimme an. »Ich habe die löchrige Strickjacke schon eine Weile nicht mehr gesehen.«

»Nun, mach dir keine Sorgen. Sie liegt ganz hinten im Schrank, für besondere Anlässe.«

Einen Moment lang waren alle still, und Holly holte tief Luft. »Emma«, begann sie, aber wieder wurde sie unterbrochen.

»Können wir nicht einfach gemütlich zu Mittag essen, Kindchen? Gönnst du mir nicht ein wenig Ablenkung von dem Krebs, der in mir wuchert?«

Holly zuckte zusammen, aber sie biss sich auf die Lippe und

nickte. Sie war egoistisch. Sie wollte genau wissen, was Emma durchmachte, was die Ärzte gesagt hatten, weil *sie* es wissen wollte. Aber es war Emma, die Krebs hatte; Emma, die damit leben musste, die über die Behandlung entscheiden musste. Emma hatte also recht: Ihr stand ein wenig Ablenkung zu.

»Also, ich habe über meine Flitterwochen nachgedacht«, sagte Abi fröhlich, und Holly schenkte ihr ein dankbares Lächeln.

»Oh, gut«, sagte Pam und schob ihre halb gegessene Pizza weg. Holly bemerkte den sehnsüchtigen Blick, den Abi darauf warf. »Das ist das Beste an der ganzen Sache. Was ist in der engeren Wahl?«

»Wir haben über die Karibik nachgedacht, aber das ist teuer, oder Bali, aber das ist so weit weg, oder vielleicht eine Stadt wie Venedig, aber sind Flitterwochen in Venedig kein Klischee?«

»Meine ersten Flitterwochen habe ich auch in Venedig verbracht«, sagte Pam mit einem Lächeln. »Es ist nicht ohne Grund ein Klischee.«

»Ich wollte schon immer mal nach Venedig«, sagte Emma, ohne jeden Neid.

Pams Augenbrauen schossen in die Höhe. »Du warst noch nie dort?«

»Nein. Nicht jeder führt so ein Leben in Luxus wie du.«

»Du solltest hinfahren!«, rief Pam.

»Was, alleine? Ich glaube, das ist nicht die Stadt dafür.«

Hinter der nüchternen Fassade spähte Verletzlichkeit hervor. Holly dachte wieder an Jack, daran, dass sie es nicht geschafft hatte, ihn zu überreden, mit seiner Großmutter zu sprechen. Seit Windsor hatten sie nicht wieder miteinander gesprochen. Und das war auch gut so, sagte sie sich. Sie konnte nicht mit ihm befreundet sein, wenn er Emma weiterhin für alles verantwortlich machte, ohne mit ihr zu sprechen. *Vor allem*, sagte eine schlaue Stimme in ihrem Kopf, *weil du mehr willst als nur mit ihm befreundet sein, oder?*

»Lily und ich haben auch immer darüber geredet, einmal hinzufahren«, meldete Holly sich zu Wort. Sie und Emma wechselten einen Blick, der mehr sagte als Worte. Und neben ihr streckte Abi die Hand aus und drückte Hollys Hand. Sie hatte Menschen, die sich um sie sorgten, erinnerte sie sich. Sie hatte Menschen, die sie nicht hassten für das, was sie getan hatte.

»Nun, dann müsst ihr beide hin«, sagte Pam und lehnte sich zurück, als ob es beschlossene Sache wäre.

»Müssen wir?«, spottete Emma

»Ja. Der Herbst ist die beste Jahreszeit – nicht so heiß, weniger Touristen.«

»Ich muss arbeiten«, sagte Holly milde.

»Und in den Oktoberferien kannst du nicht fahren«, sagte Abi mit strenger Stimme. »Da ist meine Hochzeit.«

»Ach, wirklich? Das hast du noch gar nicht erwähnt.«

»Dann muss es eben im Sommer sein«, sagte Pam. Und irgendwie schien es damit abgemacht. Pam holte sogar ihr Handy raus und suchte nach Flügen. Emma protestierte nicht, und Holly auch nicht. Denn warum eigentlich nicht? Und wenn Emma Lust hatte, sollten sie es tun.

Beschwingt fingen sie an, darüber zu reden, was Emma und Holly in Venedig machen sollten, bevor sie sich immer extremere Vorschläge für Abis Flitterwochen ausdachten. Keiner von ihnen erwähnte die Möglichkeit, dass Emma auch noch nächstes Jahr nach Venedig fahren könnte. Und obwohl niemand etwas sagte, hing etwas Unausgesprochenes in der Luft.

Etwas, mit dem Holly noch nicht bereit war sich auseinanderzusetzen.

August

KAPITEL EINUNDZWANZIG

Liebe Lily,

ich schreibe dir aus Venedig, kannst du das glauben? Es ist so schön hier – am liebsten würde ich hier leben. Obwohl ich vielleicht von den ganzen Touristen genervt wäre. Ob es auch im Winter Touristen gibt? Vielleicht könnte ich im Winter hier leben und mir einen Job als Englischlehrerin suchen oder so.

Wir wollten schon vor Ewigkeiten herkommen, weißt du noch? Schon bevor du Steve kennengelernt hast, als ich noch nicht mal mit der Schule fertig war. Aber wir wollten eine richtige Europareise machen, uns alle großen Städte ansehen und dann zwei Wochen am Strand verbringen, wo du die Sonne genießen wolltest, während ich surfen lerne – obwohl ich garantiert kein Talent fürs Surfen habe, worauf du zu Recht hingewiesen hast.

Was ist aus diesem Plan geworden? Ich glaube, meine Kunst hat mich abgelenkt, und die Geldsorgen, und du hast Steve getroffen. Ich dachte wohl, dafür wäre in der Zukunft noch genug Zeit. Da sieht man mal wieder, dass man sich nie sicher sein kann, etwas auch noch in der Zukunft tun zu können.

Emma geht es immer schlechter. Deshalb sind wir hier, zusammen, in Italien. Nicht, dass es jemand laut ausspricht, aber Pam hat mir im Juni gesagt, ich soll die Tickets buchen, bevor Emma zu krank wird. Emma will nicht darüber reden. Und ich habe Angst, Lily. Ich habe Angst, dass es schlimmer ist, als sie mir sagt, oder dass die Ärzte ihr etwas gesagt haben, was sie uns verheimlicht.

Tut mir leid. Ich weiß, du willst das nicht hören. Es fällt mir nur leichter, meine Gedanken zu ordnen, wenn ich sie aufschreibe. Du hast mir immer gesagt, dass ich das tun soll, erinnerst du dich? Wenn ich nicht wusste, wie ich mich bei Mum und Dad für etwas entschuldigen sollte, hast du gesagt, ich soll es zuerst aufschreiben.

Aber jetzt ist nicht die Zeit für Entschuldigungen – die habe ich dir schon tausendmal geschrieben. Also lege ich den Stift nun weg und genieße mit meiner Freundin Venedig. Auch wenn ich nicht mit dir hier sein kann, will ich versuchen, das Beste daraus zu machen – denn man weiß nie, wann sich die Dinge ändern, einfach so. Wenn jemand das weiß, dann wir, oder?

In Liebe,

Holly

Holly nahm ihr Glas Aperol Spritz, genoss das kalte Kondenswasser auf ihrer Haut, und prostete Emma zu, die ihr gegenübersaß. »Cheers.«

Emma erwiderte die Geste lächelnd, wählte dafür jedoch ihr Wasser und nicht den Aperol Spritz, den Holly ihr bestellt hatte.

Holly lehnte sich zurück, ihr Rücken war schweißverklebt, obwohl es früher Abend war. Venedig im August war *heiß*, so wie Pam gesagt hatte. Heiß und voll.

Und außerdem, dachte Holly, während sie an ihrem Drink nippte, absolut unglaublich. Unter anderem liebte sie es, wie man in einem Moment von Touristen umgeben war, zum Beispiel rund um den Markusplatz, und sich dann plötzlich, wenn man in eine kleine Gasse hineinschlenderte, ganz allein wiederfand, als hätte man einen Geheimgang entdeckt. Wo man auch hinsah, wollte man ein Foto machen – die ganze Stadt war ein Traum für jeden Künstler, und Holly hatte es mehr als einmal in den Fingern gejuckt.

Im Moment saßen sie jedoch in einem Café am Wasser, in der Nähe einer Gondel-Haltestelle. Holly hatte darauf bestanden, dass sie in eine Gondel stiegen, um sich Venedig vom Canale Grande und den anderen Kanälen aus anzusehen, auch wenn Emma die Nase gerümpft hatte, weil es eine Touristenfalle war. Die Dämmerung setzte ein, und Holly liebte es, wie die Stadt im Abendlicht aussah – wie die Farbe des Wassers intensiver wurde, wie die schönen Gebäude etwas vom schwindenden Sonnenlicht zu absorbieren schienen.

Holly betrachtete Emma über den Rand ihres Glases hinweg. Sie schien in den letzten Tagen besonders müde zu sein, obwohl sie es jedes Mal abtat, wenn Holly sie darauf ansprach. Ihre Krebserkrankung befand sich aktuell im *Beobachtungsmodus*, was bedeutete, dass sie zwar regelmäßig zum Arzt ging, aber, soweit Holly wusste, nichts gegen den Krebs *unternahm*. Emma hatte das als positiv dargestellt und Holly gesagt, wenn die Ärzte sich keine Sorgen machten, dann sollte sie es auch nicht tun, und wenn es *Abwarten* hieße, dann sollten sie das auch machen. Aber Emmas Gesicht war blass, trotz der Hitze und der Sonne, fast gelblich, und sie war zu dünn – dünner als im Juni. Sie hatte während der ganzen Zeit, die sie hier waren, nicht viel gegessen und behauptete, das reichhaltige Essen schlage ihr auf den Magen. Aber Holly hatte sich über Bauchspeicheldrüsenkrebs informiert und wusste, dass der Tumor auf die Nerven im Bauchraum drücken und Magenschmerzen verursachen konnte. Deshalb hatte sie in den letzten Tagen beschlossen, dass sie Emma nach ihrer Rückkehr zwingen würde, mit ihr zum

Arzt zu gehen, damit Holly alle Fragen selbst stellen könnte. Und wenn Emma sich weigerte, würde sie einfach lügen und so tun, als würden sie zu einer Kunstgalerie fahren.

Emma trank noch einen Schluck Wasser und sah auf den Kanal.

»Emma?«, fragte Holly.

Emma sah zu ihr hinüber, sie hatte Schatten unter den Augen. »Bist du …?«

Emma fuchtelte mit einer Hand in der Luft herum. »Mir geht's gut, mir geht's gut. Ich bin nur ein bisschen müde – nichts, was eine Portion Tiramisu nicht beheben könnte.«

Hollys Handy vibrierte. Abi hatte auf die Fotos, die sie geschickt hatte, mit einer Reihe von Herzchenaugen-Emojis reagiert. Holly lächelte, dann sah sie wieder auf.

»Abi«, sagte sie als Antwort auf Emmas fragenden Blick.

»Wie geht's ihr? Die Hochzeit ist in sechs Wochen, oder?«

»Jepp.« Und Gott sei Dank hatte Emma zugestimmt, als ihre Begleitung mitzukommen. Gut, vielleicht war es unkonventionell, eine achtzigjährige Frau als Begleitung zu einer Hochzeit mitzunehmen, aber es war besser, als allein zu gehen, und es würde verhindern, dass man sie aus Versehen neben jemand Schrecklichen setzte. Als Brautjungfer säße Holly nahe beim Brautpaar, aber man konnte sich trotzdem nicht sicher sein – die Hochzeitsgesellschaft musste riesig sein angesichts der Tatsache, dass einige von James' irischen Cousins sauer gewesen waren, keine Rolle zugeteilt bekommen zu haben, und man sie mit der Aufgabe betraut hatte, die Hochzeitsgäste zu ihren Plätzen zu führen.

»Es ist herrlich hier.« Emma lehnte sich zufrieden zurück, und es klang so aufrichtig, dass Holly sich gleich ein bisschen besser fühlte. Und trotz ihrer Sorge um Emma spürte Holly,

wie sie sich entspannte. Nächste Woche waren die Sommer-
ferien zu Ende und ein neues Schuljahr begann, doch im Moment fühlte sie sich frei und zufrieden. Und so wie es aussah,
ging es Emma vielleicht genauso – und das war ja der Sinn der
Sache.

Holly steckte ihr Handy zurück in die kleine grüne Handtasche, die sie in einem Charity Shop in Windsor gefunden
hatte. Ihre Finger berührten dabei eine Maske, und sie holte sie
heraus und legte sie auf den Tisch, um sie zu betrachten.

Emma grinste. »Anfangs hast du dich ganz schön geziert,
wenn ich mich recht erinnere.«

»Tja, das war wohl ein bisschen albern.«

Die venezianischen Masken waren Tradition, und es gab sie
als Mitbringsel für Touristen – Holly hatte bereits eine für Abi
gekauft – oder als überteuerte, filigrane Kunstobjekte. Emma
hatte einen Termin in einem kleinen Laden arrangiert, bei dem
sie selbst Masken anfertigen konnten – und Holly war sicher,
Emma wollte damit nur ihre künstlerischen Ambitionen reani-
mieren. Aber sie hatte es geliebt. Und sie war stolz auf ihr Werk.
Sie hatte sich für kräftige Blautöne und Silber um die Augen
entschieden und das Ganze mit drei langen Federn gekrönt.

»Denkst du, du wirst je Gelegenheit haben, sie zu tragen?«,
fragte Emma mit einem Blick auf die Maske.

»Man wird ja wohl noch von einem Maskenball träumen dürfen, oder?«

Emma lächelte. »Es war schön, dich so zu sehen.«

»Wie zu sehen?«

»Als Künstlerin. Ich wusste, dass du Talent hast – man sieht
es dir an.«

Holly verdrehte die Augen. »So etwas sieht man doch niemandem an.« Eine oft geführte Diskussion zwischen ihnen.

»Du vielleicht nicht, ich schon. Nicht an der Erscheinung«, fuhr sie fort und übertönte Hollys Protestversuch. »Es ist keine physische Sache – hat nichts mit der Kleidung oder der Frisur zu tun oder so. Es ist das Gesicht. Der Hunger darin – dieses Verlangen, etwas zu schaffen, etwas zu tun. Entweder man hat's, oder man hat's nicht.«

»Hast du es?«, fragte Holly mit aufrichtiger Neugier. »Ich meine, ich weiß, dass du Kunst kuratierst und angeblich Talent in anderen Menschen erkennen kannst, aber hast du selbst dieses … Verlangen?«

Emma schwieg eine Weile. »Früher wollte ich immer malen«, sagte sie leise. »Aber ich habe nie die Zeit dazu gefunden. Eine lausige Ausrede, ich weiß. Und dann ist das alles passiert und, na ja, es fühlte sich *falsch* an, es überhaupt zu wollen.«

Holly nickte, sie kannte dieses Gefühl nur zu gut. Beide schwiegen und lauschten dem Geplapper der Touristen. Ein Polizeiboot fuhr vorbei, mit Sirene und allem Drum und Dran, und die Wellen schlugen an den Rand.

»Ich frage mich, wie es Lily hier gefallen würde«, sinnierte Holly und blickte aufs Wasser. Dabei wurde ihr klar, dass sie nicht unbedingt wusste, ob Lily in den letzten drei Jahren vielleicht hier gewesen war. In den sozialen Netzwerken hatte sie keinen Hinweis darauf entdeckt, aber Lily postete eher sporadisch.

»Hast du in letzter Zeit mit ihr gesprochen?«, fragte Emma, und Holly schüttelte den Kopf. »Schreibst du ihr noch?«

Holly zuckte unverbindlich mit den Schultern. Irgendwie wünschte sie sich, sie hätte Emma nichts von den Briefen erzählt. Obwohl Emma sich kein Urteil erlaubte, fühlte es sich zu persönlich an, zu lächerlich, um darüber zu sprechen.

Sie hatte einmal einen Brief an Lily geschrieben, als sie noch klein waren. Sie hatte eine von Lilys Puppen genommen, mit der Lily angeblich nicht mehr spielte, und das Gesicht der Puppe bemalt. Lily war durchgedreht, als sie es entdeckt hatte, und hatte sich geweigert, Holly in ihr Zimmer zu lassen. Also hatte Holly ihr einen Brief geschrieben, um sich zu entschuldigen, und ihn unter der Tür durchgeschoben.

Lily hatte finster dreingeschaut, als sie die Tür öffnete, den Brief in der Hand. »Warum kannst du dich nicht einfach persönlich entschuldigen, wie jeder normale Mensch?«

Hollys Lippen hatten gebebt, aber sie hatte sich zusammengerissen. »Ich wollte sie nicht kaputtmachen.« Sie hatte sie schöner machen wollen, aber sie war sich nicht sicher, ob sie das Lily gegenüber sagen sollte. »Ich dachte, sie freut sich, wenn ich sie schminke. Und man kann es abwaschen.«

Lily rümpfte die Nase. »Kann sein.«

Holly hatte Lily einen hoffnungsvollen Blick zugeworfen. »Willst du die anderen auch schminken?«

Lily runzelte die Stirn. »Nein.« Dann schnaubte sie und sah auf ihre Füße. »Ich kann das nicht so gut wie du.«

»Doch, kannst du!«

»Nein, kann ich nicht. Ich bin älter, und ich kann es nicht so gut wie du.«

Holly hatte kurz darüber nachgedacht. »Na ja, vielleicht. Aber in den meisten Dingen bist du besser. Mathe zum Beispiel und Französisch und …« Sie überlegte fieberhaft, was Lily gern tat. »Und du machst ihnen Kleider und Essen und alles. Du bist besser darin, dich um sie zu *kümmern*.« Es war ein Versuch, aber er hatte funktioniert. Lily nickte zögernd.

»Darin bin ich besser.«

Holly grinste. »Wollen wir sie dann schminken?«

Und schließlich gab Lily nach. »Na gut. Dann komm.«

»Willst du meinen Rat?«, sagte Emma in der Gegenwart.

»Habe ich eine Wahl?«

»Bring die Dinge in Ordnung, sonst ist es vielleicht irgendwann zu spät.« Holly hörte die leichte Bitterkeit in ihrer Stimme.

»Hast du etwas von Jack gehört?«, fragte sie zaghaft. Das hatte sie schon fragen wollen, seit sie Jack im Juni Emmas Nummer gegeben hatte. Sie hatte gedacht, er würde Emma wenigstens eine Nachricht schicken. Sie hätte Emma auch gern gefragt, ob Jack sie damals zu der Gedenkfeier eingeladen hatte – vielleicht hatte sie die Einladung ja nie erhalten. Aber das konnte sie nicht tun, ohne zu verraten, dass sie mit Jack gesprochen hatte.

Emma hatte Jack nicht erwähnt, deshalb war Holly nicht überrascht, als sie die Stirn runzelte. »Nein, warum?«

»Nur so«, sagte Holly schnell.

»Hmm.« Emma bedachte sie mit einem misstrauischen Blick.

»Emma?«, sagte Holly nach einem kurzen Augenblick. »Würdest du gern mit ihm reden? Wenn ich ihn … aufspüren könnte, meine ich.« Sie ignorierte das schlechte Gewissen, das sich wie ein Wurm durch ihre Magenschleimhaut schlängelte. Es war keine glatte Lüge, nur … ein Fehler in der Chronologie. Und wenn Emma Ja sagte, wäre doch alles gut, oder?

Doch Emma schürzte die Lippen – kein gutes Zeichen. »Vielleicht solltest du versuchen, deine eigenen Familienprobleme zu lösen«, sagte sie, »anstatt dich in meine einzumischen.«

Holly zuckte zusammen. »Das ist nicht fair«, sagte sie, und ihre Stimme überschlug sich fast – denn vielleicht war ja doch etwas dran. »Ich …«

»Du hast recht«, sagte Emma kopfschüttelnd. »Das war nicht fair. Tut mir leid. Ich bin nur erschöpft.« Sie seufzte und strich ihr gewelltes graues Haar zurück. »Hör zu, Holly, es gibt da etwas, das ich dir nicht erzählt habe. Etwas, das ich dir schon vor einer Weile hätte sagen sollen.«

Holly zog sich der Magen zusammen, aber sie sagte nichts, sondern wartete, dass Emma fortfuhr.

»Der Autounfall, bei dem Richard ums Leben kam.« Sie holte tief Luft. »Ich war es, die gefahren ist. Deshalb will Jack mich nicht mehr sehen.«

Holly versuchte, ein angemessen schockiertes Gesicht zu machen, doch Emmas Blick verengte sich. »Du wusstest es.«

»Nein, ich …«

»Kindchen, du hast viele gute Eigenschaften, aber Lügen gehört nicht dazu. Wie hast du es rausgefunden? Hast du es recherchiert?«

Holly wand sich innerlich. Sie sollte es Emma sagen. Ihr sagen, dass sie Jack in London aufgespürt hatte, dass sie ihn auch in Windsor gesehen hatte, dass sie seine verdammte Telefonnummer in ihrem Handy gespeichert hatte. Sie sollte Emma nicht einfach so anlügen. Sie hätte sich gar nicht erst einmischen sollen – obwohl sie jetzt nicht hier unter der Sonne Venedigs sitzen und einen Aperol Spritz trinken würden, wenn sie Emma damals nicht aufgespürt hätte.

»Nein«, sagte sie langsam. »Ich habe es nicht recherchiert.«

»Sondern?«

»Warum hast du es mir nicht gesagt?«, unterbrach Holly sie schnell. »Warum hast du es mir nicht gesagt, als ich dir von Lily erzählt habe?«

Emma seufzte. »Holly, du warst im Grunde eine Fremde, als wir das erste Mal miteinander gesprochen haben.«

»Aber *ich* habe es dir erzählt. Und wenn du es beim ersten Mal nicht sagen wolltest, warum dann nicht später?«

Die Falten um Emmas Mund vertieften sich. »Das ist nichts,

woran ich mich gerne erinnere. Richard, *mein Sohn*, ist gestorben, und ich war es, die gefahren ist. Wenn das jemand verstehen kann, dann du.«

Emma bedachte sie mit einem Blick, und Hollys Brust wurde eng. Denn genau deshalb hatte sie gedacht, *dass* Emma es ihr erzählen würde. Aber jetzt sah sie die andere Seite – Emma dachte, sie würde verstehen, warum sie nicht darüber reden wollte, denn obwohl Holly es Emma erzählt hatte, gab es viele Leute, denen sie es nie erzählen würde. Selbst Daniel kannte nicht die ganze Geschichte, was an jenem Tag geschehen war.

»Und das«, fuhr Emma fort, ihre Stimme war nun etwas leiser, »ist der Grund, warum ich es dir jetzt erzähle.« Holly nickte, spürte, wie ihre Augen brannten und blinzelte schnell, um es zu überspielen.

»Aber du weichst meiner Frage aus«, fuhr Emma fort, etwas lebhafter jetzt, beugte sich vor und verschränkte ihre Finger auf dem Tisch. »Ich möchte wissen, woher …«

Doch das Verhör wurde von Emmas Handy unterbrochen, das auf dem Tisch vibrierte. Beide blickten darauf, und sahen Pams FaceTime-Anruf.

Emma nahm ihr Handy und bedeutete Holly mit einem Kopfnicken, dass sie auf ihre Seite des Tisches kommen sollte. Holly stand auf, ging um den Tisch und hockte sich vors Display, auf dem Pam in ihrem Wohnzimmer zu sehen war, auf ihrem cremefarbenen Sofa, ein Glas Rotwein in der Hand.

»Oh, das sieht wunderschön aus!«, sagte Pam. Sie musste ihr Handy ein bisschen weiter weg bewegt haben, denn ihr Gesicht wurde kleiner. »Hallo, Holly, du strahlst ja förmlich!« Da Holly nie braun wurde, gefiel ihr das Kompliment. »Na los«, sagte Pam. »Erzählt mir alles – macht mich neidisch.«

Holly beugte sich über Emmas Schulter, während sie beide Pam von ihrer Reise erzählten, und Holly hielt gehorsam ihre venezianische Maske hoch, als Emma es ihr befahl. »Morgen fahren wir nach Burano«, sagte Emma. »Du weißt schon, wo die Spitze herkommt.«

»Oh ja, da war ich auch schon. Es war herrlich – wunderschöne Häuser.« Pam war, soweit Holly das beurteilen konnte, schon überall gewesen. »Ich habe da schöne Dessous gekauft.«

»Nun, Dessous interessieren mich nicht«, sagte Emma, »aber irgendetwas Schönes aus Spitze werde ich mir auch kaufen.«

Holly beteiligte sich weiter an dem Gespräch, obwohl ihre Gedanken um Jack kreisten, darum, dass er Emma immer noch nicht angerufen hatte. Sie konnte ihre Enttäuschung nicht verhehlen, obwohl sie sich immer wieder sagte, dass sie nicht an ihn denken durfte, dass sie alles getan hatte, was sie konnte, und dass es ein Fehler wäre, sich weiter einzumischen. Sie könnte ihn anrufen, theoretisch. Sie könnte ihn weiter bedrängen, denn sie wünschte sich so sehr, dass er sich mit Emma versöhnte. Wenn es nur *darum* gegangen wäre, *hätte* sie ihn vielleicht sogar angerufen. Doch das Problem war, dass sie auch ein egoistisches Motiv hatte. Denn sie wollte ihn wiedersehen.

Und *das* war der Grund, warum sie ihn auf keinen Fall anrufen durfte.

KAPITEL ZWEIUNDZWANZIG

Die Hotelangestellte – eine zierliche Frau mit langen dunklen Haaren – lächelte Holly und Emma an, als sie ihnen den Kaffee brachte. Emma hatte versucht, nach Earl Grey zu fragen, sich aber mit Kaffee begnügen müssen, da man ihr sagte, dass es keinen gäbe. Es war noch früh am Morgen – sie und Emma waren extra zeitig aufgestanden, um etwas zu unternehmen und sich während der Mittagshitze an einem kühleren Ort auszuruhen, ganz nach mediterraner Art – und sie saßen in dem kleinen Innenhof, wo sie jeden Tag frühstückten. Es war ein kleines Boutique-Hotel, etwas abseits der ausgetretenen Pfade, das Emma ausgesucht hatte, nachdem sie darauf bestanden hatte, dass Holly alle großen Urlaubsvorbereitungen ihr überließ. Es war perfekt – Holly war sicher, dass es ausgebucht war, doch es gab insgesamt nur etwa zehn Zimmer, so dass es sich nie überfüllt anfühlte, und sie nie um einen Platz in dem atemberaubend schönen Innenhof hatten kämpfen müssen. Ein paar Marmortische standen um einen dreistufigen Brunnen, der am Abend beleuchtet war.

Der Hof war von Pflanzen gesäumt, die an den Mauern hochkletterten – große grüne Blätter und eine lila blühende Kletterpflanze, die Emma als Glyzinie identifiziert hatte.

Die Kellnerin stellte die Getränke neben den Korb mit frischem Gebäck und Brioches und den Obstteller. »*Grazie*«, sagte Holly – so ziemlich das einzige Wort Italienisch, das sie aufgeschnappt hatte. Nachdem die Frau gegangen war, starrte Holly wieder auf ihr Handy.

Emma stieß einen missbilligenden Laut aus. »Es hilft nicht, es anzustarren, Kindchen. Entweder du rufst an oder du lässt es bleiben – draufzustarren bringt nichts.«

Holly biss sich auf die Lippe und sah wieder aufs Display – auf Lilys Nummer. Dann sah sie zu Emma. »Ist das deine Art, mich daran zu erinnern, dass ich mich um meine eigenen Probleme kümmern soll?«

Emma zuckte zusammen. »Ich hätte das nicht sagen sollen.«

»Vielleicht hast du recht«, murmelte Holly und trommelte neben ihrem Telefon mit den Fingern auf den Tisch. Aber wie rief man jemanden an, nachdem man so lange kein Wort miteinander gesprochen hatte? Und weil es schon so lange her war, hatte sie das Gefühl, dass eine SMS nicht ausreichen würde – es musste schon ein richtiges Gespräch sein, oder gar nichts. Vielleicht ging es Jack ja genauso, überlegte Holly. War das der Grund, warum er Emma noch nicht angerufen hatte?

Emma trank einen Schluck von ihrem Kaffee und gab einen ungeduldigen Laut von sich. Holly sah sie stirnrunzelnd an. »Was ist los?«

»Nichts. Ich muss mich nur kurz entschuldigen. Schon wieder.«

»Gibt es irgendetwas, das ich ...«

Doch Emma winkte ab. Holly sah ihr nach, als sie zur Hotelrezeption ging, wo es ziemlich luxuriöse Toiletten mit goldenen Wasserhähnen gab. Dann rollte sie die Schultern. *Komm schon, Holly.* Emma hatte recht – die Nummer ihrer Schwester anzustarren, würde nichts bringen.

Blitzschnell drückte sie auf die Anruftaste und versuchte, ihren Kopf davon abzuhalten, zu sehr zu schwirren.

»Hallo?«

Holly holte tief Luft, als sie die Stimme ihrer Schwester hörte. Sie war rangegangen! Sie war tatsächlich rangegangen. Ihre Stimme klang vorsichtig, als wäre sie sich nicht sicher, wer am anderen Ende war. Holly hatte allerdings immer noch dieselbe Nummer, wenn Lily also nicht sicher war, bedeutete das, dass sie ihre Nummer gelöscht hatte. Sie spürte, wie ihr der Schweiß auf die Handflächen trat, und spreizte die Finger.

»Lily?« Ihre Stimme klang erstickt. »Ich bin's, Holly.« Ihr Herz pochte, und ihr war heiß, obwohl es noch früh war und sie nur ein leichtes Sommerkleid trug.

»Ich weiß«, sagte Lily, ihre Stimme klang zurückhaltend, vorsichtig, und Holly wusste nicht, wie sie das deuten sollte.

»Ich wollte nur …« Holly schloss ihren Mund, schluckte. Versuchte es erneut. »Wie geht es dir?«

»Wie es mir geht?« Die Frage schien Lily zu verblüffen. Holly konnte nicht einschätzen, was ihre Schwester dachte – oder was die richtigen Worte waren. Früher konnten sie einander ohne Worte verstehen, konnten Fragen beantworten, bevor die andere sie überhaupt gestellt hatte – wohin war all das verschwunden?

»Ja. Ich …« Sie spürte, wie sie kurz davor war, in den Plappermodus zu wechseln, nur um den Raum zwischen ihnen zu füllen. »Ich wollte dich anrufen, weil ich in Venedig bin.«

»In Venedig?« Immer noch derselbe verdutzte Tonfall. Aber sie redete mit ihr! Zum ersten Mal seit drei Jahren hörte sie Lilys Stimme am anderen Ende des Telefons. Sie hatte nicht aufgelegt. Wo war sie gerade?, fragte Holly sich. Vielleicht in ihrer Küche, um sich für die Arbeit fertigzumachen?

»Ja, in Venedig«, sagte sie und versuchte, nicht zu schnell zu sprechen. »Und ich habe mich daran erinnert …«

»Holly«, unterbrach Lily sie. »Warum hast du mich angerufen?«

»Wie gesagt, ich …«

»Lily Jenkins?« Da war eine Stimme an Lilys Ende der Leitung. Eine Stimme, die ein wenig distanziert und sehr förmlich klang.

»Lily?«, fragte Holly. »Wer war das?«

»Niemand«, sagte Lily, und ihre Stimme war scharf. »Das ist ehrlich gesagt kein guter Zeitpunkt, Holly. Hast du wirklich nur angerufen, um zu plaudern?« Sie klang schroff, gehetzt. Es war offensichtlich, dass Lily, obwohl sie ans Telefon gegangen war, nicht mit ihr reden wollte.

»Ja, ich …« Sie schluckte erneut. »Ich wollte hören, wie es dir geht«, sagte sie leise.

Es herrschte eine Stille, die sich zu lange hinzog. Eine Stille, in der Holly fünf Herzschläge zählte.

»Warum bist du rangegangen?«

Lily sagte immer noch nichts, und Holly fühlte ein Brennen in der Kehle.

Ihr Tonfall wurde ebenfalls scharf. »Wenn du nicht mit mir reden willst, warum bist du dann rangegangen?«

Emma kam jetzt in den Hof zurück, ihr Gang war steif. Sie schnitt eine Grimasse, doch als sie Hollys Blick sah, verzog sie ihr Gesicht zu einem Lächeln.

»Weil ich dachte, es könnte etwas Wichtiges sein«, sagte Lily – und es war wie ein Dolchstoß.

»Und dass ich wissen will, wie es dir geht, ist nicht wichtig?« Ihre Stimme sollte nicht so vorwurfsvoll klingen. »Lily, ich …«

Aber sie beendete den Satz nicht. Denn Emma stolperte mitten im Hof. Sie stolperte und fiel.

Holly ließ ihr Handy auf den Tisch fallen, um auf Emma zuzustürmen. Sie kam gerade noch rechtzeitig, um den Sturz abzubremsen, bevor Emma auf den Steinen aufschlug. Sie streckte eine Hand aus, um sich abzufangen. Und dann landeten sie beide auf dem Boden, Holly sitzend, Emma in sich zusammengesunken. Sie bewegte sich nicht, ihre Augenlider waren geschlossen.

»Emma?« Hollys Stimme klang schrill. Sie rüttelte an Emmas Schultern, bekam aber keine Reaktion. »Emma!« Sie sah sich ungestüm um und entdeckte die Kellnerin von vorhin, die sie mit großen Augen anstarrte. »Holen Sie Hilfe!«, rief Holly, und die Frau handelte sofort.

Sie hörte, wie die Nachricht weitergegeben wurde, vernahm Fetzen von Italienisch. *Svenuta … aiuto … ambulanza.* Das letzte blieb bei ihr hängen. *Ambulanza.* Jemand rief einen Krankenwagen, jemand kümmerte sich.

Sie bewegte Emmas Kopf so, dass er in ihrem Schoß lag. Als sie ihre Hand nahm, sah sie, dass ihre eigene zitterte. »Alles wird gut.« Sie versuchte zu verhindern, dass ihre Stimme bebte. Sie musste stark sein, für Emma. Sie war nur ohnmächtig geworden, das war alles. Es war nur die Hitze – die machte jedem zu schaffen. »Hörst du mich? Es wird alles gut.« Und sie versuchte, so gut es ging, zu glauben, was sie da sagte.

Holly hielt das Telefon ans Ohr gepresst, während ihr der Schweiß den Rücken hinunterrann. Sie hatte das kühle, klimatisierte und sehr krankenhaustypische Wartezimmer verlassen, um den Anruf zu tätigen, und schritt den langen roten Teppich neben den Steinsäulen entlang, von denen aus man durch die Sprossenfenster auf die Stadt blickte. Das Krankenhaus war ein ehemaliges Kloster aus dem fünfzehnten Jahrhundert, hatte ihr der Mann am Empfang erzählt, wahrscheinlich um sie abzulenken, und tatsächlich hatte sie, als sie den Sanitätern folgte, die Emma auf einer Trage in das prächtige Gebäude mit dem Mosaikfußboden schoben, zunächst Panik bekommen, dass sie hier falsch waren, denn auf den ersten Blick wirkte das Krankenhaus wie eine weitere Touristenattraktion.

Die Sanitäter hatten kein Englisch gesprochen, sodass sie nicht fragen konnte, was los war, als sie Emma eine Sauerstoffmaske übers Gesicht zogen, sie auf die Trage legten und in ein gelbes Boot mit der Aufschrift *Ambulanza* verfrachteten.

Dann war Emma weggebracht worden, durch weiße Türen, durch die sie nicht folgen durfte, und keiner der Ärzte sagte ihr, was los war. Der Mann an der Rezeption war ihre Rettung. Er erklärte ihr, es müssten einige Tests durchgeführt werden, und bat sie, Emmas Angehörige zu informieren.

Und das tat sie nun, indem sie seine Nummer zum zweiten Mal wählte, weil er beim ersten Mal nicht abgenommen hatte. Vielleicht wollte er nicht mit ihr sprechen. Vielleicht würde er sie auch weiterhin ignorieren und sie hätte keine Möglichkeit, Emmas nächste Angehörige zu erreichen. Sie hatte vergessen zu fragen, warum sie einen Angehörigen brauchten – würden sie sich weigern, ihr irgendetwas zu sagen, weil sie nicht mit Emma verwandt war? Oder dachten sie nur, dass Emma ein Familienmitglied *brauchte*, weil es sich um etwas wirklich Ernstes handelte? Würde sie …? Aber nein. Das durfte sie nicht denken.

Komm schon, flehte sie still, ihr Atem war abgehackt, ihre Füße rastlos. *Antworte.*

Und dann tat er es!

»Hallo?«

»Jack? Ich bin's, Holly.« Sie blieb stehen, drückte das Handy fester an ihr Ohr.

»Ich weiß. Ich hatte die Hoffnung schon fast aufgegeben, je wieder von dir zu hören.« Sein Tonfall war fast bemüht locker.

»Jack, ich …« Aber sie konnte das Schluchzen nicht aufhalten, das ihren ganzen Körper erschütterte.

»Holly?« Jacks Stimme veränderte sich, klang besorgt. »Holly, was ist los?«

Sie presste die Lippen aufeinander und versuchte, die Tränen zu unterdrücken.

»Es geht um Emma.«

Schweigen.

»Was ist mit Emma? Ist sie …?« Ein hörbares Schlucken. »Was ist passiert?«

»Sie ist im Krankenhaus. Wir sind in Venedig und …«

»Venedig? Venedig, Italien?«

»Nein, Venedig, Schottland.« Sie reagierte gereizt, weil sie gestresst war, aber das war nicht Jacks Schuld. »Tut mir leid. Tut mir wirklich leid. Sie ist zusammengebrochen. Und wir sind im Krankenhaus, und niemand will mir sagen, was los ist, und das meiste verstehe ich sowieso nicht, aber sie haben gesagt, ich soll ihre nächsten Angehörigen informieren, und ich glaube, das bist du und …«

Er unterbrach ihr Geplapper mit ruhiger Stimme. »Okay. Okay. Ist sie … Wo ist sie jetzt?«

»Ich weiß es nicht. Sie lassen mich nicht zu ihr.« Ihr stiegen Tränen in die Augen, die sie wegblinzelte. »Aber sie ist zusammengebrochen, Jack. Es geht ihr nicht gut, so viel weiß ich, aber sie wollen mir nichts sagen. Vielleicht müssen sie mit dir sprechen, weißt du? Falls es … falls es was Schlimmes ist.« Ihre Stimme war leise, kaum mehr als ein Flüstern.

»Oh Gott, okay. Warte mal.« Es gab eine Pause, und sie hörte nichts außer gedämpfte Gesprächsfetzen von irgendwo draußen. Dann: »Holly? Ich bin auf dem Weg.«

»Du bist was?«

»Ich nehme den nächsten Flug nach Venedig, den ich kriegen kann, okay?«

»Du kommst? Hierher?«

»Ja.« Seine Stimme war fest, und Holly spürte, wie Erleichterung in ihr aufstieg.

»Danke«, hauchte sie.

»Hör zu, warum gehst du nicht zurück ins Hotel und schickst mir die Adresse und ich …«

»Nein«, sagte sie scharf. »Ich bleibe hier. Zumindest, bis ich weiß, dass es ihr gut geht.« Sie ließ den Gedanken nicht zu, dass es ihr nicht gut gehen könnte.

»In Ordnung«, sagte Jack, und obwohl er sich offensichtlich bemühte, ruhig zu bleiben – für *sie* –, hörte sie die Anspannung in seiner Stimme. »Bis später, okay?«

»Ja.« Holly schloss die Augen und lehnte sich gegen eine der Säulen. »Bis später.«

KAPITEL DREIUNDZWANZIG

Es war schon später Nachmittag, als eine Krankenschwester auftauchte und Holly auf Italienisch mitteilte, dass sie Emma sehen könne, was sie nach ein paar Wiederholungen dann auch verstanden hatte.

Die Schwester führte sie durch einen grau gefliesten, weiß gestrichenen Flur – der klösterliche Aspekt war in diesem Bereich definitiv verloren gegangen – und in eines der Zimmer. Holly zögerte in der Tür. Es war ein Einzelzimmer, nur ein Bett. Der Geruch von Desinfektionsmittel lag in der Luft, und in der Ecke piepte leise eine Maschine. Die Klimaanlage war an, aber Holly war trotzdem heiß. Als sie das letzte Mal so ein Zimmer betreten hatte, war es Lily gewesen, die im Krankenhausbett lag.

Sie trat weiter ins Zimmer, während die Krankenschwester lächelte und sie allein ließ. *Emma.* Sie ging zu Emma hinüber, die an einen Schlauch angeschlossen war, die violetten Augenlider geschlossen. Ihre Haut hatte einen Gelbstich, der sich unter dem Krankenhauskittel, den man ihr angezogen hatte, bis zu ihrem nackten Arm erstreckte. Es war Emma, nicht Lily, die sie jetzt brauchte.

Holly sah sich um, entdeckte zwei kleine Holzstühle in der Ecke des Zimmers und stellte einen davon neben Emmas Bett. Als sie sich setzte, öffneten sich Emmas Augenlider flackernd.

»Wird auch Zeit, dass du kommst«, krächzte Emma.

Holly atmete hörbar aus und spürte, wie eine schwere Last von ihr abfiel. Emma ging es gut. »Nun, ich wäre schon früher hier gewesen, aber ich habe die Zeit allein genutzt, um ein bisschen shoppen zu gehen. Weißt du, Gucci hat gerufen …« Aber ihre zittrige Stimme ruinierte den Witz.

»Du hast dein Gucci doch aus irgendeinem Secondhandladen«, grummelte Emma. »Garantiert eine Fälschung.«

Sie veränderte ihre Position und verzog schmerzhaft das Gesicht. Holly spürte, wie ihr der Atem stockte.

Emma blinzelte, dann nahm sie Hollys Hand. »Mir geht es gut, Kindchen.«

Holly presste die Lippen zusammen. »Ich hatte solche Angst«, flüsterte sie.

»Ich weiß, tut mir leid. Aber es geht mir gut, versprochen. Ich versuche nur, ein bisschen Drama in dein Leben zu bringen, das ist alles.« Sie hielt inne. »Sind wir in einem dieser Krankenboote gefahren?«

Holly nickte, da sie nicht wagte zu sprechen.

»Na, da hast du doch was zu erzählen, wenn wir zurück sind. Wie wir in Venedig mit einem Krankenboot gefahren sind. Und einer von uns immerhin bei Bewusstsein war.«

Holly drückte sanft Emmas Hand. Sie wirkte so zerbrechlich. Es war seltsam – Emma war eine alte Frau, und bei ihr war Krebs diagnostiziert worden, bevor Holly sie überhaupt kennengelernt hatte –, und doch hatte Emma nie hinfällig gewirkt, nicht auf eine alarmierende Weise. Jetzt allerdings …

»Was ist los?«, flüsterte Holly. »Hat man es dir gesagt? Hast du es verstanden? Ist es der Krebs?«

Emma seufzte. »Nun, ich denke, darauf läuft es letztendlich hinaus.«

»Aber warum bist du zusammengebrochen?«, wollte Holly wissen.

»Ich bin nur erschöpft, das ist alles.«

»Das ist *alles*? Emma, wir müssen darüber reden. Du kannst nicht so tun, als wäre nichts … Es ist …«

Doch sie kam nicht dazu, den Satz zu beenden. Denn die Tür zu Emmas Zimmer wurde erneut geöffnet. Emma, die mit Blick zur Tür lag, reagierte vor Holly. Holly sah, wie sie die Stirn runzelte und kurz erstarrte. Dann sog sie die Luft ein, und ihre türkisfarbenen Augen blinzelten ein paarmal schnell hintereinander. Und dann spürte sie, wie Emma ihre Hand langsam zurückzog, um sich an die Kehle zu fassen.

Holly wusste es also, bevor sie sich umdrehte. Aber sie spürte trotzdem, wie sich ihr Herzschlag beschleunigte, als sie Jack gegenüberstand.

Niemand sagte etwas. Jack und Emma starrten sich an, Jack war sehr blass. Emma versuchte, sich aufzusetzen, während Holly angespannt zwischen beiden hin und her sah. Sie wusste nicht, was sie tun sollte. So weit hatte sie nicht vorausgedacht – hatte nicht zu glauben gewagt, dass Jack tatsächlich kommen würde.

Es war Jack, der das Schweigen brach. »Hallo, Memma.« Seine Stimme war leise, die Hände hatte er in die Taschen gesteckt, die Schultern hochgezogen.

Holly hörte, wie Emma aufschluchzte, spürte, wie sich ihre eigenen Augen mit Tränen füllten, und die Anspannung des ganzen verdammten Tages sich ein Ventil suchte.

»Jack?« Emma versuchte immer noch, sich aufzurichten, und schnaubte halb schluchzend. »Um Himmels willen, Holly, jetzt hilf mir doch mal!« Und Holly, irgendwo zwischen Lachen und Weinen, beugte sich vor, um Emmas Kissen zu richten.

»Ich lasse euch dann mal ...« Sie gestikulierte mit gesenktem Blick, um Jack nicht ansehen zu müssen, falls er sein Kommen bereute, und um Emma keine Gelegenheit für irgendwelche Fragen zu geben.

Auf dem Weg zur Tür stolperte sie – natürlich – über ihre eigenen Füße, doch als sie es fast geschafft hatte, spürte sie Jacks Hand an ihrem Handgelenk. Spürte, wie ihr Puls pochte. Er nahm ihre Hand, verschränkte die Finger mit ihren, drückte sie sanft – um sie zu beruhigen oder zu trösten, oder weil *er* Beruhigung oder Trost brauchte.

Sie sah ihn an, und ihre Blicke trafen sich kurz, hielten einander fest. Sie erwiderte den Druck, bevor sie das Zimmer verließ und die Tür hinter sich schloss.

Es war schon nach sieben, als Jack und Holly das Krankenhaus gemeinsam verließen, Jack mit einem kleinen Rucksack über der Schulter. Ausnahmsweise hatten sie über die normalen Besuchszeiten hinaus bleiben dürfen, aber am nächsten Tag sollten sie morgens kommen, wenn sie Emma sehen wollten. Es wurde empfohlen, dass sie noch zwei Tage im Krankenhaus bleiben sollte, sodass sie wahrscheinlich ihre Flüge verpassen würden. Doch darum würde sie sich später kümmern.

Holly blinzelte, als sie vor dem Krankenhaus auf die Straße traten. Hier war es ruhiger als rund um den Markusplatz, aber es waren immer noch viele Leute unterwegs – auf dem Weg zum Abendessen oder um sich die Stadt anzusehen, nachdem die Hitze abgeklungen war.

»Hast du Hunger?«, fragte Jack.

Holly sah ihn an und kämpfte gegen einen plötzlichen, unangebrachten Drang zu lachen an. Jack war hier, in Venedig. Es war alles so seltsam.

»Ja.« Sie atmete tief durch. »Gott, ja, das habe ich wirklich.«

Sie schlenderten eine Weile umher, gingen wahllos nach links und nach rechts, so wie es vielleicht nur in Venedig möglich ist, bis sie sich in einer ruhigeren Straße wiederfanden, wo man so tun konnte, als wäre man nur mit einer Handvoll anderer Menschen allein in der Stadt. Vor einem kleinen Restaurant standen Tische, auf jedem Kerzen, und aus dem Inneren eines gewölbten Steintores erklang leise Musik. Es war viel ruhiger als die Restaurants, in denen Holly bisher gewesen war – nur fünf kleine Tische, drei bereits besetzt, alle von Zweiergruppen. Jack blieb stehen und zog fragend die Augenbrauen hoch, woraufhin Holly nickte.

Ein Kellner kam heraus und lächelte sie an. »Bitte«, sagte er und wies auf einen der beiden freien Tische.

Holly und Jack setzten sich einander gegenüber, zwischen ihnen die flackernde Kerze im schwindenden Abendlicht. Der Kellner drückte jedem von ihnen eine Speisekarte in die Hand, die ganz auf Italienisch war – ohne Bilder oder englische Übersetzung. Holly starrte ausdruckslos auf die Speisekarte und blätterte sie nicht einmal um.

Der Kellner kam fast sofort mit Wasser und einem Brotkorb zurück, über den Holly sich sofort hermachte. Gott, sie war so hungrig – sie hatte seit dem Obst zum Frühstück nichts mehr gegessen, was sich jetzt wie eine sehr lange Zeit anfühlte.

»Was möchten trinken?«

Jack und Holly sahen sich an. »Wein?« fragte Jack, und Holly nickte, froh, dass er es vorgeschlagen hatte. Nach diesem Tag konnte sie wirklich ein Glas gebrauchen. »Rotwein?« Wieder nickte sie.

Er sah zu dem Kellner auf. »Äh …«

»Rotwein?«, wiederholte der Kellner, dessen Englisch trotz

des starken Akzents bei weitem besser war als Hollys Italienisch. »Der Hauswein ist gut.«

»Hauswein klingt gut«, sagte Jack.

»Und Essen?«

Jack deutete auf Holly, die hilflos den Kopf schüttelte. »Brauchen Zeit?«, fragte der Kellner.

»Nein«, sagte Holly schnell. Sie brauchte keine Zeit, sie brauchte Essen. Wieder starrte sie auf die Speisekarte, doch die Worte verschwammen vor ihren Augen. Sie sah zu Jack, der offenbar die leichte Panik in ihrem Blick bemerkte, denn er griff sofort nach seiner Speisekarte und bestellte, indem er mit dem Finger auf die Gerichte zeigte und sie auf Italienisch vorlas. Der Kellner nickte und nahm die Speisekarten wieder mit.

Holly zog die Augenbrauen hoch. »Du sprichst Italienisch?«

»Äh, nein.«

»Und was hast du gerade bestellt?«

Jack zuckte schuldbewusst die Schultern. »Keine Ahnung. Ich schätze, wir werden es herausfinden.«

Holly schnaubte müde, gerade als der Kellner mit einer Karaffe und zwei Gläsern zurückkam. Er schenkte ihnen ein, dann überließ er sie lächelnd dem Wein.

Jack hob sein Glas. »Na dann, Prost.«

Sie stießen an, aber Holly konnte den Blickkontakt nicht halten – es war irgendwie zu intim. Der Wein war köstlich, bei weitem der beste, den sie getrunken hatte, seit sie hier war. Doch im Moment interessierte sie sich mehr für die Brotstangen. Sie griff nach einer, schlang sie hinunter und genoss das befriedigende *Knacken* bei jedem Biss.

Sie aß so hastig, dass Krümel auf den Tisch fielen, und sah Jack schuldbewusst an, während sie sie wegwischte. »Tut mir leid«, murmelte sie.

Er lachte, doch sein Lachen reichte nicht bis zu den Augen. »Muss es nicht. Iss nur. Tut mir leid, ich hätte daran denken sollen, dir von unterwegs etwas zu essen mitzubringen.« Er runzelte die Stirn. »Wie lange warst du im Krankenhaus?«

Holly führte ihre Hände zu den Schläfen und massierte sie. »Ich weiß nicht genau. Seit dem Frühstück.« Sie ließ die Hände sinken und trank einen Schluck Wein. Dann zwang sie sich, Jack direkt anzuschauen, dessen dunklen Augen der Kerzenschein noch mehr Tiefe verlieh. »Danke, dass du gekommen bist.«

»Ich sollte *dir* danken«, murmelte er. »Also, danke, dass du mich angerufen hast. Danke, dass du bei ihr warst, dass du dich um sie gekümmert hast.« Er fuhr sich mit den Händen übers Gesicht.

Sie konnte sich nicht vorstellen, wie es sein musste, Emma nach all dieser Zeit wiederzusehen. Sie konnte höchstens versuchen, sich vorzustellen, wie es wäre, Lily wiederzusehen, aber das wäre verkehrtherum, denn es war Jack, der Emma die Schuld gab; es war Jack, der sie nicht sehen wollte. Und doch war er schließlich gekommen, als es darauf ankam.

»Geht es dir ... gut?«, fragte sie zaghaft.

»Ja.« Er atmete aus. »Ja, ich glaub schon. Es ist nur ...« Er nippte an seinem Wein, und Holly vermutete, dass er Zeit zum Nachdenken gewinnen wollte. »Ich habe so lange an diesem Groll festgehalten, und jetzt weiß ich nicht, was ich tun soll. Als ich sie gesehen habe ... Ich weiß nicht, wie es weitergehen soll.« Er schüttelte den Kopf. »Wie ich damit umgehen soll ... was ich jetzt tun soll, was ich sagen soll oder ...«

»Ein Schritt nach dem anderen«, sagte Holly sanft. Dann streckte sie die Hand aus, weil sie spürte, dass er das brauchte, und legte sie auf seine. »Denk nicht zu viel nach«, fuhr sie fort. »Selbst wenn ... Selbst wenn du keinen Weg findest, ihr zu verzeihen oder über das, was passiert ist, hinwegzukommen« – sie hielt sich mit ihrer Meinung dazu zurück – »allein, dass du überhaupt hier bist, dass du gekommen bist …« Sie schluckte. »Es wird ihr so viel bedeuten, Jack.«

»Ja«, sagte Jack nach einer Pause. »Ja, okay. Ein Schritt nach dem anderen.«

Holly öffnete den Mund, dann biss sie sich auf die Lippe und zögerte.

Jack lächelte, die Andeutung eines Lächelns. »Du willst wissen, worüber wir gesprochen haben.«

Holly sah ihn an, dann wandte sie den Blick ab und zog ihre Hand zurück. »Du musst es mir nicht sagen«, sagte sie schnell.

»Ganz ehrlich? Wir haben wenig gesprochen. Sie hat ein bisschen geweint. Ich habe ein bisschen geweint.« Er zog eine Grimasse, als gäbe er das nur ungern zu. »Sie hat sich immer wieder bedankt, dass ich gekommen bin, und ich habe mich so verdammt schuldig gefühlt, dass ich …« Er atmete tief durch. »Dann hat sie mich gefragt, ob ich immer noch gern gärtnere, und das Thema hat uns für eine Weile über Wasser gehalten.«

Sie lachte leise. »Klingt ganz nach Emma.«

»Ich schätze, der schwierige Teil kommt noch«, sagte Jack mit einem Seufzer.

Holly nickte langsam.

In diesem Moment kam der Kellner mit dem Essen –

Burrata mit Tomaten, ein Pastagericht mit Auberginen und Mozzarella und Gnocchi mit etwas, das aussah wie kandierte Walnüsse. Hollys Magen knurrte, als der Kellner die Gerichte sowie einen kleinen Teller für jeden abstellte, sodass sie alles teilen konnten. Gut, dann konnte sie alles probieren. Sie stürzte sich auf das Essen, lud sich so viel auf den kleinen Teller wie draufpasste und machte sich schweigend darüber her. Das Essen war, wie der Wein, unglaublich lecker – jeder Bissen ein Geschmackserlebnis. Vor allem die Gnocchi mit kandierten Walnüssen, deren Süße durch eine buttrige Salzigkeit ausgeglichen wurde, abgerundet von geriebenem Parmesan. Auch Jack schien damit zufrieden, sich ganz auf das Essen zu konzentrieren, und erst beim zweiten Teller konnte Holly lange genug innehalten, um zu sprechen.

»Und wie *läuft* es mit dem Gärtnern?«, fragte sie. Für ernstere Gespräche würde später noch genug Zeit sein.

»Naja, im Moment gar nicht, aber ich habe meiner Mutter gesagt, dass ich ihren Garten umgestalten werde, das wird bestimmt Spaß machen.«

Holly legte den Kopf schief. »Ich weiß nicht genau, ob du das ernst meinst.«

»Oh, doch«, sagte er lächelnd. »Ein ganzer Garten, mit dem ich machen kann, was ich will? Ich kann mir nichts Schöneres vorstellen.«

»Und wie geht es deiner Schwester und deinem Bruder?«

»Gut. Theo – mein Bruder – war vor ein paar Wochen bei mir zu Besuch, und er ist definitiv verliebter in London als ich es je war.« Er spießte ein Gnocchi auf. »Wie geht es deiner unheimlichen Freundin mit dem Lockenkopf? Abi, stimmt's?«

»Oh, die Beschreibung wird ihr gefallen, damit hast du bei ihr einen Stein im Brett.«

»Damit, dass ich sie als unheimlich oder als Lockenkopf bezeichnet habe?«

Holly lachte. »Beides, schätze ich. Sie meint dauernd, dass ihr Haar nicht lockig genug ist.« Holly merkte, wie sie sich in die Unterhaltung hineinfallen ließ, wie sie für kurze Zeit den Tag vergaß, den sie hinter sich hatte, während sie den Wein, das Essen und Jacks Gesellschaft genoss. Es fühlte sich leicht an mit ihm zusammen zu sein, anders als vorher – vielleicht, weil Emma nicht mehr zwischen ihnen stand. Jetzt war es anders, denn jetzt waren sie beide *wegen* Emma hier.

Als sie fertig gegessen und bezahlt hatten, führte Holly sie zurück zum Hotel, wobei sie ihr Handy brauchte, um im Labyrinth der Stadt den Weg zu finden. Und obwohl sie sich besser fühlte, weil sie etwas gegessen hatte, und die Abendluft guttat, wuchs ihre innere Anspannung, als sie sich dem Hotel näherten. Während sie sich auf ihr Bett freute, lag Emma im Krankenhaus, allein. Sie musste furchtbare Angst haben, auch wenn sie es nicht zeigte.

Schweigend betrat Holly die schwach beleuchtete Lobby, Jack hinter ihr. Ihre Schritte hallten auf dem polierten Steinboden wider.

Jack stieß einen tiefen, leisen Pfiff aus. »Ziemlich schick.«

Holly lächelte. »Ja. Das war Emmas Wahl.« Aber als sie ihren Namen sagte, füllten sich Hollys Augen mit Tränen, und obwohl sie versuchte, sie wegzublinzeln, spürte sie die Hitze, als eine entkam und ihr übers Gesicht lief. »Entschuldige«, sagte sie mit belegter Stimme, senkte das Gesicht und sah auf ihre weißen Pumps. Aber jetzt, da die Tränen liefen, ließen sie sich nicht mehr stoppen, auch wenn sie versuchte, sie wegzuwischen.

»Hey, ist ja gut.« Jack fasste sie sanft am Ellbogen. »Komm. In welchem Zimmer bist du?«

Sie führte ihn die mit einem roten Teppich ausgelegte Treppe hinauf, vorbei an geschlossenen Fensterläden zu ihrem Zimmer im ersten Stock, zwei Türen entfernt von Emmas Zimmer. Ihre Hände zitterten so, dass Jack ihr den Schlüssel abnahm und die Tür aufschloss. Sie ging hinein und legte den Schlüssel auf die Kommode. Dann begann sie zu ihrem Entsetzen zu schluchzen. Tiefe, herzzerreißende Schluchzer, die sich ihres Körpers bemächtigten, sodass sie fürchtete, auf dem schicken Teppich zusammenzubrechen und nie wieder aufzustehen.

Jack war im Nu neben ihr und nahm sie in den Arm. Sie ließ sich einfach hineinsinken und legte den Kopf an seine Brust, während sie immer weiterweinte und einfach nicht aufhören konnte.

»Tut mir leid«, schluchzte sie, ihr Atem war abgehackt. »Keine Ahnung, was mit mir los ist.«

»Alles gut«, sagte er und streichelte ihren Rücken.

»Es ist nur … Ich habe vorhin meine Schwester angerufen und es war … Nun, es war nicht gut, und sie hasst mich immer noch und dann ist Emma …«

»Schhh«, beschwichtigte er sie. »Alles ist gut. Alles wird gut.« Er manövrierte Holly ans Ende des Bettes und zog sie, immer noch in sein T-Shirt weinend, auf seinen Schoß. Und hielt sie einfach fest. Hielt sie und schwieg, ließ sie sich einfach ausweinen.

Schließlich ging ihr Schluchzen in leise, einem Schluckauf ähnelnde Laute über. Während sie sich beruhigte, wurde ihr bewusst, wo sie war – und was sie tat. Sie saß auf Jacks Schoß, zusammengerollt wie ein Kleinkind, ihr Gesicht an sein T-Shirt gepresst, das jetzt von Tränen nass war. Sie wich zurück und sah ihn an.

Er streichelte ihren Rücken, eine beruhigende Geste, doch als sich ihre Blicke trafen, hielt er inne. Sie biss sich auf die Lippe. Wie musste sie aussehen? Sie waren sich so nahe, ihre Gesichter nur Zentimeter voneinander entfernt. Ihm schien es im selben Moment bewusst zu werden – sie spürte, wie sein Herzschlag sich beschleunigte, spürte, wie sich sein Atem veränderte. Er legte ihr eine Hand an die Taille, die andere an ihr Kinn und wischte mit dem Daumen sanft eine verbliebene Träne aus ihrem Gesicht. Ließ die Hand dort, an ihrem Gesicht, und ihre Haut wurde heiß.

»Tut mir leid«, flüsterte sie erneut.

»Muss es nicht.« Und so, wie er sie ansah, fühlte sie sich plötzlich gar nicht mehr rot und fleckig – obwohl sie es garantiert war. Doch dann nahm er die Hand von ihrem Gesicht und wich zurück, soweit es möglich war, da sie noch immer auf seinem Schoß saß.

»Nun«, sagte er mit etwas rauer Stimme, »ich glaube, ich gehe besser mal und versuche, für die Nacht noch ein Zimmer zu bekommen.«

Sie spürte, wie die Luft aus ihren Lungen wich, als sie aufstand, zu schnell, zu unbeholfen. Er stand ebenfalls auf, ging zur Tür, ohne sie anzusehen.

»Jack?« Sie sprach, bevor sie es sich anders überlegen konnte. »Warum bleibst du heute Nacht nicht hier?«

Er drehte sich um.

»Nur zum Schlafen, meine ich«, fügte sie schnell hinzu. »Ich bezweifle, dass du noch ein Zimmer bekommst. Es ist August in Venedig, und das Hotel ist seit Monaten ausgebucht. Du könntest Emmas Zimmer nehmen, aber das wäre vielleicht …«

Er verzog das Gesicht und nickte. Dann zögerte er, bevor er sagte: »Okay. Ja. Wenn du dir sicher bist?«

»Ich bin mir sicher.« Sie fragte sich, ob er ahnte, dass sie heute Nacht nicht allein sein wollte. Sie ließ ihn in seinem winzigen Rucksack herumkramen und ging ins Bad, um sich die Zähne zu putzen, das Gesicht zu waschen – das wirklich rot und fleckig war – und ihren Schlafanzug anzuziehen. Sie versuchte, sich nichts dabei zu denken, dass es ihr knapper Sommerpyjama war – Shorts und Hemdchen –, als sie ins Schlafzimmer zurückkam.

Jack hatte sich bis auf seine Boxershorts und ein frisches T-Shirt ausgezogen und lag auf dem Bett. Er konzentrierte sich ein bisschen zu sehr auf sein Handy, dachte Holly, als sie den Raum durchquerte und neben ihm ins Bett stieg. Trotz Klimaanlage hatte sie nachts nur ein Laken zum Zudecken gebraucht, aber mit Jacks Körperwärme brauchte sie wahrscheinlich nicht mal das. Es gab rote Vorhänge, die man um das Bett ziehen konnte, aber Holly ließ sie unangetastet, weil sie die Intimität fürchtete, die dadurch entstand. Stattdessen schüttelte sie ihre weißen Kissen auf und legte sich so hin, dass ihr Kopf das hölzerne Kopfteil gerade eben berührte. Keiner von beiden sagte etwas, obwohl Holly hörte, wie Jack sein Handy auf den Nachttisch legte.

»Ist es okay, wenn ich das Licht ausschalte?«, fragte sie und folgte ihrem Bedürfnis zu flüstern.

»Klar.«

Sie streckte die Hand aus und betätigte den Schalter an der Wand neben sich, mit dem sie die gesamte Beleuchtung im Zimmer steuern konnte. Die Fensterläden vor den Buntglasfenstern waren noch geöffnet, aber die Nacht war bereits hereingebrochen, und der Raum versank in Dunkelheit. Trotz ihrer Erschöpfung konnte sie die Anziehungskraft zwischen ihnen mit jeder Faser ihres Körpers spüren. Vielleicht war es doch keine so gute Idee gewesen, ihn zu bitten, zu bleiben – wie sollte sie so schlafen?

»Alles in Ordnung?«, murmelte Jack.

»Ja.« Sie drehte sich auf die Seite, wandte ihm den Rücken zu und versuchte, eine bequeme Position zu finden, stieß dabei jedoch gegen Jacks Ellbogen. Sie verzog in der Dunkelheit das Gesicht. »Tut mir leid.«

Er lachte leise, dann strich er mit einer Hand ihren Arm entlang, und sie widerstand der Versuchung, sich seufzend an ihn zu kuscheln. Er ließ seine Hand dort, eine beruhigende Präsenz. Langsam spürte sie, wie sie zur Ruhe kam, wie ihr die Augenlider zufielen. Er bewegte sich leicht, sodass sein Arm über ihren Bauch fiel, und sie hörte, wie sich sein Atem verlangsamte, vertiefte. Sie spürte, wie ihr Atem sich seinem anpasste. Und dann schlief sie in seinen Armen ein.

KAPITEL VIERUNDZWANZIG

»Es geht ihr gut, Pam, ehrlich«, sagte Holly, während sie und Jack auf der Insel Burano an einer Reihe bunter Häuser am Kanal entlanggingen. Jack ging ein Stück von ihr entfernt, um ihr etwas Privatsphäre für das Telefonat zu lassen, aber zweifellos konnte er trotzdem jedes Wort mithören.

»Erzähl mir noch mal, was genau passiert ist.«

Also erklärte Holly noch einmal, wie es Emma in den letzten Tagen ergangen war, wie sie zusammengebrochen und ins Krankenhaus gebracht worden war. Emma hatte Holly gebeten, Pam nicht anzurufen, aber Holly wusste, dass sie Bescheid wissen wollte. Emma würde ihr zweifellos später Vorwürfe machen, weil sie ihre Freundin beunruhigt hatte, aber Emma musste auch akzeptieren, dass sich andere Menschen um sie sorgten und dass es in Ordnung war, ihre Ängste mit diesen Menschen zu teilen. Holly hatte am Morgen versucht, mit Emma darüber zu reden, als sie und Jack sie im Krankenhaus besucht hatten, war aber in typischer Emma-Manier abgewimmelt worden.

»Hat der Arzt dir gesagt, warum sie zusammengebrochen ist?«

»Nicht wirklich«, antwortete Holly. »Und Emma will mir auch nichts verraten. Aber es muss … Meinst du, das bedeutet, es geht ihr schlechter, als sie uns sagt?«

Pam seufzte, und zum ersten Mal, seit Holly sie kannte, klang sie müde. »Ehrlich gesagt … ja, Schätzchen. Ich glaube, es ist ziemlich schlimm.«

»Weißt du irgendetwas?«, fragte Holly scharf und erntete einen kurzen alarmierten Blick von Jack.

»Nein«, sagte Pam langsam. »Ich weiß gar nichts. Aber in unserem Alter gibt es gewisse Zeichen, auf die man achten sollte.«

Holly ließ das einen Moment lang auf sich wirken, fragte aber nicht weiter. Sie redete sich ein, dass es keinen Sinn hatte zu raten, dass sie mit jemandem sprechen musste, der die Antwort kannte – einem Arzt, wenn Emma sich weigerte, ehrlich zu sein.

»Sie versucht uns zu schützen, glaube ich«, sagte Holly leise.

»Ja, auch das ist in unserem Alter nicht ungewöhnlich. Und Emma … sie hat schon immer dazu geneigt. Aber vielleicht ist sie auch einfach selbst noch nicht bereit, sich den Dingen zu stellen. Das denke ich jedenfalls. Und ich habe beschlossen, dass ich ihr als Freundin diesen Freiraum geben will. Ich fürchte nur, dass wir uns alle sehr bald zusammensetzen müssen, um herauszufinden, was genau los ist.«

»Ja«, sagte Holly leise. Und Emma hätte allen Grund, sich den Dingen nicht stellen zu wollen. Denn es gab da noch ein offenes Kapitel in ihrem Leben. Sie warf einen flüchtigen Blick auf Jack, der demonstrativ auf den Kanal schaute.

»Jack ist hier«, sagte Holly so leise, wie sie konnte. Falls Jack seinen Namen hörte, reagierte er nicht.

»*Tatsächlich?* Interessant. Ich nehme an, das ist dein Werk?«

»Naja, ich …«

»Gut gemacht, Schätzchen. Ich bin froh, dass du nicht auf die langweiligen Leute gehört hast, die gesagt haben, du sollst dich nicht einmischen.«

Holly spürte, wie ein Lächeln ihre Lippen umspielte. »Abi hält nichts davon, sich einzumischen.«

»Natürlich nicht, sie ist vernünftig. Und daran ist nichts auszusetzen – jeder braucht eine vernünftige Freundin. Aber du und ich, wir sind nicht vernünftig, oder?«

»Äh …« Sie war sich nicht ganz sicher, was sie darauf antworten sollte. Oder wie Abi es finden würde, als vernünftig bezeichnet zu werden. »Tut mir leid, Pam«, sagte sie dann, »aber ich glaube, ich muss Schluss machen.«

»Natürlich musst du das. Ich schätze, du kümmerst dich gut um Jack. Und ich schätze, er ist ein echter Hingucker.«

»Er ist … äh …«

»Natürlich ist er das. Sag Emma, sie soll mich anrufen, sobald sie kann, ja? Ich schicke ihr eine SMS, aber es schadet nicht, wenn du es ihr auch noch mal sagst.«

»Mach ich«, versprach Holly.

»Braves Mädchen. Und wenn du irgendetwas brauchst –egal was – Geld, Flugtickets – rufst du mich an, ja?«

»Ich …«

»Versprochen?«

»Versprochen.«

»Also dann.« Holly hörte es – das leichte Beben in Pams Stimme. Spürte, wie sie daraufhin selbst einen Kloß im Hals bekam.

»Ich rufe dich morgen an, um dich auf den neuesten Stand zu bringen.«

»Danke, Schätzchen. Und jetzt geh und kauf Emma was aus Spitze. Und was ihren Enkel angeht …«

»Ich bin vorsichtig«, sagte Holly schnell. »Keine Sorge.«

»Bist du das? Klingt unglaublich langweilig, und enttäuschend.«

Holly konnte nicht anders – sie lachte.

Als sie auflegte, sah Jack sie an.

»Entschuldige bitte«, sagte sie. »Ich musste es ihr sagen und …«

»Schon gut. Ehrlich.« Doch dass es Holly war und nicht Jack, die Emmas Freundin informierte, brachte sie kurz ins Stocken.

»Ich kann mich an keine Pam erinnern«, sagte Jack stirnrunzelnd, als würde er in seinen Erinnerungen stöbern.

»Ich glaube, sie ist erst vor etwa zehn Jahren dorthin gezogen.«

»Ah. Tja, das würde es erklären.«

Wieder ein Stocken, das Holly überspielte, indem sie aufgekratzt verkündete. »Nun, ich finde, es ist an der Zeit, ein bisschen zu shoppen, meinst du nicht?«

»Ich liebe shoppen«, sagte Jack mit unbewegter Miene. »Besonders wenn es um Spitze geht.« Holly bedachte ihn mit einem strengen Blick, und seine Mundwinkel verzogen sich zu einem Lächeln.

Er folgte ihr in einen der Läden am Kanal und sah sich um, während Holly versuchte, etwas zu finden, das ihr gefiel.

»Was meinst du?«, fragte Holly und hielt einen langen weißen Rock mit Spitzenborte hoch.

»Äh …« Jack fuhr sich mit der Hand über den Nacken und wirkte ein wenig erschrocken, dass er nach seiner Meinung gefragt wurde. »Für dich oder Emma?«

Holly blickte stirnrunzelnd auf den Rock. »Für mich«, sagte sie und fand das offensichtlich – er war viel zu luftig für Emma. »Aber wenn du das fragen musst, dann wohl eher nicht.« Sie hängte ihn zurück und durchstöberte die Kleiderstange in der kleinen Boutique, während ihr Haar im Wind des Ventilators wehte. »Ich bezweifle sowieso, dass mir irgendwas davon stehen würde – alles ist so *weiß*.« Sie blickte hinter sich, weil sie fürchtete, die Ladenbesitzerin könnte sie gehört haben, aber die war von zwei Touristinnen abgelenkt, Frauen um die vierzig, die dankbar schienen, dass es hier drinnen einen Ventilator gab.

»Oder rot, oder schwarz«, sagte Jack und zeigte auf zwei Kleider.

»Ja, aber die sind nicht traditionell.« Wenn sie auf einer Insel, die für ihre Spitze berühmt war, etwas kaufen wollte, musste es schon weiß sein.

»Dann kauf etwas Weißes«, sagte Jack achselzuckend und sah sich geistesabwesend um. »Weiß steht jedem.«

»Nicht, wenn man so blass und käsig ist wie ich.« Kräftige Farben standen ihr am besten – wie das kobaltblaue Trägerkleid, das sie gerade trug. Normalerweise gefiel ihr das, aber gerade eben fühlte es sich wie eine massive Unzulänglichkeit an, dass sie kein Weiß tragen konnte.

Jack sah sie an. »*So* blass bist du gar nicht.«

Holly schnaubte, während sie erneut die Kleiderstange begutachtete. »Sehr schmeichelhaft.«

»Du willst Schmeicheleien?« Er grinste, und eine gewisse Leichtigkeit legte sich über sein Gesicht. »Denn mir fallen garantiert bessere Komplimente ein als *braungebrannt*.«

Sie verdrehte die Augen, konnte sich aber ein Lächeln nicht verkneifen. Sie nahm ein weißes Etuikleid aus Spitze vom Ende der Kleiderstange und hielt es skeptisch hoch. »Meinst du, so etwas würde Emma gefallen?«, fragte sie, wobei es sich nicht um eine echte Frage handelte, sondern eher um lautes Nachdenken.

»Keine Ahnung«, sagte Jack in einem Tonfall, den sie nicht deuten konnte. Weil er es nicht wusste? Weil er wünschte, er *wüsste* es? Oder weil er sich wie sie fragte, ob Emma überhaupt wieder auf die Beine kommen würde?

Heute früh waren sie im Krankenhaus gewesen, sie waren gemeinsam aufgestanden und dorthin gefahren, und es hatte sich sehr intim angefühlt, auch wenn sie auf dem Weg dorthin nicht mal Händchen gehalten hatten. Emma hatte ihnen ausdrücklich befohlen, nicht rumzusitzen und zu warten, dass sie grünes Licht bekäme, sondern den verpassten Ausflug nach Burano nachzuholen. Der Raum zwischen Jack und Emma hatte sich sehr zerbrechlich angefühlt. Holly sah, dass Emma sich Mühe gab, keine große Sache daraus zu machen, um Jack nicht in Verlegenheit zu bringen. Sie wahrte den Anschein von Normalität, und Jack ließ sich darauf ein, erlaubte Emma, den Ton anzugeben. Dennoch blieb eine gewisse Grundanspannung.

Holly hing das Etuikleid zurück und hielt ein Wickelkleid hoch, das in der Taille gebunden wurde. »Vielleicht so etwas«, sagte sie und beschloss, es Emma gleichzutun und sich um ein wenig Normalität zu bemühen.

Jack nickte achselzuckend. »Ja. Das gefällt mir schon besser.«

»Sicher?«

Er zog die Augenbrauen hoch. »Willst du meine Expertenmeinung?«

Holly rümpfte die Nase. Wenn es Emma nicht gefiel, würde sie einfach sagen, dass Jack es ausgesucht hatte – Emma konnte Jack schlecht irgendetwas übelnehmen. Sie suchte auch noch etwas für sich aus – einen weißen Playsuit mit Dreiviertel-Ärmeln – und nachdem sie bezahlt hatten, bedankten sie sich bei der Besitzerin und verließen den Laden.

Holly seufzte, als sie am Kanal zurückgingen. »Ich denke ständig, ich sollte etwas Sinnvolleres tun.«

»Ich weiß«, sagte Jack leise. Doch es gab nichts, was sie tun konnten, und das wussten sie beide. Was Holly nicht davon abhielt, sich nutzlos zu fühlen.

»Was glaubst du, wie lange …?« Sie wollte den Rest des Satzes nicht laut aussprechen. Denn wenn sie es laut aussprach, wurde es real.

»Keine Ahnung«, sagte Jack leise. »Ich werde wohl ein paar Arzttermine vereinbaren, wenn wir zurück sind.« Holly entging nicht, was er damit sagen wollte – er hatte vor, sich zu kümmern.

»Tja, ich glaube, mir reicht's für heute«, gestand Holly. Der Schweiß stand ihr im Nacken, ihre Füße waren geschwollen. Sie wollte zurück ins Hotel, duschen und sich hinlegen. »Wollen wir noch kurz etwas trinken gehen, bevor wir den Wasserbus zurück nehmen?« Er hieß nicht wirklich Wasserbus – sie konnte sich den richtigen Namen nur nie merken. Dann runzelte sie die Stirn. »Ich habe gar nicht nachgesehen, wann er fährt.«

»Ich schon«, sagte Jack, als sie beim nächstgelegenen Café direkt am Wasser Halt machten.

»Natürlich hast du das.« Sie entdeckte einen leeren Tisch, den sie ansteuerte.

Er zog eine Augenbraue hoch. »Machst du dich über mich lustig?«

Sie schüttelte feierlich den Kopf. »Niemals.«

Er lachte leise. »Ich hole uns was zu trinken – was willst du?«

»Eine Cola, danke.« Warum hatte man bei der Hitze und im Ausland immer Lust auf Cola?

»Also«, sagte Jack, als er mit zwei Flaschen zurückkam, »ich hab eine bessere Idee.«

Holly nahm die Flasche und trank gierig. »Eine bessere Idee als …«

»Als das Vaporetto.«

Richtig, so hieß das Ding. »Und die wäre?«

Er hob einen Finger, um ihr zu bedeuten, dass sie sich in Geduld üben sollte.

»*Was*?«, fragte sie. »Was für eine Idee?«

Doch sie brauchte nicht lange auf die Antwort zu warten. Schon bald hielt ein schnittiges Schnellboot aus Holz neben dem Café, in dem eigens dafür vorgesehenen Bereich. Jack stand prompt auf und reichte Holly seine Hand. Sie lachte, schüttelte aber den Kopf. »Jack, die Dinger sind total teuer.« Das wusste sie, weil sie und Emma sich erkundigt hatten – auf dem Weg vom Flughafen waren sie von einem solchen Wassertaxi überholt worden und hatten neidisch auf die beiden Passagiere geblickt, die so entspannt und *selbstzufrieden* wirkten.

»Das geht auf mich«, sagte Jack.

»Du kannst doch nicht …«

»Zu spät«, unterbrach er sie. »Wahrscheinlich muss ich so oder so zahlen.«

Sie zögerte, blickte auf das Wassertaxi und den Mann, der hinter dem Steuer wartete.

»Komm schon – das gehört in Venedig dazu.«

Und wollte sie sich wirklich zieren?

Der Fahrer streckte die Hand aus, als sie sich näherte, und half Holly aufs Boot – was auch gut war, denn sie stolperte natürlich beim Einsteigen, sodass Jack hinter ihr leise lachte. Während das Boot rückwärts aus der Parkbucht manövrierte, gingen sie nach hinten durch. Es gab einen überdachten Bereich mit Sitzgelegenheiten, aber Holly entschied sich dafür, sich an die Reling zu lehnen, und Jack stellte sich neben sie.

Das Boot beschleunigte, und Holly konnte sich ein Lachen nicht verkneifen, als sie spürte, wie ihr der Wind ins Haar fuhr. Sie konnte nur schwer der Versuchung widerstehen, die Arme in den Wind zu halten.

Jacks Gesicht war ihr zugewandt, und er sah so verdammt sexy aus mit seiner Sonnenbrille und dem dunklen gelockten, vom Wind zerzausten Haar. Sie konnte seine Augen hinter den dunklen Gläsern nicht genau erkennen, aber sie sah, dass er sie beobachtete.

»Was?«, fragte sie.

Er lächelte. »Nichts. Ich höre dich nur gerne lachen, das ist alles.«

Sie spürte das Kribbeln in ihrem Magen und musste schon wieder lachen, als das Boot um die Ecke schoss – selbst wenn sie sich ein bisschen schuldig fühlte, weil sie lachte. Und sie wünschte sich, Emma wäre hier, um diesen Moment gemeinsam mit ihr genießen zu können.

KAPITEL FÜNFUNDZWANZIG

Zurück im Hotel sah Holly auf ihrem Handy nach der Uhrzeit und versuchte auszurechnen, wie viele Stunden es noch dauerte, bis sie Emma wiedersehen konnte. Noch vierzehn – sie musste die Nacht noch überstehen, bevor sie zu ihr durfte.

Als hätte Emma ihre Sorge gespürt, ploppte eine SMS auf.

> Es geht mir gut. Ich werde jetzt schlafen, damit ich morgen wach und munter bin, wenn du mich besuchen kommst – vor allem, weil ich mit dir darüber reden will, dass du hinter meinem Rücken eine bestimmte Person angerufen hast.

Holly spürte, wie ihre Lippen zuckten.

> Wäre es dir lieber, ich würde ihn nach Hause schicken?

Die Antwort kam fast augenblicklich.

> Er ist also noch hier?

Es brach ihr ein wenig das Herz, dass Emma sich darüber Gedanken machte.

> Ja. Soll ich mich bei ihm bedanken, dass er extra gekommen ist, und ihm sagen, dass er wieder nach Hause fahren kann?

Darauf antworte ich gar nicht erst.

Geht es dir ehrlich gut? Kann ich irgendetwas tun?

Es geht mir ehrlich gut. Und es gibt nichts, was du im Moment tun kannst, ich muss sowieso schlafen. Sieh dir mit Jack Venedig an, dann hast du mir morgen wenigstens etwas Interessantes zu erzählen.

»Worüber lächelst du?«

Holly blickte auf und sah Jack am Fenster stehen – ein Fenster, von dem man nur einen winzigen Ausschnitt der Schönheit Venedigs sah. »Über Emma«, sagte sie, legte ihr Handy weg und fragte sich plötzlich, was sie mit ihren Händen tun sollte. Sie waren ins Gespräch vertieft gewesen, als sie zum Hotel zurückgekommen waren, und hatten einfach weitergeredet, während sie – ganz selbstverständlich – die Treppe zu Hollys Zimmer hinaufgestiegen waren. Aber was nun?

»Hat sie ihr Handy da?«, fragte Jack.

»Klar. Das ist kein Gefängnis. Es war mal ein Kloster, aber kein Gefängnis.«

Jack nickte und sah wieder auf die Straße. Holly fragte sich, ob er Emma schrieb, dass er morgen noch hier sein würde, dass er vorhatte zu bleiben. Doch das musste er selbst entscheiden, sie wollte versuchen, sich ein wenig mehr zurückzuhalten.

»Und was machen wir jetzt?«, fragte Jack.

»Keine Ahnung … Irgendwo essen gehen?« *Offensichtlich, Holly.* Denn was war die Alternative – nichts zu essen? Aber vielleicht brauchte er mal eine Pause von ihr, um den Kopf freizubekommen. Sie öffnete den Mund, aber er kam ihr zuvor.

»Okay, lach nicht, aber *vielleicht* habe ich die zehn besten Dinge gegoogelt, die man in Venedig machen kann.«

»Natürlich hast du das.«

Dafür erntete sie ein Grinsen.

»Wann genau?«

»Als du dein Spitzendings anprobiert hast.«

»Okay. Und?«

»Der Venice Jazz Club liegt ziemlich weit vorn. Ich habe Tickets reserviert, falls du Lust hast?«

»Jazz?« Dann zuckte sie die Schultern. »Okay. Warum nicht?« Ein bisschen Ablenkung würde ihr guttun. »Lass mich nur schnell duschen und mich umziehen.« Dann sah sie ihn stirnrunzelnd an. »Willst du auch duschen?«

»Ja, gern. Soll ich zuerst duschen und dir dann das Zimmer überlassen?«

Sie nickte erleichtert, denn Höflichkeit hin oder her – es stresste sie, sich fertigzumachen, während er nebenan war. So wie heute früh, als sie sich ihre Sachen geschnappt hatte, um sich im Bad anzuziehen, nachdem sie in seinem Arm aufgewacht war.

Er duschte, und sie versuchte, eine SMS an Abi zu schreiben, um ihr zu erzählen, was passiert war. Allerdings wusste sie nicht recht, wie sie erklären sollte, dass Jack in ihrem Hotelzimmer in Venedig war und in ihrem Badezimmer duschte, ohne dass es seltsam klang.

Sie sah auf, als sich die Tür öffnete. Und da stand er, ein Handtuch um die Taille, das Haar feucht und zerzaust, mit nacktem Oberkörper. Sie zwang sich, ihm ins Gesicht zu sehen. »Das ging aber schnell.«

»Ich will dir nicht auf die Nerven fallen.«

Sie nickte, plötzlich unsicher, was sie sagen sollte. *Mein Gott,* was für ein Körper. Ihr Blick folgte wie von selbst den Konturen seiner Brust, wanderte von dort zu seinen Armen – warum waren Arme an einem nackten Körper so sexy?

Ihr wurde bewusst, was sie da tat, und als sie ihm wieder ins Gesicht sah, registrierte sie, dass er ein Lächeln unterdrückte.

»Ich zieh mir mal was an und lass dich in Ruhe«, sagte er. Sie nahm ihr Handtuch vom Bett, und er betrat den Raum im selben Moment, als sie einen Schritt in Richtung Badezimmer machte. Sie war sich *sehr* bewusst, dass er fast nackt war, dass es nur einen Zupfer am Handtuch brauchte. Ihre Blicke trafen sich, und Holly spürte, wie sich etwas in ihr zusammenzog.

Sie machte einen weiteren Schritt auf ihn zu, blieb neben ihm stehen und sah zu ihm hoch. »Danke, für heute.«

»Du musst mir nicht danken.« Seine Stimme war wie flüssige dunkle Schokolade, tief, weich und wahnsinnig sexy.

»Doch, muss ich.« Dann stellte sie sich auf die Zehenspitzen, um ihm einen Kuss auf die Wange zu drücken, selbst beeindruckt von ihrer Selbstbeherrschung. Sie spürte, wie sein Körper sich anspannte, als sie zurückwich, und versuchte, Luft zu bekommen, während sie an ihm vorbei in die Sicherheit des Badezimmers flüchten wollte.

Doch er griff nach ihrer Hand, um sie aufzuhalten, und sie spürte, wie ihr Puls aufflackerte. Sie sah ihm ins Gesicht.

»Ich bin wegen Emma hier«, sagte er leise.

Und sie runzelte die Stirn – denn das war offensichtlich.

»Ich habe versucht, einen Weg zu finden …« Er schüttelte den Kopf. »Ich hätte mich schon früher melden sollen. Bei Emma, meine ich. Ich hätte einen Weg finden müssen…« Er stieß die Luft aus. »Ich meine … ich hätte nicht von dir erfahren dürfen, dass sie im Krankenhaus ist.«

Weil er aussah, als bräuchte er Trost, streckte sie die Hand aus und umfasste sein Gesicht.

»Ich bin wegen Emma hier«, wiederholte er. »Aber ich bin auch …« Er schluckte, sein Adamsapfel hüpfte. »Ich meine, als ich deine Stimme gehört habe …« Sie spürte den Hauch seines Atems an ihrer Hand. »Ich würde lügen, wenn ich behaupten würde, dass ich nicht auch deinetwegen hier bin, Holly.«

Sie spürte den Funken, der bei seinen Worten übersprang, spürte, wie ihr Herz gegen ihre Brust pochte. Ohne nachzudenken, beugte sie sich vor und presste ihre Lippen auf seine. Zärtlich. Und er legte seine Hand auf ihre, vertiefte den Kuss, nur ein wenig. Ihre Augenlider schlossen sich flatternd. Sie konnte das Duschgel des Hotels riechen, konnte die Zahnpasta auf seiner Zunge schmecken. Er löste sich sanft von ihr, ihre Gesichter immer noch nah beieinander, und seine dunkelbraunen Augen bohrten sich in ihre. Sie atmete bebend aus und wich zurück.

»Wir sehen uns unten?« Seine Stimme war immer noch leise und gerade rau genug, um ein Kribbeln in ihrem Bauch auszulösen.

Sie nickte stumm, wandte sich ab. Und als sie unter die Dusche stieg, stellte sie das Wasser kalt.

Holly setzte sich neben Jack an einen kleinen Tisch. Es waren nur etwa zehn Personen im Club, eine intime Atmosphäre, zu der auch die Flasche Rotwein zwischen ihnen beitrug. Die Musik war fantastisch und ganz anders, als Holly erwartet hatte. Zugegeben, sie hatte nicht viel Erfahrung mit Jazz und hatte befürchtet, sich zu langweilen. Doch es war die Art von Musik, die einen berührte, die einem ein Lächeln ins Gesicht zauberte oder einen Kloß im Hals verursachte. Wie die Instrumente kommunizierten, wie die Musiker ohne Noten improvisierten und sich nur auf ihr Gehör oder ihr Talent oder was auch immer verließen – all das ließ Holly sich wünschen, sie hätte ein Instrument gelernt.

»Möglicherweise bin ich ein bekehrter Jazz-Fan«, flüsterte sie Jack zu, und er lächelte sie an.

»Ich auch.«

Den ganzen Abend über hatten sie sich kaum angesehen, und Holly hatte ihre Aufmerksamkeit auf die Band gerichtet. Zumindest versuchte sie, den Anschein zu erwecken, während sie sich in Wahrheit auf Jacks Knie unter dem Tisch konzentrierte. Er trug Jeans, und sie ihren neuen Spitzen-Playsuit, der ihre Beine nackt ließ. Nackt – und daher umso empfindlicher.

Es war unmöglich, sich über die Musik hinweg zu unterhalten – jedenfalls nicht, ohne unhöflich zu sein und sich anzuschreien – und irgendwie verstärkte das noch das Kribbeln in ihrem Körper, das Pulsieren ihrer Nervenenden im Takt des flackernden Kerzenscheins.

Als das zweite Set zu Ende war, klatschten Holly und Jack, und sie verspürte eine gewisse Erleichterung. Nicht, dass sie es nicht genossen hätte – sie hatte es geliebt. Konnte sich vorstellen, dass es Lily ebenfalls geliebt hätte.

Gemeinsam gingen Jack und Holly zur Bar, um zu bezahlen, und versprachen wiederzukommen, falls sie je wieder in Venedig sein sollten. Draußen war die Sonne bereits untergegangen – was Holly in ihrer Überzeugung bestärkte, dass Venedig bei Nacht genauso schön war wie bei Tag. Die Gebäude leuchteten im Schein der Straßenlaternen, und spiegelten sich schimmernd im Wasser, was der Stadt eine magische, geheimnisvolle Atmosphäre verlieh – als wüsste man nie genau, was einen hinter der nächsten Ecke erwartete.

Jack steckte die Hände in die Taschen, als sie über die Rialtobrücke zum Hotel zurückgingen, begleitet vom Stimmengewirr der Touristen. Holly blickte geradeaus. Sie hatte gedacht, dass es hier draußen an der frischen Luft leichter sein würde, aber sie spürte sie immer noch, diese Anziehung zwischen ihnen, und sie musste sich körperlich anstrengen, um ihr nicht nachzugeben. Spürte er sie auch? Er hatte sie vorhin im Hotelzimmer geküsst, und sie hatte etwas in dem Kuss gelesen, war sicher gewesen, dass er sie wollte. Doch wenn sie heimlich zu ihm rüberschielte, wirkte sein Gesicht völlig unbeteiligt.

In Rekordzeit waren sie zurück im Hotel. Als sie die Lobby betraten, fuhr sich Jack mit der Hand durchs Haar. »Mist, ich habe mich nicht um ein Zimmer gekümmert.«

»Schon gut«, sagte sie, selbst beeindruckt, wie gelassen ihre Stimme klang. »Wir können uns das Zimmer wieder teilen – und morgen, wenn wir Emma besuchen, machen wir einen Plan.«

Emma. Ging es ihr gut? Hoffentlich schlief sie schon. Hoffentlich bekam sie etwas gegen die Schmerzen, damit sie sich erholen konnte.

Als sie die Treppe hinaufstiegen, legte sich Stille über sie. Holly schloss die Tür auf und vermied es bewusst, Jack anzusehen. Es war anders als gestern, die Luft zwischen ihnen war aufgeladener. Und anders als gestern, als er sich auf die Bettkante gesetzt und sie sich auf seinem Schoß ausgeheult hatte, fühlte sich das Bett heute wie ein Störfaktor an, der den ganzen Raum zwischen ihnen einnahm.

Jack schloss die Tür mit einem leisen Klicken, und Holly entfernte sich, um ihre Tasche auf den Stuhl in der Ecke zu legen – so weit weg von ihm wie möglich. Doch er streckte die Hand aus und legte sie sanft auf ihren Arm. »Ich weiß nicht, ob es eine gute Idee ist, heute Nacht wieder hierzubleiben«, sagte er leise.

Holly runzelte die Stirn und versuchte, das Gefühl der Zurückweisung zu verdrängen.

»Warum nicht?«, fragte sie.

Sein Mund verzog sich zu einem kleinen, selbstironischen Lächeln. »Weil ich nicht glaube, dass ich schlafen kann, wenn ich die ganze Nacht neben dir liege.« Obwohl eine gewisse Leichtigkeit in seiner Stimme lag, jagte sein Blick ihr einen heißen Schauer durch den Körper.

Sie drehte sich um, legte beide Hände auf seine Brust und spürte die Muskeln durch sein Hemd. Es war eine Erleichterung, ihn berühren zu können, der Anziehung endlich nachzugeben. Sie legte den Kopf schief und sah ihn an. »Wer hat etwas von schlafen gesagt?«

Er war ganz still. »Letztes Mal hast du gesagt, zwischen uns darf nichts sein«, sagte er vorsichtig. Windsor – er meinte Windsor, als sie vor ihm zurückgewichen war.

Sie schüttelte den Kopf. »Das war damals. Jetzt ist jetzt.« Und wem wollte sie etwas vormachen? In dem Moment, als er den Jazzclub vorschlug, hatte sie gewusst, dass es passieren würde. Vielleicht sogar schon vorher, auch wenn sie sich geweigert hatte, diesen Gedanken zuzulassen – denn es als *unausweichlich* zu bezeichnen, fühlte sich zu sehr wie *Schicksal* an.

Er ließ die Hände zu ihrer Taille wandern, und ihre Haut unter dem Playsuit prickelte. »Ich will die Situation nicht ausnutzen. Du hattest ein paar harte Tage, und ich …«

Sie drückte einen Finger auf seine Lippen, spürte seinen Atem auf ihrer Haut. »Jack. Glaub mir, wenn ich dir sage, dass du hier gar nichts ausnutzt.« Sie beugte sich vor, um ihn zu küssen, spürte, wie seine Hände ihren Körper hinunterglitten, seine Finger sich in ihre Hüften gruben, als er den Kuss erwiderte.

Sie war es, die den Kuss vertiefte, die Arme um seinen Hals schlang und seinen Kopf zu sich herabzog. Selbstbeherrschung war noch nie ihre Stärke gewesen, in keinem Bereich ihres Lebens, und sie wollte es so sehr. Sie brauchte es, etwas Echtes, alles Verzehrendes, und wollte sich keine Gedanken machen, die über diesen Moment hinausgingen.

Jack murmelte einen Fluch an ihren Lippen und legte einen Arm um sie. Mit der anderen Hand griff er in ihr Haar, ließ jede Zurückhaltung fahren. Sie seufzte, als er an ihrer Unterlippe knabberte.

Er küsste ihren Hals, streifte dabei mit den Zähnen sanft über ihre Haut, und sie stöhnte auf, wölbte sich ihm entgegen, während ein Schauer durch ihren Körper lief.

»Fuck, Holly«, murmelte er an ihrem Hals, und der Klang seiner tiefen, heiseren Stimme jagte ein Kribbeln bis zu ihren Zehen.

Sie zerrte sein Hemd aus der Jeans, fuhr mit den Händen seinen Oberkörper hinauf. Doch es war nicht genug. Sie wollte mehr. »Lass mich«, sagte sie und zerrte an seinem Hemd. »Lass mich einfach …«

Etwas atemlos lachend zog er sich das Hemd über den Kopf, und sie ließ ihre Hände über seine herrliche Brust gleiten, bevor sie zu den Muskeln auf seinem Rücken weiterwanderten. Die ganze Zeit ruhte sein Blick auf ihr, mit brennender Intensität.

Er beugte sich vor, um sie erneut zu küssen, und dirigierte sie in Richtung Bett. Sein Schenkel schob sich zwischen ihre Beine, und er zupfte an ihrem Playsuit. Sie lachte, dasselbe atemlose Lachen. »Playsuits. So umständlich auszuziehen. Ich hätte mir das besser überlegen sollen.«

Er grinste, und sie merkte, dass sie dieses Grinsen immer mehr liebte. »Du hast das geplant, oder?«

Sie stieß einen zischenden Atemzug aus, als er an ihrem Kinn knabberte. »Oh Gott, du hast ja keine Ahnung.«

Er ließ seine Hände über ihre Oberschenkel gleiten, fuhr mit dem Finger unter den Playsuit. »Ich glaube doch.«

Sie schaffte es, sich aus dem Playsuit zu befreien – so unelegant, dass sie beide lachen mussten. Wenigstens die Wahl ihrer Unterwäsche war durchdacht. Genüsslich ließ er den Blick über ihren Körper gleiten. Dann strich er mit der Hand über ihren BH, und sie spürte dieses flüssige Ziehen, das sie dazu brachte, nach ihm zu greifen und ihn mit sich aufs Bett zu ziehen.

Ihr Puls raste, als sie sein Gewicht auf sich spürte. Sie tastete nach dem Gürtel seiner Jeans, hörte, wie er durch die Schnalle glitt.

Ihr Atem kam jetzt in Schüben, als er die Finger unter den Stoff der kurzen Hosenbeine schob. Er küsste ihren Bauch, wanderte tiefer, und sie fuhr mit den Fingern durch sein wunderschönes dunkles Haar, stöhnte, als sie seine Zunge dort spürte, wo eben noch seine Finger gewesen waren.

Er grinste sie an, und sie zog ihn zu sich hoch, ließ ihre Hände über seinen Körper gleiten und spürte die Beule unter seinen Boxershorts. Erst da fiel ihr etwas ein, und sie hielt inne. »Jack. Hast du ein Kondom?«

Er erstarrte, während er ihren Blick erwiderte. »Nein.«

»Nicht?« Ihre Stimme klang schrill.

»Na ja, so einen Urlaub hatte ich eigentlich nicht geplant.«

Sie lachte, aber es war ein nervöses, frustriertes Lachen. Er legte seine Stirn an ihre. Sie konnte immer noch das Kribbeln in ihrem Körper spüren, wie sich ihre Hüften ihm entgegenwölbten, gegen ihren Willen bettelten. Er küsste ihren Hals, liebkoste sie mit der Zunge. »Jack«, sagte sie flehend.

Er verschränkte seine Finger mit ihren, hob ihre Hände über ihren Kopf. »Mach dir keine Sorgen«, murmelte er und küsste wieder ihre Lippen, diesmal etwas forschender. »Es gibt viele Dinge, die wir ohne Kondom tun können.«

Und während sich ihr Körper unter ihm räkelte, wusste sie, dass diese Dinge sie bis zum nächsten Morgen wach halten würden.

KAPITEL SECHSUNDZWANZIG

Holly sah verstohlen zu Jack hinüber, als sie an den Steinsäulen entlang zum Haupteingang des Krankenhauses gingen. Er *wirkte* ganz entspannt. Aber er war sehr gut darin, große Emotionen zu verbergen, was ein bisschen frustrierend war. Nicht nur wegen Emma, sondern auch, weil sie sich fragte, was er über die letzte Nacht dachte. Denn obwohl sie nicht wirklich Sex gehabt hatten, war es unglaublich gewesen – und als sie aufgewacht war, mit verwuscheltem Haar, ein Bein zwischen seine geklemmt, hatte sie sich einfach nur ... glücklich gefühlt. Selbst als sie sich unter die Dusche getrollt hatte, während Jack noch total sexy und zerzaust im Bett lag, hatte sie nicht das Bedürfnis verspürt, ihre Sachen oder sonst etwas einzusammeln. Er hatte es ihr leicht gemacht und, als sie sich angezogen hatten, ganz normal mit ihr geplaudert.

Aber *jetzt*, als sie das große Krankenhausgebäude betraten, fühlte sie sich unbehaglich. Als hätte sie etwas falsch gemacht – denn er war Emmas Enkel, und Emma war hier, im Krankenhaus, während sie ... Wieder bedachte sie ihn mit einem flüchtigen Blick, und diesmal bemerkte er es und schenkte ihr ein Lächeln. Dann legte er einen Arm um sie, zog sie an sich und küsste sie auf den Kopf. Als wüsste er, was darin vorging. Sie versuchte, nicht daran zu denken, wie gut es sich anfühlte, sich an ihn zu schmiegen.

Jack ließ den Arm sinken, als sie sich der Rezeption näherten. »Äh, wir möchten Emma Tooley besuchen?«

Der Mann an der Rezeption schob seine Brille hoch, schaute auf den Computerbildschirm und bedeutete ihnen wortlos, weiterzugehen. Vielleicht lag es ja an der Sprachbarriere.

Als sie Emmas Zimmer erreichten, kam gerade eine Ärztin heraus – eine Frau zwischen vierzig und fünfzig, mit langem dunklem grau meliertem Haar, das sie über ihrem weißen Kittel zum Pferdeschwanz gebunden hatte. »Gut, dass Sie da sind«, sagte sie forsch. Es machte Holly ein wenig verlegen, dass alle Englisch mit ihnen sprechen mussten – warum hatte sie nicht ein paar Sprachen gelernt, nur für den Fall?

»Geht es ihr gut?«, fragte Jack. Und jetzt sah Holly die Anspannung, die unter der Oberfläche lauerte.

Die Ärztin atmete tief durch. »Nun, so gut, wie es unter den gegebenen Umständen möglich ist, würde ich sagen. Aber vielleicht können Sie mit ihr reden.« Sie blickte zwischen Holly und Jack hin und her. »Selbst in diesem Stadium gibt es noch Optionen, und nach dem jüngsten Vorfall könnte sie vielleicht …«

»Was meinen Sie?«, unterbrach Holly sie scharf. »Welches Stadium?«

Die Ärztin runzelte die Stirn. »Sie ist in Stadium IV. Das wussten Sie doch, oder?«

Holly spürte, wie sich Jacks Körper versteifte und legte unwillkürlich eine Hand auf seinen Arm, während sie sprachlos den Kopf schüttelte. *Stadium IV* hallte es in ihrem Kopf nach, und mit jedem Mal schien es noch weniger real. Denn Emma konnte keinen Krebs im Stadium IV haben. Stadium IV war unheilbar, Krebs im Endstadium, und Emma war … Doch noch während sie sich dagegen wehrte, wusste sie, dass es genau das war, worum sie sich seit Monaten drückten, weil keiner von ihnen wagte, es auszusprechen. Nicht einmal *Emma* wagte es.

»Tut mir leid«, sagte die Ärztin. »Ich bin davon ausgegangen…« Sie räusperte sich wirkungsvoll. »Das Beste ist, sie nach Hause zu bringen und dort mit ihren Ärzten zu sprechen. Machen Sie einen Plan. Wir können hier nicht viel tun, und es hat wenig Sinn, wenn ich mit Ihnen die Optionen bespreche, denn sie ist nicht meine Patientin.«

»Wir haben heute Nachmittag einen Flug«, sagte Holly, und die Worte fühlten sich taub an auf ihren Lippen.

Jack sah sie stirnrunzelnd an. Sie hatte es ihm nicht gesagt, fiel ihr ein. Die letzten Tage hatte es sich angefühlt, als würde die Zeit stehen bleiben, während sie darauf warteten, wie es weiterging, und Holly hatte überhaupt nicht daran gedacht, ihren Rückflug zu erwähnen, weil es unwichtig erschien.

»Hmm«, sagte die Ärztin. »Nun, wir müssen noch einige Tests durchführen und abklären, ob sie fliegen kann. Vielleicht also nicht heute, aber morgen oder übermorgen?«

»Ja«, sagte Jack. »Wir können die Flüge bestimmt umbuchen.« Holly nickte, immer noch wie betäubt. *Stadium IV*.

»Gehen Sie ruhig rein. Vielleicht können Sie sie zur Vernunft bringen. Wie gesagt, sprechen Sie am besten mit ihren Ärzten zu Hause, aber es gibt Dinge, die Sie tun können, um es …« – wieder ein Räuspern – »… angenehmer zu machen.«

Holly sah der Ärztin nach, deren Pferdeschwanz im Takt ihrer eiligen Schritte wippte. Wäre sie allein gewesen, hätte sie sich nicht von der Stelle gerührt, aber Jack öffnete die Tür zu Emmas Zimmer, und sie wusste, dass sie ihm folgen musste.

Emma sah auf, als sie eintraten, und verzog das Gesicht.

»Okay«, sagte sie. »Sie haben es euch also gesagt.«

Jack hielt sich jetzt so steif, dass Holly fürchtete, er könnte durchbrechen. Aber sie wagte nicht, ihn zu berühren – sie wollte nicht, dass Emma etwas bemerkte und nachfragte, nicht in …

»Warum hast du es mir nicht gesagt?«, fragte sie und trat auf Emma zu, Tränen in den Augen.

»Weil du nichts tun kannst«, sagte Emma schlicht. Sie sah Jack an. »Niemand kann etwas tun.«

»Aber es gibt doch sicher Behandlungsmöglichkeiten«, sagte Holly schnell. »Dinge, die helfen …«

»Lass uns nicht darüber reden«, sagte Emma mit fester Stimme.

Das war ihre Lösung. Nicht darüber zu reden, einfach so zu tun, als wäre nichts. Aber stand es Holly zu, diese Taktik zu verurteilen? Gab es einen richtigen Weg, mit so etwas umzugehen? Würde sie selbst besser damit umgehen?

Sie starb. Emma starb. Sie konnte es nicht begreifen. Sie waren im Urlaub. In Venedig, um Himmels willen.

»Wie war es gestern?«, fragte Emma. Jack stand immer noch wie erstarrt in der Tür. »Wart ihr auf Burano?«

»Ja«, sagte Holly, »aber …«

»Hast du mir was Schönes mitgebracht? Sag mir nicht, du hast es vergessen. Ich habe mich schon so gefreut.«

»Emma, wir …«

»Und Jack.«

Jack zuckte zusammen, als er seinen Namen hörte.

»Ich habe dich gestern kaum etwas gefragt. Du musst mir alles erzählen. Es gibt so viel, was ich wissen möchte.« Emmas sachlicher Tonfall versagte und klang jetzt fast flehend. »Bist du noch in London?«

Jack trat näher an Emmas Bett und stellte sich ans Fußende, während Holly neben dem Kopfende stand. »Ich hätte nicht so lange damit warten sollen, mich zu melden.«

»Wir reden also darüber.« Emma schloss kurz die Augen.

Sie sah so müde aus. So *alt*. Sie *war* alt, das wusste Holly.

Logisch. Aber Emma wirkte immer so sprühend vor Leben, so *lebendig*.

Emma öffnete die Augen und deutete auf die Stühle neben dem Bett. »Kommt und setzt euch, ich will nicht zu euch aufsehen müssen.«

Jack gehorchte, fast als sei er dankbar, Anweisungen zu bekommen, und Holly biss sich auf die Lippe. »Soll ich …«

»Nein, du bleibst hier«, sagte Emma. »Du bist der Grund, warum er hier ist, oder?«

Holly zuckte zusammen.

»Oh, fang nicht wieder damit an, ich werde dir schon nicht den Kopf abreißen.«

»Das wäre das erste Mal«, murmelte Holly, wofür sie von Emma ein Augenzwinkern und von Jack ein zaghaftes Lächeln erntete.

»Hör zu«, wandte Emma sich an Jack, wobei sie ihn mit ihren türkisfarbenen Augen eindringlich ansah. »Es gehören immer zwei dazu. Du sollst nicht die ganze Schuld auf dich nehmen, nur weil ich, na ja …« Sie atmete hörbar aus. »Ich habe mich auch nicht gemeldet, obwohl die da mich fast genötigt hätte.«

Holly spürte, wie ihr bei der Erinnerung an ihre unrühmliche Rolle heiß wurde.

»Selbst nachdem ich den Brief abgeschickt hatte, bin ich …«

»Welchen Brief?«, fragte Jack stirnrunzelnd.

»Den *Brief an eine Unbekannte*«, sagte Emma mit einer ungeduldigen Handbewegung.

»Den was?«

Jetzt sah Emma Holly an. »Du hast es ihm nicht erzählt.«

»Äh, nein. Ich bin nicht in die Einzelheiten gegangen, wie wir uns kennengelernt haben.«

Sie konnte nun auch Jacks Blick auf sich spüren. Irgendwie war das ganze Warum, der Brief, der Holly überhaupt erst in Emmas Leben gebracht hatte, einfach nicht zur Sprache gekommen – Jack hatte nicht gefragt, und ihr war es nicht in den Sinn gekommen, ihm davon zu erzählen.

Emma sah Holly mit hochgezogenen Augenbrauen an und dann zwischen den beiden hin und her. Etwas in ihrem Blick deutete darauf hin, dass sie mehr wusste, als sie zugeben wollte. »Okay, darauf können wir später zurückkommen. Was ich sagen will, ist, nach allem, was passiert ist, nach dem Unfall …« Emmas Gesicht zog sich zusammen. »Ich habe verstanden, warum du und deine Mutter mir die Schuld gegeben habt. Ich habe mir auch die Schuld gegeben. Ich bin gefahren, und es spielt keine Rolle, ob ein anderes Auto daran beteiligt war.«

»Ein anderes Auto?«, wiederholte Jack, seine Stimme klang weit entfernt. »Ich erinnere mich dunkel, aber …« Er schüttelte den Kopf. »Ich kann mich nicht an alles erinnern.«

»Nun, das ist ein kleiner Segen«, sagte Emma leise. »Es ist ein Fluch, sich zu erinnern. Ein paar Dinge habe ich vergessen, die Erinnerungen verschwimmen mit dem Alter – aber diese Nacht werde ich nie vergessen.«

»Da war noch ein anderes Auto?«, wiederholte Jack. »Bist du deshalb ausgewichen?«

»Ja.«

Holly fühlte sich unbehaglich. Als sollte sie nicht Zeugin dieser Unterhaltung sein – auch wenn sie andererseits bleiben wollte, um zu verstehen, was passiert war. Doch die Hitze, die in ihrer Brust aufstieg, hatte einen anderen Grund – denn sie wurde unwillkürlich an ihren eigenen Unfall erinnert, an das Auto, das auf *sie* zugefahren war. An das Auto hinter ihnen. An das, was hätte passieren können, wenn an diesem Tag niemand da gewesen wäre, um einen Krankenwagen zu rufen.

»Mum hat gesagt, es war deine Schuld«, sagte Jack, und seine Stimme klang belegt.

»Nun, es ist einfacher, jemanden zu haben, dem man die Schuld geben kann«, sagte Emma leise. »Schließlich war ich es, die gefahren ist. Ich …« Aber dann sah sie Holly an und verkniff sich, was immer sie sagen wollte.

Ich war schuld, war es das, was sie hatte sagen wollen? Aber wenn sie schuld war, dann war Holly es auch.

»Und vielleicht wäre es anders ausgegangen, wenn jemand anderes am Steuer gesessen hätte.« Die Falten um Emmas Mund zogen sich zusammen. »Ich habe den Unfall immer wieder Revue passieren lassen und mich das gefragt.«

Holly starrte jetzt in ihren Schoß und versuchte, ganz bewusst zu atmen. Nicht sie sollte diejenige sein, die hier weinte. Sie musste sich zusammenreißen. Jetzt war nicht der richtige Zeitpunkt, um über ihren eigenen Unfall nachzudenken, über Lily. Hier ging es um Emma.

»Ich bin furchtbar mit der ganzen Sache umgegangen«, sagte Jack, immer noch mit derselben angestrengten Stimme. »Und jetzt …«

»Du bist so damit umgegangen, dass du es überstehen konntest«, sagte Emma, und obwohl sie sich eindeutig um ihre übliche sachliche Stimme bemühte, lag darin eine Sanftheit, die Holly nur selten gehört hatte. »Und ich hätte mich mehr anstrengen müssen«, fuhr Emma fort, sie klang jetzt müde. »Ich hätte mich von dir und deiner Mutter nicht abweisen lassen dürfen.«

Holly blickte auf und sah Jacks Stirnrunzeln. »Was meinst du mit abweisen? Du hast doch nie versucht, dich zu melden.«

»Natürlich habe ich das. Nachdem ihr weggezogen seid, habe ich ständig angerufen und sogar ein paar Briefe geschrieben. Aber deine Mutter hat mir gesagt, sie will mich nicht sehen, und sie hat gesagt, *du* willst mich nicht sehen, und ich konnte es keinem von euch verdenken, also …« Sie unterbrach sich, als sie den Ausdruck in Jacks Augen sah, und Holly hielt den Atem an.

»Sie hat gesagt, du brauchst Abstand. Sie hat nie gesagt, dass … Ich dachte, du hättest aufgegeben. Ich dachte, du willst mich nicht sehen, weil …«

Holly konnte nicht ertragen, wie brüchig seine Stimme klang. Sie streckte die Hand aus, legte sie auf seine. Er drehte die Handfläche nach oben, verschränkte seine Finger mit ihren.

Emma verfolgte die Aktion, sagte aber nichts dazu. »Ich wollte dich immer sehen«, sagte sie. »Aber irgendwann habe ich es aufgegeben.«

»Ich habe versucht, dich zu erreichen, wegen der Gedenkfeier für Papa. Das war vor fast vier Jahren, kurz vor Weihnachten. Ich habe dir geschrieben. Du bist nicht gekommen.«

Emmas Augen glänzten tränenfeucht. »Ich saß schon im Auto und war unterwegs. Aber auf der Strecke war ein Unfall passiert. Ich kam nicht vorbei, und der Unfall sah ziemlich schlimm aus.«

Hollys Herz begann zu pochen. Weihnachten, vor fast vier Jahren. Jack im Café, auf dem Weg zu der Gedenkfeier. Ein Unfall, der sich nicht weit von dort ereignet hatte.

Sie zog ihre Hand weg. »Wo?«, flüsterte sie, und Jacks und Emmas Blicke richteten sich auf sie. »Wo war der Unfall?«

Als Emma die Straße nannte, starrte Holly sie an. Hörten sie es auch, dieses Klingeln? »Du kamst nicht vorbei?«, wiederholte Holly, und ihre Stimme zitterte.

»Nein. Und nicht nur das …« Sie schluckte so schwer, dass es schmerzhaft aussah. »Ich bin ausgestiegen – ich wollte sehen, ob ich etwas tun kann. Ich habe einen Krankenwagen gerufen, und man hat mir gesagt, dass ich nicht zu nahe rangehen soll, weil es gefährlich sein könnte, aber ich habe gewartet, um sicherzugehen. Ich habe gesehen, wie sie alle aus den Autos geholt und in den Krankenwagen gebracht haben. Letztendlich ist aber keinem was passiert«, fuhr sie in einem beruhigenden Tonfall fort, als sie Hollys Gesichtsausdruck bemerkt hatte. »Alle waren okay – ich habe im Krankenhaus angerufen, um mich zu vergewissern.«

»Du hast den Krankenwagen gerufen?« Ihr Herz klopfte so heftig, dass es wehtat. Sie hatte gehört, wie ihre Mutter dem Krankenhaus dafür gedankt hatte, dass der Krankenwagen so schnell da war.

Jack beobachtete sie. »Holly, was …?«

»Es war mein Unfall«, flüsterte sie. »Deshalb hast du es nicht zur Gedenkfeier geschafft. Es war meinetwegen.«

KAPITEL SIEBENUNDZWANZIG

Sowohl Jack als auch Emma starrten sie an.

Holly fuhr sich mit der Zunge über die Lippen, ihr Mund war trocken. »Der Unfall, von dem ich euch erzählt habe«, sagte sie, und ihre Handflächen fühlten sich klebrig an. »Der mit Lily.«

»Ich weiß, was du meinst«, sagte Emma, wieder in ihrem sachlichen Tonfall. »Ich verarbeite es nur noch.« Sie starrte Holly an. »Wieso bin ich nicht schon früher darauf gekommen?«

»Ich habe dir nie das genaue Datum genannt. Nur ›um Weihnachten herum‹ gesagt.« Hollys Ohren klingelten, der Lärm war fast ohrenbetäubend. Ihr Herz pochte und schickte kleine Blitze durch ihren Körper. So viele Fäden, die sie zusammenhielten – die Verbindungen zwischen ihr und Emma und Jack. Sie alle hatten in der Vergangenheit Unfälle gehabt, sie alle hatten dadurch etwas verloren. Das war der Grund, warum es sie zu Emma hingezogen hatte, der Grund, warum sie sich ihr so nah fühlte. Und jetzt das …

Schicksal, Schicksal, Schicksal, sang es in ihrem Kopf, Lilys Stimme und ihre eigene verschmolzen miteinander. *Hör auf damit,* sagte sie sich. *So etwas wie Schicksal gibt es nicht.* Denn welchem Zweck sollte das Schicksal dienen? Warum sollte das Schicksal diesen Autofahrer schicken, der ihr entgegengekommen war? Warum sollte das Schicksal dafür sorgen, dass Lily ihr Baby verlor? Warum sollte das Schicksal ihr ihre Schwester entreißen, und warum sollte es Emma in ihr Leben bringen, obwohl sie bald sterben würde, sodass sie wieder jemanden verlor?

Holly stand auf und trat vom Bett zurück. »Ich brauche frische Luft«, krächzte sie.

Hinter ihr sagte Emma etwas, und sie registrierte Jacks tiefe Stimme, die darauf antwortete, aber wegen des verdammten Ohrenklingelns konnte sie nichts verstehen. Sie eilte zur Tür, riss sie auf und stürzte in den Korridor, ließ die Tür hinter sich zufallen und lehnte sich mit dem Rücken gegen die nächste Wand. Ihr schwirrte der Kopf, während sie versuchte, das alles zu verstehen, aber es gelang ihr nicht, die Fäden zu entwirren. Es war zu viel, viel zu viel.

Die Tür öffnete sich wieder, und Jack trat heraus. Als er sie an die Wand gelehnt dastehen sah, machte er einen Schritt auf sie zu. Bildete sie sich das ein, oder war dieser Schritt sehr vorsichtig? Er hielt auch einen gewissen Abstand zwischen ihnen – war das Absicht?

Ihre Blicke trafen sich. »Geht es dir gut?«

Sie zögerte. »Geht es *dir* gut?«

»Ich weiß nicht. Das ist ...«

»Ich weiß.« Sie schloss die Augen. »Es ist ein bisschen viel.«

»Ja.«

Eine Weile herrschte Schweigen zwischen ihnen, nur unterbrochen von dem Geräusch einer sich öffnenden Tür irgendwo auf dem Korridor, von anschwellenden und wieder verstummenden Stimmen. Als Holly die Augen wieder öffnete, starrte Jack auf die geschlossene Tür zu Emmas Zimmer.

»Ich weiß nicht so recht, was ich tun soll«, sagte Jack. »Was tut man, wenn man herausfindet ...«

»Ich weiß es nicht.« Sie spürte, wie ihre Lippen zitterten und biss darauf. »Jack, ich ...«

»Es war nicht deine Schuld.« Woher hatte er gewusst, dass sie sich gerade entschuldigen wollte? Dafür, dass Emma *ihretwegen* damals nicht zu der Gedenkfeier gekommen war, dafür, dass Jack und Emma sich *ihretwegen* vor drei Jahren nicht wieder versöhnt hatten. »Nichts davon. Okay? Es ist nur … Gott, ich weiß auch nicht was.«

Schicksal, Schicksal, Schicksal.

Holly holte tief Luft. Denn ein bisschen war das alles doch ihre Schuld. »Ich habe sie aufgespürt. Nachdem ich ihren Brief bekommen hatte, habe ich sie aufgespürt, und dann habe ich dich aufgespürt, und ich habe versucht …«

»Wenn du das nicht getan hättest, hätte ich es vielleicht nie erfahren. Vielleicht hätte ich dann nie die Gelegenheit gehabt …«

Die Gelegenheit wozu, fragte Holly sich? Alles zu verstehen? Sich zu verabschieden?

»Ich muss in ein paar Stunden in ein Flugzeug steigen«, sagte sie und spürte die Last auf ihren Schultern. »Ich muss zurück, weil die Schule wieder anfängt und …«

»Schon gut. Du fliegst. Ich bleibe bei Emma. Ich lasse mir was einfallen.«

So hatte sie es nicht gemeint, aber seine Worte waren so endgültig, dass sie nicht sicher war, ob sie widersprechen sollte. »Bist du sicher?«

Er atmete tief durch. »Ja.«

»Was ist mit deinem Job?«

Er zuckte die Schultern. »Das interessiert die nicht. Auf ein paar Tage kommt es nicht an.« Er fuhr sich mit den Händen durchs Gesicht. »Oder vielleicht interessiert es sie doch und ich habe Glück und sie feuern mich.« Er ließ die Hände sinken und lächelte, doch das Lächeln erreichte nicht seine Augen. »Alles wird gut, Holly.«

Wieder dieselbe feste, bestimmte Stimme. Aber er irrte sich – denn es konnte nicht alles gut werden.

Stadium IV.

Jacks Gesichtsausdruck veränderte sich, wurde ernster. Er machte einen Schritt auf sie zu. »Holly, ich …«

Sie holte tief Luft, um sich zu wappnen, obwohl sie sich nicht ganz sicher war, wofür.

»Ich mag dich wirklich.«

Holly biss sich auf die Lippe und versuchte, seinen Gesichtsausdruck zu deuten. Sie war sich nicht einmal sicher, was sie darin zu sehen hoffte. Ihr Gehirn war zu umnebelt.

»Aber das alles …« fuhr Jack fort. »Es ist einfach …«

»Zu viel?«, meinte Holly leise.

»Ja«, seufzte Jack. »Nein«, korrigierte er sich schnell. »Ich meine nicht …« Er fuhr sich mit der Hand über den Nacken. »Es ist surreal, dass wir uns in diesem verdammten Café über den Weg gelaufen sind, und unsere Leben irgendwie …«

»Miteinander verbunden sind?« Es fühlte sich albern an, das zu sagen – aber es stimmte.

Jack nickte. »Ja. Und deswegen finde ich, wenn wir …« Er nahm ihre Hand. »Wenn wir dem, was immer zwischen uns ist, eine Chance geben wollen, sollten wir wirklich unser Bestes geben.«

Hollys Magen kribbelte, vielleicht vor Nervosität. Und Jacks Hand fühlte sich warm an, tröstend. Das Einzige, was ihr im Moment Halt gab. »Du meinst also …?«

»Ich meine, nicht jetzt.«

»Nicht jetzt?«, wiederholte Holly.

»Ja. Emma, sie ist … Ich bin es ihr schuldig …« Er schüttelte den Kopf. »Ich muss versuchen, es wiedergutzumachen. Ich will dafür sorgen, dass es ihr gut geht, oder … naja, du weißt, was ich meine. Ich muss versuchen, das alles zu begreifen, und ich will dir nicht etwas versprechen und dann abgelenkt sein. Ist das okay?«

Sie streckte eine Hand aus und umfasste sein Gesicht. »Ja. Das ist okay. Hier geht es um Emma.«

Und das stimmte doch, oder? Sie konnte nicht irgendwas mit Jack anfangen, nachdem sie gerade erfahren hatten, dass Emma Krebs im Endstadium hatte. Was, wenn es nicht lief und sie sich trennten und das noch mehr Stress für Emma bedeutete?

Jack legte seine Hand auf ihre. »Aber ich meine es ernst.«

Sie runzelte die Stirn. »Was meinst du ernst?«

»Ich mag dich. Sehr sogar.«

Ein heißer Blitz schoss durch ihren Magen, aber sie lächelte lässig. »Ich mag dich auch.« Und das konnte man ruhig sagen. Sie mochte viele Leute, das war keine große Sache.

Lügnerin, flüsterte eine Stimme in ihrem Hinterkopf, die sie beschloss zu ignorieren. Denn eigentlich war es doch besser so, oder? Sie fühlte sich nicht zurückgewiesen, sondern *erleichtert*. Erleichtert, dass er die Entscheidung getroffen hatte, dass er einen Rückzieher machte, bevor etwas Ernstes daraus wurde. Bevor es gefährlich wurde. Es war sicherer so – denn wenn er ihr nicht richtig gehörte, konnte sie ihn auch nicht verlieren. Vor allem nicht, wenn Emma …

Stadium IV.

Holly zog ihre Hand weg. »Ich gehe jetzt besser und packe meine Sachen.«

»Okay. Ich bleibe hier und versuche, mit den Ärzten zu reden.«

Holly nickte. »Ich komme noch mal vorbei, um nach Emma zu sehen, bevor ich zum Flughafen fahre.«

»Okay. Dann bis später.« Er zögerte, als wolle er sie küssen. Stattdessen trat er einen Schritt zurück.

»Ja. Bis später.«

Sie drehte sich um und versuchte, ihre Gefühle unter Kontrolle zu halten, als sie das Krankenhaus verließ und sich wieder in Venedigs Getümmel stürzte. Es war richtig, sich von Jack zu distanzieren. Sie musste vergessen, wie es sich angefühlt hatte, mit ihm zusammen zu sein, wie es sich angefühlt hatte, die letzte Nacht mit ihm zu verbringen, neben ihm aufzuwachen. Er hatte recht – Emma war jetzt das Wichtigste. Irgendwie mussten sie es schaffen, für Emma da zu sein, ihr beizustehen. Selbst damit klarzukommen.

Und wenn sie ehrlich zu sich war, gab es auch noch andere Dinge, die sie klären musste, bevor sie sich auf eine Beziehung einließ – vielleicht hatte Daniel ja recht gehabt, vielleicht war sie noch nicht wirklich bereit. Sie fühlte sich ein bisschen schuldig. Vielleicht war es unfair von ihr gewesen, so auf ihn loszugehen – denn vielleicht hatte er gesehen, was sie nicht gesehen hatte, nämlich, dass sie nicht in der Lage war, ihm ihr ganzes Herz zu geben. Denn wie sollte sie sich ganz auf eine Beziehung einlassen, wenn ein Teil von ihr immer noch in der Vergangenheit feststeckte? Ein Teil von ihr war nie darüber hinweggekommen, was geschehen war, darüber, wie Lily sie anschließend weggestoßen hatte. Holly nahm an, dass auch Emma recht hatte; sie musste versuchen, ihre eigenen Familienprobleme zu lösen. Sie wusste nur noch nicht, wie.

Unabhängig davon waren ihr Leben und das von Jack nun miteinander verflochten, wie auch immer sie sich entschieden. Sie musste also einen Weg finden, ihre Gefühle beiseitezuschieben. Und das würde sie, schwor sie sich. Egal was geschah, egal wie oft sie sich in den kommenden Monaten sehen würden, sie konnte sich wie eine Erwachsene verhalten. Für Emma.

Oktober

KAPITEL ACHTUNDZWANZIG

Jack steckte beim Gehen die Hände in die Taschen seiner Jeans und wünschte, er hätte eine wärmere Jacke angezogen. Es war Oktober, aber es lag schon ein Hauch von Winter in der Luft. Vielleicht war es einer der letzten schönen Herbsttage, dachte Jack, obwohl er nichts gegen den Winter hatte, mit seinen kalten, klaren Tagen und dem Morgenfrost.

Theo, der neben ihm ging, hatte die Schultern hochgezogen. Er trug den schwarz-grünen Pullover, den er bei ihrem gemeinsamen Einkaufsbummel in London gekauft hatte – oder besser gesagt, den Jack gekauft hatte, nachdem Theo ihm versprochen hatte, ihm das Geld zurückzugeben, sobald er einen Job hatte. Theo hatte sich geweigert, eine Jacke anzuziehen, aber Jack hatte den Verdacht, dass die hochgezogenen Schultern weniger mit der Kälte zu tun hatten als mit dem aufgezwungenen Familienausflug.

Es war die Idee ihrer Mutter gewesen – Theo und Mia hatten Schulferien, also hatte sie Jack zu einem FAMILIENAUSFLUG (so hatte sie es in ihrer SMS geschrieben, in Großbuchstaben) zur Buckland Abbey eingeladen, einem großen alten Anwesen, auf dem einst jemand Wichtiges gelebt hatte. Derek arbeitete, so dass sie nur zu viert waren. Früher hätte Jack wahrscheinlich abgelehnt: Er hätte die Verlegenheit gefürchtet, das Gefühl, nicht dazuzugehören. Aber in den letzten sechs Monaten hatte sich etwas verändert. Vielleicht lag es daran, dass er einfach beschlossen hatte, sich zu bemühen – und wie sich herausstellte, bemühten die anderen sich auch, wenn man selbst es tat. So lange war er davon ausgegangen, dass er nicht mehr dazugehörte, dass er seinen eigenen Weg gehen musste, weg von seiner Familie, weg von dem Ort, an dem er aufgewachsen war, aber eigentlich war das nur von ihm ausgegangen – es kam nicht von außen.

Die Abtei war beeindruckend – ein uraltes Gebäude, an dessen Seiten Pflanzen emporrankten. Während sie durch die Räumlichkeiten geschlendert waren, hatte seine Mutter wahnsinnig interessiert an der Geschichte des Anwesens getan, obwohl Jack es besser wusste. Hinterher waren sie an einer alten Scheune vorbeigekommen, in der aus den Äpfeln des Gartens Apfelwein hergestellt wurde. Theo und Mia wollten probieren, aber ihre Mutter hatte Nein gesagt, keine Diskussion. Jetzt waren sie draußen im Park, und das war der Teil, der Jack am besten gefiel – und der wahrscheinlich der Grund war, warum seine Mutter ihn überhaupt eingeladen hatte. Er liebte Gärten im Herbst – alle redeten immer von der Schönheit des Frühlings und des Sommers, aber der Herbst konnte locker mithalten, mit den Rosen, die zum zweiten Mal blühten, den reifen Äpfeln und dem bunten Laub.

»Und«, fragte er Theo, »wie ist die neue Schule?«

»Ganz okay.« Aber er sagte es mit einer gewissen Leichtigkeit, ohne die Anspannung, die Jack gespürt hatte, als er Theo nach seiner alten Schule gefragt hatte. Derek hatte Jack von der neuen Schule erzählt, und Jack hatte Theo die Idee schmackhaft gemacht, als er im Sommer zu Besuch gekommen war.

»Warum glaubst du, dass es schlimmer sein könnte?«, hatte Jack gefragt.

»Naja, ok, vielleicht nicht schlimmer, aber auch nicht besser, und zumindest weiß ich, wie ich … mit denen klarkomme.«

»Es könnte besser sein.«

»Vielleicht auch nicht.«

»Tja, dann geht es wohl um das Abwägen von Risiken und Vorteilen.«

Theo hatte ihm einen erschreckend wissenden Blick zugeworfen – für einen Sechzehnjährigen. »Bist du deshalb immer noch in London – weil das Risiko schwerer wiegt als der Vorteil oder so ähnlich?«

»Ich weiß nicht, was du …«

»Klar, weil du der Einzige bist, der kluge Ratschläge erteilen kann.« Theo hatte gegrinst, und Jack musste lachen. Aber am Ende hatte Jack, zusammen mit seiner Mutter und Derek, Theo davon überzeugt, es zu versuchen – und bisher schien er glücklicher zu sein.

Jack drehte sich um und blieb stehen, um auf seine Mutter zu warten. Obwohl Mia angeblich diejenige war, die vorgeschlagen hatte, hierherzukommen, war sie weit zurückgeblieben. Sie schien völlig neben sich zu stehen, schaute ständig auf ihr Handy und sah sich um, als hätte sie Angst, jemand könnte sie hier sehen und uncool finden. Jack erinnerte sich noch gut an dieses Gefühl aus seiner Teenagerzeit, und er war unendlich dankbar, es nie wieder erleben zu müssen.

Jacks Mutter holte sie ein und blickte stirnrunzelnd zu Mia zurück, die inzwischen stehen geblieben war. »Mia!«

Mia zuckte zusammen und sah auf. »Was *stört* es, dass ich trödle?«, rief sie. »Wir haben es doch nicht eilig, irgendwohin zu kommen, oder?«

Ihre Mutter bedachte Mia mit einem missbilligenden Blick und ging dann erhobenen Hauptes weiter, wobei sie den Anblick der Gärten demonstrativ genoss, die, wie Jack einsah, für einen durchschnittlichen Teenager eher uninteressant waren.

Theo schlenderte hinter seiner Mutter her, aber Jack blieb zurück, um auf Mia zu warten.

»Was hältst du davon«, sagte er, als sie zu ihm aufgeschlossen hatte, »wenn ich vorschlage, dass wir rechtzeitig zurückfahren, um vor dem Fernseher Curry zu essen, statt noch stundenlang spazieren zu gehen?«

Mia sah ihn an. »Echt?«

»Ja, ich …«

»Mia!«

Mia zuckte wieder zusammen, als jemand ihren Namen rief, diesmal jedoch nicht ihre Mutter, sondern ein Teenager, der hinter ihnen auftauchte. Mia stand die Panik ins Gesicht geschrieben.

Jack runzelte die Stirn – wurde sie ebenfalls gemobbt, so wie Theo? Er senkte seine Stimme zu einem Flüstern. »Wer ist …?«

»Liam«, flüsterte Mia zurück und errötete. Ah, okay.

»Mia«, sagte der Junge wieder, als er näher kam. Er war dünn, wie die meisten Jungen in seinem Alter, das Gesicht noch jungenhaft, und die braunen Haare standen in alle Richtungen ab. Er trug ein Kate Bush T-Shirt – warum? – über einer weiten Hose, die Jack total lächerlich fand. Er fühlte sich *alt*.

»Hey«, sagte der Junge. »Ich hab dich schon ein paar Mal gerufen.«

»Oh«, stotterte Mia. »Tut mir leid. Ich hab dich gar nicht gehört.« Sie sah flüchtig zu Jack, der ihr unauffällig zuzwinkerte.

»Ich wusste nicht, dass du heute hier bist.« Das war also die Erklärung.

»Nein, tja, spontane Idee«, sagte Mia und spielte mit einer Haarsträhne. Sie sah zu Jack. »Das ist mein Bruder«, sagte sie, und Liam musterte Jack auf eine fast schon komische Weise. Jack konnte nicht anders, als sich zu revanchieren – Mia mochte den Jungen offensichtlich, aber das hieß noch lange nicht, dass er sauber war. Obwohl er vielleicht nicht das Recht hatte, den großen Bruder raushängen zu lassen.

Jack wollte vorgehen, doch Mias panischer Blick hielt ihn zurück.

»Und? Wie war dein Schulhalbjahr so?«, fragte Liam.

»Ganz gut.«

Oh Gott, das war ja grausam. War Flirten in seiner Jugend auch so gewesen? Wahrscheinlich schon, vor allem in Mias Alter, wo man gerade erst lernte, miteinander zu reden.

Als keiner der beiden mehr etwas sagte, ergriff Jack das Wort, weil er das peinliche Schweigen nicht ertrug. »Stehst du auf Kate Bush?«, fragte er Liam.

»Ja. Sie ist der Hammer. Wieso, kennst du sie?« Als wäre sie eine Art Indie-Musikerin, von der noch nie jemand etwas gehört hatte. Das brachte Jack auf eine Idee.

»Nicht wirklich. Aber sie spielt doch in *Stranger Things* mit, oder?«

»Stimmt«, sagte Liam und bestätigte damit Jacks Vermutung. »Hast du die Serie gesehen?«

»Nicht wirklich. Nur eine Folge, weil Mia mich dazu gezwungen hat.« Das stimmte zwar nicht ganz, aber er wusste, dass Mia lange mit ihrer Mutter darum gerungen hatte, die Serie sehen zu dürfen, weil alle davon schwärmten.

Mia zuckte erneut zusammen – wollte sie das jetzt jedes Mal tun, wenn ihr Name fiel?

Liam sah sie an. »Du stehst auf *Stranger Things*?«

»Natürlich.« Mia verdrehte die Augen.

Und dann fingen sie tatsächlich an, sich zu unterhalten, und Mia schien gar nicht zu bemerken, dass er weiterging. Ein Stück entfernt sah er seine Mutter und Theo warten.

»Wer ist das?«, fragte seine Mutter prompt, als er sie erreichte. Jack zuckte die Schultern. »Ein Mitschüler, glaube ich.«

»Blödmann«, murmelte Theo leise vor sich hin.

Jacks Handy vibrierte, und er holte es aus seiner Jeans. Sein Herz machte diesen vertrauten Satz, als er ihren Namen sah. Er musste wirklich lernen, sich zusammenzureißen, verdammt. In Venedig waren sie sich einig gewesen, dass es unvernünftig wäre, sich aufeinander einzulassen. Und er versuchte wirklich, sie als Freundin zu betrachten. Ihr *freundschaftliche* Nachrichten zu schreiben. Als sie angefangen hatten, sich zu schreiben, war es nur um Emma gegangen. Aber inzwischen chatteten sie einfach oder schickten sich, wie jetzt, irgendwelche GIFs. Dieses zeigte eine Frau, die in einem wunderschönen Kleid auf einem Felsen saß und immer wieder von einer Welle nassgespritzt wurde, sodass sie triefte.

Ich in dem Brautjungfernkleid, das Abi ausgesucht hat.

Seine Mundwinkel zuckten, während er fieberhaft überlegte, was er Lustiges oder Kluges darauf erwidern konnte. Offenbar war er auch nicht besser als dieser Liam. Er begann zu tippen: *Du siehst bestimmt toll aus,* dann hielt er inne, weil er sich fragte, ob das noch als *freundschaftlich* durchging.

»Mia!«, rief seine Mutter, die nichts von der ersten Liebe ahnte, und bekam ein »Ich *komme* ja schon« zurück, doch als Mia wieder zu ihnen stieß, lächelte sie – und für ihn hatte sie ein noch breiteres Lächeln. Er nahm es an. Vielleicht standen sie noch ganz am Anfang, aber sie würden es schaffen, so oder so.

Als Theo und Mia weitergingen – Mia voran, während Theo sie aufzog – tauchte Jacks Mutter neben ihm auf und hakte sich bei ihm ein.

»Und, wie läuft's im Job?«, fragte sie.

»Ähh …«

»Oh je.«

»Was?«

»Jack, das ist dasselbe *Ähh* wie an dem Abend, als Derek und ich weg waren und ich dich gefragt habe, ob Katie Evans zu Besuch war.«

Ah, Katie Evans: sein erster richtiger Schwarm. Jack warf ihr einen verlegenen Blick zu. »Ich habe sozusagen … gekündigt.«

»Was? Du hast deinen Job gekündigt?«

»Ja.«

»Warum? Ich dachte … Es ist ein guter Job, oder?«

»Ja, es ist ein guter Job.« Die Art, wie seine Mutter ihn ansah, sagte alles. Er dachte an die Flut von Nachrichten, die er unmittelbar danach von Ed erhalten hatte.

Du kündigst???

Warum hast du diese wichtige Entscheidung nicht mit mir besprochen?

Was ist der PLAN? Du hast doch sicher einen Plan.

Glaub ja nicht, dass du ohne eine Abschiedsfeier davonkommst. Es WIRD Drinks in Soho geben.

»Es ist ein guter Job«, wiederholte Jack, »aber für jemand anderen. Ich brauche einfach … Ich brauche eine Veränderung.« Was genau diese Veränderung beinhalten sollte, wusste er allerdings noch nicht. Er versuchte, die Dinge Schritt für Schritt anzugehen, so wie Holly in Venedig gesagt hatte.

Sie musterte ihn. »Nun. Ich ahne, um was es geht.«

Irgendwo musste man anfangen. »Ich habe mit Emma gesprochen.« Es war nicht nötig, auf Einzelheiten einzugehen – seine Mutter brauchte nichts über Venedig zu wissen. »Sie ist ... Es geht ihr nicht gut.«

Seine Mutter blickte konzentriert auf den Kies unter ihren Füßen, aber er spürte, dass ihre ganze Aufmerksamkeit auf ihn gerichtet war.

»Sie hat Bauchspeicheldrüsenkrebs im Endstadium.«

Er spürte, wie ihr Griff um seinen Arm fester wurde.

»Ich dachte, du solltest es wissen, falls du ...« Doch er unterbrach sich, denn es klang so überheblich, dabei hatte er selbst erst vor zwei Monaten zum ersten Mal wieder mit Emma gesprochen. »Nicht, dass du irgendetwas tun müsstest«, fuhr er schnell fort. »Ich meine nicht ... Ich dachte nur, du willst es vielleicht wissen.«

»Im Endstadium?« Ihre Stimme klang erstickt. »Sie wird also ...«

»Ja.«

»Wann?«

»Wir wissen es nicht.« Jack hatte sie ins Krankenhaus begleitet, nachdem sie aus Italien zurückgekehrt waren, hatte sich nicht von Emma abschütteln lassen und alles erfahren – oder jedenfalls alles, was die Ärzte sagen konnten. Und es stellte sich heraus, dass sie keine klare Antwort hatten – ihr konnten noch vier Monate oder vier Jahre bleiben. Der Krebs hatte sich in der Bauchspeicheldrüse ausgebreitet, für eine Operation war es zu spät, und Chemo lehnte sie ab. Und selbst *wenn* sie einwilligte, würde ihr das nur ein wenig zusätzliche Zeit verschaffen – es gab keine Heilung.

Seine Mutter atmete langsam ein. »Ich weiß nicht, ob ich das noch mal kann. Tut mir leid – das klingt wahrscheinlich herzlos. Es wäre anders, wenn ich etwas ändern könnte, weißt du, aber es ist … Und Emma und ich, wir standen uns nie nahe. Aber ich weiß es zu schätzen, dass du es mir gesagt hast.«

»Du musst mir nichts erklären«, sagte Jack und tätschelte seiner Mutter die Hand. »Obwohl …« Jetzt, da er das Gespräch begonnen hatte, konnte er es auch durchziehen. »Warum hast du Emma damals nach dem Unfall gesagt, dass ich sie nicht mehr sehen will?«

Die Augenbrauen seiner Mutter schossen in die Höhe. »Weil du mir das gesagt hast.«

»Habe ich das?«

Sie nickte leicht, fast vogelartig, und sah sich suchend nach Theo und Mia um, bevor sie Jack wieder ansah. Ihr Blick war ein wenig verhalten, fand Jack. »Ich erinnere mich an einen Abend, nachdem wir umgezogen waren. Du warst … du warst ganz aufgeregt.« Sie schluckte, als würde sie versuchen, eine schmerzvolle Erinnerung runterzuschlucken. »Du hast in deinem Zimmer geweint, und ich wusste nicht, was ich tun sollte.«

Jack konnte sich erinnern, aber nur vage. Die Erinnerungen an das Jahr nach dem Unfall hatten die Tendenz, zu einem einzigen großen Wust zu verschwimmen, einem Gefühl der Einsamkeit und des Verlorenseins, und er hatte nicht gewusst, wie er mit seiner Mutter darüber reden sollte, weil sie selbst einsam und verloren war. Vielleicht hatte da die Distanz zwischen ihnen begonnen – nicht, nachdem sie Derek geheiratet hatte, sondern nachdem sie umgezogen waren.

»Ich wusste nicht, was ich tun sollte, und ich war überfordert, und obwohl es meine Entscheidung war, umzuziehen, bedeutete das, dass ich niemanden in der Nähe hatte, und so …«

»Du hast vorgeschlagen, Emma anzurufen.« Er erinnerte sich jetzt daran, wie die Stimme seiner Mutter gezittert hatte. *Wie wäre es, wenn wir Memma anrufen? Würde dir das helfen?*

»Du hattest immer so ein gutes Verhältnis zu ihr«, fuhr seine Mutter fort. »Richard und ich haben immer Witze darüber gemacht. Weißt du noch, wie du einmal von zu Hause weggelaufen bist?«

Jack lächelte zaghaft. »Stimmt, weil du nicht mit mir in *Matrix* gehen wolltest oder so.«

»*X-Men.*«

»*X-Men*, richtig.«

»Weil du noch zu jung warst«, sagte sie spitz.

Jack lachte: darüber, dass sie immer noch darauf herumritt, dass sie dieselbe Debatte mit Mia über *Stranger Things* führte.

»Du hast also deine Sachen gepackt, aber Richard war *überzeugt*, dass du es nicht durchziehen würdest – bis du plötzlich weg warst. Ganze zehn Minuten waren wir in völliger Panik, bevor Emma uns anrief und sagte, dass du bei ihr seist, aber dass sie so tun würde, als hätte sie uns nicht angerufen, und wenn wir vorbeikämen und verraten würden, dass wir wissen, wo du bist, würde sie sich die nächsten zwei Jahre weigern, auf dich aufzupassen, und wir könnten uns ja vertrauensvoll an Mary Gregory wenden – das war die vierzehnjährige Babysitterin von nebenan, und es kursierten einige Geschichten darüber, was sie alles so trieb, wenn die Eltern nicht da waren.«

Jack spürte, wie ein Lächeln seine Lippen umspielte. »Klingt ganz nach Emma.«

»Jedenfalls war sie immer für dich da, wenn bei uns der Haussegen schief hing.«

Er erinnerte sich an den Tag, als er bei Emma aufgetaucht war, mit seinem Rucksack und einer Tüte Chips, falls sie nicht da war und er Hunger bekam, während er auf sie wartete. Emma hatte ihn hereingebeten, und er hatte ihr die ganze Geschichte erzählt. Und sie hatte gesagt: »Ich kenne Leute, die wegen weniger weglaufen.« Dann hatte er ihr erzählt, dass seine Mutter gesagt hatte, er sei zu jung, um *X-Men* im Kino zu sehen, und sie hatte gesagt: »Alter ist nur eine Zahl, aber leider sieht der Rest der Welt das anders. Wie wäre es, wenn Opa uns stattdessen Pizza und irgendeinen Blockbuster holt.«

»Du wolltest sie also anrufen, als ich aufgebracht war«, kam Jack zum Ausgangspunkt zurück.

»Ja. Aber du wolltest nicht, dass ich sie anrufe. Du hast nur noch mehr geweint und gesagt, es sei alles ihre Schuld und du willst nicht mit ihr sprechen.«

Er verzog das Gesicht, nicht so sehr wegen der kindischen Worte, sondern weil er so lange daran festgehalten hatte.

Seine Mutter drückte seinen Arm. »Du warst noch ein Kind, Jack, und du hast viel durchgemacht. Mach dir keine Vorwürfe.«

Die Erinnerung an seine Füße, die gegen Emmas Sitz vor ihm traten, blitzte in seinem Kopf auf.

Lass das, Jack.

»Ich hätte ihr nicht die Schuld geben dürfen«, sagte Jack leise.

»Nein, *ich* hätte das nicht tun dürfen. Und ich hätte dich nicht so aus deinem Leben reißen dürfen, auch wenn ich dachte, es wäre das Beste. Ich konnte es nicht ertragen, ständig wieder daran erinnert zu werden.« Die Stimme seiner Mutter klang jetzt flehend. »Ich habe deinen Vater geliebt. Ich weiß, wir haben uns gestritten, und er hatte seine Fehler, wie wir alle, aber ich habe ihn geliebt. Danach konnte ich den Kontakt zu Emma nicht mehr ertragen, ich musste irgendwo neu anfangen. Kein Wunder, dass du schließlich auch nicht mehr mit ihr reden wolltest, da ich dich darin bestärkt habe, um mich selbst zu schützen. Ich dachte nur, es wäre der einzige Weg, um darüber hinwegzukommen.«

Jack seufzte. »Ich habe ihr immer die Schuld gegeben, ich habe daran festgehalten, um …« Er schüttelte den Kopf. »Keine Ahnung.« Um sich selbst besser zu fühlen, um den Kummer nach außen zu lenken. »Ich dachte immer, wenn jemand anderes gefahren wäre, wenn *Dad* gefahren wäre, dann wäre es vielleicht nicht passiert.« Er sah sie an. »Ich habe dich das einmal sagen hören. Am Telefon.«

Sie verzog das Gesicht. »Ich hätte das nie sagen dürfen. Ich habe es nicht so gemeint.« Sie ließ seinen Arm los und fuhr sich mit der Hand durch ihr blondes Haar. »Dein Vater hatte an dem Abend getrunken, Jack. Deshalb hat Emma ihm die Schlüssel abgenommen.«

Er starrte sie an, während sie weitergingen, dann sah er wieder geradeaus und entdeckte Mia und Theo, die hinter der Ecke auf sie warteten. Er senkte die Stimme. »Er hatte getrunken?« Er dachte daran zurück, wie Emma ihm die Schlüssel abgenommen hatte – »Die nehme lieber ich, meinst du nicht auch, Richard?« –, und es machte Klick. Er spürte, wie der letzte Rest von Groll verpuffte.

»Ja. Es war ja nicht so, dass er immer gefahren ist, wenn er getrunken hatte«, sagte sie schnell. »Ich möchte nicht, dass du denkst … Es war nur … er hatte eine harte Arbeitswoche hinter sich, und es war kurz vor Weihnachten, und er hatte ein Glas Wein getrunken, ohne weiter darüber nachzudenken. Deshalb hat Emma ihm die Schlüssel abgenommen, weil sie nichts getrunken hatte und dachte, es sei sicherer. Wie das manchmal so ist. Es hätte keine Bedeutung gehabt, wenn …« Sie unterbrach sich. »Tut mir leid. Ich hätte dich ermutigen sollen, dich früher bei Emma zu melden. Ich hätte euch nicht auseinanderbringen dürfen. Ich glaube, ich bin davon ausgegangen, dass wir irgendwann bereit sein würden, zurückzukehren, aber dann habe ich hier ein neues Leben gefunden und …«

»Und dann hast du Derek getroffen.« Jack sagte es mit einem Lächeln, damit sie wusste, dass es nicht böse gemeint war. Ganz im Gegenteil – er freute sich, dass sie einen Weg gefunden hatte, sich von etwas zu erholen, an dem andere Menschen vielleicht zerbrochen wären.

»Und dann habe ich Derek getroffen.« Sie blieb abrupt stehen und nahm seine Hand. »Aber das hat nie bedeutet, dass für dich kein Platz ist, Jack.«

»*Mum!*«, rief Mia von vorne. »Jetzt bist *du* es, die trödelt.«

Jack lachte leise, als seine Mutter noch einmal seine Hand drückte. »Du hast hier eine Familie, Jack. Und wir werden immer hier sein, wenn du uns brauchst.«

KAPITEL NEUNUNDZWANZIG

Jack kam mit zwei Tassen Tee aus der kleinen Küche – Earl Grey, denn etwas anderes schien Emma nie im Haus zu haben. Das erste Mal, als er als Erwachsener hierher zurückgekehrt war, hatte es sich angefühlt, als würde er gegen etwas Hartes und Unnachgiebiges laufen. Seit seiner Kindheit hatte sich erschreckend wenig verändert. Nur dass der Garten jetzt lieblos verwildert war, woran er arbeitete.

Emma sah auf, als er das Wohnzimmer betrat. Sie saß auf ihrem kleinen Sofa und blätterte auf dem gläsernen Couchtisch in einer alten Zeitung. »Deine Mutter hat mich übrigens gestern angerufen«.

Jack hätte beinahe den Tee verschüttet. »Tatsächlich?«

»Ja. Sie wollte mir sagen, dass es ihr leid tut und so weiter. Ich nehme an, das ist dein Werk.« Es war nicht wirklich als Frage gemeint, und sie blickte nur halb von ihrer Zeitung auf, als sie die Hand nach dem Tee ausstreckte.

Er reichte ihr die Tasse. »Äh ... nicht direkt, aber wahrscheinlich hab ich sie zum Nachdenken gebracht.«

»Danke.« Ihre Stimme war schroff, wie er es von früher gewohnt war, doch unter der Oberfläche brodelten Emotionen, die sie nicht immer so gut zu verbergen wusste, wie sie dachte.

»Ja. Gern.« Er trank einen Schluck von seinem Tee, um irgendetwas zu tun.

»Guck nicht so verlegen – dafür haben wir keine Zeit.«

Er runzelte die Stirn. »Darüber macht man keine Witze.«

»Nun, ich habe doch wohl das Recht …« Aber sie wurde unterbrochen, als sich die Haustür öffnete und jemand hereinstapfte.

»Weißt du, du solltest wirklich die Tür abschließen.«

Diese Stimme! Sein Herz machte einen Satz, als er sie erkannte.

»Jeder kann einfach reinspazieren …«

Sie verstummte, als sie ins Wohnzimmer kam. Ihr rotes Haar war nass, und sie trug einen eng anliegenden flaschengrünen Pullover, der ihre Augen zum Leuchten brachte. Mit denen sie ihn jetzt anstarrte.

»Jack.« Der Klang seines Namens auf ihren Lippen, nach so langer Zeit, versetzte ihm einen Stich.

»Holly.« Er wollte gar nicht, dass ihr Name als Flüstern herauskam. Oh Gott.

»Emma«, sagte Emma, was ihr sowohl Jacks als auch Hollys Aufmerksamkeit einbrachte.

»Du hast mir nicht gesagt, dass Holly kommt«, sagte Jack vorwurfsvoll, denn er war nicht darauf vorbereitet. Sie schrieben sich zwar, aber *gesehen* hatten sie sich seit Venedig nicht.

»Habe ich das nicht?« Aber er kaufte ihr den unschuldigen Ton nicht ab, während sie scheinbar beiläufig in ihrer Zeitung blätterte. Weder er noch Holly hatten Emma erzählt, was zwischen ihnen vorgefallen war, aber Jack war sich ziemlich sicher, dass Emma es trotzdem spitzbekommen hatte.

Holly erholte sich schneller von dem Schock als er und legte den Kopf schief. »Ist es so schlimm, mich zu sehen?«

»Nein«, sagte er schnell. »Nein, natürlich nicht … Tut mir leid, ich …«

»Alles gut«, sagte sie und versuchte offensichtlich, nicht zu lachen. Wie konnte sie so locker bleiben? Hatte sie gewusst, dass er hier sein würde? Oder war sie über ihn hinweg? Er hatte jedenfalls das Gefühl, in Flammen zu stehen, wenn sie in der Nähe war.

Holly sah Emma an, musterte sie von Kopf bis Fuß. Er kannte diesen Blick, denn er tat jedes Mal das Gleiche, wenn er Emma sah. Er wusste, dass Holly nach Veränderungen suchte, nach sichtbaren Anzeichen der Krankheit, die Emmas Körper befallen hatte. Das Problem war nur, dass nicht alle Anzeichen sichtbar waren.

»Also«, sagte Holly und setzte sich neben Emma, während Jack immer noch dastand wie ein Idiot. »Bleibt es dabei, dass wir shoppen gehen, um ein Hochzeitsoutfit für dich zu besorgen?«

»Ja, ja, aber du bist doch gerade erst gekommen. Lass mich wenigstens noch meinen Tee austrinken, ja?«

Holly trommelte mit den Fingern auf ihren Oberschenkel, und Jack fiel auf, wie aufrecht sie saß. Also war sie wohl doch nicht so entspannt, wie sie tat.

Holly schien seinen Blick zu bemerken. »Willst du mitkommen?«, fragte sie. »Vielleicht kannst du mir helfen, Emma zu überreden, mehr als zwanzig Pfund auszugeben.«

»Es ist einfach *Quatsch*, Geld auszugeben, wenn ich nur noch …«

Hollys finsterer Blick ließ sie verstummen. Holly mochte energischer sein, was das anging, aber er hasste das auch: Emmas kleine Erinnerungen daran, dass sie im Sterben lag, dass sie vielleicht nur noch Monate zu leben hatte. *Monate – oder Jahre.* Das sagte er sich immer wieder. Aber das Schlimmste war die Ungewissheit – auch für sie selbst, dessen war er sich sicher.

Jack ging zu Emmas kleinem Sessel hinüber und versuchte, nicht ganz darin zu versinken, als er sich setzte. »Ich würde ja gerne, aber ich glaube nicht, dass ich es stundenlang in einem Einkaufszentrum aushalte.«

Holly verdrehte die Augen. »Wir werden nicht *Stunden* brauchen.«

»Nun, ich ganz sicher nicht«, murmelte Emma.

»Das ist so unfair. In Venedig war ich auch nicht stundenlang shoppen, oder, Jack?«

Ihre Blicke trafen sich, und er sah, wie sich ihre Augen veränderten, genau in dem Moment, als sich sein Magen zusammenzog. Bei der Erinnerung an diesen Tag, an Burano. An den Jazzclub und an das, was danach passiert war.

Holly errötete und Jack räusperte sich, als er Emmas misstrauischen Blick bemerkte.

»Tja, äh, wie geht es Abi, Holly?«, fragte er, um das Thema zu wechseln.

»Ja, und wie geht es mit der Tortendeko voran?«, wollte Emma wissen.

Holly zuckte die Schultern. »Gut, glaube ich.«

Emma kniff die Augen zusammen. »Du machst sie doch noch, oder?«

»Natürlich«, schnaubte Holly beleidigt.

»Gut.«

»Ich würde Abi nie im Stich lassen.«

»Natürlich – und es hat gar nichts damit zu tun, dass es dir in Wahrheit auch Spaß macht.«

»Ich …«

»Äh«, sagte Jack und hob wie ein Schulkind die Hand. Sowohl Holly als auch Emma sahen ihn an. »Wovon redet ihr?«

»Oh, Holly macht kleine Skulpturen für die Hochzeitstorte ihrer Freundin.«

»Ehrlich? Das hast du mir gar nicht erzählt.«

Wieder ein misstrauischer Blick von Emma. Verdammt noch mal. Aber sie durften doch wohl miteinander reden, oder? Unterm Strich wäre es doch seltsam, wenn sie keinen Kontakt hätten.

»Es sind keine *Skulpturen*«, sagte Holly. »Es sind ...«

»Weißt du«, fuhr Emma ihr über den Mund, während sie weiter in der Zeitung blätterte, die sie unmöglich gleichzeitig lesen konnte, »vielleicht ist es dein Ding, Skulpturen für Hochzeiten zu entwerfen.«

»Mein Ding?«

»Ja, wie Mirabelle Landor und die Karten. Weißt du, dass sie auch bei null angefangen hat? Sie hatte keinerlei Erfahrung in der Branche und dann ...«

»Dann hast du sie entdeckt?« Holly sprach mit aufgesetzt süßlicher Stimme, die Jack zum Lachen brachte.

»Damit hat das nichts zu tun«, sagte Emma und schniefte pikiert.

»Wirst du uns Mirabelle Landor irgendwann einmal *vorstellen*?«, fragte Jack. »Oder benutzt du sie nur, um recht zu behalten?«

»Ja, genau«, bekräftigte Holly. »Ich würde sie gern mal kennenlernen, offenbar hat sie großen Eindruck auf dich gemacht.«

»Sie ist ein Beispiel für eine Frau, die ihrem Traum gefolgt ist. Was gibt es daran auszusetzen?«, sagte Emma vage. »Du könntest das auch«, fügte sie mit einem Blick auf Holly hinzu, »wenn du es nur versuchen würdest.«

Jack sah Holly mit hochgezogenen Augenbrauen an. »Hat sie dir auch eine Mirabelle-Landor-Karte gegeben?«

»*Du* hast sie mir gegeben«, sagte Holly. »Damals im Café«, fügte sie errötend hinzu. »Ich habe sie immer noch.«

»Im Café? Was soll das heißen, im Café?« Emmas Blick verengte sich.

»Nichts«, sagte Holly schnell.

Aber Jack erinnerte sich. Er hatte die Karte dabeigehabt, die er von Emma zum Geburtstag bekommen hatte. Er hatte sie dabeigehabt, weil er sich darauf vorbereitet hatte, sie zu sehen – vielleicht sogar gehofft hatte, sie zu sehen, trotz allem. Und er hatte aus einer Laune heraus eine weitere Karte von Mirabelle Landor gekauft und sie dann Holly geschenkt.

Sie hatte sie noch. Sie hatte sie die ganze Zeit aufbewahrt – sogar nach dem Unfall.

Emma öffnete den Mund, um nachzuhaken, aber Holly kam ihr zuvor. »Jedenfalls flippt Abi im Moment aus, weil einer der Gäste in letzter Minute abgesagt hat und das die ganze Sitzordnung durcheinanderbringt, und das ganze Essen ist auch schon bezahlt.«

»Wie rücksichtslos, in letzter Minute abzusagen«, schnaufte Emma.

»Ja. Sie sucht nach einem Ersatz, damit das Geld nicht vergeudet ist. So wie sie drauf ist, würde ich ihr glatt zutrauen, dass sie irgendeinen Fremden auf der Straße fragt.«

»Jack könnte doch mitkommen«, sagte Emma, als wäre das ein völlig naheliegender Gedanke.

»Äh …«, sagte Jack und sah fragend zu Holly. Die sah immer noch Emma an, aber er konnte die verschiedenen Emotionen auf ihrem Gesicht ablesen, während sie offensichtlich fieberhaft überlegte, was sie darauf sagen sollte. Das liebte er so an ihr. Dass sie so ein offenes Buch war, selbst wenn sie versuchte, es nicht zu sein. *Mochte*. Das *mochte* er so an ihr.

»Ich bin sicher, Jack hat am Freitag schon etwas vor«, sagte Holly schließlich.

»Jack hat nie Pläne«, sagte Emma – womit sie nicht ganz unrecht hatte. Vor allem, seit er sich nicht mehr hinter seiner Arbeit verstecken konnte. Wenn Ed ihn nicht gerade irgendwohin schleppte – was immer schwieriger wurde, je öfter er in Devon war –, verbrachte er die Zeit mit Emma oder erstellte Listen mit potenziellen neuen Jobs.

Holly schaute auf den Couchtisch, offensichtlich immer noch unsicher, was sie sagen sollte, und runzelte dann die Stirn über einige bunte Prospekte, die dort lagen. »Was ist das, Emma?«

»Ach nichts, nur leichte Lektüre.«

Doch Holly wurde blass.

»Mach dir keine Sorgen«, sagte Jack leise. »Ich lasse nicht zu, dass sie in so was geht.« Emma hatte in letzter Zeit immer wieder davon gesprochen, in ein Hospiz zu gehen, aber Jack hatte vor, hierherzuziehen, sobald seine Kündigung wirksam war. Und ja, ihm war bewusst, dass er versuchte, seine Schuldgefühle zu lindern, na und?

»Jack«, sagte Emma mit einem leidgeprüften Seufzer, »ich weiß, im Moment mache ich einen rüstigen Eindruck, aber es könnte schlimmer werden, und ich denke, wenn ich die Möglichkeit hätte …«

»Nein«, sagte Jack bestimmt.

Holly biss sich auf die Lippe und starrte auf den Prospekt.

»Willst du vielleicht auch etwas dazu sagen?«, fragte er schärfer als beabsichtigt.

»Eigentlich nicht.«

»Siehst du, *sie* ist vernünftig«, sagte Emma und tätschelte Hollys Knie.

Holly legte den Prospekt zurück auf den Couchtisch und atmete tief durch. »Emma, ich habe ein wenig über Bauchspeicheldrüsenkrebs recherchiert und –«

»Ich muss mich korrigieren«, sagte Emma seufzend.

»Und ich ...«

»Du glaubst, du weißt es besser als die Ärzte?«

»Nein, ich ...«

»Holly, ich habe mich entschieden.«

Holly warf Jack einen hilflosen Blick zu, und der schnitt aus Solidarität eine Grimasse. Er hatte es auch versucht.

»Ich will keine quälende Behandlung, nur um ein paar Monate länger zu leben, in denen ich durch eben diese Behandlung total geschwächt bin.«

»Aber vielleicht auch länger als ein paar Monate!«

»Nicht viel länger«, widersprach Emma.

Es klang eher, als würde sie darüber sprechen, wie lange irgendein Kuchen braucht, als darüber, wie lange sie noch zu leben hatte. Das war wohl ihre Art, damit umzugehen. Vermutlich würde *er* es genauso machen.

»Mir ist Qualität wichtiger als Quantität – und so kann ich zu Hause sein, ich kann so ziemlich tun, was ich immer getan habe, und ich muss nicht ständig ins Krankenhaus, das noch dazu ewig weit weg ist. Du wirst mich in dieser Sache nicht umstimmen, Kindchen, und ehrlich gesagt ist es nicht deine Entscheidung, also Ende der Diskussion, ja?«

Holly starrte Emma an, dann sah sie Jack an, als wäre es irgendwie seine Schuld. »Hilf mir doch mal.«

Er schüttelte langsam den Kopf. Denn Emma hatte recht: Es war ihre Entscheidung. Das Hospiz ... nein ... aber das ...

Sie funkelte ihn an, bevor sie Emma ansah. »Du gibst auf.«

»Das tue ich nicht, Holly. Aber ich entscheide mich dafür, die Zeit zu genießen, die mir noch bleibt – und gegen die Chemo.« Sie lächelte. »Der Tod ist unausweichlich, Kindchen, und jeder muss für sich entscheiden, wie er ihm begegnet.«

»Aber es muss nicht jetzt sein«, widersprach Holly.

»Es ist nicht jetzt.«

Holly sah wieder zu Jack. »Hast du denn gar nichts zu sagen?«

»Es ist ihre Entscheidung«, sagte er leise.

Holly presste die Lippen aufeinander. Sie stand vom Sofa auf, verlor dabei fast das Gleichgewicht und stürmte aus dem Zimmer.

Emma warf Jack einen Blick zu und machte eine ruckartige Kopfbewegung – eine stumme Anweisung. Er stand auf, folgte Holly und fand sie in der Küche.

»Was machst du da?«, fragte er.

Sie befüllte den Wasserkessel. »Wonach sieht es denn aus?«

Er griff nach ihrem Arm, als sie, immer noch wutentbrannt, die Küche durchquerte. »Ich wollte dir nicht in den Rücken fallen. Mir gefällt das genauso wenig wie dir.«

Sie sah aus, als wollte sie etwas Schreckliches darauf erwidern, doch es gelang ihr, sich zu beherrschen. Dann befreite sie sich aus seinem Griff, setzte den Kessel auf und verschränkte die Arme. »Ich kann nicht glauben, dass wir hier sind und über das Ende ihres Lebens sprechen.«

Er spürte, wie er innerlich zusammenzuckte, versuchte jedoch, sich nichts anmerken zu lassen – einer von ihnen musste einen kühlen Kopf bewahren. »Noch ist Zeit. Und wir beide wissen, dass sich die Dinge im Handumdrehen ändern können. Sie ist immer noch hier und genießt das Leben – und ich finde, wir sollten versuchen, es mit ihr zu genießen. Es ist noch nicht zu Ende.«

»Vielleicht sterbe ich auch schon vor meiner Zeit, weil ich von einem Sektkorken getroffen werde«, rief Emma aus dem anderen Zimmer. »Jedes Jahr gibt es vierundzwanzig Todesopfer.«

»Das hast du dir ausgedacht«, rief Holly zurück.

»Hab ich nicht.«

»Solltest du in deinem Alter nicht schwerhörig sein?«

»Vielleicht liegt es an deiner mangelnden Fähigkeit, eine gedämpfte Unterhaltung zu führen.«

Holly schaute Jack an, Tränen in den Augen.

Er konnte nicht anders. Er konnte es nicht ertragen, sie so zu sehen. Er durchquerte die Küche und nahm sie in den Arm. Er spürte, wie sie kurz versteifte. Dann seufzte sie, entspannte sich ein wenig und legte den Kopf an seine Brust. Er strich mit einer Hand über ihr Haar, das vom Wind draußen noch immer zerzaust war, und spürte, wie die Spannung aus ihrem Körper wich.

»Es ist nicht fair«, murmelte sie.

»Ich weiß.«

Sie seufzte erneut, bevor sie sich aus der Umarmung löste und sich eine Träne von der Wange wischte. Dann straffte sie die Schultern. »Na gut. Dann genießen wir mal das Leben.« Die Art, wie sie das sagte, mit zusammengebissenen Zähnen, stand so im Widerspruch zu den Worten, dass er lächeln musste.

»Klingt begeistert.«

Sie holte einen Becher aus dem Schrank und löffelte Pulverkaffee hinein. Dann sah sie ihn wieder an. »Aber wenn das die Ansage ist, hat Emma recht – du kommst mit zu dieser verdammten Hochzeit.«

KAPITEL DREISSIG

Liebe Lily,

morgen gehe ich zu Abis Hochzeit. Ich weiß, dass du Abi nicht kennst, was völlig bizarr ist, aber ich freue mich. Ich freue mich – und bin gleichzeitig nervös, weil ich will, dass es für sie perfekt wird. Außerdem bin ich nervös, weil Jack kommt. Ich muss wirklich aufpassen, dass ich nicht mit ihm allein bin, nicht zu viel trinke und schon gar nicht mit ihm tanze. Obwohl, wenn ich so darüber nachdenke, ist das mit dem Tanzen vielleicht gar nicht so ein Problem – wenn er mich tanzen sieht, verliert er wahrscheinlich sowieso das Interesse.

Ich muss viel an deine Hochzeit denken, an die Nacht davor, als du nicht schlafen konntest, weißt du noch? Ich bin mit dir aufgeblieben, weil du nicht allein im Hotelzimmer sein wolltest – du meintest, es sei ein komisches Gefühl ohne Steve. Du hattest solche Angst, dass du überhaupt nicht schläfst und am Hochzeitstag ganz verquollen aussiehst, und ich musste die ganze Zeit auf dich einreden. Ich weiß nicht mehr, worüber ich geredet habe, aber es hat funktioniert, und du bist vor mir eingeschlafen. Ich wünschte, ich könnte zu dieser Nacht zurückkehren – zurückkehren und genießen, wie einfach es war, zwischen uns.

Und ich muss daran denken, wie ich dich aus Venedig angerufen habe. Wie jemand im Hintergrund deinen Namen gesagt hat, und weißt du, wie es sich angehört hat? Es ist mir erst aufgefallen, als ich aus Venedig zurück war, weil nach Emmas Zusam-

menbruch so viel passiert ist. Aber es klang wie in einem Wartezimmer. Diese förmliche Stimme, wenn man aufgerufen wird.
Mir ist schon klar, es könnte überall gewesen sein – es gibt vieler-
orts Wartezimmer. Aber ich komme nicht von der Vorstellung los,
dass es eine Arztpraxis war. Warst du beim Arzt, oder male ich
mal wieder schwarz? Ich wünschte, du würdest mir sagen, was
los ist. Ich denke, Mum würde es mir sagen, wenn es etwas Ernstes wäre. Ich hoffe es.

Ich wünschte, du würdest mir sagen, was ich tun kann, damit
unser Verhältnis wieder besser wird, Lily. Ganz am Anfang
habe ich Mum gefragt, was ich tun soll, und sie meinte, ich soll
dir Freiraum geben. Aber das habe ich versucht. Und ich habe
versucht, mit dir Kontakt aufzunehmen, sogar über Mum und
Dad, aber sie haben immer gesagt, dass du noch nicht bereit bist.

Ich wünschte, du würdest auf diese Briefe antworten – aber
das wird wohl nie passieren.

Denn ich habe nicht einmal den Mut, sie abzuschicken.

In Liebe,

Holly

KAPITEL EINUNDDREISSIG

Holly saß in dem großen Festzelt am Rand der schwarz-weiß karierten Tanzfläche auf einem Tisch und sah Abi und James beim ersten Tanz zu einem irischen Lied auf Gälisch zu, das Holly nicht kannte. Abi hatte ihr gesagt, dass sie es auch noch nie gehört hatte, bevor sie und James sich, *kein Witz, Babe,* buchstäblich zweitausend Songs angehört hatten. Da die Hochzeit in Irland stattfand – etwa eine Stunde von Dublin entfernt in Clonabreany House, einem beeindruckenden Herrenhaus – und die Zahl an irischen Hochzeitsgästen unverhältnismäßig hoch war, machte ein irisches Lied für den ersten Tanz Sinn. Und es funktionierte – es gab eine Live-Band mit Geigen und Bass, deren Sängerin fließend auf Gälisch sang. Die Musik war langsam und sanft, und James, der in seinem Smoking unglaublich elegant aussah und dessen Dreitagebart gepflegter wirkte als sonst, hielt Abi in den Armen, als wäre sie das Kostbarste auf der Welt.

Die eigentliche Zeremonie hatte im Park des Anwesens stattgefunden, wo Abi und James sich im Sonnenlicht, das durch die goldenen Blätter fiel, das Ja-Wort gegeben hatten, die Sonne war gerade warm genug, um die kühle Herbstluft in Schach zu halten. Danach waren sie in dieses wunderschöne weiße Festzelt umgezogen, in dem vier Kronleuchter von der Decke hingen sowie weiße und silberne Papierlaternen. Jeder der runden weiß gedeckten Tische war mit weißen und lilafarbenen Blumen geschmückt, es gab eine Vielzahl von Gläsern für die vielen verschiedenen Getränke, und in der Mitte jedes Tisches flackerten nun Kerzen, als das Licht draußen zu schwinden begann.

Die Musik wurde ein wenig schneller, beschwingter, und James drehte Abi im Kreis. Holly wusste, dass Abi wegen dieses Tanzes nervös gewesen war – es war ihr unangenehm, vor allen Leuten zu tanzen –, aber jetzt schien jede Nervosität verflogen. Das alte Klischee von der strahlenden Braut traf definitiv zu, wenn man Abi ansah. Sie hatte nach der Zeremonie einige der Haarnadeln aus ihrem kastanienbraunen Haar entfernt, so wie die Friseurin es ihr geraten hatte, und nun hüpften die Locken um ihre Schultern. Das Kleid stand ihr perfekt – lange Ärmel, vorn hochgeschlossen und hinten tief ausgeschnitten. Das gebrochene Weiß passte zu ihrer Hautfarbe, und ihre Schuhe rundeten das Bild ab, zumindest bis Abi in die bequemen Pumps wechselte, die sie mitgebracht hatte, falls ihr die Füße wehtaten.

Nach ein paar weiteren Sekunden löste sich Abi von James und forderte die Gäste mit einer raumgreifenden Geste auf, sich zu erheben und mitzutanzen. Abi fing Hollys Blick auf und bewegte ruckartig den Kopf, woraufhin Holly gehorsam aufstand. Sie sah sich flüchtig um. Emma hatte den ganzen Nachmittag neben ihr gesessen und sich als nützlicher Puffer zwischen Holly und dem übermäßig interessierten Rob erwiesen – laut Abi ein Cousin von James –, der jetzt begeistert aufsprang. Nach dem Nachtisch, während alle darauf warteten, wie es weiterging, war Emma auf die Toilette verschwunden. Holly konnte sie nirgends entdecken, aber sie sah Jack, der an einem Tisch in der Mitte saß, mit dem Rücken zum Eingang mit den an den Seiten drapierten weißen Vorhängen. Draußen war es gerade noch hell genug, um die Gärten zu erkennen und das Steinhaus, in dem sich alle am Morgen fertig gemacht hatten.

Jack begegnete Hollys Blick fast augenblicklich, als hätte er nur darauf gewartet, und ein vertrauter Ruck durchfuhr sie. Abi hatte gesagt, sie würde versuchen, die Sitzordnung so zu ändern, dass er mit Holly und Emma zusammensitzen konnte, doch ehrlich gesagt hatte ihre Freundin kurz vor einem Nervenzusammenbruch gestanden und eine Änderung der Sitzordnung schien zu viel verlangt. Und so war Jack nach der Zeremonie, bei der er und Emma zusammengesessen hatten und Holly in ihrem pastellgrünen Brautjungfernkleid ganz vorn, zu dem ihm zugewiesenen Tisch gegangen. Deshalb – und wegen ihrer Pflichten als Brautjungfer – hatte sie kaum mit ihm gesprochen. Was sie aber nicht davon abgehalten hatte, ihm immer wieder Blicke zuzuwerfen. Denn, mein Gott, sah er gut aus in seinem Smoking.

»Emma?«, formte sie tonlos mit den Lippen, um zu erklären, warum sie zu ihm hinüberblickte.

Er scannte das Festzelt. »Ich sehe nach ihr«, erwiderte er ebenso tonlos und bedeutete ihr, zur Tanzfläche zu gehen, zu Abi. Holly nickte. Er würde sie finden und dafür sorgen, dass es ihr gut ging. Sie war sicher, dass das einer der Gründe war, warum er sich bereit erklärt hatte, mitzukommen – um die verlorene Zeit mit Emma aufzuholen. Nicht, dass Emma irgendeinen Groll hegte. Es war seltsam: Obwohl es ihr sicher nicht gut ging, obwohl sie mit dem Wissen lebte, dass ihr Leben zu Ende ging, war Emma so glücklich wie schon lange nicht mehr.

Holly machte sich auf den Weg zu Abi, die jetzt mit ihrer Schwester herumhüpfte. Es versetzte Holly einen Stich – so waren sie und Lily auf Lilys Hochzeit auch gewesen, das einzige andere Mal, dass Holly Brautjungfer gewesen war.

Abi ergriff Hollys Hände, als sie sie erreichte. »Habe ich schrecklich ausgesehen? Ich wette, ich habe schrecklich ausgesehen.«

»Du hast überhaupt nicht schrecklich ausgesehen«, sagte Holly sofort. »Ich glaube sogar, ich habe noch nie jemanden im echten Leben so gut tanzen sehen – dieses Talent hast du bisher vor mir verborgen.«

Abi lachte und winkte ab, aber ihr ganzes Gesicht strahlte, ihre Augen leuchteten. Sie zog Holly und ihre Schwester in eine Umarmung, zwei grüne Kleider und Abis weißes. »Ich hab euch beide so lieb.«

»Es ist noch zu früh, um emotional zu werden«, sagte Abis Schwester und zwinkerte Holly zu. »Erst kommt noch die Torte und das …«

»Ach ja, die Torte!«, rief Abi.

»Ich glaube nicht, dass es schlimm ist, wenn du dich nicht sklavisch an den Zeitplan hältst«, sagte Holly, aber Abi zog sie bereits von der Tanzfläche und schnappte sich im Vorbeigehen James.

»Du musst dich ganz vorn hinstellen«, befahl Abi. Sie ließ Holly los und stellte sich mit James hinter die vierstöckige Hochzeitstorte mit traditioneller weißer Glasur, aber handgemalten Blumen an den Rändern der einzelnen Schichten. Sie war wirklich ein Traum. Holly wusste, dass jede Schicht eine andere Geschmacksrichtung hatte – sie hatte viel über diese Geschmacksrichtungen gehört, darüber, wie Abi und James sich gestritten hatten, ob die eine Schicht nach weißer Schokolade und Passionsfrucht oder nach weißer Schokolade und Blaubeeren schmecken sollte.

Und dort, ganz oben auf der Torte, standen die beiden von Holly angefertigten Figuren – eine Mini-Abi und ein Mini-James. Sie hatte ein Foto von Abi und James vor sich liegen gehabt, während sie mit kleinsten Spachteln und Ritzwerkzeugen ihre winzigen Gesichter formte. Die ersten beiden Versuche waren misslungen; ihre Hände hatten zu sehr gezittert. Der dritte war auch gescheitert, aber nur, weil sie etwas Wein getrunken hatte, um sich zu beruhigen. Das, was jetzt auf der Torte stand, war der vierte Versuch. Es waren ihre ersten Skulpturen seit dem Unfall. Sie war sich nicht sicher, ob Abi sie deshalb darum gebeten hatte, und weil sie wusste, dass Holly nicht Nein sagen konnte – aber sie vermutete es. Jedenfalls war sie im Nachhinein froh, denn es bewies, dass sie es immer noch konnte, selbst wenn es nur so etwas Kleines und Albernes war. Aber da war auch noch etwas anderes, eine tiefe Traurigkeit in ihrem Inneren – denn sie hatte schon einmal die Tortenfiguren für eine Hochzeit gemacht.

Ob Lily sie noch hatte? Sie hatte versprochen, sie für immer aufzubewahren, an einem Ehrenplatz über dem Kamin in ihrer und Steves Wohnung. Aber vielleicht hatte sie sie weggeworfen, als sie auch Holly aus ihrem Leben geworfen hatte.

Sie spürte, wie eine kühle, knochige Hand die ihre drückte, als Abi und James die Torte unter großem Beifall gemeinsam anschnitten. »Sie sind wunderschön«, sagte Emma leise.

Holly spürte, wie Jack auf der anderen Seite neben ihr auftauchte, aber sie drehte sich nicht zu ihm um – sie wollte sich nicht anmerken lassen, wie sehr ihr Körper auf ihn reagierte, wie ihr ständig bewusst war, wo er sich gerade befand.

»Willst du tanzen?« Es war nicht Jack, der sie aufforderte, sondern Rob, der Cousin, vor dem Emma sie den ganzen Abend über so wirkungsvoll abgeschirmt hatte, und der nun seine Hand ausstreckte, während die anderen Gäste entweder auf die Torte zusteuerten oder auf die Tanzfläche zurückkehrten. Sein Akzent hatte einen irischen Einschlag, war aber nicht so stark wie viele andere, die sie heute gehört hatte, also war er vielleicht auf Besuch, wie James. Er hatte auch etwas von James an sich –

mehr Bartstoppeln und eine etwas breitere Brust, aber das gleiche rotbraune Haar. Und er war so groß, dass sie den Kopf in den Nacken legen musste. Vermutlich war er einigermaßen attraktiv – wenn er sie nicht so angegeifert hätte, mit vom Alkohol geröteten Wangen und Rotweinflecken auf den Lippen. Nicht sein Fehler– es war schließlich eine Hochzeit. Obwohl das Angeifern vielleicht doch sein Fehler war.

»Oh, ich kann nicht, tut mir wirklich leid«, sagte sie und bemühte sich um ein mildes, entschuldigendes Lächeln. »Ich habe dir doch von meinem Fuß erzählt.«

Rob zog enttäuscht die Hand zurück, aber Jack, der das Gespräch offenbar mitangehört hatte, meldete sich neben ihr zu Wort. »Was ist mit deinem Fuß?«

Holly sah Jack an. »Ich habe ihn mir vor ein paar Jahren beim Eislaufen gebrochen«, sagte sie und versuchte, lässig zu klingen.

»Tatsächlich?«

»Ja«, sagte Holly mit etwas zu viel Nachdruck, um überzeugend zu klingen. »Ich hab dir doch davon erzählt«, fügte sie schnell hinzu.

Jacks Lippen zuckten zwar, aber er nickte ernsthaft. »Ah ja. Auf der Eisbahn am Somerset House. Und dabei fing alles so schön an …«

»Ich dachte, du hättest ihn in Deutschland gebrochen?«, fragte Rob misstrauisch.

Warum – *warum* musste er ihren Lügen so viel Aufmerksamkeit schenken? Sie spürte, wie ihre Wangen warm wurden. »Ich, äh …«

»Sie hat ihn sich zweimal gebrochen«, sagte Jack leichthin.

»Genau«, bestätigte Holly. »Gleichgewicht ist nicht gerade meine Stärke.«

Rob schaute zwischen Jack und Holly hin und her. »Warum gehst du dann Eislaufen?«

»Weil ich es liebe«, sagte Holly sehr ernst. »Ich liebe all das …« – sie wedelte mit der Hand in der Luft herum – »… Eis.«

»Von Eiszapfen kann man sie auch nicht fernhalten«, sagte Jack todernst.

»Eiszapfen?«, wiederholte Rob.

»Ja. Sie hat ein kleines Buch, in das sie Fotos von ihnen einklebt.«

»Echt?«

Holly warf Jack einen Blick zu, aber es gab kein Zurück mehr. »Ja«, sagte sie, als würde sie ein peinliches Geheimnis preisgeben. »Und ich mag Eiswürfel.« Wer A sagt …

»Okayyyy«, sagte Rob und zog das Wort in die Länge.

»Und Eiscreme«, sagte Jack.

»*Pfft*«, machte Holly. »Von wegen. Das ist doch kein richtiges Eis.«

Jack konnte sein Grinsen nicht länger zurückhalten, und Rob drehte sich zu ihm um. »Und du bist?«

»Jack. Ein alter Freund.« Er streckte die Hand aus, die Rob nach einem misstrauischen Blick schüttelte.

Rob sah wieder zu Holly. »Falls du deine Meinung änderst, ich werde dich schon festhalten, wenn du über deine eigenen Füße stolperst.« Wieder dieses geifernde Gesicht.

»Danke. Ich sage dir Bescheid.«

»Also, Eislaufen, ja?«, sagte Jack, als Rob wegging. »Wer hätte das gedacht?«

»Oh, ich bin ein echter Profi.«

»Offensichtlich nicht, wenn du dir mehrfach die Knochen gebrochen hast.«

Holly konnte sich ein Lächeln nicht verkneifen, das jedoch etwas verblasste, als sie sich umsah und Emma entdeckte, die sich wieder hingesetzt hatte und an einem Glas Wasser nippte.

Jack drückte ihre Hand. »Ich gehe.« Er deutete mit dem Kopf über ihre Schulter, und Holly sah Abi auf sich zukommen. »Du wirst hier noch gebraucht.«

»Bitteschön«, sagte Abi und drückte ihr einen Teller in die Hand. »Du hast die Deko gemacht – jetzt musst du die Torte auch probieren.«

Holly lachte, nahm den Teller und kostete ein bisschen, obwohl sie von dem Drei-Gänge-Menü immer noch total satt war.

Abi achtete allerdings gar nicht darauf, wie viel sie von der Torte verzehrte. Stattdessen beobachtete sie, wie Jack zu Emma hinüberging.

»Sag es nicht«, seufzte Holly. »Ich bin vorsichtig.«

Abis Blick huschte zu Holly. »Ich habe nichts gesagt!«

Holly zog nur die Augenbrauen hoch.

»Okay, gut, aber das habe ich gar nicht gedacht.«

»Nicht? Du sagst mir nicht, dass ich mir nicht wieder die Finger verbrennen soll wie mit Daniel? Obwohl, im Nachhinein denke ich, dass ich vielleicht ein bisschen ungerecht Daniel gegenüber war, also bin ich vielleicht gar nicht diejenige …«

»Ich meinte nicht Daniel!«, rief Abi. Sie steckte sich eine ihrer perfekten Locken hinters Ohr. Neben dem Verlobungsring funkelte jetzt ihr neuer Ehering.

»Ach, wirklich?«

Abi zögerte. »Ich meinte Lily.«

Sofort spürte sie den Impuls, ihre Schwester zu verteidigen. »Lily hat keine …«

»Doch, hat sie. Ich sage nicht, dass ich nicht verstehe, warum sie sich so gefühlt hat – obwohl ich sie noch nie getroffen habe –, aber wie sie mit dir umgegangen ist, nach dem Unfall, wie sie dir die Schuld gegeben hat ...« Abi schüttelte den Kopf. »*Davon* hab ich gesprochen.«

Holly wusste nicht, wie sie darauf reagieren sollte. Was Abi sagte, fühlte sich nicht richtig an, denn natürlich gab Lily ihr die Schuld – Holly hatte das immer verstanden.

»Ich will dich nicht verärgern«, fuhr Abi fort. »Es ist nur so, dass ich sehe, wie sehr du dich immer zusammenreißt, und ich wünschte ... Ich wünschte, du würdest nicht immer noch denken, dass du kein Glück verdienst, nur weil Lily irgendetwas sagt oder denkt.« Sie lächelte und deutete mit dem Kopf in Richtung Jack, der ihnen den Rücken zugewandt hatte. »Und in Wahrheit wollte ich nicht sagen, sei vorsichtig, sondern ich wollte sagen, dass ich mich vielleicht geirrt habe – vielleicht ist der Typ da drüben genau das Glück, das du endlich zulassen solltest.«

»Wow«, sagte Holly und blies ihre Wangen auf. »Das ist eine ziemliche Kehrtwende.«

Abi drückte ihr freundlich den Arm. »Aber du musst wissen, was du willst, wenn du dich darauf einlässt, Hol. Du solltest dir sicher sein, dass du ... bereit bist.«

Holly biss sich auf die Lippe. Es kam dem, was sie selbst gedacht hatte, zu nahe. »Du brauchst dir keine Sorgen zu machen«, sagte sie bemüht lässig. »Er ist nur mitgekommen, um auf Emma aufzupassen.«

Abi verdrehte die Augen, und Holly musste lachen. »Wenn du das glaubst, bist du wirklich naiv.«

In diesem Moment kamen Abis Tante und Onkel auf sie zu, und Holly verschwand unauffällig in Richtung des Tisches, an dem Jack Emma gerade auf die Beine half. Holly hasste es zu sehen, dass Emma diese Hilfe jedes Mal, wenn sie sich sahen, ein bisschen mehr brauchte. Doch sie war fest entschlossen, sich nichts anmerken zu lassen. Sie hatte ihren Ausbruch in Emmas Haus am Vortag sofort bereut. Denn Emma hatte recht – natürlich war es ihre Entscheidung, ob sie sich der zermürbenden Krebstherapie unterzog, nur um ihr Leben um ein paar Monate zu verlängern. Es war egoistisch. Holly war sauer, weil *sie* Emma nicht verlieren wollte, nachdem sie sie gerade erst gefunden hatte.

Also setzte Holly ein Lächeln auf, als sie den Tisch erreichte. »Gehst du tanzen, Emma? Ich habe genau gesehen, dass Abis Großvater dich vorhin zwischen zwei Gängen angequatscht hat.«

»Ach, wenn ich zehn Jahre jünger wäre …« Emma rümpfte die Nase. »Aber ehrlich gesagt, nicht mal dann. Nicht mein Typ – zu ungepflegt.«

Holly lachte, während Jack eine stützende Hand um Emmas Schulter legte.

»Wohin gehst du?«, fragte Holly.

»Es ist schon lange nach meiner Schlafenszeit, fürchte ich.« Emma ergriff Hollys Hände. »Aber es war ein wunderbarer Tag. Abi ist reizend, und es bedeutet mir mehr, als du ahnst, dass du mich eingeladen hast. Ich hätte nie gedacht, dass ich noch einmal auf eine Hochzeit gehen würde und, na ja …«

Jack nahm seine Hand von Emmas Schulter. Dachte er an seinen eigenen Hochzeitstag und daran, dass Emma nicht dabei gewesen war? Es war inzwischen Abend geworden, und das Anwesen wirkte unter dem Nachthimmel ganz anders, statt friedlich und ruhig fast magisch, als könnte hier draußen, in einer versteckten Ecke, alles passieren – und nur die Sterne wären Zeuge.

»Ich bringe dich auf dein Zimmer«, sagte Jack und erntete von Emma ein ungeduldiges Schnauben.

»Ich bin durchaus in der Lage, allein zu gehen, danke«, protestierte sie. »Bleibt noch. Trinkt. Tanzt. Feiert. Es ist eine Hochzeit, um Himmels willen.« Und mit diesen Worten schlurfte sie den Kiesweg hinunter in Richtung des alten Gebäudes, wo neunzig Zimmer darauf warteten, die müden Hochzeitsgäste zu empfangen, und ließ Jack und Holly allein zurück, hinter ihnen das Zelt, aus dem die Musik der Band erklang.

Sie sollte wieder hineingehen. Das wäre am klügsten – am *sichersten*. Dorthin, wo Licht und Lärm und Leute sie umfingen. Sie wagte nicht, sich einzugestehen, warum sie sich nicht rührte. Warum sie im Freien stand, im Mondlicht, mit Jack.

Eine sanfte Brise spielte mit ihrem Haar, das Abis Friseurin zu einem langen Zopf geflochten hatte. Sie schlang die Arme um sich, und ein kleiner Schauer durchfuhr sie, als der Wind ihre Haut streichelte.

»Ist dir kalt?«, fragte Jack und schlüpfte sofort aus seinem Jackett.

»Ein bisschen, aber schon okay. Es ist schön.« Sie richtete den Blick auf die hügelige Landschaft, die in der Dunkelheit verschwand.

»Was ist los?«, fragte Jack.

»Nichts«, sagte Holly. Sie sah ihn an, sah, dass er geduldig wartete. »Es ist nur … auf meiner letzten Hochzeit war ich mit Lily. Mit meiner Schwester. Auf *ihrer* Hochzeit, meine ich.«

Er nickte. Sie hatten nicht oft über Lily geredet. Vermutlich hatten sie nicht genug Zeit miteinander verbracht, und es hatte immer dringendere Dinge zu besprechen gegeben. »Standet ihr euch nahe?«, fragte er leise.

»Ja. Aber dann … Kann man jemandem so nahe sein und ihn dann so fallen lassen?« Zu spät wurde ihr klar, dass das Gleiche auch für ihn und Emma galt. »Tut mir leid. Ich wollte nicht …«

»Nein, schon gut. Die Sache mit Emma ist komplex. Ich versuche nicht, es kleinzureden, aber ich war ein Kind und …«

»Dann gibt es keine Hoffnung für mich und Lily?« Sie meinte es als Witz, doch es klang einfach nur traurig – und ein bisschen bitter.

»Das habe ich nicht gesagt.« Er entfernte sich ein paar Schritte, dann drehte er sich um und sah sie an. »Ich frage mich nur, ob du vielleicht etwas von dem Engagement für mich und Emma in Lily investieren solltest.«

Holly runzelte die Stirn. »Was meinst du damit?«

»Na ja, du hast keine Mühen gescheut, um Emma zu helfen – sie zu finden, und dann mich. Und, na ja, vielleicht könntest du dich bei Lily genauso anstrengen. Ich meine das nicht als Kritik«, sagte er schnell. »Ich meinte nur, wenn du es wolltest …«

»Ich habe sie angerufen. Aus Venedig. Ich habe Lily angerufen. Sie klang so abweisend, auch wenn sie sich Mühe gegeben hat.«

»Ja. Aber es ist auch schwer, wenn man so überrumpelt wird, wenn man keine Zeit hat, sich zu überlegen, was man sagen soll, wie man es sagen soll. Was man fühlen soll. Diese Dinge … Nun, es ist für beide Seiten nicht leicht.« Er zögerte. »Ich frage mich nur, ob du dir selbst ein wenig die Schuld gibst und deshalb nicht so hart kämpfst, wie du könntest.«

»Ich *gebe* mir die Schuld.« Holly schlang die Arme fester um sich und sah auf den Boden, auf den Kies unter ihren Füßen.

»Hast du jemals daran gedacht, dass Lily sich vielleicht auch die Schuld gibt?«

Sie wischte sich eine Träne weg, die ihr trotz aller Bemühungen entwichen war. Dann schüttelte sie den Kopf und rief sich zur Ordnung. »Entschuldige. Ich wollte nicht weinen.« Obwohl sie das in seiner Gegenwart schon ziemlich oft getan hatte.

»Schon okay.« Er schenkte ihr ein schiefes Lächeln. »Hochzeiten wecken alle möglichen Gefühle.«

Sie zögerte kurz. »Deine Hochzeit?«

Er fuhr sich mit der Hand in den Nacken. Trotz des Lichts vom Festzelt war er zu weit weg, um sein Gesicht richtig zu sehen, deshalb machte sie einen Schritt auf ihn zu, vom Kies auf den Rasen, der unter ihrem Absatz nachgab. »Vanessa und ich … Das hat sich irgendwie so ergeben. Wir haben zusammen studiert und sind ungefähr zur gleichen Zeit nach London gezogen, und fanden, wir sollten es einfach mal versuchen, weißt du?«

Sie nickte, weil sie das Gefühl hatte, es wäre angebracht. Dann sah er sie direkt an, und das Mondlicht glitzerte in seinen Augen. Sie liebte diese Augen, ihre Tiefe.

»Aber es hat nicht gepasst, Holly. Ich blicke nicht mit Trauer oder Wut auf meine Ehe zurück. Ich wünsche mir nicht einmal, dass es anders gewesen wäre. Wir haben es versucht, und es hat nicht funktioniert, und daran kann ich jetzt nicht mehr viel ändern.« Er verzog das Gesicht, sein Tonfall veränderte sich ein wenig. »Jedenfalls sagte ich mir das an guten Tagen – ich will nicht so tun, als wäre ich immer perfekt.«

»Ach nein, wirklich?«

»Hey, es sagt auch niemand, dass du perfekt bist.«

»Ich weiß nicht, was du meinst«, sagte Holly pikiert. »Ich bin in jeder Hinsicht perfekt.«

Er grinste, jedoch nur flüchtig. »Jedenfalls ist dieser Teil meines Lebens vorbei, und ich muss mir überlegen, was ich mit dem Rest anfangen will – denn man kann nie wissen, oder?«

Holly nickte. Man konnte nie wissen.

Sie schwiegen eine Weile, während ein neuer Song erklang, nach Katy Perry wieder ein irisches Lied.

»Willst du wieder reingehen und tanzen?«, fragte Jack.

»Ich kann nicht. Was, wenn der Typ mich sieht?«

»Ich sage es nur ungern, aber er hat wahrscheinlich gemerkt, dass du lügst.«

»*Wahrscheinlich* heißt nicht *definitiv*. Außerdem muss man ihm das ja nicht unter die Nase reiben.«

»Dann tanz hier mit mir.« Und die Art, wie er es sagte, als wäre es ein ganz vernünftiger Vorschlag, machte es unmöglich, Nein zu sagen. Also nahm sie die Hand, die er ihr reichte, und ließ es zu, dass er sie an sich zog.

»Was ich gesagt habe, war mein Ernst«, murmelte sie an seiner Brust. Sie hatte vergessen, wie gut er roch, nach Kiefer und Holz. »Mir fehlen der Gleichgewichtssinn und die Koordination, um gut zu tanzen.«

Er lachte leise. »Als hätte ich das nicht bemerkt.«

Aber in seinen Armen, eine seiner Hände in ihrer, die andere an ihrer Taille, fühlte sie sich gar nicht unbeholfen. Sie fühlte sich fast anmutig, ließ sich von ihm führen, dachte nicht darüber nach, wo oder wie sie ihre Füße setzen sollte, dachte nur daran, wie sich seine Hand in ihrer anfühlte, wie ihre Haut unter dem dünnen Stoff ihres Kleides bei jeder Berührung prickelte. Sie war ihm schon einmal so nah gewesen – aber jetzt war es noch schlimmer, denn jetzt erinnerte sich ihr Körper daran, wie es gewesen war, Haut an Haut, Brust an Brust, sein Mund an ihrem Hals. Etwas in ihrem Inneren pulsierte, und sie hob den Kopf, fand seinen Blick, der schon auf sie gewartet hatte.

Er ließ seinen Daumen auf ihrem Handrücken kreisen. »Ich weiß, es ist kompliziert«, sagte er leise, »und vielleicht führt es nirgendwohin. Aber wie wäre es, wenn diese Nacht uns gehört.« Er wirbelte sie herum, bevor er sie wieder an sich zog, und ihr stockte der Atem. »Nur diese eine Nacht«, murmelte er, bevor seine Lippen ihre berührten.

Und es stand nicht zur Debatte, etwas anderes zu tun, als ihn zu küssen, mit den Händen über seinen Rücken zu fahren und in sein Haar, sich auf die Zehenspitzen zu stellen, um seinen Kuss mit derselben Intensität zu erwidern. Es hatte keinen Sinn, sich zu verstellen. Sie wollte ihn. Sie wollte *ihn* und niemanden sonst.

Also nahm sie seine Hand und führte ihn weg vom Zelt, den Kiesweg hinunter. Es war sowieso albern, so zu tun, als hätte sie diese Möglichkeit nicht in Betracht gezogen, als hätte sie sich nicht darauf vorbereitet, nur für den Fall. Als hätte sie es nicht *gehofft*.

Sein Zimmer kam zuerst, und ohne ein Wort darüber zu verlieren, blieben sie vor der Tür stehen. Jack fummelte mit dem Schlüssel herum, und Holly kicherte noch, als er sie ins Zimmer zog.

»Gott sei Dank«, murmelte er, sein Mund auf ihrem, als er die Tür hinter ihnen schloss und sie dagegendrückte. Ihr Lachen ging in ein Stöhnen über, als er begann, ihren Hals zu küssen. Sie grub ihre Finger in seine Schultern, seine starken Schultern, und es durchfuhr sie wie ein Blitz, als seine Hände an ihren Seiten hinunterglitten, über ihre Hüften und ihre Haut in Brand setzten. Ihr Kleid war über die Hüften gerutscht, und sie griff danach und zog es hoch, über ihren Kopf. Er wich zurück, seine Augen noch dunkler als sonst, und sein Blick versengte sie förmlich, als er über ihren Körper wanderte. Quälend langsam strich er mit den Daumen über ihre Seiten, bevor ihr ein peinlicher Aufschrei entfuhr, als er ihre Hüften packte, ihr buchstäblich den Boden unter den Füßen wegzog, und sie wieder gegen die Tür drückte. Sie schlang ihre Beine um ihn und ließ den Kopf zurücksinken, als er sich erneut ihrem Hals widmete.

»Ich hab das Gefühl, das hier ist ein bisschen einseitig«, sagte sie, ihre Stimme ein Keuchen, während er ihren BH öffnete. Er lachte an ihrem Hals, sein Atem war heiß. Aber sie schaffte es, ihre Hände unter sein Hemd zu schieben, spürte, wie er erschauderte, als er ihre Handflächen auf seinem Bauch spürte.

Und als nur noch Haut zwischen ihnen war, als er sie zum Bett trug und darauflegte, wurde sein Blick weicher. Er strich ihr das Haar aus dem Gesicht. »Ich nehme es zurück«, murmelte er und küsste sie ein weiteres Mal, bevor er in sie eindrang und sie aufstöhnte. »Du bist perfekt.«

Nein, du, wollte sie zurückflüstern. Aber sie sagte es nicht, auch wenn es sich in diesem Moment perfekt *anfühlte*, auch wenn sie ihr Gesicht in seinem Nacken vergrub, um nicht aufzuschreien.

Doch als er sich zurückzog, hatte sie Tränen im Gesicht: wegen Lily, wegen Emma, aber vor allem, weil sie ihn wollte und sie nur diese Nacht hatten.

KAPITEL ZWEIUNDDREISSIG

Als Holly mit schweren Lidern erwachte, fiel schon Sonnenlicht durch die Jalousien und irgendwo im Zimmer vibrierte ihr Handy. Jacks Seite des Bettes war kalt. Hatte er sich rausgeschlichen, als sie noch schlief? Hatte er *nur diese eine Nacht* allzu wörtlich genommen? Ihr Herz krampfte sich unangenehm zusammen, während sie versuchte, das Gefühl zu verdrängen. Ihr Handy vibrierte erneut, und leise fluchend schlug sie die Bettdecke zurück, um nach ihrer Tasche zu suchen, die sie gestern Abend zusammen mit ihrem Kleid einfach irgendwo hatte fallen lassen, und fischte es heraus.

Dann starrte sie auf den Namen des Anrufers.

Lily.

Lily rief sie an, genau jetzt.

Sie starrte das Handy an, bis es ein weiteres Mal vibrierte, dann hielt sie es mit zittrigen Fingern ans Ohr.

»Lily?«, sagte sie heiser.

»Hey.« Ein ganz anderer Tonfall als bei ihrem Anruf aus Venedig. Ihre Schwester klang klein, unsicher. »Ich, ähm, habe die Fotos von Abis Hochzeit auf deinem Instagram Account gesehen und …« Sie räusperte sich. »Naja, ich hab an dich gedacht.«

Holly gingen tausend Fragen durch den Kopf, aber aus ihrem Mund kam nur: »Du weißt, wer Abi ist?«

»Naja, Mum hält mich auf dem Laufenden. Und die sozialen Medien, weißt du.«

Es herrschte kurz Schweigen zwischen ihnen, während Holly sich auf die Bettkante setzte. Ihr Herz pochte. »Lily, ich …«

»Es tut mir leid, Holly«, platzte sie heraus.

»Es tut dir … leid?«

»Wegen deines letzten Anrufs. Ich hätte nicht … Ich wollte nicht … In meinem Leben ist gerade so viel los, und ich war gestresst, und dann hast du auch noch angerufen. Es war einfach ein schlechter Zeitpunkt. Ich war nicht zu Hause. Ich war beim Arzt.«

»Wirklich?« Sie hatte also recht gehabt.

»Ja. Ich … Es gibt da etwas … Ich habe in den letzten zwei Jahren eine Menge Tests machen lassen, und es sieht nicht so aus, als könnte ich schwanger werden.«

»Oh, *Lily*.« Holly spürte, wie sich ihr Magen zusammenzog. Lilys Traum, Mutter zu sein, war geplatzt. Kein Wunder, dass ihre Schwester es nicht schaffte, mit ihr zu reden.

»Nein, dafür ist jetzt nicht der richtige Zeitpunkt, ich versuche nur zu erklären, warum ich so kurz angebunden war. Als du angerufen hast, war ich beim Arzt, und ich wusste, was sie mir sagen würden, und es hat einfach Erinnerungen an diesen Tag geweckt, daran, was ich verloren habe.«

Deinetwegen. Holly konnte die Worte hören – auch wenn Lilys Stimme jetzt nicht mehr so eisig und vorwurfsvoll klang wie damals im Krankenhaus.

»Es ist keine Entschuldigung. Und es lag nicht an *dir*, Holly, aber ich wusste nicht, wie ich damit umgehen sollte, und dann sah ich deine Nummer auf dem Display, und ich dachte, es muss was Schlimmes passiert sein, denn warum solltest du mich sonst anrufen? Und dann wolltest du einfach nur mit mir reden, und ich wusste nicht, wie ich …« Sie holte tief Luft, und es klang zittrig. »Aber ich sehe mir gerade die Figuren an, die du für meine Hochzeit gemacht hast, wie die auf Abis Torte, und …«

»Du hast sie behalten?«

»Natürlich habe ich das.«

Wieder herrschte Schweigen, aber diesmal war es weniger unbehaglich. Auf dem Flur vor ihrem Zimmer hörte Holly undeutlich eine Männerstimme. Jack, dachte sie, und ihr Herz machte einen kleinen Satz.

»Ich weiß nicht, was ich sagen soll«, gestand sie. »Ich wollte schon so lange mit dir reden, wollte deine Stimme hören, und jetzt …«

»Ich weiß«, flüsterte Lily.

»Du weißt?«

»Natürlich – glaubst du, ich wollte nicht auch mit dir reden?«

»Ehrlich gesagt, nein«, gab Holly zu. »Ich dachte, du willst nie wieder mit mir reden.« Und genau aus diesem Grund hatte sie es auch nicht geschafft, die Briefe wirklich abzuschicken.

»Oh, Holly, es tut mir so leid. Ich …« Sie rang erneut mühsam nach Luft. »Es ist meine Schuld – so vieles ist meine Schuld. Es gibt eine Menge, worüber wir reden müssen.«

»Ja.« Dass Lily darüber reden wollte, gab Holly Hoffnung.

»Wollen wir uns treffen? Gern auch mit Mum und Dad, wenn du mich nicht allein treffen willst.«

»Es macht mir nichts aus, dich allein zu treffen«, sagte Holly, obwohl ihre Stimme distanziert klang. Sie versuchte immer noch, das alles zu verarbeiten. Lily wollte sie sehen. Lily war besorgt, dass *sie* sich nicht mit *ihr* treffen wollte.

»Sicher?«

»Natürlich, Lily.«

»Soll ich … Soll ich dir ein paar Terminvorschläge schicken?«
Lilys Stimme klang zögerlich.

»Ja. Ja, bitte tu das.«

Holly hörte einen weiteren angestrengten Atemzug. Sie kannte dieses Geräusch – Lily versuchte, nicht zu weinen. »Lily, ich …«

»Ich muss Schluss machen. Tut mir leid. Ich möchte mit dir reden. Wirklich. Ich weiß, dass ich … Mum hat gesagt …« Noch ein Atemzug. »Ich will nur … Lass uns das nicht am Telefon machen, okay.«

»Okay.« Gott, fiel ihr wirklich nichts anderes ein?

»Bis bald«, sagte Lily mit fester Stimme.

»Hoffentlich«, flüsterte Holly zurück.

Sie saß da und starrte ihr Telefon an, nachdem sie aufgelegt hatte. Ein Strudel aus Gefühlen wirbelte in ihrem Inneren, und sie war unfähig, eines herauszugreifen. Erst der Klang von Jacks Stimme ließ sie wieder aufblicken. Sie konnte sie jetzt ganz deutlich durch die Tür hören.

»Vanessa, ich muss Schluss machen.« *Vanessa.* Seine Frau. Ex-Frau. »Hör zu, das ist nur so ein Moment … du meinst nicht wirklich … Okay, ich rufe dich später an. Okay. Bye.«

Plötzlich wurde ihr bewusst, dass sie immer noch nackt war. Holly sprang vom Bett auf und schlüpfte gerade in das Brautjungfernkleid vom Vortag, als Jack reinkam.

»Hey«, sagte er mit einem Lächeln. »Du bist wach. Ich wollte dich nicht wecken.«

Holly nickte, aber als er auf sie zukam, wich sie zurück.

Seine Augen wurden ein wenig misstrauisch. »Was ist los?«

»Nichts.« Sie fuhr sich mit der Hand durchs zerzauste Haar.

»Mit wem hast du gerade telefoniert?«

Er zögerte. »Was hast du gehört?«

»Nichts«, sagte sie wieder. Dann drückte sie die Schultern durch. Sie war erwachsen – sie konnte dieses Gespräch führen. »Ich habe dich *Vanessa* sagen hören, das ist alles.«

Er nickte langsam.

»Du hast sie also angerufen?«, hakte Holly nach. »Vanessa?« Seine Ex-Frau anzurufen, nachdem er mit ihr geschlafen hatte, war *so was* von daneben.

»Nein! Nein, natürlich nicht. Sie hat *mich* angerufen.« »Oh.«

»Sie war aufgebracht, brauchte jemanden zum Reden.« »Oh«, sagte Holly wieder.

»Hör zu, Holly, ich schwöre, da war nichts. Sie hat nur Probleme mit einem Typen, und sie war verstimmt und hat mich angerufen, weil wir das immer gemacht haben, schon lange bevor wir überhaupt zusammen waren. Ich glaube, sie versucht, an unsere Freundschaft von damals anzuknüpfen.«

»Will sie dich zurück?«

»Nein«, sagte er. »Ich habe dir doch gesagt, dass es nicht gepasst hat. Ich schwöre es dir, Holly.« Er sah ihr fest in die Augen. »Es besteht nicht die geringste Chance, dass Vanessa und ich wieder zusammenkommen.«

Holly nickte langsam, während sie das sacken ließ. Sie fühlte sich seltsam verletzlich, dort in seinem Zimmer in ihrem Kleid vom Vorabend, während er total frisch aussah in seinen schwarzen Jeans und dem dunkelblauen Hemd. Sie wandte sich von ihm ab, öffnete die Jalousien, um irgendetwas zu tun, und ließ das kalte Sonnenlicht herein. Wie spät war es eigentlich? Sie musste um elf beim Hochzeitsfrühstück sein.

»Holly? Hast du mich gehört? Bitte sieh mich an.«

Sie drehte sich um, den Rücken zur grünen Wand des Hotelzimmers gewandt. Sie wusste, dass sie sich irrational verhielt. Aber sie spürte, wie sich eine Schutzschicht um ihr Herz bildete – denn sie wusste auch, dass sie nicht noch einmal so verletzt werden wollte. Vielleicht hatte Abi recht – vielleicht hatte es mit Lily angefangen, damit, dass der Mensch, dem sie am meisten vertraut hatte, sich von ihr abgewandt hatte. Jedenfalls wollte sie so etwas nicht noch einmal durchmachen. Sie wollte niemanden an sich heranlassen, nur damit er sie wieder verließ. Und sie wollte sich nicht so sehr in jemanden verlieben, dass sie daran zerbrechen würde, wenn er sie verließ.

Und Jack ... Mit Jack war es besonders riskant. Denn da war auch noch Emma. Was, wenn Emma starb? Was, wenn Jack ihre Nähe dann nicht mehr ertrug, weil sie ihn an das erinnerte, was er verloren hatte? Hatte Lily nicht etwas in der Art am Telefon gesagt?

»Ich schätze, das spielt keine Rolle«, sagte Holly vorsichtig. »Es war doch nur die eine Nacht, oder? Das hast du selbst gesagt.«

Jack verzog das Gesicht, dann trat er einen Schritt auf sie zu. »Ich will nicht, dass es nur letzte Nacht war.«

Holly versteifte sich. »Was meinst du damit? In Venedig hast du gesagt ...«

»Ich weiß. Aber ich glaube, ich habe mich geirrt. Ich denke, wir sollten es versuchen.«

»Ich weiß nicht, Jack.« Sein Gesichtsausdruck verhärtete sich bei ihren Worten.

»Du willst es nicht mal versuchen?«

»Das ist nicht fair.«

»Ist es das nicht?«

Holly wurde laut: »Das verstehst du nicht!« Holly atmete tief durch. »Du weißt nicht, wie es ist, der Grund für das Unglück eines anderen zu sein und ...«

»Ich verstehe es, Holly!«

»Ja, klar«, sagte Holly verächtlich. »Das kann man nur verstehen, wirklich verstehen, wenn man es …«

»Selbst durchgemacht hat?« Jack zog die Augenbrauen hoch. »Ich glaube nicht, dass das stimmt – ich denke, wenn man genug Einfühlungsvermögen hat, kann man es verstehen. Aber ich *habe* es durchgemacht.« Er schluckte. »Ich war der Grund für Emmas Unfall, der Grund für den Tod meines Vaters.«

Holly ließ die Arme sinken. »Was? Was willst du …?«

»Wir waren spät dran«, sagte Jack, und obwohl seine Stimme ruhig war, konnte Holly hören, wie etwas darin brodelte. »Ich hatte dieses blöde Schulkonzert, und uns lief die Zeit davon, und ich war nervös und ungeduldig und …« Er schloss kurz die Augen. »Ich hab Emma genervt. Ich habe gegen die Rückenlehne vom Fahrersitz getreten. Sie hat gesagt, ich soll damit aufhören, aber ich habe immer weitergetreten, immer fester, weil ich genervt war und wollte … keine Ahnung. Und Emma war auch genervt. Sie hat sich umgedreht und mich angefahren, ich soll das lassen, und in dem Moment kam uns das Auto entgegen, und sie musste ausweichen und ist gegen den Baum geprallt und …« Er atmete langsam aus und öffnete die Augen.

Holly sah ihn einen langen Augenblick an, als suchte sie in den unergründlichen Tiefen seiner Augen nach den richtigen Worten. »Emma hat nie erwähnt …«

»Vielleicht wollte sie mir nicht die Schuld geben. Oder vielleicht hat sie vergessen, warum sie von der Straße abgekommen ist, bei allem, was danach passiert ist. Aber ich erinnere mich.« Ja, natürlich tat er das. Sie wusste nur zu gut, wie es war, mit einer Erinnerung zu leben, die in das Gedächtnis gebrannt war, die du nicht loswurdest. »Es war einer der Gründe, warum ich sie danach nicht mehr sehen wollte. Zumindest am Anfang. Ich hatte Angst, dass sie mir die Schuld geben würde. So war es einfacher, ihr die Schuld zu geben. Aber es war nicht ihre Schuld. Ich war einfach ein Feigling.« Er setzte sich auf die Bettkante und starrte in seinen Schoß. Und ohne nachzudenken, setzte sie sich neben ihn.

»Du warst noch ein Kind, Jack. Du darfst dir nicht die Schuld geben.« Sie legte tröstend eine Hand auf seine.

»Das tue ich auch nicht. Nicht mehr. Ich weiß, dass ich jung war, und ich weiß, dass der Unfall nicht passiert ist, weil ich gegen den Sitz getreten habe. Theoretisch weiß ich das alles. Aber damals wusste ich es nicht. Damals habe ich jemanden gesucht, dem ich die Schuld geben konnte. Und dann habe ich einfach daran festgehalten.« Er drehte seine Hand um und verschränkte seine Finger mit ihren. »Du warst es, die mich dazu gebracht hat, das zu erkennen. Und jetzt frage ich mich …« Er stockte, holte tief Luft. »Vielleicht kann ich dir helfen zu erkennen, dass der Unfall nicht deine Schuld war, auch wenn deine Schwester dir die Schuld gibt, auch wenn *du* dir die Schuld gibst.«

Sie versteifte sich, wollte ihre Hand wegziehen, aber er hielt sie fest.

»Vielleicht ist das der Grund, warum wir uns begegnet sind«, murmelte er, den Blick auf ihr Gesicht gerichtet. »Damit wir uns gegenseitig helfen können.«

»Ich glaube nicht an so etwas«, flüsterte Holly. »Ich glaube nicht an Schicksal.«

»Wirklich?«, fragte Jack mit dem Anflug eines Lächelns. »Nach allem, was passiert ist?« Er streichelte mit dem Daumen sanft über ihre Wange. »Gib mir eine Chance, Holly. Gib uns eine Chance. Was hast du zu verlieren?«

Alles, dachte sie.

Holly schluckte den Kloß in ihrem Hals hinunter. »Ich kann nicht, Jack. Du hattest recht. Es ist zu kompliziert, und …«

»Jetzt ist nicht der richtige Zeitpunkt?«, fragte er mit einem schwachen, traurigen Lächeln.

»Ja. Nein. Ich meine, ich halte es einfach für keine gute Idee. Ich kann nicht riskieren …« Aber es klang erbärmlich, es laut auszusprechen, also ließ sie es. »Außerdem«, sagte sie schnell, »wissen wir gar nicht, ob es überhaupt funktionieren würde. Du kennst mich doch kaum, Jack.«

Er nahm seine Hand von ihrem Gesicht, und ihre Haut spürte den Entzug seiner Wärme.

Sie biss sich auf die Lippe. »Ich meine, wir kennen uns kaum.«

Er sah sie einen langen Moment lang an, und sie spürte, wie sie unter seinem Blick errötete. »Okay.«

Ihr Herz zog sich zusammen. »Okay?«

»Okay, dann lassen wir es.«

Sie hätte erleichtert sein sollen. Sie *war* erleichtert. Sie wartete nur darauf, dass die Erleichterung in ihrem Herzen ankam. »Okay. Gut.«

»Wenn du etwas Zeit brauchst, um dir über einige Dinge klarzuwerden, dann ist das in Ordnung.«

»Ja, ich … Warte. Zeit?«

»Ja. Es ist unfair, von dir zu erwarten, dass du dich an meinen Zeitplan hältst. Es gab auch Dinge, über die *ich* mir klar werden musste, nach Venedig, also ist es nur gerecht, dass du die Chance bekommst, das Gleiche zu tun.«

Sie sah ihn stirnrunzelnd an, unsicher, was sie sagen sollte.

Er stand auf und küsste sie auf den Kopf, eine freundliche, leichte Geste. »Ich denke, du solltest mit Lily reden. Wenn du mich fragst.«

Ihre Miene verfinsterte sich, und sie öffnete den Mund, weil sich automatisch Widerspruch in ihr regte.

Er lachte über ihren Gesichtsausdruck. »Ich sage nicht, du *musst*. Ich tue nur für dich, was du für mich getan hast.«

Dagegen ließ sich schlecht etwas sagen, also rümpfte sie nur die Nase.

»Aber wenn du so weit bist, Holly, werde ich da sein. Okay?«

Ihr Herz pochte, als er sich von ihr abwandte und ins angrenzende Bad ging. Ach ja. Sein Zimmer. Es war *sein* Zimmer – *sie* war es, die gehen musste.

»Und übrigens«, fügte er fast beiläufig hinzu, während er ihr über die Schulter einen Blick zuwarf. »Ich kenne dich.«

»Hm?«

»Du hast gesagt, wir kennen uns kaum, aber ich kenne dich. Ich weiß, dass du hinfällst, selbst wenn es nichts gibt, worüber du stolpern könntest. Ich weiß, dass du Haare bürsten mehr hasst als irgendjemand sonst. Ich weiß, wie du aufblühst, wenn du übers Unterrichten sprichst, auch wenn du dir eingeredet hast, dass es nur ein Broterwerb ist, und wie du strahlst, wenn du daran denkst, eine Skulptur zu formen. Ich weiß, dass du manchmal sprichst, ohne nachzudenken, aber selbst wenn du wütend bist, bewahrst du dir eine gewisse Freundlichkeit.« Er lächelte, ein wenig traurig. »Ich weiß, wie sehr du immer noch darunter leidest, was deiner Schwester passiert ist. Ich weiß, dass du Angst hast, andere an dich heranzulassen. Aber ich weiß auch, dass du es bereits getan hast – bei Emma. Und ich *weiß*, dass du es wieder tun kannst. Wenn du es willst.«

Holly hielt den Atem an, unfähig, den Blick abzuwenden.

»Ich weiß all das und noch mehr. Und ich liebe es, Holly.« Und damit schloss er die Badezimmertür hinter sich.

Am ganzen Körper zitternd stand sie auf. Sie wollte weinen, die Badezimmertür aufreißen und sich in seine Arme werfen, seinen Duft einatmen. Stattdessen ging sie langsam hinaus und zögerte nur ganz kurz, bevor sie die Zimmertür hinter sich schloss.

Dezember

KAPITEL DREIUNDDREISSIG

Holly sah zum tausendsten Mal ungeduldig aufs Handy. Seit sie das letzte Mal nach der Uhrzeit geschaut hatte, war weniger als eine Minute vergangen – es war immer noch 17:53 Uhr. Und sie war erst um sechs mit Lily verabredet. Um siebzehn Uhr fünfundvierzig hatte sie den Pub betreten, den Lily vorgeschlagen hatte. Sie wollte früher da sein, um ihre Schwester kommen zu sehen und nicht in die Verlegenheit zu geraten, sich suchend umsehen zu müssen. Doch im Nachhinein war das eine schlechte Idee gewesen – denn jetzt saß sie hier und machte sich Sorgen, dass Lily nicht kommen würde. Und das Glas Sauvignon, das sie bestellt hatte, war bereits leer.

Holly kannte die Gegend gut, da sie als Teenager hier gewohnt hatte, und sie erkannte diesen Pub wieder, auch wenn er damals anders hieß – und viel schmuddeliger gewesen war. Jetzt besaß er, obwohl mitten in Hammersmith, den Charme eines englischen Country Pubs. Niedrige Holzbalken, Schieferböden und rustikale, bunt zusammengewürfelte Tische. Er war weihnachtlich geschmückt – neben dem knisternden Feuer stand ein Baum mit vermutlich leeren Geschenken darunter. Statt Blumen standen Adventskränze auf den Tischen, und die Theke war mit grünem Lametta und goldenen Glocken geschmückt. Auf den Fensterbänken neben dem Eingang flackerten Kerzen, die jedes Mal zu erlöschen drohten, wenn jemand mit einem kalten Luftzug hereinkam, und es duftete nach Glühwein.

Holly schaute wieder auf die Uhr. Siebzehn Uhr vierundfünfzig.

Es hatte eine Weile gedauert, bis sie einen Termin für ihr Treffen gefunden hatten, und schließlich war es Dezember geworden. Der dreiundzwanzigste Dezember, genauer gesagt – ein Tag vor Heiligabend. Hollys Mutter hatte offensichtlich Wind davon bekommen – Holly hatte eine SMS von ihr erhalten, in der sie Holly bat, danach vorbeizukommen und Hallo zu sagen. Vermutlich war es nur ihrem Vater zu verdanken, dass ihre Mutter jetzt nicht an einem Nachbartisch saß und heimlich beobachtete, wie ihre beiden Töchter sich zum ersten Mal seit vier Jahren wiedersahen.

Holly blickte auf, als sie den nächsten kalten Windstoß spürte, und ihr Herz zog sich schmerzhaft zusammen.

Sie sah noch genauso aus wie damals. Zwar hatte sie Fotos von ihr auf Facebook gesehen, aber das war etwas ganz anderes. Sie trug Jeans und einen blauen Rollkragenpullover mit kleinen Silberfäden, passend zur Jahreszeit.

Holly stand auf, etwas unbeholfen, ihre Handflächen waren feucht.

Lily sah Holly und lächelte – obwohl es etwas angestrengt aussah. Sie durchquerte den Pub, vorbei an der Schlange an der Bar. Als sie Hollys Tisch erreichte, sahen sich die beiden nur an.

Holly verspürte plötzlich den Drang zu weinen. Sollten sie sich umarmen? Es fühlte sich komisch an, sich zu umarmen. Sollte sie etwas sagen? Was sollte sie sagen?

Lily legte ihre Handtasche auf den Stuhl gegenüber von Holly – der Moment für eine Umarmung war verstrichen. Dann sah sie Holly an, und ihre haselnussbraunen Augen leuchteten übertrieben. »Ich hole uns etwas zu trinken, ja?«

»Ich kann …«

»Sei nicht albern, ich steh doch schon.« Das tat Holly auch, aber vielleicht brauchte Lily noch einen Moment für sich. »Die haben hier leckeren Glühwein, wenn du magst?«

Holly versuchte, Lilys unbeschwerten Ton nachzuahmen. »Klar, klingt gut.«

Sie setzte sich wieder hin, während ihre Schwester zur Bar ging und schnell vorgelassen wurde. Lily hatte schon immer mehr Charme gehabt.

Holly lächelte, als Lily zurückkam und den Glühwein vor ihr abstellte – in einem hohen Glas mit einem kleinen Henkel, einer Orangenscheibe und einer dekorativen Zimtstange, die oben herausschaute. Sie trank einen Schluck, spürte, wie die Gewürze ihre Zunge wärmten.

»Du hattest recht, der *ist* lecker.«

»Es ist ihr eigenes Rezept«, sagte Lily, als sie sich setzte. »Ich habe es geschafft, es von ihnen zu bekommen, aber er ist mir zu Hause nie so gut gelungen. Es sind die üblichen Gewürze wie Zimt und Nelken und so, aber statt Brandy nehmen sie Cognac und außerdem …« Sie schüttelte den Kopf. »Tut mir leid. Ich plappere. Ich kann nur … Ich kann nicht glauben, dass du wirklich hier bist.«

»Ich auch nicht«, murmelte Holly.

Lily holte tief Luft, und Holly spürte, wie sich ihre Schultern anspannten. »Holly. Es tut mir leid.«

»Was? Warum tut es *dir* leid?«

Lilys Augen füllten sich mit Tränen. »Es tut mir leid, was ich gesagt habe, vor vier Jahren.«

»Nein, mir tut es leid, Lily. Ich hatte nie Gelegenheit, das zu sagen …«

»Eben. Du hattest nie die Gelegenheit dazu, weil ich dich nicht gelassen habe. Ich habe nur …« Sie strich sich mit der

Hand übers Haar, und Holly sah, dass sie zitterte. Als sie wieder sprach, sah sie den Tisch an. »Ich wusste nicht, was ich tun sollte. Als ich das Baby verloren habe … ging es mir nicht gut.«

Hollys Herz zog sich zusammen, aber Lily fuhr fort, offensichtlich entschlossen, ihren Teil zu sagen.

»Es wurde immer schlimmer. Ich bin wochenlang nicht aus dem Bett gekommen; ich habe meinen Job verloren, weil ich nicht mehr konnte. Ich musste Tabletten schlucken.«

Holly legte die Hände um ihren Glühwein, um etwas von seiner Wärme aufzunehmen. Das hatte sie nicht gewusst. Sie hatte vermutet, dass es Lily schlecht ging, natürlich hatte sie das – was es nur noch schlimmer gemacht hatte, weil sie nicht für ihre Schwester da sein durfte. Aber wenn sie ihre Eltern fragte, bekam sie nur vage Antworten.

»Am Anfang brauchte ich jemanden, dem ich die Schuld geben konnte«, fuhr Lily mit brüchiger Stimme fort. »Aber das hättest nicht du sein dürfen.« Sie blickte immer noch auf den Tisch, statt Holly anzusehen.

Sie klang wie Jack. Holly dachte daran, was er auf Abis Hochzeit gesagt hatte, dass es einen Grund gab, warum sie sich begegnet waren, nämlich damit jeder von ihnen die andere Seite der Geschichte zu verstehen lernte.

»Ich werde den Rest meines Lebens bedauern, was ich damals gesagt habe, und das sage ich jetzt nur, damit du verstehst.« Der Moment in dem Krankenhaus, als Lily sie angesehen und ihr gesagt hatte, dass es ihre Schuld sei. Holly schloss die Augen, versuchte, die Erinnerung wegzuschieben.

»Du nimmst es mir also nicht mehr übel?« Sie hielt die Augen geschlossen, während sie sprach. Sie wollte das Gesicht ihrer Schwester nicht sehen, falls die Antwort nicht die war, die sie sich erhoffte.

»Natürlich nicht, Holly.«

Holly öffnete die Augen und sah in Lilys, die von Tränen glitzerten. »Es war nicht deine Schuld. Es gab nichts, was du hättest tun können. Das habe ich längst begriffen. Und es tut mir so leid, dass ich dich so lange in dem Glauben gelassen habe, es sei deine Schuld.« Sie holte tief Luft. »Ich wusste nicht, wie ich die Dinge in Ordnung bringen sollte.«

Ein kleines Lächeln kroch über Lilys Lippen, als sie einen Blick wechselten, und Holly wusste, dass Lily dasselbe dachte – daran, wie Lily *Holly* immer gesagt hatte, sie solle die Dinge in Ordnung bringen.

»Ich dachte, *du* würdest *mich* hassen, nachdem ich dich so behandelt habe. Ich dachte, das wäre der Grund, warum du nie mehr vorbeikamst. Und ich versuchte auch immer noch, wieder schwanger zu werden, und es klappte nicht, und das hat mich abgelenkt. Was nicht hätte sein dürfen. Deshalb habe ich die Dinge schleifen lassen. Und je länger die Funkstille andauerte, desto schwieriger wurde es, auf dich zuzugehen.«

Keine von ihnen hatte gewusst, wie sie auf die andere zugehen sollte. Hätten sie sich schon früher versöhnen können, wenn Holly nicht auch so verunsichert gewesen wäre? Doch sie schob diesen Gedanken beiseite – denn jetzt waren sie hier.

»Mir tut es auch leid«, sagte sie schließlich. »Es tut mir leid, dass ich nicht angerufen habe. Ich dachte, du hasst mich.«

Lily wischte sich eine Träne aus dem Gesicht. »Ich habe *mich selbst* gehasst, für das, was ich zu dir gesagt habe. Aber dich habe ich nie gehasst, Holly.«

»In Venedig dachte ich …«

»Es tut mir leid«, sagte Lily wieder. »Das war ein schlechter Zeitpunkt.« Sie versuchte ein Lächeln, doch es fiel in sich zusammen. »Ich habe sogar noch versucht, dich später zurückzurufen, aber es war immer besetzt.«

»Ehrlich?« Lily nickte, und Holly schüttelte den Kopf, während sie versuchte, ihre Gedanken zu ordnen. »Das war ... Na ja, an dem Tag war eine Menge los.«

Lily runzelte fragend die Stirn.

»Erzähl ich dir später. Aber darf ich fragen? Der Arzt ...«

Lily verzog das Gesicht und griff nach ihrem Glühwein. »Ich will nicht darüber reden.«

»Nein. Natürlich nicht, tut mir leid.«

Lily nahm Hollys Hand. »Es liegt nicht an dir, Holly. Aber es fällt mir immer noch nicht leicht, darüber zu sprechen. Ich glaube, wir werden adoptieren.« Sie lächelte zaghaft.

»Ja?«

»Ja. Wir haben schon einen Antrag gestellt, aber es kann ein bisschen dauern.«

»Nun«, sagte Holly und lächelte ebenfalls zaghaft. »In dem Fall drücke ich dir die Daumen.«

»Danke.« Sie zog ihre Hand sanft zurück. »Da das jetzt geklärt wäre ... was machst du Weihnachten?«

Holly lachte über die Banalität dieser Frage. Aber sie schätzte Lilys Versuch, zur Normalität zurückzukehren. Vielleicht würden sie genau das eine Weile tun müssen – so tun als ob, bis sie nicht mehr so tun mussten.

Holly dachte über Lilys Frage nach. Sie dachte an den ungeöffneten Brief von einer Unbekannten, der zu Hause auf sie wartete. An den, den sie dieses Jahr bereits geschrieben und abgeschickt hatte. Alles wie im letzten Jahr – mit einem großen Unterschied.

»Ich verbringe Weihnachten bei einer Freundin in Devon.« Sie hatte halb im Scherz erwähnt, wie viel Zeit sie am ersten

Weihnachtstag haben würde, und Emma hatte sie stirnrunzelnd angesehen. »Kommst du denn nicht her?« Und damit war es abgemacht. Holly hatte allerdings nicht mit Jack darüber gesprochen. Seit der Hochzeit hatte sie überhaupt kaum mit ihm gesprochen.

»Nun«, sagte Lily, »Steve und ich verbringen Weihnachten bei seinen Eltern, aber am zweiten Weihnachtsfeiertag sind wir bei Mum und Dad, falls du mitkommen willst …«

Holly starrte ihre Schwester an, und ihr Herz pochte. »Wirklich? Glaubst du, das wäre ihnen recht?«

»Machst du Witze? Natürlich wäre es ihnen recht! Holly, sie wären überglücklich.«

»Ich bin mir nicht so sicher, ob das stimmt«, sagte sie leise. Und als Lily sie nur anschaute, führte sie es weiter aus. »Sie laden mich nie zu sich ein. Seit dem Unfall scheinen sie mich überhaupt nicht mehr sehen zu wollen.«

Lily runzelte die Stirn. »Das liegt daran, dass *du* nie vorbeikommen willst. Du hast immer eine Ausrede, immer was Besseres vor. Mum hat aufgehört zu fragen, hat sie mir gesagt.«

»Das hat sie gesagt?«

»Ja. Sie war sogar sauer auf mich«, sagte Lily mit einem traurigen Lächeln. »Sie hat mit mir geschimpft, weil ich dich vergrault habe. Es war nur ein einziges Mal, und sie hat sich danach entschuldigt, aber ich glaube, sie gibt mir wirklich die Schuld.«

»Sie gibt *dir* die Schuld? Ich dachte, sie gibt *mir* die Schuld.«

»Nein! Natürlich nicht. Es war nicht deine Schuld, Holly.«

Holly hatte sich sehr bemüht, nicht zu weinen, doch jetzt spürte sie, wie ihr die Tränen von der Nasenspitze tropften. Mit einer grazilen Bewegung schlüpfte Lily neben Holly und legte den Arm um sie. Ihre große Schwester tröstete sie, so wie sie es getan hatte, als sie noch klein waren.

»Es tut mir so leid, Hol. Ich hätte für dich da sein sollen.«

»Wir hätten füreinander da sein sollen«, sagte Holly mit tränenerstickter Stimme.

»Das sind wir jetzt, versprochen.«

Holly nickte.

Nach kurzem Zögern griff sie in ihre Tasche und holte ein Bündel Briefe heraus, das von einem Gummiband zusammengehalten wurde. Sie hatte nicht gewusst, ob sie Lily die Briefe geben wollte, aber jetzt fühlte es sich richtig an, dass ihre Schwester sie lesen konnte, wenn sie wollte. Dass sie erfuhr, wie sehr Holly in den letzten vier Jahren an sie gedacht hatte, auch wenn sie nicht den Mut gehabt hatte, ihr gegenüberzutreten.

»Ich habe dir Briefe geschrieben. Nach dem Unfall.«

Stirnrunzelnd nahm Lily die Briefe entgegen und betrachtete die unbeschrifteten Umschläge.

»Ich habe sie geschrieben, aber ich habe sie nie abgeschickt. Ich konnte mich nicht dazu durchringen. Du brauchst sie nicht zu lesen«, sagte sie schnell. »Aber du sollst wissen, dass ich dich nicht einfach vergessen habe.«

Lily nahm Hollys Hand und drückte sie. »Danke. Ich wünschte, ich hätte auch Briefe für dich.«

Holly lächelte. »Das war schon immer eher mein Ding.«

Lily lachte dünn. »Und ich habe deshalb immer mit dir gemeckert.«

»Ja.« Holly grinste. »Aber wann habe ich je auf dich gehört?«

Diesmal klang Lilys Lachen voller, und sie drückte Holly erneut. »Ich hab dich lieb. Tut mir leid, dass ich nicht da war, um dir das zu sagen.«

»Ich hab dich auch lieb«, flüsterte Holly in das Haar ihrer Schwester. Und wenn sie mutiger gewesen wäre, hätte sie vielleicht schon früher die Gelegenheit gehabt, ihr das zu sagen.

Das Gleiche galt auch für Jack, wurde ihr klar. Natürlich wusste sie das, aber in diesem Moment wurde es ihr so richtig bewusst. Immer wieder stieß sie ihn weg, aus Angst, verletzt zu werden, wenn er ihr zu nahe kam. Aber was war mit Lily, was war mit Emma. Sie wollte sie in ihrem Leben haben, auch wenn sie dadurch die Macht besaßen, sie zu verletzen. Und ob es ihr nun gefiel oder nicht, Jack besaß diese Macht längst.

Holly löste sich aus Lilys Umarmung, als sie ihr Telefon auf dem Tisch vibrieren hörte. Sie griff danach, und ihr Herz machte einen kleinen Rückwärtssalto. »Jack?«

»Holly? Es ... es geht um Emma.«

Holly erstarrte, ihre Finger umklammerten das Telefon. »Was ist mit Emma? Was ist passiert?«

»Sie musste ins Krankenhaus. Ich glaube ...« Jacks Stimme klang rau, nicht so sanft und gelassen wie sonst. »Ich glaube, du solltest kommen, wenn du kannst.«

»Ich fahre sofort los, ich komme, so schnell ich kann.« Sie war schon auf den Beinen, bevor sie überhaupt aufgelegt hatte.

»Holly?« Lily war auch aufgestanden. »Was ist passiert?«

»Meine Freundin ... sie ...« Doch sie konnte keinen klaren Gedanken fassen. Oh Gott, Emma. »Tut mir leid, Lily, ich muss gehen. Das ist ein furchtbares Timing, und ich schwöre, es hat nichts mit dir zu tun. Ich bin so froh, dich zu sehen, und ich wünschte, ich könnte länger bleiben, aber es geht um meine Freundin, sie braucht mich. Ich rufe dich an, okay? Ich hab dich lieb.«

Und damit verließ Holly den Pub und versuchte, nicht darüber nachzudenken, was dieser Anruf bedeuten könnte. Weigerte sich zu glauben, dass es genau das sein könnte, dass sie vielleicht die Chance verpasste, sich zu verabschieden.

KAPITEL VIERUNDDREISSIG

Jack hörte Schritte auf dem Flur, und als er sich umdrehte, sah er Holly. Er hatte sie spontan angerufen, als Pam ihn informiert hatte, dass sie Emma ins Krankenhaus bringen würde, und jetzt wurde ihm klar, dass er sie wahrscheinlich total in Panik versetzt hatte.

Er hatte sich dafür gewappnet, dass es ihm ins Herz schneiden würde, wenn er sie wiedersah, aber er hatte nicht erwartet, dass es so wehtun würde. Sie trug einen dicken grünen Pullover und lange braune Stiefel, ihr Haar war zu einem Pferdeschwanz zusammengebunden, aus dem sich einige Strähnen gelöst hatten, die ihr Gesicht umrahmten. Ihre Ohrringe funkelten im künstlichen Krankenhauslicht, als sie mit verkniffener Miene auf ihn zukam.

»Es geht ihr gut«, sagte Jack sofort, und er sah, wie Holly erleichtert ausatmete. Obwohl *gut* nur im weitesten Sinne des Wortes zu verstehen war. Was er wirklich meinte, war: Es ist noch nicht soweit. Das war nicht der Anruf, für den du ihn vielleicht gehalten hast. Es tat ihm leid, dass er sie so erschreckt hatte. Was daran lag, dass *er* sich so erschreckt hatte, als er den Anruf von Pam erhalten hatte. Und jetzt fühlte er sich gerädert – er war schon seit Stunden im Krankenhaus und wartete. Holly musste auch erschöpft sein, nachdem sie den ganzen Weg gefahren war.

»Kann ich sie sehen?«, fragte Holly und deutete mit dem Kopf in Richtung Tür.

»Ja. Gerade ist ein Arzt drin, und sie hat geschlafen, aber …«
Er verstummte, als besagter Arzt herauskam – mit der Körperhaltung eines Mannes, der es gewohnt war, dass man ihm zuhörte. Er warf Holly einen flüchtigen Blick zu und trat dann auf Jack zu.

»Wir haben die Situation unter Kontrolle. Sie hatte eine diabetische Ketoazidose, weshalb sie fast das Bewusstsein verloren hätte – es war richtig, dass ihre Freundin sie hierhergebracht hat. Aber sie wird wieder.«

»Diabetische was?«, wiederholte Jack ausdruckslos. »Aber sie hat doch gar keinen Diabetes.«

»Doch, ich fürchte schon«, sagte der Arzt forsch. »Diabetes ist eine häufige Begleiterscheinung von Bauchspeicheldrüsenkrebs. Vielleicht lebt sie schon eine Weile damit, vielleicht weiß sie es aber auch gar nicht. Ich kann mit ihr darüber sprechen, wenn sie aufwacht, und ihr erklären, wie sie so etwas in Zukunft vermeidet. Aber vielleicht ist es auch an der Zeit, an ein Hospiz zu denken, um die anderen Begleiterscheinungen unter Kontrolle zu halten. Wenn sie sich einen Infekt zuzieht, ist es möglich, dass sich das Gleiche wiederholt. Sie hat auch Schmerzen, wegen des Tumors. Ich habe ihr etwas dagegen gegeben, aber ein Hospiz kann auch dabei langfristig helfen. Es gibt allerdings auch Hospizschwestern, die zu Ihnen nach Hause kommen, je nachdem, wo Sie wohnen.«

»Okay«, sagte Jack. Er spürte, dass Holly ihn beobachtete, und wusste nicht, wo er hinschauen sollte. Emma hatte sich darauf vorbereitet, er war es, der lernen musste, damit umzugehen, dass er ihr nicht helfen konnte.

Der Arzt sah auf seine Uhr – ein goldenes Designerteil. »Es ist das Beste, wenn sie heute Nacht noch hier bleibt, aber morgen sollte sie wieder nach Hause können.« Jack atmete tief durch. Wenigstens würde sie rechtzeitig zu Weihnachten zu Hause sein.

Der Arzt verabschiedete sich, und Jacks Gedanken waren sofort bei Holly, die so nahe bei ihm stand, dass er sie fast riechen konnte. Er hatte keine Wahl – er musste sie jetzt ansehen.

»Tut mir leid, dass ich dich aufgeschreckt habe«, sagte er. »Ich wollte nur … Ich war mir nicht sicher …«

»Schon okay. Ich bin froh, dass du angerufen hast.« Sie holte tief Luft, und er merkte, dass sie etwas auf dem Herzen hatte. »Jack, ich …«

Aber er war sich nicht sicher, ob er für das Gespräch, das sie anfangen wollte, bereit war. Zumindest nicht, wenn es in die falsche Richtung ging. »Bleibst du über Weihnachten hier?«, fragte er, obwohl er die Antwort bereits kannte.

»Ja. Wenn das okay ist?«

»Natürlich. Wir würden uns freuen.« Er klang so förmlich – warum zum Teufel klang er so förmlich?

»Wir?«

»Ja. Ich bin auch da. Ich wollte noch mal Weihnachten mit ihr verbringen, bevor …« Er brachte es nicht über sich, den Satz zu beenden.

»Natürlich.« Sie wechselten einen Blick, und beide lächelten.

Sie runzelte die Stirn. »Allerdings weiß ich nicht, wo ich heute Nacht bleiben soll. Ich habe nicht nachgedacht.«

»Natürlich übernachtest du bei Emma.«

»Bist du denn nicht da?«

Was hatte das zu bedeuten? Wollte sie ihn nicht dahaben? Seit Irland hatten sie kaum Kontakt gehabt. Es hatte sich falsch angefühlt, ihr nach seiner kleinen Ansprache eine SMS zu schicken – denn er meinte, was er gesagt hatte, er wollte sie nicht unter Druck setzen. Er hatte seinen Teil gesagt, und jetzt lag es an ihr. Er hatte sich eingeredet, dass er so oder so damit klarkommen würde. Aber er hatte nicht geahnt, dass das Warten so nervenzehrend sein würde. Und was, wenn sie längst beschlossen hatte, dass sie ihn nicht wollte, aber nicht daran gedacht hatte, ihn darüber zu informieren? Was durchaus nachvollziehbar wäre, denn sie war ihm nichts schuldig.

Er bemerkte, dass sie ihn stirnrunzelnd ansah. Ach ja. Sie hatte ihm eine Frage gestellt. »Äh, nein. Ich habe im Moment eine eigene Wohnung in der Nähe.«

»Wirklich?«

»Ja.« Er zögerte. »Ich, äh, habe einen Job. Na ja, es ist eher ehrenamtlich, aber für den Moment reicht es.«

»Wo? Was machst du? Gartenkram?«

Er spürte, wie sich seine Lippen zu einem Lächeln verzogen – *Gartenkram.* »Ja. Buckland Abbey. Das ist eher in der Nähe meiner Mutter. Etwas weiter weg, aber machbar. Es ist nicht besonders glamourös, aber es ist ein Anfang.«

Ein Anfang, um zu sehen, ob es eine Möglichkeit gäbe, sein Hobby zum Beruf zu machen – und wenn nicht, dann war er wenigstens nach Devon zurückgekehrt, nicht nur für Emma, sondern auch für seine Mutter, seinen Bruder und seine Schwester. Er war weggelaufen, als er für die Universität von zu Hause fortgegangen war, und hatte es sich nie zugestanden zurückzukommen. Doch nachdem er seinen Job gekündigt hatte, hatte es sich richtig angefühlt, wieder herzukommen. Er hatte das Gefühl, endlich wieder atmen zu können, fern der Klaustrophobie Londons, auch wenn Theo meinte, es sei *total durchgeknallt,* das alles aufzugeben.

»Das ist fantastisch, Jack.« Sie lächelte ihn an, und ihre grünen Augen leuchteten. Er liebte dieses Lächeln, obwohl es ihm einen Stich versetzte. Wie würde es weitergehen, nachdem Emma …?

Würden sie Freunde bleiben, auch wenn Holly ihn nicht wollte? Er war sich nicht sicher, ob er das konnte, aber er hasste den Gedanken an ein Leben ohne sie. Es fühlte sich falsch an, nach allem, was passiert war.

»Ja. Ja, das ist cool.«

»Ich gehe dann mal rein, zu Emma.«

Er nickte. »Ja. Ich werde mir solange etwas zu essen holen. Falls du vor mir gehst, der Schlüssel liegt unter Emmas … Aber das weißt du ja.«

Sie lächelte wieder. »Ja. Ein furchtbares Versteck.«

»Das ist es wirklich.«

Er räusperte sich. »Brauchst du noch etwas, bevor ich gehe?« Holly schüttelte den Kopf, und er wippte auf den Fersen. »Dann sehen wir uns morgen?«

»Ja. Ich kümmere mich um den Glühwein.« Sie zögerte, als wollte sie noch etwas sagen, dann wandte sie sich ab und ging in Emmas Zimmer. Er sah ihr nach, ihrer roten Mähne, die wie eine Flamme loderte. Und er konnte es nicht leugnen – er war froh, dass sie hier war. Froh, dass sie Weihnachten da war. Nicht nur wegen Emma, sondern auch seinetwegen. Und wenn er nur Freundschaft von ihr haben konnte, dann würde er nicht Nein sagen.

KAPITEL FÜNFUNDDREISSIG

»Du bist zu Hause!« Holly stand in der Tür von Emmas Häuschen und breitete die Arme aus, als Jack und Emma aus Jacks Auto stiegen.

»Mach nicht so ein Theater, Kindchen«, brummte Emma, die mit steifen Schritten die Kiesauffahrt überquerte.

»Es ist Heiligabend, da darf man ein bisschen Theater machen.« Sie hüpfte auf und ab, während sie darauf wartete, dass Emma und Jack das Haus betraten. Sie trug einen dicken weißen Pullover über Leggings, aber das war nicht genug gegen die beißende Kälte und die durchdringende Feuchtigkeit in der Luft.

Sie warf Jack nur einen kurzen Blick zu, bevor sie die beiden ins Haus begleitete, und bog dann in die Küche ab, während Jack und Emma ins Wohnzimmer gingen. Sie hatte Glühwein aufgesetzt, auch wenn er nicht mit dem Zeug aus dem Pub mithalten konnte, und wollte ein Lachsgericht zubereiten, laut der Zeitschrift BBC *Good Food* eines der besten Gerichte überhaupt für Heiligabend.

Sie füllte drei Becher – keine schicken hohen Gläser – und schaffte es, alle drei auf einmal zu tragen.

Emma saß auf dem Sofa und hatte sich in ihre lila Decke gekuschelt. Jack hockte am Kamin und stapelte Holz in eine kleine Flamme. Er drehte sich um, als sie hereinkam, und obwohl er den Becher nahm, den sie ihm anbot, achtete er darauf, sie nicht zu berühren. Was hatte das zu bedeuten? Hatte die Sache mit dem Warten ein Zeitlimit gehabt?

Holly hielt Emma ebenfalls einen Becher hin, zog ihn dann aber wieder weg, als Emma danach griff. »Warte. Darfst du überhaupt Zucker?«

Emma lächelte schwach. »Ja, Kindchen. Besonders an Weihnachten.« Sie zwinkerte, müde, aber immerhin. Holly fiel jetzt erst auf, dass ihr Haar frisch geschnitten war. Es war nicht wie sonst eher ungekämmt, sondern legte sich in gepflegte graue Wellen. Holly bekam einen Kloß im Hals, obwohl sie gleichzeitig lächeln musste. Emma hatte sich für Weihnachten rausgeputzt.

Und dieses Jahr sah Weihnachten in Emmas Haus ganz anders aus als letztes Jahr. In der Ecke stand ein Baum – zweifellos Jacks Werk –, geschmückt mit weißen Lichterketten und silbernem Lametta, darunter lagen Geschenke.

Holly stieß mit Emma an und trank einen Schluck Glühwein. Emma klopfte auf den Platz neben sich. »Komm und setz dich, Kindchen. Gab es da nicht ein Treffen mit einer gewissen Schwester, von dem du mir erzählen willst?«

Jack sah daraufhin zu Holly, und sie spürte die Hitze seines Blickes auf einer Gesichtshälfte. Sie hatte ihm nicht erzählt, dass sie sich mit Lily treffen würde – hatte es ihm bewusst nicht erzählt, falls es schlecht lief.

»Gleich«, sagte sie. »Aber erst …«

Sie ging zurück in die Küche, während Emma sich über unvollendete Sätze ausließ, und nahm die beiden kleinen Tonfiguren vom Tisch – die beiden Tonfiguren, die sie schon vor ein paar Tagen ins Auto gelegt hatte, aus Angst, sie sonst zu vergessen, wenn sie Weihnachten zu Emma fuhr.

»Ich weiß, eigentlich ist noch nicht Weihnachten. Aber ich möchte dir dein Geschenk jetzt schon geben. Sie streckte eine

Hand aus, als sie ins Wohnzimmer zurückkam, dann drehte sie die Handfläche mit der kleinen Skulptur darin nach oben.«

Es war das Gesicht einer Frau. Emmas Gesicht. Aber Emma, wie Holly sie sah. Unerschütterlich und weise. Manchmal ein wenig griesgrämig, doch dahinter verbarg sich Verletzlichkeit. Lieb, auch wenn sie sich Mühe gab, das zu verbergen. Und vor allem das Gesicht von jemandem, der geliebt wurde. Sie hatte Emma eine Skulptur machen wollen, weil sie wusste, dass Emma sich darüber mehr freuen würde als über alles andere. Doch fast hätte sie sich nicht getraut. Fast hätte sie diese Idee verworfen und stattdessen einen Tiger gemacht. Als sie nun Emmas fast ehrfürchtiges Gesicht sah, wusste Holly, dass sie die richtige Entscheidung getroffen hatte. Es war nicht immer leicht, sich selbst so zu sehen, wie andere einen sahen, besonders in der Kunst − sie konnte gnadenlos sein, selbst wenn der Künstler es nicht so meinte. Sie hätte es wissen müssen, dass, wenn irgendjemand das aushalten konnte, dann Emma. Wenn irgendjemand verstehen konnte, was sie damit ausdrücken wollte, was sie hineinfließen hatte lassen, ohne es auszusprechen, dann nur Emma.

Emma schluckte. »Mir fehlen die Worte.«

Holly biss sich auf die Lippe. »Solange sie dir gefällt.«

Emma sah Holly an. »Kindchen, ich glaube, mich hat in meinem ganzen Leben noch nie etwas so berührt.« Sie streckte die Hand aus und Holly nahm sie und rutschte neben Emma aufs Sofa. »Ich sehe aus wie die Version von mir, die ich immer sein wollte.«

»Das ist die Version von dir, die ich sehe«, sagte Holly sanft.

»Sie ist wunderschön.« Beim Klang von Jacks Stimme sah Holly auf, spürte, wie ihre Wangen unter seinem Blick zu glühen begannen. Dieser Blick, mit dem er sie auch auf dem Boot in Venedig angesehen hatte.

»Für dich habe ich auch etwas gemacht«, sagte sie zaghaft. Sie streckte die andere Hand aus.

Es war kein Gesicht. Sie wollte sein perfektes Gesicht immer noch modellieren, aber es war ihr zu persönlich und potenziell übergriffig vorgekommen, nach allem, was zwischen ihnen passiert war. Sie hatte geahnt, dass sie ihn vielleicht Weihnachten sehen würde, und so hatte sie für ihn eine winzig kleine Vase geformt, die bequem in ihre Handfläche passte – zu klein für echte Blumen, außer vielleicht für ein einzelnes Gänseblümchen. Eigentlich hatte es nur ein Scherz sein sollen – eine nutzlose Vase für den Gartenliebhaber – doch dann hatte sie *Stunden* damit verbracht, das Ding zu bemalen, und da war Jack ins Spiel gekommen. Sie hatte seine Farben gewählt – grün natürlich, wegen der Landschaft, das sich von unten nach oben wand wie das Gras auf einer naturbelassenen Wiese. Dann lila und gelb, für den Gärtner in ihm, winzig kleine Blumen, wenn man genau hinsah. Und das alles ging über in ein orangefarbenes Leuchten – einen Sonnenuntergang, stellte sie sich vor. Etwas Warmes, etwas mit Feuer, aber verlässlich, unverwüstlich.

Er nahm die Vase, seine Finger so behutsam wie Emmas. Dann sah er sie direkt an, und seine Mundwinkel verzogen sich zu einem warmen Lächeln. »Ich glaube, ich versteh's.«

Sie lachte, und so etwas wie Erleichterung durchströmte sie, als sie sich an das Gespräch in der Galerie erinnerte, das schon so lange her zu sein schien.

Jack stellte die kleine Vase vorsichtig auf dem Couchtisch ab. »Nun, wenn wir jetzt schon Bescherung machen …«

Er ging zum Weihnachtsbaum, bückte sich, hob einen Umschlag auf und hielt ihn Emma hin.

Emma zog die Augenbrauen hoch, öffnete ihn aber gehorsam.

»Es ist ein Grundstück«, sagte Jack, fast noch bevor sie ihn geöffnet hatte. »Es ist in der Nähe von …«

»Ich weiß, wo es ist«, sagte Emma leise.

Holly wusste natürlich nicht, wovon sie sprachen, aber anhand ihrer Mimik konnte sie es erahnen. Richard. Es hatte etwas mit Richard zu tun.

»Nun«, sagte Jack, »es ist auf deinen Namen eingetragen, und es steht unter Naturschutz. Im Moment ist da noch nicht viel, aber ich werde daran arbeiten, wenn du einverstanden bist. Ich werde es zu einem einladenden Ort für Tiere machen, einem positiven Ort, nach dem, was dort passiert ist. Ich hoffe, du kommst es dir ansehen und sagst mir deine Meinung dazu und was wir damit machen sollen. Ich dachte … Du warst es, die mich zum Gärtnern gebracht hat. Also habe ich mir gedacht, das könnte etwas sein, was uns verbindet. Und, na ja, etwas, das bleibt.« Er sprach es nicht aus, aber Holly wusste, was er dachte. Er wollte etwas, das blieb, weil es möglicherweise das letzte Geschenk war, das er ihr machte.

Emma schwieg so lange, dass Holly und Jack besorgte Blicke tauschten.

»Emma?« Jack stupste sie sanft an. »Ist alles …«

Und dann brach Emma zum ersten Mal, seit Holly sie kannte, in ein Schluchzen aus. Sie presste die Hand auf den Mund und schüttelte den Kopf.

»Emma!«, sagte Holly und tätschelte ihren Arm.

»Entschuldigt. Wie dumm. Ich bin einfach …« Wieder ein Schluchzen, und Emma wischte sich eine Träne weg. »Ich hätte nicht gedacht, dass ich das jemals wieder erleben würde. Weihnachten mit der Familie.« Sie nahm Hollys Hand, und dann Jacks. »Ich bin euch beiden so dankbar, dass ihr mir das noch ein letztes Mal ermöglicht.« Sie holte noch einmal tief Luft, und nahm dann einen Ton an, der viel mehr nach ihrer üblichen Stimme klang. »Nun, da ihr beide mich so armselig dastehen lasst, gib mir doch bitte das Päckchen da unter dem Baum, Jack.«

Sie deutete auf ein Päckchen in Goldpapier.

Emma holte tief Luft. »Also. Ich wollte eigentlich für jeden von euch eins machen, aber, na ja, es hat etwas länger gedauert, wegen … allem. Deshalb müsst ihr euch das hier erst mal teilen und dann entscheiden, wer welches bekommt, wenn ich das andere gemacht habe.« Sie hielt das Geschenk zwischen Holly und Jack.

Holly sah Jack an, der ihr zunickte. Ihre Finger zitterten, als sie es öffnete. Es war ein Gemälde. Ein Gemälde von Mirabelle Landor. Es sah aus wie der Regenwald im Café, den Holly angestarrt hatte, als sie mit Jack zusammengestoßen war. Das Bild, auf das Emma geschaut hatte, als sie den Brief geschrieben hatte, der seinen Weg zu Holly gefunden hatte. Aber es gab Unterschiede. Das Grün war an einigen Stellen tiefer, und manche der Pflanzen sahen nach Hollys begrenztem Wissen nicht so aus, als gehörten sie in einen Regenwald. Ein Teil war in Orange und Gold gehalten, die Wärme der Sonne, die über der Landschaft lag.

Sie spürte, wie Jack näher kam, sah, wie er stirnrunzelnd auf das Bild blickte. »Das ist Blattloser Widerbart.« Er studierte die Pflanzen, die auch Holly aufgefallen waren. »Der gehört nicht in einen …«

»Das weiß ich«, unterbrach Emma ihn. »Aber es sind deine Lieblingsblumen.« Sie wandte sich an Holly. »Und das ist für dich.« Sie deutete auf die orangefarbenen und goldenen Farbtöne. »Weil du ein bisschen chaotisch bist, aber du bringst Wärme und Hoffnung – jedenfalls mir.«

Holly spürte einen Kloß im Hals, und ihr Blick verschwamm. Aber trotzdem sah sie es. Die Signatur in der rechten unteren Ecke – dort, wo normalerweise der Name Mirabelle Landor stand.

Emma Tooley.

Die Handschrift war dieselbe. Das wusste sie, ohne nachsehen zu müssen, denn sie hatte ihre Mirabelle-Landor-Karte oft genug angesehen.

Sie schaute Emma an, und ihr Herz machte einen seltsamen kleinen Satz. »Emma ... Was soll das ...?«

Jack schaute zwischen ihnen hin und her, die Stirn in Falten gelegt. Holly deutete auf die Signatur.

Er stutzte. Dann sah er Emma an. »Was?«

Seine Stimme überschlug sich fast, was Holly zum Lachen brachte.

»Nicht so laut, sonst steht Pam gleich wieder vor der Tür, und wir verbringen morgen schon den ganzen Tag mit ihr.«

»Aber du ... Ist das ...?«

»Ja.« Emma rutschte unbehaglich hin und her. Ihr schien nicht wohl dabei, sie in dieses Geheimnis einzuweihen.

»Du bist Mirabelle Landor?«, fragte sie.

»So ist es.«

»Du hast die Karte selbst gemalt, die du mir gegeben hast?«, wollte Jack wissen. »Als ich ein Kind war?« Die Karte, die er am Tag ihrer ersten Begegnung bei sich hatte, erinnerte sich Holly.

»Ja.«

»Und du hast den Regenwald gemalt? Im Café?«, fragte Holly.

»Ja!«, schnaufte Emma ungeduldig. »Ihr zwei seid nicht besonders schnell von Begriff, was?«

»Aber ...« Holly wechselte einen Blick mit Jack, der genauso verblüfft wirkte wie sie. »Warum? Warum hast du uns das nie erzählt? Warum hast du es *niemandem* erzählt? Oder hast du? Hast du es Pam erzählt? Denn wenn du es ihr erzählt hast und keine von euch ...«

»Holly«, sagte Emma entschieden, und Holly rümpfte die Nase. Okay. Sie hatte überreagiert – und das hatte Emma nicht verdient.

»Tut mir leid«, begann sie erneut und versuchte, langsamer zu sprechen.

Aus dem Augenwinkel glaubte sie, Jack lächeln zu sehen.

»Ich wollte nur ...«

»Ich weiß, Kindchen. Ich habe nur keine Lust, ewig darauf rumzureiten, okay? Deshalb habe ich es euch nicht erzählt. Aber um deine Fragen zu beantworten, ganz kurz. Nein, niemand sonst weiß es. Pam weiß es nicht – obwohl ihr zuzutrauen ist, dass sie es ahnt. Ich habe es dir aus demselben Grund nicht gesagt, aus dem ich es auch sonst niemandem gesagt habe – weil ich mich nicht dazu bekennen wollte. Das erste Bild habe ich gemalt, bevor Richard starb.« Sie sah jetzt Jack an, während sie sprach.

Holly sah ihn ebenfalls an, aber er nickte nur.

»Die Karte, die ich dir gegeben habe, war eine der allerersten. Eine Art Versuch, um zu sehen, ob ich es schaffte, ohne dass man mich damit in Verbindung brachte. Aber dann, nach Richards Tod ...« Sie fuhr sich mit der Hand übers Gesicht. »Ich dachte, ich sollte nicht mehr malen *wollen*. Ich fühlte mich schuldig deswegen. Aber ich konnte es nicht lassen. Also habe ich mich hinter einem anderen Namen versteckt, und dann hat sich das Ganze verselbstständigt: Mirabelle Landor war plötzlich angesagt, und irgendwie konnte ich mich nicht dazu bekennen.«

Sie ließ die Hände in den Schoß sinken. Sie war müde. Sie sah so müde aus.

»Aber ich wollte es euch sagen. Euch beiden«, sagte sie und sah zwischen ihnen hin und her, bevor sie ihren Blick auf Holly richtete. »Vor allem dir, Kindchen. Denn ich weiß, dass du Angst davor hattest, wieder mit deiner Kunst anzufangen. Und ich wollte nicht, dass du vor diesem Teil von dir zurückschreckst, wie ich es mein ganzes Leben lang getan habe.« Sie drehte die Skulptur, die Holly ihr geschenkt hatte, in den Händen und betrachtete sie. »Obwohl ich hätte wissen müssen, dass du stärker bist als ich.«

Sie blickte wieder auf, und ihre Augen leuchteten.

Holly wollte Emma die Hand auf die Schulter legen, doch Emma winkte ab.

»Genug von mir. Können wir jetzt bitte das Thema wechseln? Ich habe es euch nicht erzählt, um mich der spanischen Inquisition auszuliefern.« Sie stieß die Luft aus. »Es ist ein Geschenk, mehr nicht.« Sie schniefte. »Gefällt es euch?«

Eine einfache Frage, aber Holly konnte die Verletzlichkeit unter der Oberfläche hören – das erste Bild, auf das sie ihren Namen gesetzt hatte.

Holly schluckte ihre Rührung hinunter und legte eine Hand auf Emmas. »Es ist wunderschön. Wir lieben es.« Sie sah zu Jack.

»Das tun wir«, bestätigte er, und Holly spürte, wie sich etwas in ihr regte, weil er das *Wir* einfach so hinnahm. »Memma, es ist wunderschön.«

»Na gut. Ich habe dir auch Gin-Kugeln besorgt, nur für den Fall«, sagte Emma und strich sich eine imaginäre Fussel vom

Rock. »Also, ich finde, es ist Zeit nachzuschenken, meint ihr nicht?«

Sie hielt ihren Becher hoch, und Holly nahm ihn, um in die Küche zu gehen.

Es war erst früher Nachmittag, aber schon legte sich ein winterlicher Abendglanz über den Garten – ein rosa Himmel im abnehmenden Licht. Auch der Garten sah ganz anders aus als letztes Mal. Trotz des Winters konnte Holly sehen, dass Jack am Werk gewesen war – er sah wieder geliebt aus.

Sie blinzelte ein paar Mal, als sie aus der Hintertür schaute, um sich zu vergewissern, dass sie sich die kleinen weißen Tupfer, die sanft vom Himmel fielen, nicht eingebildet hatte, und spürte, wie ein glückliches Lachen aus ihrer Brust aufstieg.

»Hey, Leute, es schneit!« Lachend zog sie die alten Stiefel an, die neben der Tür standen, und trat nach draußen. Sie streckte die Hände in die Luft, spürte, wie der Schnee auf ihrer Haut schmolz.

Es dauerte nicht lange, bis auch Jack nach draußen kam. »Emma schickt mich, um dich zu holen.« Er verschränkte die Arme über seinem dunkelblauen Pullover. »Offenbar will sie nicht, dass du dich erkältest und sie dann ansteckst.«

Lächelnd sah sie ihn an, während sich Schnee in seinem dunklen Haar sammelte. Er machte jedoch keine Anstalten, sie ins Haus zu holen.

»Danke für meine Skulptur«, sagte er, seine Stimme eine sanfte Liebkosung.

»Gern geschehen«, sagte sie. Ihr Herzschlag beschleunigte sich, so wie immer, wenn sie allein waren.

Er machte einen Schritt auf sie zu und holte eine kleine Schachtel aus der Gesäßtasche seiner Jeans. »Ich habe auch etwas für dich.«

Sie zögerte, dann nahm sie die Schachtel. Ihr stockte der Atem, als sie sie öffnete. Es war eine Halskette. Ein grüner Anhänger an einer goldenen Kette. Grün und – war das Gold in der Mitte? Er schien zu pulsieren, als wollte er unbedingt getragen werden.

»Das bist du«, sagte er, immer noch mit dieser tiefen, sanften Stimme, bei der ihre Haut immer zu prickeln begann. »Das Grün und das Gold und das Feuer. Das ist es, woran ich denke, wenn ich an dich denke.«

»Er ist wunderschön«, murmelte sie.

Sie hielt ihm die Kette hin, dann hob sie ihr Haar an und drehte sich in stiller Aufforderung um. Sie spürte den flüchtigen Hauch seiner Berührung im Nacken, als er die Kette verschloss.

Sie drehte sich wieder zurück. »Ich werde weiter unterrichten.«

Angesichts dieses abrupten Themenwechsels schossen seine Augenbrauen in die Höhe. »Okay. Gut zu wissen.«

»Warte, ich will auf etwas hinaus.«

»Okay …« Diesmal vorsichtiger.

»Ich werde weiter unterrichten, denn du hast recht, ich liebe es. Aber ich werde meine Stunden reduzieren. Ich werde mich auf meine Kunst konzentrieren und sehen, was dabei herauskommt. Vielleicht nichts, aber ich werde es wenigstens versuchen – und zwar richtig versuchen.« Sie dachte schon länger darüber nach, aber das Gespräch mit Emma hatte den Ausschlag gegeben.

»Das ist wundervoll, Holly.«

»Ja. Ist es.« Sie zögerte kurz, dann fuhr sie fort. »Skulpturen kann man überall machen.« Sie sagte es beiläufig und versuchte zu verbergen, dass ihr Herz einen Gang höher schaltete, als sie es in die Waagschale warf.

»Ich nehme an, das ist wahr.« Derselbe lässige Ton.

»Und unterrichten kann man auch überall.«

»Auch wahr.«

Sie holte tief Luft. Jetzt kam's. »Es tut mir leid, was ich auf der Hochzeit gesagt habe. Du hattest recht. Ich lasse niemanden an mich heran. Seit Lily ... Weißt du, ich habe neulich mit ihr gesprochen. Und mir ist klargeworden, dass ich ein paar Dinge falsch verstanden habe.« Sie schüttelte den Kopf. »Ich habe auch etwas anderes falsch verstanden.« Es würde wehtun. Wenn sie sich irrte, wenn er nicht mehr dasselbe empfand. »Ich hätte Ja sagen sollen. Als du mich gebeten hast, uns eine Chance zu geben. Und wenn du mich noch willst, möchte ich es auch versuchen.«

Sie wusste nicht, wie sie den Blick deuten sollte, mit dem er sie ansah. »Holly, ich ...«

»Nein, warte«, sagte sie schnell und versuchte, die Panik in ihrer Stimme zu unterdrücken – bei dem Gedanken, dass er Nein sagen könnte, bekam sie Beklemmungen. »Ich bin noch nicht fertig.«

Er breitete einladend die Hände aus.

»Ich will noch sagen, dass ich mich auch bei etwas anderem geirrt habe. Denn ich kenne dich, Jack. Ich weiß, dass du nirgendwo so glücklich bist wie auf dem Land. Ich kenne dein unglaubliches Talent, dir deine Gedanken nicht ansehen zu lassen. Ich kenne deine verspielte Seite, die nur ab und zu zum Vorschein kommt, aber gerade deshalb umso wundervoller ist. Ich weiß, dass du großzügig bist, und ich weiß, wie sehr du deine Familie liebst, auch wenn du in der Vergangenheit unsicher warst, wie du damit umgehen sollst. Ich weiß, wie viel dir dein Bruder und deine Schwester bedeuten und dass du immer für sie da sein willst.« Sie streckte die Hand aus, um sein Gesicht zu berühren, und er rührte sich nicht vom Fleck. »Ich weiß, wie weh es dir getan hat, als dein Vater starb. Ich weiß, dass du vor der Vergangenheit davongelaufen bist, weil du keine andere Möglichkeit gesehen hast. Und ich weiß, wie mutig du bist, weil du einen Weg gefunden hast, dich dem Ganzen zu stellen. Ich weiß all das und noch mehr. Und ich liebe es, Jack.«

Sie sah das Lächeln in seinen Augen, bevor es seinen Mund erreichte. »Du liebst *alles* an mir, hm?«

Sie lachte atemlos, und stieß ihn in die Seite.

Er packte ihr Handgelenk, zog sie an sich, und sie atmete seufzend aus, als er sie an sich drückte.

»Ich wollte nur ausdrücken«, sagte er, »dass ich dich natürlich noch will. Ich denke seit Monaten an nichts anderes.«

Sie lächelte in seine Brust. »Wirklich?«

»Ja. Aber ich bin froh, dass du mich unterbrochen hast. Das war eine tolle Rede, ich hätte sie nur ungern verpasst.«

»Ich wollte mich nur revanchieren.«

Er legte seine Stirn an ihre, und ihr Atem ging im gleichen Rhythmus. Dann neigte Holly den Kopf zurück, und er küsste sie, zaghaft, als könnte er es nicht ganz glauben. Und sie erwiderte den Kuss, ließ sich von seinem holzigen Duft einhüllen und schlang die Arme um seinen Hals.

Sie löste den Kuss, weil sie es sagen musste, weil sie wollte, dass er es wusste. »Ich liebe dich, Jack Tooley.«

Und da war es, dieses Lächeln, das sein ganzes Gesicht verwandelte.

»Das«, hauchte sie, während sie sein Gesicht mit einem Finger nachzeichnete. »Das möchte ich modellieren.«

Er lachte, drückte ihre Taille. »Warum, wenn du das Original hast?«

»Weil ich dich dann für immer habe.«

Er schlang die Arme noch fester um sie. »Sag das nicht. Ich will auch, dass du mich modellierst, aber nicht aus diesem Grund. Weil ich dich nicht verlassen werde. Wir haben uns gefunden. Ich glaube, wir waren schon immer füreinander bestimmt.«

Diesmal widersprach sie ihm nicht.

»Ich werde dich nicht verlassen, weil ich dich auch liebe, Holly Griffin.«

Und es lag so viel Verheißung in seinen Worten, dass sie ihnen Glauben schenken konnte.

Beide erschraken beim Klang von Emmas Stimme. »Wenn ihr euch *endlich* geküsst und versöhnt habt, könntet ihr dann wieder reinkommen und die Tür schließen? Es ist saukalt!«

Holly wischte sich lachend eine Träne weg, die sie gar nicht bemerkt hatte. Und dann ging sie, Hand in Hand mit Jack, wieder hinein, um Weihnachten zu feiern.

EIN JAHR SPÄTER

1

KAPITEL SECHSUNDDREISSIG

Holly suchte in ihrem Zimmer nach ihren Schlüsseln und fand sie schließlich auf der Fensterbank, neben der dekorativen Kerze, die ihre Mutter aufgestellt hatte. Es war ihr Jugendzimmer – dasselbe Einzelbett wie damals, nur andere Bettwäsche. Am Ende des Flurs schliefen Lily und Steve in Lilys altem Zimmer, während Jack sich mit dem Schlafsofa hatte begnügen müssen. Sie verbrachten die Woche vor Weihnachten alle unter einem Dach. Am zweiten Weihnachtsfeiertag ging es dann zu Jacks Familie.

Holly freute sich schon darauf, Mia und Theo ihre Geschenke zu geben – sie konnte es kaum erwarten, Mias Gesicht zu sehen. Sie und Mia verband die gemeinsame Liebe zur Kunst, und Holly versuchte, Mia zum Malen zu ermutigen. Jack hatte sich darüber beklagt, dass Holly und Mia sich so schnell angefreundet hatten, während er ein ganzes Jahr gebraucht hatte, um sie für sich zu gewinnen, aber Holly wusste, dass es ihn in Wahrheit freute.

Sie warf einen Blick auf das Bild, das sie über ihrem Bett aufgehängt hatte. Eigentlich hatte es einen Ehrenplatz in ihrem kleinen Reihenhaus, nicht weit von Jacks Familie, in dem sie und Jack jetzt zusammen wohnten – aber sie hatte es Weihnachten bei sich haben wollen. Sie hatte so getan, als ob sie es ihren Eltern und ihrer Schwester zeigen wollte, aber in Wahrheit war es für sie ein Stück von Emma, das sie nicht hatte zurücklassen wollen.

Das Bild, das Emma ihr und Jack geschenkt hatte. Bei ihnen zu Hause gab es noch ein anderes. Emma hatte das zweite Bild, das sie hatte malen wollen, nicht mehr vollenden können, bevor sie starb. Dafür hatten sie das Bild aus dem Café gekauft – das Originalbild des Regenwaldes. Das mit Mirabelles Signatur, nicht Emmas.

Doch es war dieses hier, zu dem Emma sich offen bekannt hatte, von dem Holly sich nicht trennen konnte. Zumal es Emma war, die ihr Mut gemacht hatte, sich wieder ihrer Kunst zu widmen. Inzwischen hatte Holly bereits an zwei Ausstellungen teilgenommen, und langsam, aber sicher verkauften sich ihre Skulpturen. Sie fertigte auch Auftragsarbeiten an und hatte eine eigene Website.

Emma hatte das nicht mehr erlebt. Sie war Anfang des Jahres, im März, gestorben. War im Hospiz friedlich eingeschlafen, laut der Krankenschwester. Holly fiel es immer noch schwer zu glauben, dass sie nicht mehr da war – so fest hatte sie sich in dem einen Jahr in Hollys Leben, in ihrem Herzen verankert. Manche Menschen kennt man ein Leben lang, aber sie hinterlassen keine Spuren in der Seele – und manche Menschen muss man nur einen flüchtigen Augenblick kennen, um zu wissen, dass man sie für immer in sich trägt. Wie Emma.

Sie wusste, dass auch Jack immer noch nicht über Emmas Tod hinweg war. Im vergangenen Jahr hatte sie viele weitere Emma-Geschichten aus seiner Kindheit gehört, und sie liebte jede einzelne. Beide versuchten immer noch zu akzeptieren, was geschehen war, und unterstützten sich gegenseitig dabei, ihren eigenen Weg durch die Trauer zu finden.

Holly hatte sich damals Sorgen gemacht, dass Emmas Tod zu viel für Jack sein würde, dass er sich von ihr abwenden würde, dass es zu einem Bruch zwischen ihnen kommen würde. Aber sie hatte sich geirrt – wenn überhaupt, hatte er sie einander noch näher gebracht.

Nachdem sie ihren Schlüssel gefunden hatte, griff Holly sich noch den Brief, weswegen sie ebenfalls in ihr Zimmer gegangen war, und rannte wieder nach unten. Ihre Mutter hatte dieses Jahr bei der Weihnachtsdekoration alles gegeben. Das weiße Treppengeländer war mit roter Lametta umwickelt, und Holly roch verbrannte Orange im Flur, das Ergebnis eines Heiße-Schokolade-Weihnachtsexperiments ihrer Mutter.

»Holly!« Die Stimme ihrer Mutter ertönte aus der Küche. »Kannst du Milch mitbringen? Wir haben nicht mehr genug für den Blumenkohlkäseauflauf morgen.« Zweifellos, weil sie die ganze Milch für die heiße Orangenschokolade aufgebraucht hatte.

In diesem Moment trat Jack in den Flur und wirkte ein wenig verlegen. »Äh, deine Mum sagt ...«

»Ich hab's *gehört*!«

»Na, dann antworte!«

Jacks Blick fiel auf den Brief in ihrer Hand. »Ist er das?«

»Ja.«

»Warte kurz.« Er wandte sich zur Treppe.

»Jack, was?«

»Warte kurz, okay? Zwei Sekunden.« Er rannte ganz nach oben in den zweiten Stock, zu ihrem Zimmer, wo sein Koffer stand.

Holly blieb im Flur stehen und wartete wie bestellt und nicht abgeholt, als Lily und Steve von draußen hereinkamen, begleitet von einem kalten Windstoß.

»Wie ist es gelaufen?«, wollte Holly sofort wissen.

Lily lächelte. »Gut, glaube ich. Bald wissen wir mehr.« Holly nickte. Lily und Steve kamen von einem Termin mit der Adoptionsagentur. Es war ein langer, quälender Prozess, aber es ging voran, und Holly war voller Bewunderung dafür, wie ihre große Schwester damit umging.

Jack kam die Treppe heruntergesprungen, als Lily und Steve gerade in die Küche gingen, um ihren Eltern alles zu erzählen.

»Was ist das?«, fragte Holly und deutete mit dem Kopf auf den Brief in Jacks Hand.

»Den«, sagte Jack mit einer bedeutungsschwangeren Pause, »soll ich dir von Emma geben – idealerweise wenn ich dich dabei erwische, wie du dich mit deinem Brief davonschleichst.«

»A) schleiche ich mich nicht davon, und B) ist es …«

Er küsste sie auf den Mund, um sie zum Schweigen zu bringen.

»Du hast recht«, räumte sie ein. »Darum geht es nicht.«

»Er ist von Emma«, fuhr Jack fort. »Ich weiß nicht, was drin steht. Mir hat sie auch einen Brief geschrieben.«

»Hat sie?«

Er nickte.

Sie fragte nicht, warum er ihr nicht erzählt hatte, was darin stand. Seine Beziehung zu Emma war etwas sehr Persönliches, und wenn der Brief nur für ihn bestimmt war, ging es sie nichts an. Genauso wenig würde Jack sie fragen, was in diesem Brief stand. Es sei denn, sie wollte darüber reden. Also nahm sie den Brief und starrte auf ihren Namen auf der Vorderseite.

»Du musst ihn noch nicht öffnen«, sagte er sanft. »Erst wenn du bereit bist. Ich habe meinen Teil erledigt.«

Holly nickte; der verdammte Kloß in ihrem Hals war wieder da, sodass es ihr schwerfiel zu sprechen.

»Gut«, sagte Jack und klatschte in die Hände. »Ich gehe jetzt und lasse meinen Charme auf deine Mum wirken.«

Holly schnaubte, und Jack zog die Augenbrauen hoch.

»Hey, hat bei dir doch auch funktioniert, oder?«

Sie lächelte. »Sieht so aus.« Sie reckte sich auf die Zehenspitzen, um ihn zu küssen, jedoch nur flüchtig, falls jemand kam.

Mit beiden Briefen in der Hand ließ sie Jack bei ihrer Familie zurück und trat nach draußen. Die Luft war kalt, aber erträglich, und der Himmel klar. In einigen Vorgärten standen Weihnachtsbäume, in einem der Fenster blinkte ein Rentier. Sie steuerte den Park an, lächelte einer Frau zu, die mit ihrem Hund joggte. Dann setzte sie sich auf eine Bank und öffnete Emmas Brief.

An meine ganz persönliche Unbekannte,

Tja, wie fange ich an? Kurz und knapp ist wohl am besten – das war schon immer eher mein Stil. Ich danke dir. Falls ich es nicht oft genug sage: Danke – danke, dass du mich aufgespürt hast und dass du dich trotz meiner Kratzbürstigkeit in mein Leben gedrängt hast. Danke, dass du mir in einer Zeit, in der ich schon aufgeben wollte, einen Rettungsanker zugeworfen hast. Du hast mein letztes Jahr auf dieser Erde schöner gemacht, als ich es mir je hätte wünschen können. Du hast mir Freude gebracht, als ich jede Hoffnung darauf verloren hatte.

Danke, dass du mir Jack gebracht hast. Ich hatte auch ihn schon aufgegeben. Das hätte ich nie tun dürfen, aber ich habe es. Du hast das erkannt, glaube ich. Und weil du auf so geniale Weise du bist, hast du nicht locker gelassen, was zugleich unglaublich nervig und wahnsinnig wundervoll ist. Ich bin sicher, du wirst mit diesem Hang im Laufe der Jahre viele Leute verärgern, aber ich hoffe, dass du diese Eigenschaft nie verlierst. Obwohl ich dir oft gesagt habe, du sollst dich raushalten, bin ich dir ewig dankbar, dass du es nicht getan hast.

Im letzten Jahr habe ich mich immer wieder gefragt, wie es dazu kam, dass wir uns gefunden haben. Wie es dazu kam, dass

ausgerechnet du meinen Brief erhalten hast. Viele Jahre war ich
verbittert, weil das Universum mich im Alter allein gelassen hat,
mit nichts als Bedauern, um die Leere zu füllen – und jetzt frage
ich mich, ob es das Universum war, das eingegriffen hat. Ich kann
mir nicht vorstellen, dass sich das Universum für das Schicksal
einer alten Frau interessiert, aber es fühlt sich doch außergewöhn-
lich an, dich auf diese Weise gefunden zu haben. Vielleicht war
es Zufall – oder vielleicht kümmert sich das Universum wirklich
um uns alle. Vielleicht waren wir alle dazu bestimmt, uns in diesem Jahr zu finden: Du, ich und Jack – Teile eines Puzzles.

Was Jack betrifft – ich nehme an, er hat es dir gestanden, aber
er ist total in dich verliebt, Kindchen. Und ich muss sagen, er hat
einen guten Geschmack.

Ich weiß, ich weiß, dieser Brief ist übertrieben sentimental –
und das ausgerechnet von mir. Aber ich wollte, dass du weißt,
dass du für mich etwas ganz Besonderes bist und immer sein
wirst – auch noch lange, nachdem ich gegangen bin.

Bitte trauere nicht zu lange um mich. Vermisse mich gelegentlich – ich mag den Gedanken, dass mich jemand vermisst –, aber
trauere nicht, wenn du es vermeiden kannst. Ich möchte nicht,
dass du so wirst wie ich – ich möchte nicht, dass du dein Leben
damit verbringst, zu trauern, anstatt zu leben.

Aber du wirst nicht wie ich, das weiß ich. Du bist viel zu klug
und viel zu lebendig, um das jemals zuzulassen.

Also bleibt mir nur noch, mich zu verabschieden, Holly. Es
war ein Vergnügen, dich zu kennen. Aber ich vermute, es ist
kein Abschied für immer. Denn wenn das Universum dafür ge-
sorgt hat, dass sich unsere Wege kreuzen, werden wir uns eines
Tages wiedersehen.

Bis dahin –

Emma

Holly spürte, wie ihr Tränen in die Augen stiegen, und holte tief Luft, als sie die Worte noch einmal überflog. All die Worte, die sie so gern zurückgegeben hätte – denn wenn Holly Emmas Rettungsanker gewesen war, dann war Emma auch ihrer gewesen. Natürlich wusste sie, dass Emma ihr längst verziehen hatte, dass sie sie vor zwei Jahren aufgespürt hatte – aber es war trotzdem etwas Besonderes, es schriftlich zu haben. Es war etwas Besonderes, den Kreis zu schließen, mit einem letzten Brief von der Frau, die ihr Leben vollkommen verändert hatte.

Diesmal lächelte sie, als sie den Brief erneut las. *Vermisse mich, gelegentlich ... aber trauere nicht um mich.* Und sie würde es versuchen. Sie würde versuchen, Emma im Herzen zu bewahren, die wundervollen Dinge an ihr zu vermissen, jedes Mal ein wenig an sie zu denken, wenn sie ihren Ton formte, ohne dass Trauer die Erinnerung an Emma trübte.

Sie stand auf, steckte Emmas Brief ein und behielt den anderen in der Hand. Beim nächsten Briefkasten warf sie einen letzten Blick auf ihren Brief an jemanden, der sich an Weihnachten vielleicht ein wenig einsam und verloren fühlte. Sie hoffte, dass, wer immer ihn bekam, etwas Trost darin fand, eine leise Hoffnung verspürte, dass die Zukunft besser wurde. Sie hoffte, dass er sich etwas weniger allein fühlte – so wie sie jedes Mal, wenn sie einen solchen Brief bekommen hatte. Und sie hoffte, dass auf diesen jemand, wer auch immer es war, etwas wartete, gleich um die Ecke – so wie bei ihr.

Mit diesem Gedanken warf sie den Brief ein – den letzten, den sie jemals schreiben würde. Denn egal, was passierte, sie brauchte den Club der Unbekannten nicht mehr. Und mit diesem Gedanken ging sie zurück – zu Jack, zu ihren Eltern, zu Lily. Zurück zu ihrer Familie, um Weihnachten zu feiern.

DANK

Dies ist mein drittes Buch, und inzwischen ist das Schreiben der Danksagung für mich wie der endgültige Schlusspunkt eines Romans! Großer Dank gebührt wie immer meiner talentierten Lektorin Sherise Hobbs für ihre Kreativität, ihre Liebe zum Detail und ihren Enthusiasmus, der mich durch den Prozess des Schreibens begleitet hat! Auf amerikanischer Seite gebühren Hilary Teeman und Caroline Weishuhn große Zuneigung und Dank für ihre kreativen Geistesblitze, ihre Unterstützung und ihre weisen Ratschläge. Ich empfinde es als großes Glück, mit so begabten Lektorinnen zusammenarbeiten zu dürfen.

Viele Menschen müssen hart arbeiten, um ein Buch in die Welt zu bringen. Im Vereinigten Königreich danke ich Isabel Martin, dass sie mich auf Kurs gehalten hat, Emily Patience und Isabelle Wilson, dass sie das Buch in viele Hände gedrückt haben, und dem gesamten Team von Headline. In den USA danke ich Megan Whalen, Taylor Noel und Melissa Folds für ihre Kreativität, ihren Enthusiasmus und ihre harte Arbeit. Wie immer vielen Dank an Rebecca Folland und jetzt Grace McCrum an der Rechte-Front. Vielen Dank an meine Agentin Sarah Hornsley und an Cara Lee Simpson, die eingesprungen ist.

Ich schätze mich unglaublich glücklich für die Unterstützung anderer Autoren, Blogger, Bookstagrammer und Rezensenten, die es mir ermöglicht, weiterzuschreiben! Wenn Sie also eines meiner Bücher gelesen und rezensiert haben – herzlichen Dank!

Und schließlich danke ich Ihnen, liebe Leser*innen, dass Sie dieses Buch gelesen haben. Sie sind der Grund, warum wir überhaupt in der Lage sind, Geschichten zu erzählen.